grafit

Die Vijay-Kumar-Krimis von Sunil Mann (in chronologischer Reihenfolge):
Fangschuss, ISBN 978-3-89425-369-1
Lichterfest, ISBN 978-3-89425-384-4
Uferwechsel, ISBN 978-3-89425-407-0
Familienpoker, ISBN 978-3-89425-425-4
Faustrecht, ISBN 978-3-89425-447-6

Chemnitzer Str. 31, 44139 Dortmund
Internet: http://www.grafit.de
E-Mail: info@grafit.de

Druck und Bindearbeiten: CPI – Clausen & Bosse, Leck
ISBN 978-3-89425-447-6
2. 3. / 2016 15 14

Sunil Mann

Faustrecht

Kriminalroman

grafit

Sunil Mann verbindet mit seinem Detektiv Vijay Kumar nicht nur die indische Herkunft und der damit einhergehende Seiltanz zwischen den Kulturen, sondern auch eine weit mehr als nur beruflich bedingte Neugier. Beide haben sich in diversen Tätigkeiten versucht, bevor sie ihre wahre Bestimmung gefunden haben, kennen Zürichs Rotlichtviertel besser als ihre Hosentaschen und werden geradezu magisch von Bars jeglicher Art angezogen. Gemeinsam ist ihnen auch die Vorliebe für indische Küche und das Leiden unter der daraus resultierenden Notwendigkeit zur körperlichen Ertüchtigung. Im Übrigen sind sie aber zwei grundverschiedene Charaktere, die sich außerhalb der Kriminalromane tunlichst aus dem Weg gehen.

www.sunilmann.ch

Prolog

»Schon wieder Deutsche!«

Schwer atmend stützte sich der Mann auf den Tresen und wischte mit dem Handrücken den Regen aus seinem Gesicht. Nachdem er einige Sekunden vergeblich auf eine Reaktion meinerseits gewartet hatte, neigte er den Kopf und guckte mich Zustimmung heischend an. Sein Blick war glasig, das Haar klebte ihm nass an der Stirn und von der rotschwarzen Filzjacke tropfte es unablässig auf den Boden. Ich starrte so konzentriert in meinen Drink, als wäre mir eine Kontaktlinse hineingefallen. Der Typ war gerade erst hereingetorkelt, und während hinter ihm die Tür krachend ins Schloss gefallen war, war er schwankend im Eingangsbereich der Bar stehen geblieben und hatte sich einen Überblick verschafft. Um dann ausgerechnet den Hocker direkt neben mir anzupeilen – obschon es im spärlich besuchten Lokal gefühlte dreiundzwanzig freie Sitzgelegenheiten gegeben hätte. Mein Karma war definitiv reif für einen Weiterbildungskurs.

Trotz meines demonstrativen Desinteresses laberte der Kerl unbekümmert weiter: »Wohin man in dieser Stadt auch geht: Sie sind einfach überall!«

Mit einer vorwurfsvollen Kinnbewegung deutete er zu dem halben Dutzend Frauen und Männer hinüber, das vor einiger Zeit eingetrudelt war – nach einem Besuch im nahe gelegenen Kino *Metropol* vielleicht – und sich lachend und schwatzend um einen der Stehtische in der Nähe der Theke geschart hatte. Allesamt sprachen sie hochdeutsch und waren ungefähr im selben Alter, um die dreißig, schätzte ich. Ihre regenfeuchten Mäntel, unter denen sie Anzüge oder

Kostüme im Businesslook trugen, hatten sie abgelegt, und aufgrund der mitgebrachten Laptoptaschen vermutete ich, dass sie direkt nach der Arbeit losgezogen waren. Fast meinte ich, im schummrigen Kneipenlicht die an die Wand gelehnten Karriereleitern ausmachen zu können.

Der Mann ruckelte mit seinem Hocker näher heran, sodass mir seine Schnapsfahne in die Nase stach. Zu meiner grenzenlosen Begeisterung war sie versetzt mit dem fettigen Nachgeschmack einer erst kürzlich verzehrten Bratwurst und einer unpassend süßlichen Tabaknote. Der Typ rauchte aller Wahrscheinlichkeit nach Zigarillos mit Vanillearoma.

»Wie eine Alieninvasion«, flüsterte er in verschwörerischem Ton und nickte nachdrücklich dazu.

Ich bemühte mich, durch den Mund zu atmen.

»Hollywood und so, weißt du? Äußerlich unterscheidet sie nichts von dir und mir. Aber auf dem Weg zur Macht unterwandern sie das System von innen und übernehmen nach und nach die Kontrolle. Erst reißen sie unsere Jobs an sich, dann die Wohnungen und am Ende die Frauen!«

Wie zähflüssige Melasse troff das Selbstmitleid aus seinen Worten und ich musste mich beherrschen, ihn nicht mit der Realität zu konfrontieren. Denn Schweizer Frauen waren in der Regel keine willensschwachen Wesen, die man nach Gutdünken ›an sich riss‹, und bezüglich Arbeitsmarkt stand nicht zuletzt der Staat in der Verantwortung, der der Nachfrage nach qualifiziertem Personal in etlichen Bereichen ausbildungstechnisch hinterherhinkte.

Erfahrungsgemäß wusste ich aber, dass solche Diskussionen nie ein gutes Ende nahmen. Deshalb schwieg ich weiterhin eisern.

Der Gesichtsausdruck des Mannes wurde leer, wie wenn er nicht mehr weiterwüsste, bis sein Blick erneut auf das Grüppchen am Stehtisch fiel.

»So ist es doch, oder?«, schnauzte er in diese Richtung. »Man wird doch im eigenen Land noch seine Meinung sagen dürfen!«

Die Deutschen verstummten schlagartig, vielsagende Blicke wurden ausgetauscht.

»Ist doch wahr!«, wetterte er halblaut und in trotzigem Tonfall weiter. »Zürich ist von Deutschen völlig vereinnahmt!«

Nach einer Weile setzte drüben das Gespräch wieder ein, allerdings nur zögerlich und leiser als zuvor, zu lachen getraute sich keiner mehr. Ein hochgeschossener Typ mit Seitenscheitel und schwarzer Hornbrille reckte herausfordernd das Kinn, trat an den Tresen und bestellte halblaut sechs Bier bei der Bedienung, worauf mein Nachbar verächtlich schnaubend die Mundwinkel verzog.

»Nach Berlin müssen wir nicht mehr, denn den Prenzlauer Berg finden wir direkt vor der Haustür, hab ich nicht recht?«

Ich ersparte mir und ihm eine Antwort. Das ewig gleiche Gelaber langweilte mich unsäglich. Auf Deutsche zu schimpfen, war in den letzten Jahren zu einer Art Volkssport geworden. Aus keinem anderen Land wanderten zurzeit mehr Menschen in die Schweiz ein und obschon die meisten von ihnen für etliche Wirtschaftszweige unentbehrlich waren, haperte es teilweise an der Akzeptanz seitens der Einheimischen. Doch das war nichts Neues: Vor den Deutschen hatte man über die Einwanderer aus dem Balkan gemeckert, davor waren die Tamilen dran gewesen, noch früher die Italiener. Man pflegte die Traditionen in diesem Land.

»Du bist zwar auch nicht gerade ein Eingeborener«, brummte der Mann jetzt, als wäre ihm mein eindeutig nicht kaukasisches Äußeres bis anhin gar nicht aufgefallen.

»Aber …«, er legte mir vertraulich den Arm um die Schulter und rief viel zu laut, »… aber du bist schon in Ordnung. Im Gegensatz zu denen!« Er deutete mit der freien Hand zu den Deutschen hinüber und schnitt eine abfällige Grimasse. Ich fühlte mich nicht im Geringsten geschmeichelt und befreite mich resolut aus seiner Umklammerung.

»In Polen lohnt es sich ja nicht mehr, drum marschieren die heutzutage hier ein …«

»Kannst du nicht einfach ein paar Sekunden lang die Klappe halten?« Grimmig erhob ich mich und zog mit meinem Glas ans andere Thekenende um.

»Was ist denn jetzt los?« Verdutzt blickte mir der Typ hinterher. »Hey, komm zurück! Ich will mit dir reden!« Er winkte mich zu sich, doch ich rührte mich nicht. Worauf er kopfschüttelnd von seinem Hocker rutschte und mir hinterherstolperte.

Ich seufzte gereizt. Ein Dienstagabend, geradezu perfekt, um mir in meiner Lieblingsbar *Daniel H.* an der Müllerstrasse in aller Ruhe einen Drink oder zwei zu genehmigen und vor mich hin zu sinnieren – hatte ich zumindest gedacht, als ich mich auf den Weg gemacht hatte. Nicht einmal das miserable Wetter hatte mich abhalten können, denn der seit Tagen anhaltende Regen schreckte mich weit weniger als der indische Taifun, der momentan bei uns zu Hause alles durcheinanderwirbelte. Doch offensichtlich fand mein entspannter Abend genau in diesem Moment sein jähes Ende.

Der Mann blieb dicht vor mir stehen und glubschte mich aus wässrigen Augen an. Einen Moment lang dachte ich, er wolle mir eine reinhauen, doch dann entspannte sich seine Miene. Er war eine stattliche Erscheinung, noch keine vierzig, kräftig und groß gewachsen. Erst jetzt erkannte ich, wie aufgedunsen er war und wie fertig er aussah. Er war unrasiert, seine Haut gräulich und kraftlos, das blonde Haar strähnig. Unter den Augen hatten sich dunkle Ringe eingraviert. Er war wohl einmal gut aussehend und sportlich gewesen, doch jetzt wirkte er nur noch ausgebrannt und irgendwie verzweifelt, was selbst sein schiefes Grinsen nicht übertünchen konnte.

»Hey, Kumpel! Wir haben uns noch gar nicht bekannt gemacht!« Er packte meine Hand und schüttelte sie begeistert. »Ich bin der Adrian und du, du bist der …?«

»Vijay«, gab ich mich abweisend, doch das schien meiner neuen Barbekanntschaft nicht das Geringste auszumachen.

»Vijay?«, wiederholte er und runzelte dazu die Augenbrauen. »Aha. Was ist das für ein Name?«

»Ein kurzer.«

Irritiert blinzelte er, bis er endlich begriff. Dann lachte er dröhnend und patschte mir die Hand auf die Schulter. »Nicht auf den Kopf gefallen, was? Der war gut, wirklich gut! Aber echt jetzt: Woher stammt dein Name?«

»Ist indisch.«

»Großartig! Ich hab meiner Frau schon oft gesagt: Jetzt müssen wir endlich nach Indien …«

Ich verdrehte die Augen. Weshalb bloß hatten wildfremde Menschen stets das Gefühl, sie müssten mich unbedingt in ihre Reisepläne einweihen, sobald ich die Herkunft meines Namens erwähnte?

»Muss ein wunderbares Land sein.« Adrian, der sich etwas beruhigt zu haben schien, schlüpfte aus seiner klitschnassen Baseballjacke mit dem Namenszug der *Boston Red Sox* und setzte sich unverdrossen neben mich.

»Ich hätte gern meine Ruhe«, versuchte ich endlich, seinem impertinenten Befreundungsbestreben Einhalt zu gebieten.

»Alles klar.« Er winkte den Barkeeper heran.

»Für den Vijay noch mal dasselbe«, orderte er, ehe ich ihn

davon abhalten konnte. »Ich hätte gern einen Scotch auf Eis.«

Stöhnend nahm ich Blickkontakt mit dem Kellner auf, einem hageren Bürschchen mit rötlichem Schopf, doch der ignorierte meine Notsignale, während gleichzeitig ein feines und ziemlich hinterhältiges Lächeln seine Lippen umspielte. Missmutig leerte ich meinen Drink. Von mir konnte er heute Abend kein Trinkgeld erwarten.

»Vijay!« Nachdem Adrian einen Moment lang trübsinnig die deutschen Gäste fixiert hatte, erinnerte er sich plötzlich wieder meiner.

»Erzähl mir von dir«, lallte er mit schwerer Zunge. »Was tust du so im Leben?«

»Ich bin Privatdetektiv«, gab ich resigniert Auskunft.

»Echt jetzt?« Adrian riss die Augen auf.

»Ja.«

»Ist nicht wahr!«

»Doch.«

»Wahnsinn!«

»Du sagst es.«

Da hatte der Homo sapiens über Jahrtausende hinweg die ausgefeilteste Sprachkultur aller Lebewesen entwickelt, dennoch traf man immer wieder auf Individuen, mit denen man keinen einzigen vernünftigen Satz wechseln konnte.

Mein Gegenüber krempelte die Ärmel seines schwarzweiß karierten Flanellhemdes hoch und begann, in seinem Portemonnaie rumzuwühlen. Schließlich förderte er eine zerknitterte Visitenkarte zutage, die er feierlich vor mich hinlegte. »Hier.«

Ohne einen Blick darauf zu verschwenden, widmete ich mich meinem Drink, bis ich Adrians fragende Miene nicht mehr aushielt. Wortlos schob ich ihm eine meiner eigenen Geschäftskarten hin. Grundsätzlich war mir das willkürliche

Herumreichen von Kontaktinformationen auf diese Art zuwider, ich fand es anbiedernd und wichtigtuerisch und hatte mich lange dagegen gesträubt, überhaupt welche drucken zu lassen.

Doch meine Freundin Manju war der Meinung gewesen, dass ich angesichts des mittelmäßigen Erfolgs meiner Detektei auf jedes Werbemittel angewiesen war, und hatte mir am Computer selbst ein – ihrer Meinung nach passendes – Design entworfen. Ein kleiner Albtraum, farblich auf der weniger dezenten Seite und mit vedischen Symbolen geschmückt, die eher zu einem Yogastudio oder einem Teppichhändler gepasst hätten als zu einem knallharten Ermittler. Seither achtete Manju streng darauf, dass ich stets einen kleinen Stapel der Kärtchen bei mir trug. Zu meiner Verblüffung löste ihr Anblick überall Begeisterung aus, nur der sprunghafte Anstieg an Aufträgen ließ weiterhin auf sich warten.

Adrian griff nach dem Kärtchen, fokussierte mit Mühe seinen Blick auf die Buchstaben und studierte sie dann eingehend.

»Vijay Kumar. Privatdetektiv, tatsächlich!« Anerkennend schob er die Unterlippe vor und ich konnte ihm förmlich ansehen, wie angestrengt er nachdachte. Höchstwahrscheinlich suchte er gerade krampfhaft nach einem Verwendungszweck für meine Fähigkeiten, einem Vorteil zu seinen Gunsten, den er aus unserem Zusammentreffen schlagen konnte. Das erging nicht nur mir als Privatermittler so. Auf einer Geburtstagsparty hatte ich erst kürzlich eine Dame beobachtet, die sich nur mit Mühe hatte davon abhalten lassen, einem zufällig anwesenden Dermatologen ihr schwärendes Ekzem am rechten inneren Oberschenkel zu zeigen. Einem befreundeten Zahnarzt näherten sich in allen möglichen Lebenslagen Menschen mit aufgeklapptem Kiefer: »Nur ganz kurz, wenn wir uns schon sehen.« Augen auf bei der Berufswahl!, konnte ich da nur sagen.

Plötzlich kam Bewegung in das Grüppchen am Stehtisch, Mäntel wurden zugeknöpft, jemand bückte sich nach einem Schirm. Als hätte man ihm einen Stromstoß versetzt, wirbelte Adrian herum. Eine der jungen Frauen drückte gerade die Ausgangstür auf, als er aufsprang und grölte: »Uuuuuund Abmarsch! Jawoll! Zurück ins Reich! Links, rechts, links, rechts!«

Wie ein Derwisch kam der Barmann angewetzt und wies ihn zurecht, doch Adrian war nicht zu bremsen.

»Grüßt mir den Adolf!« Mit einem Ruck riss er den Arm zum Hitlergruß hoch – laut kürzlich gefälltem Bundesgerichtsurteil war diese Geste in der Schweiz durchaus legitim. »Heil!«

»Arschloch!«, zischte der Bursche mit der Hornbrille, daraufhin überstürzten sich die Ereignisse: Adrian schoss auf ihn zu, im nächsten Moment hatte er den jungen Mann am Kragen gepackt und gegen die Wand gerammt. Ein Stuhl kippte krachend um und jemand stieß einen spitzen Schrei aus. Adrians linker Unterarm lag quer über der Kehle des Mannes, sodass der arme Kerl kaum mehr Luft bekam, die Augäpfel quollen hervor, während sein Widersacher mit der Rechten ausholte.

»Schluss jetzt!« Gerade noch rechtzeitig bekam ich Adrians drohend erhobene Faust zu fassen. Mit einer geschmeidigen Bewegung bog ich den Arm auf seinen Rücken. Dann drehte ich ihn so weit nach oben, bis Adrian vor Schmerzen winselte und von seinem Opfer abließ. Als Privatdetektiv sah ich mich leider hin und wieder gezwungen, meine zartfühlende Seite zu unterdrücken.

Einen Moment lang standen alle wie versteinert. Keuchend blickte der Brillenträger von einem zum anderen und schien erst jetzt zu begreifen, was ihm eben widerfahren war. Nach einer Weile strich er sich mit einer mechanisch anmutenden Geste über den Seitenscheitel und rückte seinen Hemdkragen zurecht.

Ich lockerte meinen Griff erst, als die Gesellschaft die Bar verlassen hatte. Adrian wehrte sich nicht einmal. Nachdem ich ihn freigegeben hatte, richtete er sich mit puterrotem Kopf auf und rieb sich schnaufend den rechten Arm. Tunlichst vermied er es, mich anzusehen, doch als der Barmann die rot-schwarze Baseballjacke brachte und ihm stumm die Tür aufhielt, drehte er sich mit einer rudernden Bewegung um und schaute mich Hilfe suchend an.

»Zeit, nach Hause zu gehen«, brummte ich ungerührt und er taumelte die wenigen Stufen hinunter auf den Gehsteig.

Mit einlullender Monotonie trommelte der Regen auf das Dach meines hellblauen Käfers und ergoss sich in endlosen Sturzbächen über die Windschutzscheibe. Obwohl erst früher Abend war, versank die Welt um mich herum in Düsternis, erhellt einzig durch den orangefarbenen Schein der Straßenlampen. Ich hatte in einer Seitengasse geparkt und wartete. Passend zum Hundewetter lief im Radio ein Programm mit Songs, die irgendwie mit Regen zu tun hatten: *It's raining again* von Supertramp, Tina Turners *I can't stand the rain*, Prince und sein Klassiker *Purple rain*. Der letzte Riff von *Naked in the rain* der Red Hot Chili Peppers war gerade verklungen, sodass es nun an Elvis Presley lag, das Offensichtliche festzustellen. *When it rains, it really pours*, sang er zu einem schleppenden Blues und mich fröstelte ob der feuchten Kälte, die durch alle Ritzen in den Wagen drang und sich in meinen Kleidern festsetzte. Um die Zeit rumzubringen, spielte ich eine Runde *Angry Birds* auf meinem iPhone, allerdings behielt ich dabei den Eingang des

Industriegebäudes an der Badenerstrasse stets im Auge. Bis auf ein einziges Stockwerk lag die mit Spiegelglas versetzte Fassade im Dunkeln. Dieses war jedoch neonhell erleuchtet und ermöglichte so den Blick auf eine Reihe Crosstrainer, auf denen sich Menschen mit verbissenen Mienen abstrampelten. Weshalb sie dabei zwingend hautenge Synthetikteile in schreiend bunten Farben tragen mussten, erschloss sich mir nicht auf Anhieb. Dafür hatte ich in Erfahrung gebracht, dass der Kurs *Bodypump* bis um acht dauerte, entsprechend bald würde die Warterei ein Ende haben.

Natürlich hätte ich den Auftrag ablehnen sollen, der Klient war mir zutiefst unsympathisch und sein Anliegen langweilte mich. Andererseits hätte er dann einfach jemand anderen damit beauftragt, seine Frau zu beschatten. Zudem befand ich mich immer noch nicht in der finanziellen Lage, Aufträge einfach aus einer Laune heraus zurückzuweisen. Als Adrian Bühler, der mich gleich am Tag nach dem Zwischenfall in der Bar aufgesucht hatte, dann auch noch eine Anzahlung von dreihundert Schweizer Franken auf meinen Schreibtisch geknallt hatte, war mir nichts anderes übrig geblieben, als mich unverzüglich an die Fersen seiner Frau zu heften. Betrügen würde sie ihn, vermutete er, mit einem Deutschen, den sie drei Mal die Woche im Fitnessklub träfe.

Klar, hatte ich bei mir gedacht, so klingt Paranoia. Erstaunlicherweise hatte ich es aber geschafft, den Mund zu halten. Was nicht zuletzt an Bühlers Erscheinung lag: Er wirkte topseriös, war frisch rasiert und trug einen maßgeschneiderten Anzug mit Krawatte. Einzig die Ausgebranntheit in seinem Blick erinnerte an das Wrack vom Vorabend. Als er mir erneut seine Visitenkarte hinstreckte – und diesmal in einer knackig frischen Variante –, fiel mir die willkürlich erscheinende Abfolge englischer Wörter unter seinem Namen auf, von denen mir auf den ersten Blick *Business* und

Executive und *Manager* ins Auge stachen. Als ich ihn etwas zweifelnd musterte, bemerkte Bühler ungefragt, dass *Gofor-IT-Solutions* ein Global Player und er übrigens als Leiter der hiesigen Niederlassung vorgesehen sei. Selbstverständlich hatte ich beeindruckt genickt.

Seit drei Tagen war ich nun der unsichtbare Schatten von Jasmin Bühler, doch bislang wies keine meiner Beobachtungen auf Ehebruch hin. Glücklicherweise, fand ich, denn ich hatte ja hautnah miterlebt, zu welchen Gewaltausbrüchen ihr Ehemann fähig war, und wollte mir lieber nicht ausmalen, was er ihr antun könnte, falls sich sein Verdacht bewahrheiten sollte.

Jasmin Bühler war achtunddreißig Jahre alt. Dunkel gelocktes Haar, das ihr in den Nacken fiel, und ein etwas zu spitzes Gesicht, um als wirklich hübsch durchzugehen, die Augen kieselgrau und fordernd. Eine spröde Eleganz ging von ihr aus, in Kleiderfragen war sie stilsicher mit einem Hang zum Exklusiven. Sie gehörte zu jenen Frauen, die man nie aus vollem Herzen lachen sah, selbst wenn sie lächelte, blieb ihre Miene reserviert.

Eine vielversprechende Karriere in einer renommierten Bank hatte die Bühler vor ein paar Jahren abrupt aufgegeben, seither beriet sie halbtags Privatkunden in finanziellen Belangen. Daneben engagierte sie sich sozial, arbeitete beim Fundraising der Krebsliga mit, half in einer Kinderkrippe aus und unterstützte Asylanten bei der Jobsuche und im alltäglichen Papierkrieg mit den Ämtern. Die Frau schien dauernd auf Achse zu sein, ihre Tage waren mit Terminen vollgepackt, Zeitfenster gab es nur für Sport. Soweit ich beobachtet hatte, gingen die Bühlers abends nie aus. Das Paar war kinderlos und wohnte in einem schicken Neubau am Rand von Altstetten, einem gutbürgerlichen Quartier in Zürichs Westen.

A hard rain's a-gonna fall. Joan Baez und ihr berüchtigtes Vibrato, das sich stellenweise anhörte, als hätte der Produzent die Gute an der Gurgel gepackt und ein bisschen geschüttelt, ließen die Fensterscheiben erzittern, während gegenüber zwei Gestalten aus dem Gebäude traten und unter dem Vordach stehen blieben. Ich betätigte die Scheibenwischer, um etwas erkennen zu können. Es handelte sich dabei tatsächlich um meine Zielperson. Rasch versetzte ich das Handy in den Ruhemodus und legte es auf den Beifahrersitz. Mit meinem Fotoapparat zoomte ich das Paar näher heran und schoss ein paar Bilder. Jasmin Bühler und ihr angeblicher Liebhaber unterhielten sich. Sie berührte ihn am Arm und sprach auf ihn ein, während er einen Schluck aus einer bunten Plastikflasche trank. Alles ganz harmlos. Ich fragte mich ohnehin, wie ihr Ehemann auf die Idee kam, sie könnte ihn betrügen. Die Frau hatte dazu gar keine Zeit, bei all ihren Terminen. Die Bühler schickte sich an, sich von ihrem Begleiter zu verabschieden, der meinen Nachforschungen zufolge Holger Schulze hieß, aus Dortmund stammte und Assistenzarzt auf der onkologischen Abteilung des Triemlispitals war. Doch der Mann hielt sie zurück, er sprach beschwörend und zunehmend erregt auf sie ein, in einer plötzlichen Aufwallung seiner Gefühle griff er nach ihrer Hand. Ich schoss ein Bild nach dem anderen. In Jasmin Bühlers Gesicht spiegelten sich erst Erstaunen und ein Anflug von Amüsement, doch ihre Züge nahmen bald einen bedauernden Ausdruck an, sie schüttelte immer wieder den Kopf und wich zurück, worauf er sie gegen ihren Willen an sich zog. Sie wehrte halbherzig ab, als er sie aber zu küssen versuchte, stieß sie ihn grob von sich und funkelte ihn wütend an. Ich hatte mittlerweile auf Serienaufnahme umgeschaltet. Jetzt presste sie die Lippen zusammen, öffnete die Handtasche und entnahm ihr den Autoschlüssel. Schulze folgte Jasmin Bühler ein paar Schritte und flehte sie gestenreich an, doch sie ignorierte seine Bettelei und eilte zu ihrem roten Renault Clio, der direkt vor dem Fitnessstudio geparkt war. Ohne einen weiteren Blick an Schulze zu verschwenden, stieg sie ein, schoss aus der Parklücke und machte eine gewagte Kehrtwende auf der Fahrbahn, bevor sie stadtauswärts davonbrauste.

Ich startete meinen Motor und als ich aus dem Seitensträßchen bog, stand Holger Schulze immer noch wie ein begossener Pudel vor dem Gebäude und starrte konsterniert Jasmin Bühlers Wagen hinterher.

Buckets of rain, nölte Bob Dylan, während ich alles aus meinem Käfer rausholte, um den roten Clio nicht aus dem Blickfeld zu verlieren. Jasmin Bühler raste in einem Höllentempo die Badenerstrasse entlang und jedes Mal, wenn die Reifen durch abgesunkene Stellen im Belag pflügten, spritzten seitlich mannshohe Fontänen auf. Am Straßenrand sprudelten schmutzig braune Bäche, kein Gully, der nicht überlief.

Erst als der Renault am Farbhof in die Hohlstrasse einschwenkte, wurde mir klar, dass die Bühler nicht auf direktem Weg nach Hause fuhr. Die Straße führte in einem weiten Bogen zum Bahnhof. Während sich links zu den Gleisen hin klotzartige, in ihrer Hässlichkeit kaum zu übertreffende Bürogebäude aneinanderreihten, wechselten sich rechts heruntergekommene Mehrfamilienhäuschen mit lachsfarbenen Wohnblocks aus den Siebzigern ab, dazwischen sorgte eine verkehrsberuhigte Gasse mit gepflegten Gärtchen und einer Scheune aus längst vergangener Zeit unerwartet für idyllische Dorfatmosphäre. Das war das Charakteristische an diesem Stadtkreis und gleichzeitig sein Dilemma: der Spagat zwischen Industrie und ländlichem Charme. Dominiert wurde der Stadtteil vom Stadion Letzigrund mit seinen dreißigtausend Plätzen und einem Shoppingcenter, das es schaffte, noch einen Tick desolater auszusehen als andere sogenannte ›Einkaufsparadiese‹. Mit dem Resultat, dass Altstetten zumindest auf mich einen etwas verzettelten Eindruck machte.

Erschrocken trat ich auf die Bremse. Beinahe hätte ich das Lichtsignal übersehen, das soeben auf Rot gesprungen war. Jasmin Bühler war im letzten Moment über die Kreuzung geprescht und hatte gegenüber dem Bahnhof angehalten. Zeitgleich bemerkte ich eine dunkle Gestalt, die sich dem Wagen näherte. Der Mann hatte wohl an der dortigen Bushaltestelle gewartet und stieg nun, ohne zu zögern, ein, worauf die Bühler sofort Gas gab.

Bei den herrschenden Lichtverhältnissen war es schwierig gewesen, etwas zu erkennen. Ich wusste nur, dass der Kerl vermutlich Südländer war, ein schwarzes Hemd trug sowie eine weite, dunkelgraue Cargohose, sein Haar war dunkel und kraus gewesen.

Die Ampel schaltete auf Grün und ich nahm die Verfolgung wieder auf. Die Fahrt war nur von kurzer Dauer. Vor der Europabrücke setzte Jasmin Bühler den Blinker und bog hinter dem ersten Pfeiler in den dunklen und schwer einsehbaren Parkplatz unter der Brückenauffahrt ein. Ich rollte langsam unter der Brücke hindurch. Ehe hinter mir ein Hupkonzert ausbrach, wendete ich den Wagen und lenkte ihn auf das Trottoir der gegenüberliegenden Straßenseite. Der Clio war nirgendwo zu sehen. Der Brückenpfeiler verdeckte mir von dieser Position aus die Sicht auf den Parkplatz, doch ich vermutete, dass die beiden noch immer im Wagen saßen. Ich stieg aus, schlüpfte in meine Regenjacke und schlug zur Tarnung die Kapuze hoch, den Fotoapparat nahm ich mit. Glücklicherweise war ich unter der Brücke vor dem Regen geschützt. Ich überquerte die Straße und tat so, als beabsichtigte ich, das stümperhafte Graffito auf der Außenseite des Pfeilers zu fotografieren. Unauffällig lehnte ich mich etwas vor und entdeckte Jasmin Bühlers Auto neben einem silbernen BMW. Ich zoomte ihren Wagen heran und drückte ein paar Mal auf den Auslöser.

Was ich auf dem Display zu sehen bekam, verschlug mir die Sprache. Jasmin Bühler und ihr Begleiter hatten die Rückenlehnen des Clios hinuntergeklappt. Er lag halb auf ihr und während seine Hand in ihrer aufgeknöpften Bluse verschwand, erwiderte sie leidenschaftlich seine Küsse.

»Und du bist dir absolut sicher, dass da nichts läuft?« Adrian Bühler, der unruhig in meinem Büro umhergetigert war, stützte sich auf dem Schreibtisch ab und studierte zum wiederholten Mal die ausgebreiteten Fotoausdrucke. Als befürchtete er, ihm wäre ein entscheidendes Detail entgangen.

»Sie war eindeutig nicht interessiert und hat ihn ziemlich harsch abgewiesen.«

»Und danach? Was hat sie danach gemacht?«

»Sie blieb erst eine ganze Weile in ihrem Auto sitzen, wahrscheinlich, um sich zu beruhigen. Anschließend hat sie sich einen Drink genehmigt.«

»Wo?«

»Im *Red Floor«*, log ich weiter.

Bühler verzog das Gesicht. »Sie mag diese Art von Lokal, in der die Leute so tun, als wäre die Zürcher Agglo ein ausgelagerter Distrikt von New York. War sie allein?«

»Ja.«

Nachdenklich musterte er die Aufnahmen, die seine Frau mit Holger Schulze vor dem Fitnesscenter zeigten. »Weißt du, wir waren mal gut befreundet, der Holger und ich.«

Leises Bedauern in seiner Stimme. Abwartend lehnte ich

mich in meinem Bürosessel zurück, doch Bühler schob bloß geistesabwesend die Fotos zusammen.

»Sie war an dem Tag gegen halb elf zu Hause«, sagte er in abschließendem Ton. »Da hab ich mich bezüglich der Affäre wohl geirrt.«

Er rieb sich das Kinn und wirkte beinahe enttäuscht. Dann bedankte er sich mit einem Händedruck und ich hoffte insgeheim, dass dies ein Abschied für immer war. Zu dem Zeitpunkt konnte ich unmöglich vorausahnen, dass ich mich schon bald wieder intensiv mit ihm beschäftigen würde.

Nachdem er mein Büro verlassen hatte, stellte ich mich ans Fenster und sah ihm zu, wie er über die Straße rannte, seine Anzugjacke als Schutz vor dem Regen über den Kopf gezogen. Er stieg in einen schwarzen Range Rover, eine dieser Protzkarren, deren hochgelegte und gepanzert wirkende Karosserie eindeutig dafür konstruiert war, Feindesland zu durchqueren. Ein solcher Wagen roch förmlich nach Gefahr und Testosteron und machte selbst aus dem fadesten Bürohengst einen waghalsigen Abenteurer, der auf dem Weg zur Kinderkrippe oder beim morgendlichen Brötchenholen permanent sein Leben für die Familie aufs Spiel setzte. Vielleicht stieß mir aber auch nur sauer auf, dass nicht einmal mein doppeltes Jahresgehalt für den Kauf eines solchen Vehikels gereicht hätte.

Nachdem Bühler Richtung Langstrasse davongebraust war, setzte ich mich an den Schreibtisch, schenkte zwei Fingerbreit *Amrut* in ein Whiskyglas und schaltete meine Kamera ein. Der Mann, der sich mit Jasmin Bühler in ihrem roten Renault vergnügt hatte, war schlank und groß gewachsen, seine Haut hatte die Farbe von Milchkaffee, die Augenbrauen waren ungewöhnlich dicht. Er hatte eine hohe Stirn und die geschwungene Nase verlieh ihm etwas Edles. Im Nachhinein hielt ich es für möglich, dass er aus dem Nahen Osten stammte, ganz sicher war ich mir aber nicht. Es spielte auch keine Rolle. Ich nahm einen Schluck vom indischen Whisky. Dann drückte ich wiederholt das Papierkorbsymbol und sah zu, wie ein Foto nach dem anderen von meiner Speicherkarte verschwand.

Montag

Regen klatschte unablässig gegen die Jalousien und im Fernsehen sagten sie, dass für die nächsten Tage keine Wetterverbesserung in Sicht sei. Zu meinem Leidwesen hatte es sich Manju angewöhnt, morgens die Glotze einzuschalten.

»So kann ich mich nebenbei darüber informieren, was in der Welt geschieht«, hatte sie auf meine genervte Frage erwidert. »Um die Zeitung zu lesen, fehlt mir schlicht die Zeit.« Dass sie duschte oder in der Küche herumhantierte, während der Apparat vor sich hin lief, stellte für sie keinen Widerspruch dar.

»Ich höre den Ton ja in der ganzen Wohnung«, hatte sie erklärt, worauf ich schlaftrunken geknurrt hatte: »Ich auch.«

Wie immer hatte sie vergessen, das im Schlafzimmer stehende Gerät auszuschalten, bevor sie zur Arbeit gegangen war. Ich zog mir die Decke über den Kopf und versuchte, das aufgekratzte Gequatsche der Moderatorin auszublenden, die in der morgendlichen Wettersendung gerade Statistiken präsentierte.

Außergewöhnlich regenreich sei der April bislang gewesen, stellte sie beängstigend gut gelaunt fest, als hätten das die Zuschauer nicht selber bemerkt. Auch für heute würden auf der Alpennordseite überdurchschnittliche Niederschlagsmengen von bis zu hundertfünfzig Millimeter erwartet. In der Ostschweiz sei es in der vergangenen Nacht zu Erdrutschen gekommen, der Lago Maggiore hätte den höchsten Wasserstand seit Jahren erreicht und wenn es so weiterregne, wie die Meteorologen voraussagten – an dieser Stelle gluckste die Wetterfee unpassenderweise –, dann könne es gut sein, dass der See in den nächsten Tagen über die Ufer trete. Vermutlich schlug sie vor Begeisterung gleich einen Purzelbaum.

Grimmig schob ich die Decke zur Seite und machte mich ans Aufstöbern der Fernbedienung, die Manju normalerweise irgendwo deponierte, nur nicht neben dem Bett. In indischen Haushalten war es gang und gäbe, dass der Fernseher den ganzen Tag im Hintergrund lief und wie ein weiteres Familienglied zum konstanten Geschnatter der vielköpfigen Sippe inklusive Großeltern, Tanten und Cousins beitrug. Doch so sehr ich die orientalischen Einflüsse schätzte, die Manju in mein Leben und meine Wohnung brachte, manchmal sehnte ich mich einfach nach ein wenig guter, alter, mitteleuropäischer Stille.

Trotz verzweifelter Suche blieb die Bedienung unauffindbar, aber da ich schon mal auf war, konnte ich mir auch gleich einen Kaffee aus der Maschine lassen. Während ich verpennt der dunkelbraunen Flüssigkeit zusah, wie sie in die Tasse plätscherte, hörte ich, wie im Schlafzimmer nebenan die quietschfidele Ansagerin abrupt unterbrochen wurde. Eine seriös klingende Stimme vermeldete eine Schießerei vor dem Asylzentrum Altstetten, die genauen Umstände seien noch nicht geklärt. Ein Mann sei dabei so schwer verletzt worden, dass er noch vor Ort verstorben sei.

Mit der Tasse in der Hand schlurfte ich hinüber. Auf dem Bildschirm waren Polizeiautos und Ambulanzen zu sehen und in einer mit rot-weißem Band abgesperrten Zone stand ein weißes Zelt. Beamte hielten Wache und medizinisches Personal rannte durch den strömenden Regen, Blaulicht flackerte, eine chaotische Szene. Die rote Anzeige am oberen Bildrand gleich neben dem Signet des Schweizer Fernsehens wies darauf hin, dass live berichtet wurde.

Endlich entdeckte ich die Fernbedienung auf dem Bücherregal und stellte den Ton lauter. Eben wurde ins Studio zurückgeschaltet. Der Moderator sah erschüttert aus, er kündigte eine Berichterstattung direkt vom Ort des Geschehens an, der Kollege sei gerade in Altstetten eingetroffen.

Die Kamera schwenkte über das Areal des Asylzentrums. Unter den Vordächern und auf den Treppen der lang gezogenen Baracken waren verängstigt wirkende Menschen versammelt. Männer mit ernsten Mienen hatten sich etwas vorgewagt, die Arme in die Hüften gestützt oder vor der Brust verschränkt, Kleider und Haare klatschnass. Aus den Fenstern lehnten sich Kinder, eine Mutter drückte schützend ihren Säugling an sich. Entlang der Absperrung waren blasse Gesichter unter aufgespannten Regenschirmen zu erkennen, Handys wurden hochgehalten: Die ersten Gaffer waren eingetroffen.

Ein junger Reporter, den ich noch nie zuvor gesehen hatte, trat jetzt mit einem selbstgefälligen Lächeln vor die Kamera. Er trug einen durchsichtigen Plastikregenschutz über dem Anzug und schien Probleme mit dem Ton zu haben, immer wieder nestelte er am Kopfhörer in seinem Ohr herum. Endlich hielt er den Daumen hoch und setzte eine betroffene Miene auf. Mit viel zu pathetischer Stimme wiederholte er die bisherigen Erkenntnisse zur Schießerei. Noch war nicht viel bekannt. Heute Morgen um kurz vor acht sei auf einen Mann geschossen worden, der im Begriff gewesen sei, das Asylzentrum zu verlassen.

»Der Mann war zu einem Termin im Verfahrenszentrum des Bundesamtes für Migration vorgeladen und befand sich auf dem Weg in den zweieinhalb Kilometer entfernten Kreis 5«, berichtete der Moderator, dessen Name jetzt im unteren Bereich des Bildschirms eingeblendet wurde. Matthias Glättli fuhr sich durch seine blonde Igelfrisur, bevor er weitersprach: »Laut Logendienst hat er das Areal um 07:53 Uhr verlassen, gleich darauf wurde auf ihn geschossen, so viel ist durchgesickert. Ob es sich dabei um einen politisch motivierten Mord handelt, ist noch ungewiss. Auch zum Schützen gibt es bislang keine weiteren Informationen. Wie es scheint, konnte er ungesehen entkommen.«

Es folgten ein paar Informationen zur Barackensiedlung auf dem Juch-Areal in Altstetten, wo seit dem Frühjahr eine Testphase für beschleunigte Asylverfahren stattfand. Was bei der lokalen Bevölkerung auf Besorgnis und zum Teil heftigen Widerstand gestoßen war.

Glättli fingerte schon wieder am Knopf in seinem Ohr herum. »Wie ich gerade erfahre, wurde das Opfer identifiziert. Es handelt sich um einen sechsunddreißigjährigen Syrer, der erst vor wenigen Wochen in der Schweiz einen Asylantrag gestellt hat.« Er machte eine Pause und lauschte auf die Anweisungen der Regie. »Soeben wurde auch ein Foto des Ermordeten freigegeben und sollte gleich eingeblendet werden.«

Im nächsten Moment füllte das Gesicht des Mannes den Bildschirm. Die Tasse rutschte mir aus der Hand und zerschellte klirrend auf dem Fußboden, heißer Kaffee netzte meine Zehen, doch ich nahm es kaum wahr. Wie gebannt starrte ich auf den Fernseher. Es bestand kein Zweifel. Faruq al-Naser. So also hieß der Mann, den ich erst vor wenigen Tagen dabei fotografiert hatte, wie er sich mit Jasmin Bühler im Auto vergnügte.

Beim Einbiegen in die Quartierstraße geriet mein Käfer bedenklich ins Schlingern und beinahe hätte ich auf der glitschigen Fahrbahn die Kontrolle über den Wagen verloren. Mit einer unsanften Bremsung brachte ich ihn schließlich vor dem Domizil der Bühlers zum Stehen. Sofort stürzte ich aus dem Auto, stieß das Gartentor auf und drückte sekundenlang auf die Klingel. Nichts rührte sich. Die Rollläden des Einfamilienhauses waren heruntergelassen, wodurch es trotz des mediterran inspirierten Baustils einen abweisenden Eindruck machte. Ich umrundete das Gebäude und fuhr erschrocken zusammen, als grelle Scheinwerfer aufflammten. Vor den großen Fensterfronten auf der Rückseite waren die Storen ebenfalls heruntergekurbelt. Ums Haus herum herrschte eine geradezu pingelige Ordnung, einzig der gepflegte Rasen versank im Schlamm. Es sah aus, als sei das Ehepaar in den Urlaub gefahren. Dafür sprach auch, dass Bühler nicht erreichbar war, weder auf dem Handy noch an seinem Arbeitsplatz, obschon ich ihn auf der Fahrt hierher sicher ein Dutzend Mal angerufen hatte. Doch instinktiv wusste ich, dass das nicht zutraf. Vielmehr bestätigte seine Abwesenheit meinen ungeheuerlichen Verdacht.

Ich rannte zurück zum Wagen und fuhr auf schnellstem Weg zum Schweizer Firmenhauptsitz von *GoforIT-Solutions*, der ganz in der Nähe in einem modernen Gebäudekomplex untergebracht war.

»Ist Adrian Bühler im Haus?«, erkundigte ich mich atemlos am *Welcome Desk*.

»Sie machen hier alles schmutzig!« Naserümpfend taxierte die Empfangsdame meine nassen Schuhabdrücke auf dem spiegelglatten Kachelboden und bedachte mich mit einem Blick, der das Welcome-Schild über ihrem Arbeitsplatz Lügen strafte.

»Ist er da?«

»Wen, sagten Sie, suchen Sie?«

»Adrian Bühler«, wiederholte ich ungeduldig. »Sehen Sie bitte nach, es ist dringend!«

Pikiert kräuselte sie die Lippen und tippte auf ihrer Tastatur herum.

»Und? Was ist?«

Sie zog eine Augenbraue hoch. »Leider nein, aber vielleicht sollten Sie …«

»Verdammter Mist, wo kann er nur stecken?« Gehetzt sah ich mich im klinisch wirkenden Eingangsbereich des Gebäudes um, als fände sich dort nebst dem unvermeidlichen Hydrokulturficus und den ebenso unvermeidlichen Corbusiersesseln der entscheidende Hinweis auf Bühlers Aufenthaltsort.

»Warten Sie ...!«, rief mir die Frau hinterher, doch ich war bereits auf die Ausgangstür zugerannt und bedankte mich per Handzeichen. Ich durfte keine Zeit verlieren.

Die heftigen Regenschauer waren kurzfristig abgeflaut, es nieselte nur noch und einen Moment lang sah es sogar danach aus, als würde die Hochnebeldecke aufreißen. Doch von Westen her näherte sich bereits eine weitere Unwetterfront, düster aufgetürmte Wolkenberge, in deren Inneren es unheilvoll brodelte.

Am Tatort herrschte eine äußerst angespannte Atmosphäre. Hier und da konnte ich Mitleid oder Besorgnis in den Gesichtern der Zaungäste erkennen, während ich mich eilig durch die Menge drängelte, doch die meisten warteten mit unergründlichen Mienen auf neue Erkenntnisse.

»Einfach abgeschoben haben die das Problem und jetzt: Mord und Totschlag direkt vor unserer Haustür!«, machte eine ältere Frau ihrem Unmut halblaut Luft. »Und wir müssen nun schauen, wie wir damit zurechtkommen!«

Ringsum wurde ihr murmelnd beigepflichtet.

»Und wo bleibt die rot-grüne Regierung, wenn man sie braucht? Denen haben wir das doch zu verdanken!«, meckerte ein jüngerer Mann, der sich an sein Fahrrad lehnte. Ein paar der Umstehenden klatschten Beifall.

Entlang der Absperrung patrouillierten Polizisten und beobachteten wachsam die Menge, um sofort reagieren zu können, falls die Stimmung kippte. Gleißende Blitzlichter zuckten über die Szene, es fanden sich immer mehr Presseleute ein. Kameras wurden ausgepackt, Objektive montiert, Stative aufgestellt. Moderatorinnen suchten Schutz unter aufgespannten Schirmen und legten Lippenstift oder Puder nach. Der Zufahrtsweg war längst von Übertragungswagen blockiert. Im Scheinwerferlicht einer Fernsehkamera entdeckte ich Matthias Glättli, der die spärlichen Erkenntnisse für die Zuschauer wiederkäute.

»Fiona!« Wie alle anderen Polizisten trug sie eine unförmige Pelerine, sodass ich sie einzig am umgehängten und mit einer Schutzhülle gegen den Regen verpackten Fotoapparat erkannte. Sie wandte sich mit suchendem Blick um. Erst als ich die Hand hob, entdeckte sie mich und kam ans Absperrband gelaufen. Seit sie Mutter war, arbeitete sie nur noch Teilzeit als Polizeifotografin und war in der Regel zusammen mit Vertretern der Medienstelle als eine der Ersten am Tatort – gerade in Fällen von großem öffentlichen Interesse, wenn mit dem Auftauchen von Journalisten zu rechnen war.

Fiona sah angespannt aus, ein paar blonde Strähnen hingen ihr nass in die Stirn. Ich erklärte ihr hastig, was ich wusste und was ich befürchtete.

»Hast du das der Zentrale gemeldet?«, wollte sie sofort wissen.

»Ja, klar. Aber …«

»In dem Fall wird man der Sache nachgehen.«

»Ich hatte nicht das Gefühl, ernst genommen zu werden.«

Fionas Blick schweifte weiterhin wachsam über das Areal, während sie mir erklärte: »Bei jeder Ermittlung melden sich unzählige Leute mit vermeintlich wichtigen Hinweisen, da kann es schon mal vorkommen, dass man am Telefon einsilbig abgekanzelt wird. Gerade, wenn der Fall noch ganz neu ist. Wir nehmen jedoch jeden einzelnen Anruf ernst und gehen den Meldungen nach, das versichere ich dir. Nur dauert das manchmal etwas.«

»Aber Bühler ist verschwunden! Ich war bei ihm zu Hause und an seinem Arbeitsplatz ... Der ist krankhaft eifersüchtig. Ich sage dir, er hat diesen Syrer abgeknallt und ist dann untergetaucht! Und seine Frau war auch nicht da, wer weiß, was er ihr angetan ...«

»Vijay, beruhige dich! Wir werden uns darum kümmern und dann wird sich schnell herausstellen, ob was an der Sache dran ist.«

»Der Mann ist gefährlich!«, stieß ich hervor.

»Überlass das uns. Wir werden ihn finden.«

»Okay, okay.« Ich holte tief Luft. »Verdammte Scheiße.«

»Kann man so sagen.«

»Halt mich auf dem Laufenden, ja?«

»Sicher.«

»Wo ist José?«

Ihr Blick wurde verschlossen und sie deutete mit einer knappen Kinnbewegung die Richtung. Das Verhältnis zwischen meinem besten Freund und Fiona, der Mutter seines kleinen Sohnes, war seit einem Seitensprung Josés angespannt. Obschon sie ihrem Kind zuliebe immer noch zusammenwohnten, herrschte Eiszeit zwischen den beiden.

Das Asylzentrum lag malerisch eingebettet zwischen Autobahn und Eisenbahnlinie, das Areal grenzte an eine unwirtliche Industriezone mit Lagerhäusern und Gewerbegebäuden, dahinter erstreckte sich ein Schrebergartengelände. José lehnte etwas vom Volksauflauf entfernt an der Wand einer Fabrikruine mit zerbrochenen Fensterscheiben und rauchte.

»Was tust denn du hier?«, erkundigte er sich erstaunt und hielt mir unaufgefordert die Zigarettenschachtel hin. Ich winkte ab. Obschon ich das Rauchen theoretisch aufgegeben hatte, paffte ich gern hin und wieder eine. Doch jetzt war es definitiv noch zu früh dazu.

»Ich muss mit dir reden.« Ich lieferte meinem Schulfreund, der mittlerweile stellvertretender Chefredakteur einer Gratiszeitung war und bei einer größeren Sache wie dieser selbstredend persönlich vor Ort sein wollte, eine Zusammenfassung der bisherigen Geschehnisse.

»Hast du die Polizei benachrichtigt?«

»Ja, natürlich. Ich hab eben mit Fiona geredet. Ihre Kollegen sind momentan etwas überfordert, befürchte ich. Da gehen angeblich gerade Hunderte von Hinweisen ein …«

»Die meisten leider von Leuten, die sich nur wichtigmachen wollen. Aber nach dem, was du erzählt hast, wäre der Ehemann eindeutig der Hauptverdächtige.«

»Und der Typ ist verschwunden.«

»Das entlastet ihn nicht gerade.«

»Ich mach mir Sorgen, José.«

»Und seine Frau hatte eine Affäre mit dem erschossenen Asylanten?«

»Ja, da bin ich mir absolut sicher. Die beiden machten einen so vertrauten Eindruck und kamen so schnell zur Sache – das war keine einmalige Angelegenheit.«

»Hast du Beweise?«

»Nicht mehr«, gab ich kleinlaut zu. »Ich hab die Fotos gelöscht.«

Stoisch zog José an seiner Zigarette.

»Ich weiß, das war rückblickend dumm. Aber ich dachte, ich brauch die eh nicht mehr …« Mit einer Handbewegung forderte ich José auf, mir das Zigarettenpäckchen jetzt doch auszuhändigen, und zündete mir einen Glimmstängel an.

»Aber die Geschichte hat einen Haken.« Ich blies den Rauch gegen den sich verdunkelnden Himmel. »Bühler wusste gar nichts von der Affäre. Ich habe sie ihm verschwiegen, um seine Frau vor ihm zu schützen. Er ist sehr aufbrausend und wird schnell handgreiflich, das hab ich selbst erlebt, ich wollte verhindern, dass er ihr was antut. Als ich vorhin von dem Mord erfuhr, war mir sofort klar, dass er dahintersteckt. Deshalb bin ich zu ihm gefahren. Dass er dann weder zu Hause noch an seinem Arbeitsplatz war, hat meinen Verdacht noch verstärkt. Nur – auf welchem Weg hat er vom Verhältnis seiner Frau erfahren?«

»Du weißt ja nicht, was seit letzter Woche passiert ist. Vielleicht hat sie ihm inzwischen alles gebeichtet?«

Bestürzt sah ich José an. Dieser Gedanken war mir noch gar nicht gekommen.

»Möglicherweise ist er ihr auch selbst gefolgt«, fuhr er fort. »Eifersüchtige Ehepartner sind zuweilen ziemlich findig.«

»Auf jeden Fall schwebt Jasmin Bühler in großer Gefahr!«

»Die Polizei wird sich um sie kümmern.«

»Wann denn? Vielleicht ist es bis dahin zu spät. Ich kann doch nicht einfach untätig rumstehen und warten!«

»*Hombre,* es ist nicht deine Aufgabe, die Frau zu beschützen!«

»Das weiß ich doch. Aber ich fühle mich trotzdem irgendwie verantwortlich …«

»Was ist denn da los? *Joder!*« Aufmerksam reckte José den Kopf und trat seine Kippe aus.

Vor der Absperrung war ein Tumult ausgebrochen, laute Rufe waren vernehmbar. Ein eilig fabriziertes Transparent wurde hochgehalten: *Für ein Altstetten ohne Asylzentrum* war in krakeligen Buchstaben daraufgesprayt. Weiter hinten wurden Pappschilder mit ähnlichen Aufschriften hochgereckt. *Mörderasylanten raus!* forderte jemand unter fataler Verdrehung der Tatsachen, die Kameras fingen die zunehmend aufgeheizte Stimmung dankbar ein. Erste Parolen wurden skandiert und die Polizisten sprachen alarmiert in ihre Walkie-Talkies, ohne dabei die unruhig wogende Menschenmenge aus den Augen zu lassen.

Mit mir im Schlepptau stürzte sich José in das Gewühl und hielt Ausschau nach seinen Mitarbeitern, die er ganz vorne, im Zentrum des Geschehens, vermutete. Auf dem Weg dorthin wurden wir immer wieder grob angerempelt und mehr als einmal abgedrängt. Hier, mitten im Mob, herrschte eine fiebrige, aggressive Atmosphäre. Wenn nicht bald jemand die Leute beruhigte, würde die Situation in Kürze außer Kontrolle geraten. Wir hatten endlich die beiden jungen Journalisten gefunden, als direkt vor dem weißen Zelt, in dem vermutlich noch immer der Tote lag, ein greller Scheinwerfer aufflammte. Die Rufe verstummten nach und nach, um einer erwartungsvollen Stille Platz zu machen. Unter einem hochgehaltenen Schirm entdeckte ich einen jungen Mann in ausgebeultem Jackett und Jeans, der hektisch einige Notizen durchging, während er gleichzeitig in ein Mobiltelefon sprach, eine Assistentin fuchtelte mit einem Puderpinsel in seinem Gesicht herum.

»Wer ist das denn?«, fragte ich José und deutete in Richtung des Schirms.

»Sebastian Studer«, antwortete er mir, nachdem er einen prüfenden Blick auf den mit seiner Nickelbrille und der wuscheligen Frisur irgendwie knuffig wirkenden Burschen geworfen hatte. »Ein Grüner. Möchte unbedingt in den Stadtrat, hat aber bei den letzten Wahlen den Einzug knapp verpasst.«

»Erklärt einiges.«

»Und das ist erst der Anfang, du wirst sehen.«

Studer hatte sich ein Megafon geschnappt und brachte sich jetzt direkt vor dem Absperrband in Position.

»Liebe Altstetter, liebe Zürcher, liebe Schweizer!«

José und ich sahen uns an und verdrehten die Augen. Das

Blitzlichtgewitter warf gespenstische Effekte auf Studers blasses Gesicht.

»Ein schwarzer Tag! Für Altstetten, für die Schweiz, für uns alle. Eine Tragödie hat sich hier abgespielt, über die wir noch nichts Genaues wissen. Ein Menschenleben, das einem sinnlosen … äh … Gewaltakt zum Opfer fiel …« Studers Stimme hallte über die Menschenmenge und Unruhe erfasste mich. Ich sollte nicht hier sein, sondern nach Jasmin Bühler suchen, selbst wenn mich keine Schuld an der mutmaßlichen Tat ihres Mannes traf. Vielleicht waren sie ja tatsächlich im Urlaub und ich machte mir umsonst Sorgen. Doch irgendwie fand ich diesen Gedanken wenig überzeugend. Vielmehr konnte ich mir vorstellen, dass Adrian Bühler – auf welchem Weg auch immer – von der Affäre seiner Frau erfahren hatte und ausgetickt war. Er hatte erst den Liebhaber hingerichtet und dann seine Frau … verschleppt, umgebracht? Und ich stand hier und ließ mich von einem Politiker volllabern.

»… und deshalb … äh … ist es wichtig, dass wir den Asylanten auf Augenhöhe begegnen. Sie sind Menschen … äh … wie wir, Menschen, die Schreckliches erlitten haben …«

»Das behaupten sie zumindest!«, brüllte jemand hinter mir und nicht wenige Zuschauer applaudierten.

»Um genau darüber schnellstmöglich Klarheit zu erhalten, wird hier das verkürzte Asylverfahren getestet! Altstetten spielt dabei … äh … eine Pionierrolle …«

Pfiffe erklangen, ein Teil der Menge buhte. Für Sebastian Studer wurde es langsam unbehaglich, er lockerte seinen Hemdkragen, fuhr aber unbeirrt fort: »Wichtig ist jetzt, Ruhe zu bewahren! Die Ermittlungen sind … äh … in vollem Gange und noch kann niemand sagen, was es mit dieser … äh … Schießerei auf sich hatte. Man sollte sich hüten, vorschnell Schuldige zu benennen …« Er blickte zu dem Schild mit der Falschaussage hinüber, das daraufhin kleinlaut in der Menschenmasse versank, »… oder seinen Emotionen freien Lauf zu lassen. Dies *ist* eine sehr emotionale Angelegenheit, das ist mir bewusst, dennoch appelliere ich hiermit an Ihren gesunden Menschenverstand und … äh … die Vernunft. Ich nehme Ihre Besorgnis sehr ernst, das versichere ich Ihnen! In dieser heiklen Situation setze ich mein … äh … ganzes Vertrauen in die Fähigkeiten unserer Polizei und bin mir sicher, dass sie den oder die Schuldigen schon bald überführen wird. Nur so kann … äh … in Altstetten wieder Frieden einkehren. Ich danke Ihnen!« Studer nickte der Menge zu und erstaunlich viele Zuhörer klatschten Beifall, manche sogar ziemlich begeistert. Die Buhrufe im Hintergrund waren dennoch nicht zu überhören.

»Ich muss los, diese Sache mit Bühler lässt mir keine Ruhe«, verabschiedete ich mich von José.

»Coño!«, flüsterte er und blickte gebannt auf eine robuste Dame im taubengrauen Kostüm, die an der Spitze einer Ansammlung Anzugträger zielstrebig vor die abgesperrte Zone trat.

»Die Widmer! Ausgerechnet!« Nationalrätin Annegret Widmer stammte selbst aus Altstetten und war das Aushängeschild der *VPRS*, der *Volkspartei zur Rettung der Schweiz*, die für ihre Ausländerhetze weit über die Landesgrenzen hinaus bekannt war. Selbstverständlich wohnte die Widmer längst nicht mehr hier, sondern residierte standesgemäß in einem noblen Anwesen an der Goldküste.

»Die versuchen, sich auf Kosten eines toten Asylanten zu profilieren«, konstatierte José fassungslos. »Für Politiker ist wohl immer Wahlkampf.«

»Taktgefühl ist eh überschätzt. Aber auf die Widmer kann ich gut verzichten.«

José hielt meinen Arm fest. »Ich denke, das solltest du dir anhören.«

Annegret Widmer war stehen geblieben und verlangte mit einer herrischen Geste nach dem Megafon. Jetzt erst fiel mir ihre neue Frisur auf. Anstelle des bisherigen Helmschnitts trug sie das blonde Haar nun halblang und mit luftigen Wellen versetzt. Damit beabsichtigte sie wohl, ihrer notorisch strengen Erscheinung – die häufig an einen Kriegsgeneral erinnerte – ein paar feminine Akzente zu verleihen. Die weibliche Wählerschaft ansprechen. Unverändert allerdings, trotz des dezenten Make-ups, ihr feistes Schweinchengesicht, dem sie – wie böse Zungen behaupteten – zu einem guten Teil ihre Beliebtheit bei der Landbevölkerung verdankte.

»Peng!« Annegret Widmer peitschte das Wort durch den Verstärker und wartete ab, bis absolute Stille herrschte. »Peng! Peng! Jetzt ist es geschehen! Es wird wieder geschossen in unserem friedlichen Land! Man weiß nicht *wer*, aber man weiß wegen *wem:* einem Asylanten! Wir von der *Volkspartei* haben immer davor gewarnt! Ein Asylzentrum mitten im bewohnten Gebiet, das kann ja nicht gut gehen!«

Jeder Satz ein Ausruf, eine Anklage. Für diese Rhetorik war Widmer bekannt und sie funktionierte. Beim einfachen Volk sowieso, doch auch gebildetere Schichten waren je länger, je mehr von der Frau angetan. Eine, die so redete, dass jeder sie verstand, die sich nicht scheute, denen da unten in Bern und jenen da oben in Brüssel die Stirn zu bieten. Die sich bei sämtlichen sich bietenden Gelegenheiten über die brave Konsenspolitik des Bundesrates mokierte und die Ideen anderer Parteien mit Genuss zerpflückte. Bei dem ganzen Getöse, das sie veranstaltete, übersah man gern, dass die selbst ernannte Landesmutter so ziemlich gegen alles war, was die Schweiz vorwärtsgebracht oder offener gemacht hätte. Ohne jemals eine originellere Alternative anzubieten, als die Schotten dicht zu machen und alles so zu belassen, wie es immer gewesen war. Bloß keine Veränderung, die Schweiz den Schweizern und an der Grenze gerade so viele Ausländer durchwinken, damit die Drecksarbeiten erledigt werden können – ausgenommen natürlich die Reichen, die köderte man gern auch mal mit großzügigen Steuergeschenken.

»Ich halte das nicht aus!«, zischte ich José zu.

»Aber guck doch mal genau hin! Wie genial die das anstellt! Das muss ihr erst einer nachmachen.«

Widmer hatte die Faust erhoben und schüttelte sie gegen die schwarzen Wolken über Altstetten, sie kam mir dabei vor wie ein kleiner machtbesessener Gnom. Fehlten nur noch Blitz und Donner.

»… das haben wir jetzt vom Kuschelkurs der rot-grünen Stadtregierung! Meine Damen und Herren, wir sind im eigenen Land nicht mehr sicher! Mord und Totschlag mitten unter uns!« Sie legte eine dramatische Pause ein. »Natürlich sagen die Linken, dass ein paar mehr keine Rolle spielen. Flüchtlinge aus Syrien, Afghanistan, Afrika – egal, lasst sie rein. Kommt her, hier wird für euch gesorgt, hier wird's euch gut gehen! Natürlich sind wir ein Land mit humanitärer Tradition. Nur: Da kommt zuerst einer, doch schon bald folgen ihm Frau und Kinder und am Ende haben wir die ganze Sippe hier! Jawoll, meine Damen und Herren! So ein Syrer hat im Durchschnitt zwölf Familienmitglieder! Rechnen Sie selbst nach, wie viele Flüchtlinge das ausmacht, wenn wir auch nur fünfhundert von denen reinlassen! Wenn das so weitergeht, sind wir bald eine Minderheit im eigenen Land! Und wer bezahlt das alles? Der Steuerzahler natürlich! Da fragt sich der Schweizer zu Recht, wo er bleibt. Dabei ist das Boot längst voll! Wir von der *Volkspartei zur Rettung der Schweiz* …«

Wie immer hielt sich Annegret Widmer nicht mit Fakten auf, sondern opferte diese gern für volksnahe Polemik.

»Diese Frau kennt die Befürchtungen der Bevölkerung haargenau und sie sagt exakt das, was die Leute hören wollen. Dabei lässt sie es so aussehen, als sei das alles auf ihrem eigenen Mist gewachsen. Anprangern ohne Ende und dabei möglicherweise unangenehme Lösungsvorschläge unterschlagen. So macht man erfolgreiche Politik!«

José hatte recht: Die Menge tobte und jubelte der rechtskonservativen Politikerin im wieder stärker werdenden Regen frenetisch zu.

Ich war in trockene Sachen geschlüpft und hatte es mir mit einer Tasse dampfendem *Chai* und meinem Laptop auf dem Bett bequem gemacht. Im Fernseher lief immer noch die Liveschaltung nach Altstetten, Matthias Glättli hatte soeben ein längeres Gespräch mit Annegret Widmer geführt und machte nun auf die schwierige Situation in Altstetten aufmerksam.

»Erst waren es die Schrebergärten, die dem geplanten Eishockeystadion hätten weichen müssen. Zum Glück für die Gartenliebhaber hat der ZSC die Planung gestoppt, zumindest vorübergehend. Dann sind da nebst dem Asylzentrum auch noch die Sexboxen. Wie es scheint, lagert die Stadt Zürich zurzeit alles, was ihr nicht genehm ist, nach Altstetten aus.«

Die Sexboxen waren seit rund einem Jahr in Betrieb. Eine Art städtisch organisierter Fickparcours im Außenbezirk, als Ersatz für den von Straßenprostitution überlasteten Sihlquai in der Innenstadt. Verhaltenstafeln mit einer Unzahl an Piktogrammen, die zu entziffern wohl länger dauerte als der Akt selbst, leiteten den Freier in seinem Auto durch eine lauschige Anlage mit Büschen und authentischer Ghetto-Graffitiwand, wo er erst einmal das Tagesangebot in freier Wildbahn begutachten konnte. Dann führte die Straßenschlaufe zu einem an einen Pferdestall erinnernden Unterstand, dem irgendeine Amtsstelle die unsägliche Bezeichnung ›Verrichtungsbox‹ verliehen hatte. Darin war es dann dem Freier erlaubt, mit der Dame seiner Wahl zu kopulieren. In der Schweiz wurde selbst Sex zur Paragrafenreiterei.

Ich drehte die Lautstärke des Fernsehers herunter, klappte das Laptop auf und widmete mich Adrian Bühler. Auf der Heimfahrt war ich nochmals bei ihm zu Hause gewesen, doch weder er noch seine Frau waren in der Zwischenzeit zurückgekehrt. Ich sah ein, dass es wenig Sinn ergab, auf gut Glück nach Bühler zu suchen, bevor ich nicht wusste, mit wem ich es eigentlich zu tun hatte.

Schon bald hatte ich einiges über ihn herausgefunden: Er stammte aus Lenzburg im Kanton Aargau und war seit sechs Jahren mit Jasmin verheiratet. Er hatte 1997 das Informatikstudium an der ETH Zürich mit glänzendem Resultat abgeschlossen, zwei Semester davon war er in Cambridge am Massachusetts Institute of Technology eingeschrieben gewesen. Gleich nach Studienende wurde er bei Hewlett-Packard in Dübendorf mit einem verantwortungsvollen Posten betraut, zwei Jahre später wechselte er zur Privatbank Julius Bär. Beide Jobs waren ebenfalls mit einer unübersichtlichen Reihe englischer Wörter bezeichnet, die ein Zufallsgenerator bestimmt haben mochte und mir entsprechend wenig sagten. Bühler hatte sich konstant weitergebildet, wie ich seinem Curriculum auf der Homepage von *GoforIT-Solutions* entnehmen konnte, vor drei Jahren hatte er in Altstetten bei seinem jetzigen Arbeitgeber angefangen, nach einer mehr als einjährigen Auszeit.

Was war mit dem Mann geschehen? Sein Lebenslauf vermittelte den Eindruck, Karriere und Privates seien nach Plan abgelaufen: Ausbildung, Jobs, Hochzeit, jetzt das Einfamilienhaus in Altstetten und die repräsentable Stelle bei *GoforIT-Solutions.* Doch es musste dunkle Winkel geben, Dinge, die in seiner zielorientierten Planung nicht ersichtlich waren. Denn diese vor Erfolg nur so strotzenden Angaben schienen überhaupt nicht zu dem ausgebrannten und ungepflegten Mann zu passen, den ich in der Bar angetroffen hatte. Einem unbeherrschten und gewalttätigen Rüpel, der Leute angepöbelt und mit rassistischen Bemerkungen um sich geworfen hatte. Und heute Morgen war er möglicherweise zum Mörder geworden, der seine Frau entführt oder Schlimmeres mit ihr angestellt hatte.

Ich nahm einen Schluck vom mittlerweile lauwarmen *Chai* und verfolgte Bühlers Spuren im Internet weiter. Eben hatte ich herausgefunden, dass er im Seniorenteam des FC Altstetten spielte, ich hatte ihn auf einem Mannschaftsfoto entdeckt. Doch ein kurzer Anruf beim Fußballklub bestätigte mir, was ich aufgrund seiner aufgedunsenen Erscheinung bereits vermutet hatte: Bühler war schon länger nicht mehr beim Training aufgetaucht und reagierte nicht auf Mahnungen.

»Wir werden ihn an der nächsten Vereinssitzung wohl oder übel ausschließen müssen«, erklärte mir der Präsident bedauernd.

»Wissen Sie, weshalb er nicht mehr erschienen ist?«

Der Mann stieß einen unmutigen Laut aus. »Ich gebe nicht viel auf Gerüchte, aber es gibt Leute, die der Meinung sind, er trinke zu viel und hocke die ganze Zeit nur im *Farbhof* herum.«

»Der Tramhaltestation?«

»Dem Lokal gleich daneben.«

Der Name dieser Bar sagte mir nichts, andererseits kannte ich mich im Altstetter Nachtleben überhaupt nicht aus. Während die einstige Ausgangsmeile in den Kreisen 4 und 5 Schritt für Schritt der vielzitierten Gentrifizierung zum Opfer fiel, hatten selbst ernannte Trendsetter das angrenzende Altstetten schnell einmal zum neuen *Place to be* ausgerufen. Einem Ruf, dem das eher beschauliche Stadtgebiet nur teilweise gerecht wurde. Zwar hatten sich bereits in den Neunzigern erste Klubs in leer stehenden Industriegebäuden eingenistet, doch der ganz große Durchbruch zum Szenequartier blieb Altstetten bisher verwehrt. Immerhin wusste ich jetzt, wo ich mit meiner Suche nach Adrian Bühler beginnen musste.

Ich machte den Fernseher wieder lauter, doch offenbar gab es keine neuen Erkenntnisse. Auch die Onlineversionen der Tageszeitungen vermeldeten immer noch dasselbe, die Berichte beschränkten sich auf das Zusammenfassen der bereits bekannten Details. Die Kommentarspalten aber wurden rege genutzt, der Artikel in der Gratiszeitung, bei der José arbeitete, hatte bereits mehrere Hundert Einträge generiert. Die Reaktionen auf den Tod des Syrers waren heftig und zum Teil widerwärtig, die dabei verwendete Orthografie oftmals abenteuerlich. Dabei gehörten *Nur ein toter Asylant ist ein guter Asylant* oder *Entlich tuht mal jemand was* noch zu den harmloseren Äußerungen. Gemäßigte Stimmen fanden sich kaum und diejenigen, die sich trauten, Partei für den ermordeten Asylbewerber zu ergreifen, wurden sogleich von den Hardlinern in giftigem und nicht selten beleidigendem Ton niedergemacht.

Beim Überfliegen der schier endlosen Kommentarliste fiel mir ein Benutzer auf, der sich mit besonders aufrührerischen Beiträgen hervortat und damit auf viel Zustimmung in der virtuellen Gesellschaft stieß. Er ätzte mehrmals über den ›linken Kuschelkurs‹ und kündigte eine ›Revolution des Volkes‹ an. Jetzt müssten die Schweizer gegen die ›drohende Übermacht des Feindes‹ zusammenstehen, so wie damals im Zweiten Weltkrieg unter General Guisan, schrieb er in einem längeren Post. Die Zeit sei gekommen, das ›Land von allem Übel zu befreien‹, wobei er offenließ, was genau er unter ›Übel‹ verstand. Ausländer gehörten garantiert dazu, das ergab sich aus dem Inhalt seiner wenig differenzierten Äußerungen. Entsprechend hatte er auch einen User-Namen gewählt, der deutlich machte, für wen er sich hielt: Winkelried.

Ich war gerade in meine Regenjacke geschlüpft, als mich Fionas Anruf erreichte: »Adrian Bühler war's nicht.«

»Bist du dir sicher?«

»Er hat ein Alibi. Bühler war zwischen halb acht und halb neun in seinem Stammlokal …«

»Dem *Farbhof*?«

Fiona stutzte. »Woher weißt du das?«

»Ich bin Detektiv, schon vergessen?«

»Wie auch immer. Es gibt mehrere Zeugen, darunter die Kellnerin, die bestätigen, dass er das Restaurant während dieser Stunde nicht verlassen hat.«

»Was tut er um diese Zeit in einem Restaurant?«

»Er trinkt da jeden Morgen einen Milchkaffee und isst zwei Gipfeli, dazu liest er Zeitungen und Magazine. *Weltwoche, Basler Zeitung, Blick.* So haben es mir die beiden Beamten berichtet, die auf ihn angesetzt sind.«

»Haben sie mit ihm geredet?«

»Nein, noch nicht. Er war nicht mehr da und im Büro haben wir ihn nicht erreicht.«

»Und seine Frau?«

»Die hat den ganzen Morgen im Kinderhort ausgeholfen. Eine der Leiterinnen ist krank geworden.«

»Aber mit ihr haben die Kollegen gesprochen?«

»Ja, Vijay. Bei ihr zu Hause. Sie ist okay.«

»In dem Fall bin ich beruhigt. Irgendwelche Hinweise auf den Schützen?«

»Er hat insgesamt sechs Mal abgedrückt, immer aus demselben Winkel, davon haben zwei Schüsse ihr Ziel verfehlt. Also ein ungeübter Schütze. Welche Verletzungen wirklich tödlich waren, wissen wir erst nach der Obduktion der Leiche. Nach der Analyse der Patronen handelte es sich bei der Tatwaffe um eine SIG 550, Kaliber 5,56, auch *Sturmgewehr 90* genannt.«

»Das Gewehr der Schweizer Armee!«

»Ja, leider. Davon wurden bislang ungefähr vierhundertfünfzigtausend Stück an den Bund geliefert.«

Ich pfiff durch die Zähne. »Viel Spaß bei der Mördersuche!«

»Wir sind völlig am Anschlag.«

Die ermittelnden Beamten waren wirklich nicht zu beneiden, denn Schweizer Soldaten bewahrten ihre Gewehre zu Hause auf – selbst wenn sie nicht im Dienst waren. Wurden sie altersbedingt aus der Armee ausgemustert, durften sie auf Wunsch die Waffe behalten. Passende Munition war nicht wirklich schwer zu beschaffen. Theoretisch kamen damit nicht nur alle aktiven und ehemaligen Wehrpflichtigen als Täter infrage, sondern auch jeder, der sich Zugriff auf die meist im Keller oder auf dem Dachboden gelagerten Waffen verschaffen konnte. Ein Fass ohne Boden.

Ich bedankte mich für das Update bei Fiona und beendete den Anruf. Dann griff ich nach meinem Autoschlüssel und stieg nachdenklich die Treppe hinunter.

Der *Farbhof* war eines jener Wirtshäuser, an denen der Zeitgeist der vermutlich letzten vierzig Jahre spurlos vorbeigegangen war. Ein stattliches, dreistöckiges Wohnhaus mit rotem Ziegeldach, das Restaurant im Erdgeschoss, davor ein lauschiger Außenbereich mit Kastanienbäumen. Dennoch war ich milde entsetzt, als ich eintrat. Dunkle Holztische und entsprechende Stühle, vor den Fenstern hingen Gardinen mit Blümchenstickereien, die Wände waren bis auf

Kopfhöhe mit ebenfalls dunklem Holz verkleidet. Gusseiserne Hängelampen sorgten für düsteres Licht und aus den Lautsprechern dudelte Ländlermusik. Überall hingen Wimpel und Fähnchen, denn hier trafen sich nicht nur die Fußballer, das Restaurant diente auch dem Zürcher Schwingerklub als Vereinslokal. Ich hatte eigentlich ein schickes Café erwartet und nicht geahnt, dass diese Art von Restaurant in der Stadt überhaupt noch existierte. Eine bodenständige Bastion gegen alles Trendige und entsprechend Kurzlebige, ohne dabei trotzig zu wirken. Überraschenderweise erfasste mich eine wohlige Gemütlichkeit, sobald ich mich hingesetzt hatte, dem abschließenden Skihüttenbesuch nach einem langen Tag auf der Piste nicht unähnlich. Zwei Tischchen an den Fenstern waren besetzt mit älteren Leuten, am ovalen Stammtisch in der Ecke saßen drei Männer und blickten mit verkniffenen Mienen zu mir herüber. Trotz der morgendlichen Stunde hatte jeder ein Bier vor sich.

Die Bedienung, eine dralle Frau im mittleren Alter, brachte mir einen Milchkaffee, da ich mich nicht getraut hatte, einen Latte macchiato wie in der City zu bestellen, und als sie ihn vor mir auf dem Tisch platzierte, meinte sie leutselig: »Sie sind zum ersten Mal bei uns, nicht?«

Ich bestätigte dies und kam gleich auf den Grund meines offenbar auffälligen Besuchs zu sprechen.

»Nun, die Polizei war heute Mittag schon mal hier und ich weiß nicht …« Unsicher fuhr sich die Kellnerin durch ihre blonde Strähnchenfrisur, die den modisch grenzwertigen Stil der Achtzigerjahre aufleben ließ. Kim Wilde an einem *very, very bad hair day*.

»Mir würde das enorm helfen.«

Sie ließ den Blick über die anwesenden Gäste schweifen, doch alle schienen versorgt. »Privatdetektiv, haben Sie gesagt?«

»Ich habe für Adrian Bühler gearbeitet.«

Sie musterte mich mit erwachender Neugier und gab sich schließlich einen Ruck. »Er kam wie immer pünktlich um halb acht rein und setzte sich an die Siebzehn.« Sie deutete auf einen Zweiertisch in der Nische gleich neben der Eingangstür.

»Und er hat seinen Platz nie verlassen?«

»Nein.«

»Sind Sie sich sicher?«

»Ja, schon ...«, erwiderte sie zögernd.

»Wie viele Gäste hatten Sie um die Zeit ungefähr?«

Sie hob den Kopf und ging konzentriert die Tische durch. »Fünfzehn werden es schon gewesen sein.«

»Sie konnten Adrian Bühler demnach gar nicht andauernd im Auge behalten.«

Sie runzelte die Stirn. »Wieso hätte ich das tun sollen? Adrian kommt jeden Morgen, trinkt eine Schale und isst zwei Gipfeli. Dazu liest er seine Zeitungen. Da muss ich nicht unbedingt zugucken.«

»Aber der Polizei haben Sie gesagt, dass er die ganze Zeit über da war.«

Sie nickte langsam.

»Oder ist Ihnen gerade etwas eingefallen?«

»Ich glaube, er ging mal zur Toilette.«

»Glauben?«

»Wie gesagt, Adrian kommt jeden Tag mehrmals her. Zum Frühstück, zum Mittagessen und manchmal sogar auf ein Feierabendbier. Da verschwimmt einem schon mal die Erinnerung. Es könnte auch am Freitag oder Donnerstag gewesen sein.«

»Wie lange war er auf dem Klo?«

Die Kellnerin sah mich an, als hätte ich nicht alle Tassen im Schrank. »Ich kontrolliere doch nicht mit der Stoppuhr, wie lange unsere Stammgäste austreten!«

Ich grinste. »Vielleicht war er aber heute ungewöhnlich lange weg?«

»Wieso sollte er?« Sie schielte verstohlen zu dem Tischchen in der Nische. Ich lehnte mich vor und da fiel es mir auf.

»Sie haben ihn vom Buffet aus, wo sie sich wahrscheinlich die meiste Zeit aufhalten, gar nicht im Blickfeld! Denn dieser Stützpfeiler verdeckt Ihnen die Sicht!« Ich sprang auf und deutete im Vorbeigehen auf die Säule im Eingangsbereich, an der das Tagesmenü und diverse Veranstaltungshinweise angeschlagen waren. Vor dem Ausschank am gegenüberliegenden Ende des Raumes blieb ich stehen. »Keine Chance! Sie können von hier aus knapp die aufgeschlagene Zeitung auf der Tischplatte erkennen, ganz sicher aber nicht denjenigen, der auf dem Stuhl sitzt.« Triumphierend kehrte ich zu ihr zurück und fühlte mich dabei ein bisschen wie Agatha Christies Schlaumeier Hercule Poirot. Die kleinen grauen Zellen und so.

»Und jetzt?« Säuerlich verzog die Frau das Gesicht.

»Zeigen Sie mir die Toiletten!«

Kopfschüttelnd führte sie mich am Stammtisch vorbei und durch eine dunkle Holztür in den Korridor hinaus. Es war merklich kühler als in der Gaststube und roch nach Putzmitteln, an der Wand stand ein Zigarettenautomat.

»Hier.« Sie ließ mich kurz in beide Klos blicken, blitzblank geputzte Räume mit je einem winzigen Fenster. Viel zu schmal, als dass sich ein erwachsener Mann hätte hindurchzwängen können.

»Wohin führt dieser Durchgang?«, fragte ich und wies auf die Tür am Ende des Flurs.

»Ins Treppenhaus. Von dort kommt man zu den Wohnungen über dem Restaurant.«

»Gibt es einen separaten Zugang von der Straße her?«

»Natürlich.«

»Es hätte also niemand bemerkt, wenn Bühler kurz hinausgeschlüpft wäre.«

Die Kellnerin lehnte sich an die Wand und verschränkte die Arme. »Er hat's nicht getan«, sagte sie bestimmt und sah mich an. »Adrian hat diesen Mann nicht erschossen. Da bin ich mir ganz sicher.«

Ich dachte über ihre Worte nach, während ich wieder stadteinwärts fuhr. Die Scheibenwischer führten einen aussichtslosen Kampf gegen den wütend herunterpeitschenden Regen, während im Radio die norwegische Popgruppe a-ha *Crying in the rain* säuselte. Die Kellnerin hatte Adrian als höflichen und zurückhaltenden Gast beschrieben, der gerne in Ruhe gelassen wurde. In letzter Zeit war ihr nichts Besonderes aufgefallen, höchstens, dass er etwas bedrückt wirkte. Die Gäste im *Farbhof* hatten leider keine brauchbaren Hinweise geliefert. Niemand hatte Adrian Bühler das Lokal verlassen sehen, niemand hatte seine Rückkehr bemerkt, ob er auf der Toilette gewesen war, konnte keiner mit Bestimmtheit bezeugen. Am Stammtisch mochte man ihn offenbar nicht besonders. Ein ›feiner Pinkel‹ sei er, der sich für ›etwas Besseres‹ halte, hatte der Jüngste im Bund missmutig gebrummelt, aber so urteilte er wahrscheinlich über jeden zweiten Gast, wie das halt an Stammtischen so üblich war. Die beiden älteren Männer hatten nichts gesagt und dumpf in ihre halb leeren Biergläser geglotzt.

Immerhin hatte mein Besuch im *Farbhof* aufgezeigt, dass es Bühler ohne Weiteres möglich gewesen wäre, das Lokal unbemerkt zu verlassen, mit dem Auto zum Asylzentrum zu rasen, um Faruq al-Naser zu erschießen, und im Anschluss seelenruhig an seinen Tisch zurückzukehren.

Während ich an einem Lichtsignal wartete, wählte ich Fionas Nummer. Nach dem zweiten Klingeln ging sie ran.

»Vielleicht liegt ihr falsch und Bühler ist doch der Schütze. Ich war da und hab mir das Lokal angesehen. Es gibt einen Hinterausgang und vom *Farbhof* bist du mit dem Auto in wenigen Minuten beim Asylzentrum!«

»Im Moment spricht alles gegen ihn als Hauptverdächtigen, Vijay.«

»Aber er ist jähzornig und hat ...«

»Du versteifst dich da auf etwas.«

»... ein klassisches Motiv!«

»Und woher wusste er, dass Faruq al-Naser kurz vor acht das Asylareal verlassen würde? Das tat er nämlich nicht regelmäßig, er hat zuvor erst einen einzigen Termin im Verfahrenszentrum gehabt.«

Daran hatte ich in meinem Eifer nicht gedacht. »Bühler wird ihn beobachtet haben.«

»Und erschießt ihn dann direkt vor dem Eingang, wo er Gefahr läuft, dass ihn der Logendienst erkennt?«

»Nun, er ist ziemlich jähzornig ...«

»Du bist auf der falschen Spur.«

»Aber mit Bühler stimmt etwas nicht! Da ist was faul!«

»Das macht ihn noch lange nicht zu einem Mörder. Ihr Privaten habt immer das Gefühl, oberschlau und der Polizei einen Schritt voraus zu sein. Dem ist aber selten so und in diesem Fall schon gar nicht.«

Ich überhörte ihre Spitzen geflissentlich. »Habt ihr eigentlich mittlerweile mit ihm geredet?«

»Mit Bühler? Nein, denn ...«

»Siehst du? Ich werde trotzdem an ihm dranbleiben, dann sehen wir ja, wer am Ende der Oberschlaue ist«, beharrte ich trotzig auf meinem Verdacht.

»Du vergeudest nur deine Zeit.«

Ich horchte auf. »Wieso?«

»Nur so.«

»Fiona?«

Außer ihren regelmäßigen Atemzügen war nichts zu hören.

»Fiona? Bist du noch dran?«

»Ja.«

»Bitte!«

Sie seufzte. »Schtürmigrind! Ich dürfte dir das eigentlich nicht sagen, aber …« Fiona senkte ihre Stimme, »… die Kollegen haben Kokain gefunden. Gut verborgen in Faruqs Sachen.«

»O nein! Sag, dass das nicht wahr ist!«

»Es ist leider so.«

Mir fehlten die Worte. »Verdammte Scheiße.«

»Du sagst es.«

»Das wird ein gefundenes Fressen für Leute wie Annegret Widmer. Ich sehe schon die *Blick*-Schlagzeilen vor mir: *Toter Drogendealer bettelte um Asyl in der Schweiz!*«

»Die Bevölkerung von Altstetten wird Sturm laufen, wenn das rauskommt.«

»Und erst die ganzen Onlinekommentatoren!«

Wir schwiegen beide.

»Was wisst ihr?«, fragte ich schließlich.

»Nicht viel. Momentan versuchen die Übersetzer, etwas aus den anderen Asylbewerbern rauszubekommen. Offenbar hat sich Faruq gestern Abend mit einem Landsmann heftig gestritten. Wir wissen aber noch nicht, worum es ging. Auf jeden Fall sitzen wir hier auf einem Pulverfass, das uns jeden Moment unter dem Arsch explodieren kann. Deshalb sind auch alle Beamten abberufen worden. Das Gespräch mit Bühler muss warten.«

Wie es schien, hatte Fiona recht gehabt: Die neuesten Entwicklungen entlasteten Bühler als Hauptverdächtigen. Trotzdem wollte ich ihn im Auge behalten, ein wenig beleidigt hatte mich ihr Urteil über meine Ermittlerfähigkeiten schon.

»Meldest du dich, wenn es etwas Neues gibt?«, bat ich Fiona.

»Ich riskiere hier meinen Job.«

»Ich weiß …«

»Aber nur wenn du die Klappe hältst.«

»Du kennst mich doch.«

»Eben!«

Ich fuhr pünktlich um vier Uhr vor *Kumar's Palace* vor, dem indischen Restaurant mit integriertem Lebensmittelladen in der Nähe des Helvetiaplatzes. Mittlerweile führte Manju den Betrieb im Alleingang, aber da sich meine Mutter mit der Übergabe sehr schwergetan hatte, hatte sie ihr vorgeschlagen, zweimal pro Woche ihr legendäres *Thali* zu kochen. Ein cleverer Schachzug meiner Freundin, so hatten wir immerhin den Dienstag- und Donnerstagabend ganz für uns, während meine Mutter sich nicht abgeschoben vorkam und mit ihren Kochkünsten die Gäste begeisterte. Eine Pflegerin sah während dieser Stunden nach meinem Vater und ermöglichte meiner Mutter so die wohlverdiente Auszeit.

Thali war eine Art Degustationsset der indischen Küche. Dem Rand eines radgroßen Metalltabletts entlang wurde eine Vielzahl Schälchen angeordnet, die je nach Bestellung mit vegetarischen Gerichten oder solchen mit Fleisch gefüllt waren. Dazu wurden nebst Basmatireis diverse Soßen und Chutneys gereicht, in der Mitte des Tabletts türmten sich indische Fladenbrote.

»Alles klar?«, fragte ich, als Manju die Wagentür aufriss und sich mit einem erleichterten Seufzer in den Sitz sinken ließ. Anstelle einer Antwort lehnte sie sich zu mir herüber und küsste mich auf den Mund.

»Das habe ich jetzt gebraucht«, lächelte sie.

»Wie war dein Tag?«

»Frag besser nicht!« Sie barg den Kopf an meiner Schulter, während sie mit gespielter Verzweiflung herzzerreißend schluchzte.

Ich lachte. »Deine Mutter ist noch keine Woche da und schon bist du mit den Nerven am Ende?«

»Wenn es eine Hölle für unverheiratete Mädchen gibt, dann ist sie dort drin!« Sie deutete zum Ladenlokal. Hinter den angelaufenen Scheiben entdeckte ich schemenhaft meine Mutter, die eifrig nickend neben einer Frau im karminroten Sari stand. Jetzt wischte sie auf Kopfhöhe mit einem Tuch Gucklöcher frei, damit beide mit vorwurfsvollen Mienen zu uns herausschauen konnten.

»Dabei ist weder Dienstag noch Donnerstag.«

»Wenn sie das Gefühl haben, es wäre wieder mal an der Zeit, mich wegen Hochzeit und Kindern zu drangsalieren, stürmen sie einfach den Laden. Dieses Gefühl übermannt sie leider ziemlich häufig, eigentlich ununterbrochen.«

»Wir haben es ja vorausgesehen, dass sich unsere Mütter gegen uns verbünden würden«, gab ich zu bedenken. »Ich glaube, sie haben ihre gemeinsamen Prioritäten gleich am ersten Abend entdeckt.«

»Und seither sind sie unzertrennlich. Nur bist du den ganzen Tag unterwegs, während ich ihnen dort drin wehrlos ausgeliefert bin. Dauernd machen sie Anspielungen. Ich traue mich kaum mehr, einen Handgriff auszuführen, weil sie es schaffen, alles – und damit meine ich wirklich alles – auf das einzige Thema umzulenken, das sie umtreibt. Knete ich Teig, erfolgt sogleich die anzügliche Bemerkung: ›Wasser und Mehl müssen sich vereinigen und eins werden wie Mann und Frau.‹ Schäle ich Karotten, schwärmen sie von den Freuden, die mich im Ehebett erwarten, und wenn ich *Daal* in den Topf schütte, rufen sie: ›Mögen deine Kinder so zahlreich sein wie die Linsen im Topf!‹«

»Du wolltest ja nicht heiraten.«

»Fällst du mir jetzt auch noch in den Rücken? Du warst meiner Meinung! Erinnerst du dich?« Manju funkelte mich erzürnt an.

Natürlich erinnerte ich mich nur allzu gut an jenen Abend, als wir diese entscheidende Diskussion geführt hatten. Ich hatte eine Flasche Rotwein entkorkt, weil ich dachte, das sei ein guter Zeitpunkt, um das Thema anzuschneiden. Schnell stellte sich jedoch heraus, dass Manju nicht die geringste Lust auf eine Hochzeit hatte.

»Nicht in den nächsten paar Jahren«, meinte sie in kompromisslosem Ton.

»Wieso nicht?«, fragte ich konsterniert. Hatte ich doch längst einen Ring gekauft und wartete seither nur auf einen günstigen Zeitpunkt, um ihr einen Antrag zu machen.

»Weil ich nicht den ganze Weg von Varanasi hierhergereist bin, um dann doch in die von meiner Familie und der Gesellschaft vorgesehene Rolle hineinzuschlüpfen.«

»Das versteh ich nicht ganz.«

»Pass mal auf, Vijay«, sagte sie in versöhnlicherem Ton und griff nach meiner Hand. »Ich bin jetzt vier Jahre in der Schweiz. In Indien hat man mich als zukünftige Ehefrau erzogen. Kinder in die Welt zu setzen, ist nebst Kochen und Putzen die einzige Erwartung, die man in mich setzt. Aber ich habe eine Chance bekommen und sie genutzt. Ich habe Deutsch gelernt und führe ein eigenes Lokal, das ist mehr, als ich mir zugetraut hätte. Mehr als ich mir jemals erträumt habe. Doch darum weiß ich auch, dass es unzählige weitere Möglichkeiten für mich gibt. Und ich bin fest entschlossen, zumindest einige davon zu nutzen. Man kann einen Menschen nicht einfach in eine fremde Welt versetzen und glauben, dass ihn das nicht verändert. Dass er einfach so weitermacht, wie bis anhin. Du bist ein wichtiger Teil meines Lebens und wenn ich sage, dass ich Neues entdecken will, dann meine ich dich immer mit. Ich will das alles mit dir gemeinsam erleben. Wenn ich dich jetzt nicht heiraten will, heißt das nicht, dass ich dich nicht liebe. Aber nur wenn ich diesen Schritt nicht mache, wird mich meine Familie ernst nehmen. Allein auf diese Weise erkennt sie meinen Widerstand, dass ich mich weigere, mich einzufügen, mich ihren Erwartungen zu beugen. Denn sonst würden sie mich einfach belächeln. Nach dem zweiten Baby ist es vorbei mit der Tagträumerei, würden sie sagen, dann wird sie derart beschäftigt sein, dass sie an nichts anderes mehr denken kann – schon gar nicht an irgendwelche hochfliegenden Pläne. Ich wäre nicht mehr als deine aufmüpfige kleine Frau. Und das ist mir nicht genug. Denn das bin nicht ich.«

Nachdem Manju geendet hatte, starrte ich lange in mein Weinglas. Meine Gefühle spielten Achterbahn. Einerseits war ich enttäuscht, denn ich hatte mir lange genug ihr Strahlen vorgestellt, wenn ich ihr den Ring überreichte. Ich hatte immer gedacht, sie wünschte sich eine Hochzeit mit allem Drum und Dran, wie das junge Inderinnen normalerweise tun. Ihr zuliebe wäre ich diesen Schritt gegangen. Andererseits verstand ich nur zu gut, was sie meinte. Ein selbstbestimmtes Leben zu führen, war für Mitteleuropäer eine Selbstverständlichkeit. Anders für ein indisches Mädchen aus einer konservativen Familie. Da war das etwas, wofür man kämpfen musste.

Kein Ring also. Vielleicht war es erst dieser Gedanke, der mich erleichtert aufatmen ließ. Denn im tiefsten Herzen war ich genauso wenig erpicht auf eine Hochzeit wie Manju.

»Ich bin an deiner Seite, egal was geschieht«, sagte ich leise und zog sie an mich. Ihr unergründliches Lächeln bemerkte ich erst, als sie mein Hemd aufknöpfte. Es war der Abend, an dem wir aufhörten, nicht miteinander zu schlafen.

Die Warteschlange fiel schon von Weitem auf. Trotz des anhaltenden Regens reichte sie vom Eingang des mehrstöckigen Wohnhauses bis zur Kreuzung und verschwand dort hinter der Ecke des Gebäudes. Dabei waren wir fünfundvierzig Minuten zu früh, die Besichtigung der Wohnung war erst auf fünf Uhr angesetzt. Dreieinhalb Zimmer in einem verlotterten Altbau in nicht gerade bester Wohnlage, oberstes Stockwerk ohne Balkon oder Zugang zu einer Dachterrasse für fast dreitausend Franken: Die Wohnungsknappheit trieb die Preise in geradezu lächerliche Höhen und man war auf Gedeih und Verderb den Vermietern ausgeliefert, wenn man in der Stadt bleiben wollte.

Während ich mit Manju missmutig dem Ende der Reihe zustrebte, nickten uns immer wieder Leute zu und grinsten wissend. Ja, ja, so trifft man sich wieder, schienen sie zu sagen. Im notorisch unterkühlten Zürich lernte man mittlerweile bei Wohnungsbesichtigungen einfacher jemanden kennen als in einer Bar. Die Vorzeichen waren, genau genommen, sogar günstiger: Es gab keine laute Musik, die Small Talk verunmöglichte, und bei der endlosen Warterei konnte man gar nicht anders, als sich mit der nächststehenden Person auszutauschen. Oftmals war diese sogar nüchtern und man hatte gleich Gesprächsstoff zur Hand, denn die anstehende Besichtigung würde aller Wahrscheinlichkeit nach nicht die letzte sein. Man stammte aus derselben Einkommensschicht und bewegte sich in ähnlichen Kreisen, was sich in Ausstattung und Preis der Wohnung sowie durch den Stadtteil äußerte, in der sie sich befand. Ob man denselben Geschmack hatte, zeigte die Reaktion auf das Interieur. Eigentlich die ideale Partnerbörse. Ich war mir sicher, dass sich hier etliche Leute nur eingefunden hatten, um jemanden abzuschleppen. Für diejenigen, die schon länger auf Besichtigungstour waren, blieb immer noch das Lästern über jene

Mitbewerber, die zu diesen Treffen der Verzweifelten nicht mehr auftauchten. Weil sie entnervt aufs Land gezogen waren, versuchte man, mit hämischem Gelächter die Befürchtung zu übertönen, dass sie vielleicht fündig geworden waren. Bereits den Traum lebten, auf den wir alle hofften: von irgendeinem Vermieter auserwählt zu werden, das Elysium zu erreichen.

Es war kurz nach halb sieben, als wir uns die Wohnung endlich ansehen konnten. Immer zwanzig Leute wurden gleichzeitig durch die Zimmer geschleust, doch ich wusste bereits nach einem einzigen Blick in die abgewrackte Küche, dass man uns hier eine Bruchbude anzudrehen versuchte. Am liebsten hätte ich auf der Stelle kehrtgemacht, doch Manju bestand darauf, sich den Rest anzusehen, wenn wir schon mal hier waren.

»Vielleicht sieht das Wohnzimmer besser aus«, machte sie sich tapfer Hoffnung und schritt vorsichtig über den fleckigen Spannteppich, als wäre er mit hochgiftigen Schlacken kontaminiert.

Wäre ich Single gewesen, hätte man mich nie und nimmer aus meiner Zweizimmerwohnung gebracht, zumindest nicht solange ich am Leben war. Doch für uns beide war die Unterkunft eindeutig zu klein – schließlich befand sich auch noch mein Büro darin – und ich hatte keine Lust, unsere Beziehung aufs Spiel zu setzen, weil wir uns wegen zu viel Nähe aneinander aufrieben.

»Ach, Sie kommen aus Deutschland?«, erkundigte sich die Vermieterin, die – wie ich aus der Anzeige wusste – Frau Diavelli hieß, bei einem adrett wirkenden Paar. Wir hatten gerade das Wohnzimmer betreten und ich beobachtete, wie sie unauffällig die Banknote verschwinden ließ, die ihr der junge Mann soeben zugesteckt hatte.

»Aus Parsberg bei Miesbach«, erklärte seine Freundin

stolz lächelnd und die Diavelli, eine etwa sechzigjährige Frau mit auberginefarbenen Haaren und einem Hosenanzug im Leopardenlook, zog alarmiert die eine Augenbraue hoch.

»Wir möchten bald Kinder«, fuhr die Parsbergerin treuherzig fort und am liebsten hätte ich ihr eigenhändig den Mund gestopft.

Frau Diavellis Augenbraue wanderte denn auch unaufhaltsam in die Höhe, angewidert schürzte sie die Lippen, als hätte sie soeben in einer Ecke ein schimmliges Stück Brot entdeckt. »In der Anzeige steht deutlich, dass wir in diesem Haus keine Deutschen wollen. Und Kinder ...« Sie schüttelte ohne jedes Bedauern den Kopf und legte das Bewerbungsformular, das sie bereits in der Hand gehalten hatte, mit Nachdruck auf den Stapel zurück.

»Aber wieso?«, wollte die junge Frau konsterniert wissen, derweil ihr Freund wohl am liebsten im Boden versunken wäre, so wie er dreinschaute.

»Die anderen Hausbewohner wollen es so«, zog sich Frau Diavelli leichthin aus der Affäre und wandte sich schwungvoll ab. Als sie uns erblickte, stöhnte sie entnervt: »Da schreibt man extra ins Inserat ›nur an saubere, kinderlose Schweizerpaare‹ und dennoch kommt dieses unsägliche Pack angerannt ...«

»Ich *bin* Schweizer und sauber und extrem kinderlos«, fuhr ich der Alten übers Maul. »Aber Ihr Dreckloch wollen wir trotzdem nicht mieten!«

Sie starrte mich ein paar Wimpernschläge lang an, dann deutete sie kühl auf die Warteschlange, die durch die offene Wohnungstür zu sehen war. »Aber irgendjemand anders wird es garantiert tun. Und jetzt verschwinden Sie!«

Ich war immer noch außer mir vor Wut, als wir meinen Käfer erreichten.

»Vergiss sie, das war einfach eine blöde Kuh«, versuchte mich Manju zu beschwichtigen, doch ich war zu sehr in Fahrt.

»Muss man heutzutage einen reinrassigen Schweizer Stammbaum vorweisen und alle vier Strophen der Landeshymne fehlerfrei absingen können, um an eine Wohnung zu kommen?«

»Keine Ahnung. Das würde die Auswahl an Bewerbern ja bedenklich einschränken.«

»Nicht in den Augen gewisser Vermieter. Guck dir bloß die Anzeigen an!« Ich streckte ihr den herausgerissenen Zeitungsausschnitt unter die Nase. »Die alte Hexe ist keineswegs die Einzige! Dank der Wohnungsnot darf jeder ungestraft den Rassisten raushängen lassen!« Aufgebracht tippte ich auf die Inseratenspalte. »*Nur an Schweizer, Bewerber aus dem Balkan unerwünscht* und der hier ist echt der Hammer: *Keine Vermietung an Deutsche oder Ausländer!* Ich kenne Leute mit schwarzer Hautfarbe oder einem auf -ić endenden Familiennamen, die suchen seit Jahren eine Wohnung und kriegen einfach keine. Was, wenn uns das ebenfalls blüht?« Ich knüllte den Papierfetzen zusammen und pfefferte ihn aus dem Fenster.

»Glücklicherweise gibt es auch andere Vermieter«, besänftigte mich Manju. »Früher oder später werden wir was finden.«

Unwillig knurrend schaltete ich das Radio ein. *Auch im Regen*, jammerten Rosenstolz, was meine Laune keineswegs hob. Doch das war noch lange nicht der härteste Schicksalsschlag an diesem Abend: Kaum waren wir zu Hause angekommen und hatten die nassen Jacken aufgehängt, klingelte es an der Tür. Manju und ich tauschten einen Blick aus. Wir erwarteten niemanden und für Kundschaft war es eigentlich zu spät. Seufzend ließ ich mich aufs Sofa fallen, während Manju nachsah, wer uns da beehrte.

»Wir haben für euch gekocht!«, hörte ich meine Mutter schon vom Korridor her in diesem ausgelassenen Singsang rufen, den sie neuerdings draufhatte und der zumindest auf mich latent bedrohlich wirkte.

»Spezialitäten aus Varanasi«, stimmte Manjus Mutter Asha ein und gemeinsam enterten sie mit einer Unzahl an Töpfen und Plastikbehältern unsere kleine Wohnung.

»Das wäre doch nicht nötig gewesen, *Saas*«, wehrte ich erschöpft ab. Asha bestand darauf, dass ich sie Schwiegermutter nannte, selbst wenn Manju und ich nicht verheiratet waren. Widerspruch wäre ohnehin auf taube Ohren gestoßen, also tat ich ihr den Gefallen.

»Aber sicher! Ihr habt den ganzen Tag gearbeitet und obschon wir Manju beim Kochen ein wenig zur Hand gegangen sind …«

»Auf die Nerven! Auf die Nerven gegangen …«, setzte Manju an, doch Asha plapperte nach einem strafenden Seitenblick auf ihre Tochter munter weiter: »Ich mag ja den Laden sehr. Das Restaurant ist erstaunlich geschmackvoll eingerichtet und kommt nicht so überkandidelt daher wie andere indische Lokale. Nach der Hochzeit müsste man dann weiterschauen, die Arbeit ist ja doch ziemlich zeitintensiv und anstrengend.«

»Vor allem, wenn einem dauernd jemand im Weg steht«, warf Manju ein, worauf Asha tadelnd den Kopf schüttelte und mit der Zunge schnalzte. »Du sollst nicht immer so frech zu deiner Mutter sein, das habe ich dir schon als Kind versucht beizubringen. Vergebens, wie es scheint.«

»Davon könnte ich dir ein Liedchen singen«, rief meine Mutter aus der Küche, wo sie dem metallischen Scheppern nach bereits damit beschäftigt war, die mitgebrachten Speisen auf Pfannen und Töpfe zu verteilen und aufzuwärmen.

»Also Kinder und Job, das geht natürlich überhaupt

nicht«, fuhr Asha fort und ließ sich mir gegenüber in einem Sessel nieder. »Ich bin ja der Meinung, die Frau sollte zu Hause bleiben und den Nachwuchs versorgen, während der Mann fürs Geld zuständig ist, nicht wahr, meine Liebe?«

»Drei Kinder wären gut«, schrie meine Mutter herüber, um das Zischen von Fett zu übertönen. »Bei zwei gibt's immer einen Konkurrenzkampf, eins ist zu wenig. Da lohnen sich die ganzen Anschaffungen nicht. Ich weiß, wovon ich spreche. Drei wären genau richtig.«

»Drei Kinder?« Asha musterte mich zweifelnd. »Dein Geschäft läuft doch ganz zufriedenstellend, *Jamata?*« Konsequenterweise nannte sie mich Schwiegersohn.

»*Saas*, hör mal. Manju und ich haben nicht vor …«

»Man müsste sich aber langsam darauf einigen, wo die Hochzeit stattfinden soll!«, rief Asha meiner Mutter zu. »Die besten Lokale sind meist schon Jahre im Voraus ausgebucht. Was meinst du: Varanasi oder Mumbai? Auf jeden Fall in Indien, denn die ganze Verwandtschaft in die Schweiz einzufliegen, würde uns ruinieren …«

»Sie heiraten in Indien, die ganze Verwandtschaft in die Schweiz einzufliegen, würde uns ruinieren!«

Manju verdrehte die Augen und ich lachte laut auf.

»Macht ihr euch nur lustig über eure armen alten Mütter!« Gekränkt verschränkte Asha die Arme und blickte in den regnerischen Abend hinaus.

»Ich wollte dich nicht verletzen, Ma«, sagte Manju sanft. »Aber ihr drängt uns mit euren Plänen in eine Richtung, die …«

»Wir drängen euch doch nicht!« Ruckartig wandte sich Asha ihrer Tochter zu und riss die kajalumrandeten Augen auf. »Wenn ihr noch nicht bereit seid, müsst ihr es nur sagen! Aber man sollte schon früh genug mit der Planung beginnen …«

»*Jaldi, jaldi* wird das nichts, eine schöne Hochzeit muss minutiös organisiert werden«, gab meine Mutter zu bedenken, die jetzt im Türrahmen stand und sich die Hände an einem Tuch abwischte.

»Und wenn wir gar nicht heiraten wollen?«, fragte ich, worauf die beiden Frauen gleichzeitig verstummten und mich verständnislos anglotzten.

»Alle wollen heiraten«, entschied Asha barsch, die sich als erste vom Schock erholte.

»Wir nicht!«, kam mir Manju zu Hilfe.

»Über solch wichtige Dinge sollte man nicht mit nüchternem Magen diskutieren!«, erklärte meine Mutter bestimmt und verschwand in der Küche. Kurz darauf kehrte sie mit zwei dampfenden Schüsseln zurück, die sie auf dem Salontisch platzierte.

»Soll ich noch ein paar *Pani Puri* zubereiten, meine Liebe?«, erkundigte sich Asha und erhob sich halb, doch meine Mutter winkte ab.

»Alles unter Kontrolle.«

Wenn sie das sagte, stimmte es auf jeden Fall.

Nach und nach füllte sich der Tisch mit lecker riechenden Delikatessen, die meisten stammten aus der hauptsächlich vegetarischen Küche Varanasis. Nebst den erwähnten *Pani Puris*, würzig gefüllten und frittierten Teigblasen, die man in Mumbai *Gol Gappa* nannte und die so klein waren, dass eine davon genau in den Mund passte, hatten die beiden Frauen das für die Gegend typische *Benarasi Bharwan Aloo* zubereitet, mit Cashewnüssen und *Paneer* gefüllte Kartoffeln an einer sämigen Soße auf Tamarindenbasis mit Fenchelsamen, Tomaten und einem Klacks Sahne. Dazu wurden *Dum Bhindi* und *Chana Chaat* gereicht, gefüllte Okraschoten und eine Art Kichererbsensalat mit Zwiebeln und Koriander, sowie gebackene Linsenküchlein, die man *Kachori* nannte.

Zur Nachspeise hatte Manjus Mutter zwei weitere Spezialitäten vorbereitet: *Jalebi*, frittierte Teigschlangen, die mit Zuckersirup getränkt wurden, und ein mit Safran, Kardamom, Pistazien und Sultaninen versetzter Reispudding namens *Kheer*.

Wir aßen alle von Hand und bedienten uns aus den Schüsseln, ein Stück Indien im Langstrassenviertel, während der Regen unablässig gegen die Scheiben prasselte.

»Wir müssen es ihnen klarmachen«, sagte Manju später, nachdem wir die beiden Frauen endlich aus der Wohnung spediert hatten und mit vollen Bäuchen im Bett lagen, um uns die Spätnachrichten anzusehen.

»Ich habe es versucht, aber es ist, als hätten sie gewisse Wörter kurzfristig aus ihrem Vokabular gekippt. Vor allem mit der Kombination von ›keine‹ und ›Hochzeit‹ scheinen sie überhaupt nichts anfangen zu können.«

»Sie denken, wir scherzen.«

»Früher oder später werden sie es merken. Die Zeit ist auf unserer Seite.«

»So reibungslos läuft das kaum ab, ich kenne meine Mutter«, warnte mich Manju.

»Und ich meine! Aber momentan können wir eh nichts ausrichten und ich mag auch nicht mehr darüber diskutieren. Wie wäre es, wenn wir das Thema für den Moment ruhen ließen?«

»Und was schlägst du als Alternative vor?« Lächelnd rutschte Manju zu mir herüber und legte mir ihre Hand auf die Brust. Ich tastete nach der Fernbedienung, die einmal mehr unauffindbar war. Der Sprecher berichtete gerade von weiteren Erdrutschen. Im Tessin musste deswegen die A 2 gesperrt werden und die Gotthardbahnlinie war zwischen Erstfeld und Göschenen bis auf Weiteres unterbrochen. In den nächsten Tagen müsse mit weiteren wetterbedingten Verkehrsbehinderungen gerechnet werden.

Meine Gedanken schweiften zu Adrian Bühler. Ich hatte im Lauf des Abends mehrmals versucht, ihn telefonisch zu erreichen, doch weder er noch seine Frau gingen an den Apparat. Obschon Fiona Entwarnung gegeben hatte und ohnehin der Meinung war, ich läge falsch mit meinem Verdacht, wollte ich gleich morgen früh meine Suche nach ihm fortsetzen. Denn seit dem Mord vor dem Asylzentrum hatte ihn selbst die Polizei nie zu Gesicht bekommen. Das machte mich mehr als stutzig.

»Hallo? Woran denkst du?«, erreichte mich Manjus Stimme von weither.

»An nichts«, erwiderte ich automatisch. Die klassische Männerantwort.

Entsprechend tadelnd sah mich meine Freundin jetzt auch an. »Man kann nicht an nichts denken. Nicht einmal du – obschon du manchmal genau so aussiehst!«

»Ich …«

»Ich weiß schon: Es hat mit deinem Job zu tun. Aber vergiss den mal, zumindest für heute Abend. Ich kenne da ein hervorragendes Ablenkungsmanöver …« Sie rückte näher heran und machte sich an den Knöpfen meiner Jeans zu schaffen.

»… weiterhin schweizweit keine Wetterverbesserung«, hörte ich den Moderator noch ankündigen, bevor Manju meine ganze Aufmerksamkeit forderte.

Dienstag

»Wie kommen Sie ausgerechnet auf mich?«, stieß ich heiser hervor, als ich endlich meine Stimme wiedergefunden hatte. Noch immer fiel es mir schwer, einen klaren Gedanken zu fassen.

Anstelle einer Antwort kramte sie in ihrer Handtasche und schob dann zögerlich eine Visitenkarte über den Tisch. Unschwer erkannte ich am bunten Firlefanz, dass es meine eigene war.

»Die habe ich in seiner Jacke gefunden. Privatdetektiv. Ich wusste sofort, dass das nur eines bedeuten kann.«

Ich schaffte es einfach nicht, sie direkt anzusehen. Als sie vor wenigen Augenblicken in mein Büro gewankt war, war ich vor Entsetzen zusammengefahren. Sie hatte das eine Bein ein wenig nachgezogen, doch ihre Haltung war aufrecht gewesen, ungebrochen. Steif hatte sie sich mir gegenüber an den Schreibtisch gesetzt.

Eine Träne tropfte auf die Tischplatte und ich schob meiner Besucherin die für solche Zwecke stets bereitstehende Schachtel Papiertücher hin.

»Wie lange arbeiten Sie schon für ihn?«, wollte sie wissen, nachdem sie sich bedient hatte, und ihre Lippen machten ein blubberndes Geräusch dazu.

»Bis vor Kurzem.«

»Jetzt nicht mehr?«

»Nein.«

»Was wissen Sie?«

»Vermutlich alles.«

»Dann sind Sie mitverantwortlich für Faruqs Tod!«

Ruckartig hob ich den Kopf und blickte Jasmin Bühler

endlich offen ins Gesicht. Mich schauderte. Ihre Wangen waren angeschwollen. Farblich sah das aus, als hätte Jackson Pollock mit Blau und Violett experimentiert. Die Unterlippe war geplatzt und es gab wohl triftige Gründe, weshalb sie die Sonnenbrille nicht abgenommen hatte. Die Ärmste hatte es ziemlich übel erwischt.

»Sie glauben, Ihr Mann hat Faruq …?«

»Glauben? Ich bin felsenfest davon überzeugt!«

»Haben Sie Beweise?«

»Was wollen Sie denn noch sehen?« Im Rahmen ihrer momentanen Möglichkeiten zog sie die Augenbrauen grimmig zusammen. »Er wusste von der Affäre, das hat er mir mit jedem Fausthieb zu verstehen gegeben.«

»Ich meinte eher etwas, womit man zweifelsfrei belegen könnte …?«

»Leider blieb mir keine Zeit, Kommissarin Lund zu spielen.«

»Es tut mir leid …«

»Sparen Sie sich Ihre dämlichen Floskeln! Das alles habe ich Ihnen zu verdanken.«

»Von mir hat er nichts über Ihre Verbindung zu Faruq erfahren«, beteuerte ich.

Sie schnaubte höhnisch, was sich wegen ihrer angeschwollenen Nase nach einem bösen Schnupfen anhörte, und tippte auf meine Geschäftskarte.

»Für wie blöd halten Sie mich? Sie sind genauso schmierig und verlogen, wie man sich einen Privatdetektiv vorstellt!« Ihr Blick streifte die halb volle Whiskyflasche, die auf meinem Schreibtisch stand.

»Ich habe die Bilder gelöscht, ohne Ihren Mann darüber zu informieren«, erklärte ich mit Nachdruck.

Sie stutzte und nahm die Sonnenbrille ab. Ihre Lider erinnerten an zusammenklebende Marshmallows. »Welche Bilder?«

So diskret wie möglich umschrieb ich die Szene unter der

Brücke, worauf Jasmin Bühler peinlich berührt einen Punkt jenseits der Tischkante fixierte.

»Und Sie haben ihm wirklich kein Wort davon erzählt?« Sie wandte sich wieder mir zu und sah mich prüfend an.

»Wenn ich es doch sage.«

»Woher hat er dann davon erfahren?«

»Vielleicht hat er Sie selbst beschattet?«

»Kaum«, erwiderte sie bestimmt und schüttelte zur Bekräftigung den Kopf. »Das hätte ich bemerkt.«

»Sie haben mich auch nicht bemerkt.«

»Aber mein Mann kann so was nicht: stillsitzen und beobachten. Er wäre ausgerastet, hätte eingegriffen.«

»Das tut er offensichtlich hin und wieder.«

Betreten senkte sie den Blick und schaute auf ihre Hände, die flach ausgestreckt auf der Tischplatte lagen. Ihr Atem ging schwer. Zweimal holte sie tief Luft, als wollte sie etwas sagen, doch dann besann sie sich jedes Mal anders. Das blecherne Ploppen der unablässig auf dem Fensterbrett aufschlagenden Regentropfen füllte die Stille in meinem Büro.

»Frau Bühler, wo ist Ihr Mann jetzt?«

»Ich weiß es nicht.«

»Wann haben Sie ihn zum letzten Mal gesehen?«

Sie deutete auf ihr malträtiertes Gesicht. »Das war gestern Mittag, als ich vom Kinderhort zurückkam. Ich hab ausgeholfen, weil eine der Leiterinnen erkrankt ist. Die Polizei stand vor dem Haus und wollte mit mir sprechen. Erst da erfuhr ich, dass Faruq erschossen worden war. Ich versuchte, mir nichts anmerken zu lassen, und schickte die Beamten in das Lokal, wo Adrian normalerweise luncht. Als ich die Tür aufschloss, stand er direkt vor mir in der Diele.«

Nach seiner Tat war Adrian Bühler also nach Hause zurückgekehrt, um seine Frau für ihre Untreue zu bestrafen. Erst dann war er abgetaucht. Das nannte ich Umsicht.

»Er war völlig außer sich! So habe ich ihn noch nie erlebt.«

»Besitzt er eine Schusswaffe?«

»Nur sein Militärgewehr, aber so eins gibt's ja in jedem Schweizer Haushalt.«

Da hatten wir den Salat. »Wurde es benutzt?«

»Keine Ahnung. Es steht meines Wissens seit Jahren im Keller und verstaubt da.«

»Haben Sie der Polizei schon gemeldet, was Ihnen Ihr Mann angetan hat und dass Sie ihn für Faruqs Mörder halten?«

»Nein. Ich wollte erst herausfinden, wie weit Sie im Bilde sind. Und vielleicht …« Sie brach ab.

»Ja?«

»Nichts.«

Ich wartete ab, ob noch etwas kam, doch sie starrte wieder auf ihre Hände. Ich erhob mich und bot Jasmin Bühler einen Kaffee an, den sie dankend annahm.

»Wie haben Sie Faruq eigentlich kennengelernt?«, erkundigte ich mich vom Türrahmen aus, während die Maschine knatternd den Betrieb aufnahm.

»Ich arbeite unter anderem als ehrenamtliche Betreuerin im Asylzentrum Altstetten. Dort traf ich auf Faruq. Zu meiner Überraschung sprach er ziemlich gut Deutsch. Es stellte sich heraus, dass er in Syrien als Sprachlehrer gearbeitet hatte, bis seine Schule bei einem Bombenangriff zerstört wurde. Ich half ihm, den ganzen Papierkram für den Asylantrag zu erledigen. Dabei kamen wir uns näher. Es war …« Sie strich mit der Hand über den Unterarm und verschränkte dann die Finger.

»Die Beziehung zu Adrian war nach sechs Jahren abgekühlt. Wir waren beide stets so beschäftigt und verbrachten kaum noch Zeit miteinander. Unsere Leben verliefen irgendwie parallel, Überschneidungen waren rar geworden.«

Die mathematische Analyse einer gescheiterten Beziehung. Frau Bühler musste eine grandiose Bankerin gewesen sein.

»Faruq war charmant und trotz seiner Situation voller Hoffnung«, fuhr sie fort. »Ein durch und durch lebendiger Mann, wenn Sie wissen, was ich meine.«

Ich konnte bestenfalls erahnen, worauf sie anspielte, und gab ein paar zustimmende Geräusche von mir. Nachdem ich ihr die Kaffeetasse samt Zuckerdose und Milchpackung hingestellt hatte, setzte ich mich wieder.

»Das pure Gegenteil von meinem Mann. Faruq gab mir das Gefühl, die einzige Frau auf der Welt zu sein, in seinen Armen fühlte ich mich geborgen. Er war so einfühlsam ...« Sie hielt inne und ihre Hand vollführte eine merkwürdige Bewegung in der Luft, als versuchte sie, etwas Unsichtbares festzuhalten.

»Haben Sie ihn geliebt?«

Ich konnte förmlich zusehen, wie ihre mühsam aufrechterhaltene Fassung einstürzte. Die Tränen begannen, ungehindert zu fließen, sie presste sich die Hand vor den Mund und ein Laut wie von einem verwundeten Tier entfuhr ihr.

Vielleicht war es das unbestimmte Gefühl, in ihrer Schuld zu stehen, vielleicht auch nur mein Beschützerinstinkt – auf jeden Fall hörte ich mich sagen: »Frau Bühler, vertrauen Sie mir. Ich werde Ihren Mann aufspüren. Wenn er tatsächlich Faruqs Mörder ist, muss er zur Rechenschaft gezogen werden.«

»Das würden Sie tun?«, flüsterte sie.

Ich nickte ernsthaft und sie langte über den Tisch und ergriff meine Hände.

»Ich wollte sie schon vorhin darum bitten, habe mich aber nicht getraut. Selbstverständlich zahle ich Ihnen gern ein angemessenes Honorar ...«

Ich winkte ab. »Darüber reden wir später.«

Geld spielte in diesem Fall tatsächlich eine untergeordnete Rolle für mich. Schlagartig war mir nämlich bewusst geworden, wie wichtig es mir war, Adrian Bühler vor der Polizei aufzuspüren. Fionas beiläufige Bemerkungen am Telefon, dass ich ein ›Oberschlauer‹ sei und mit meinen Vermutungen ohnehin falschlag, hatten mich tiefer in meinem Stolz verletzt, als ich gedacht hatte. Und offenbar war mein Verdacht keineswegs unbegründet gewesen.

»Mein Herz, es brennt, wenn ich dich seh …« Der stampfende Rhythmus von Beatrice Eglis Schlager schepperte aus den Boxen, während ich mich einer Mauer des Schweigens gegenübersah.

Ich war noch immer erstaunt, wie wenig mir Jasmin Bühler über ihren Mann hatte verraten können. Sie hätten in letzter Zeit kaum noch miteinander geredet. Er verließ das Haus früh und kehrte erst zum Abendessen zurück, sie wurde von ihren diversen sozialen Aufgaben und den sportlichen Aktivitäten absorbiert. Wahrscheinlich erging es einer ganzen Menge anderer Paare genauso. Immerhin hatte er ihr von seiner anstehenden Beförderung bei *GoforIT-Solutions* berichtet, auch über seine Beizenbesuche war sie informiert, hatte aber nicht annähernd geahnt, wie häufig diese tatsächlich stattfanden. Weshalb ich beschlossen hatte, genau dort anzusetzen. Männer, die zu Hause wenig redeten, taten das vielleicht eher beim Bier.

Bei meiner zweiten Einkehr im *Farbhof* war ich direkt auf den Stammtisch zugesteuert und hatte mich – ohne die verblüfften Mienen der drei Männer zu beachten – einfach dazugesetzt. Am Vortag hatten sie mir immerhin wortkarg Auskunft gegeben, heute jedoch hatten sie sofort ihre Köpfe gesenkt. Nun starrten sie seit geraumer Zeit verstockt in ihre halb vollen Biergläser. Da brauchte es keine Absprachen, kein Blick wurde ausgetauscht, keine Augenbraue hochgezogen: Es war auch so für alle drei sonnenklar, dass mein Benehmen einen Affront darstellte. Dass sich jemand unaufgefordert an den Stammtisch setzte, hatte es hier wohl seit Menschengedenken nicht gegeben. Dazu wurde man – wenn überhaupt – eingeladen, nachdem man sich diese Ehre mit jahrzehntelangen Lokalbesuchen verdient hatte.

Mir war bewusst, dass ich keine Antworten erhalten würde, wenn ich die Männer – zwei ältere, der dritte ein schlecht erhaltener Fünfundvierziger – einfach mal im lockeren Plauderton nach Adrian Bühler ausfragte. Deshalb blätterte ich ein bisschen in der herumliegenden Boulevardzeitung herum, denn diese gehörten bekanntermaßen zur bevorzugten Stammtischlektüre weltweit.

»Wawrinka hat ja den Federer in Monte Carlo richtiggehend vom Platz gefegt«, kommentierte ich leutselig einen Bildbericht im Sportteil. »Stan the man!«, setzte ich den Spitznamen hinzu, den Fans und Presse dem Schweizer Tennisspieler verpasst hatten, und guckte wichtigtuerisch in die Runde. Keine Reaktion. Im Radio wurde die Egli von einer dieser deutschen Turboschlagertanten abgelöst. Der erste Versuch, eine Konversation anzuregen, war schon mal voll in die Hose gegangen. Ehrlich gesagt, hatte ich null Ahnung von Stammtischgesprächen, aber ich ahnte, dass meine Chancen, an Informationen zu gelangen, ziemlich limitiert waren. Zwei Trümpfe hatte ich allerdings noch im Ärmel. Ich winkte die Kellnerin heran.

»Ihnen scheint's bei uns zu gefallen«, begrüßte sie mich mit einem Lächeln, das sofort irritiertem Stirnrunzeln wich, als sie die merkwürdige Konstellation am Tisch bemerkte.

»Ich fühle mich bereits wie zu Hause«, bestätigte ich. »Kein Wunder, bei der heiteren Gesellschaft. Bringen Sie uns vier Schnäpschen?«

»Wir haben Obstler da.«

»Nichts Edleres?«

Ihr Blick schweifte zum Ausschank, wo die Spirituosenflaschen auf einem Wandregal aus Chromstahl aufgereiht waren.

»Eine *Vieille Prune* vielleicht?«

»Perfekt!«

Nachdem sie den Pflaumenschnaps vor uns hingestellt hatte, erhob ich mein Glas. »Prost!«

Keiner der drei Männer zuckte auch nur mit der Wimper. Dumpf glotzten sie vor sich hin. Hätte ich nicht zuvor eindeutige Anzeichen von Leben in ihnen entdeckt, hätte ich sie für ausgestopfte Museumsstücke gehalten. Ich leerte das daumengroße Schnapsglas, danach stützte ich schwer seufzend die Ellbogen auf und schüttelte ungläubig den Kopf.

»Was da in Altstetten gerade abgeht!«

Keiner regte sich.

»Asylanten mitten im Dorf!«, warf ich nach einer kleinen Pause einen weiteren Köder aus.

Nichts. Tick, tack. Die Zeit lief. Gegen mich. Ich schüttete den zweiten Schnaps in mich rein.

»Und der Staat bezahlt, während unsereiner leer ausgeht.« Ich kam mir vor wie ein Verräter, aber der Zweck heiligte in diesem Fall die Mittel. »Ich kämpfe jeden Tag um mein Auskommen, während die sich die Sonne auf den Bauch scheinen und von Steuergeldern durchfüttern lassen. Ist das gerecht?«

Die Aussagen waren fürchterlich und unreflektiert, aber eigentlich verwendete ich ja bloß das Vokabular von Leuten wie Annegret Widmer. Selbst wenn ich mit meinem indischen Aussehen weit weniger glaubwürdig wirkte als die Politikerin. Allerdings gab es genügend Secondos, die stramm rechts wählten und sich insbesondere gegen weitere

Zuwanderer starkmachten. Als wenn sie gewonnenes Territorium verteidigen müssten und dabei rigoros ihre eigenen Herkunftsgeschichten verdrängten.

Ich hatte gerade den dritten Schnaps auf ex geleert und war der Verzweiflung nah, als ich endlich eine Bewegung in der Dreiergruppe wahrnahm. Ein kurzer Blickwechsel, einer der beiden Alten wies mit dem Kinn beinahe unmerklich auf das letzten Gläschen. Ungerührt griff ich danach, trank es ebenfalls aus und beobachtete mit Genugtuung die leichte Enttäuschung in seinem Gesicht. Ich bedeutete der Kellnerin, eine neue Runde zu bringen.

»Das geht ja fix!«, meinte sie erstaunt und ersetzte die leeren Gläser durch volle.

»Wenn man es so lustig hat wie wir …«

Sie bedachte mich mit einem Blick, den ich nicht zu deuten vermochte, bevor sie sich hinter die Theke verzog.

»Prost!«, rief ich erneut, als die Schnäpse vor mir standen, und kippte das erste Gläschen. Mir war bereits etwas schwindlig, doch die jahrelange Schulung mit *Amrut* zahlte sich jetzt aus.

»Und nun auch noch dieser Mord!«, lamentierte ich und drei Köpfe wackelten vage dazu. Ich hatte es beinahe geschafft.

»Wie's ausschaut, ist der Bühler irgendwie darin verwickelt.«

Bei dem Kerl, der mir am nächsten saß, entdeckte ich ein kaum wahrnehmbares Zucken der Mundwinkel. Kurzerhand schob ich ein Glas Schnaps in seine Richtung. »Zum Wohl!«

Er zögerte ein paar Schlagertakte lang, bevor sein Blick wie magisch von der rostbraunen Flüssigkeit angezogen wurde.

»Ach, was soll's«, gab er sich schließlich einen Ruck und vermied es dabei, seine Kumpel anzusehen. »Wär ja schade, wenn nur du was hast von dem Zeug.« Er stürzte den Branntwein hinunter und schüttelte sich.

»Was ist mit euch? Keinen Durst heute?«

Die beiden älteren Männer hielten sich noch zurück und musterten mich misstrauisch. Erst nachdem der Vorkoster ihnen unversehrt zugenickt hatte, griffen sie zögerlich nach den verbleibenden Schnäpsen und bedankten sich mit einem wortlosen Nicken. In Altstetten kam diese Geste wohl einem Bruderkuss gleich.

»Ich bin der Ste«, stellte sich der Jüngste jetzt vor, ein ausgemergelter Bursche mit Schnurrbart und einem Ring im Ohr, das stumpfe Braun seiner Vokuhilafrisur war mit grauen Strähnen durchzogen. Unter der Jeansjacke war ein verwaschenes Hemd in einer undefinierbaren Farbe auszumachen. »Und das sind Walle und Häbe.«

Ausdruckslos starrten mich die beiden Alten an, während ich artig erklärte, wer ich war.

»Hat er's denn getan?«, wollte Ste wissen.

»Das versucht die Polizei noch rauszukriegen. Ich wüsste nur gern, wo sich Bühler versteckt hält.«

Enttäuscht ließ Ste die Mundwinkel hängen. »Das haben wir doch gestern schon besprochen.«

Die beiden Alten grunzten verächtlich und steckten ihre Nasen wieder in die Biergläser.

»In der Zwischenzeit sucht ihn aber sogar seine Frau.«

»Keine Ahnung, wo der sein könnte, echt. Wie gesagt, hatten kaum mit ihm zu tun«, erklärte Ste, der offenbar als Einziger des aufgekratzten Trios einer allgemein verständlichen Sprache mächtig war. »›Grüezi‹ und ›Tschau‹, mehr war da nie. Er war seltsam, wenig zugänglich. Auf seine Art verschlossen, wenn du weißt, was ich meine.«

»Ich habe da so eine vage Ahnung«, zügelte ich meinen Sarkasmus und vermied es, zu den beiden Alten hinüberzugucken.

»Ich glaube, er wollte einfach in Ruhe gelassen werden.«

Der eine Senior – ich war mir nicht sicher, ob es sich um Walle oder Häbe handelte – stieß geräuschvoll die Luft aus.

Natürlich konnte Ste mir auch heute nicht mit Sicherheit sagen, ob Adrian Bühler gestern Morgen die ganze Zeit im Restaurant gesessen hatte oder kurz mal rausgegangen war, um den Liebhaber seiner Frau zu erschießen.

»Hm.« Ich kratzte mich am Kinn. Gerade euphorisch stimmte mich das Resultat meiner Befragung nicht. Angesichts der kniffligen Ausgangslage wertete ich es aber schon als ein kleines Wunder, dass überhaupt jemand mit mir geredet hatte.

»Na dann …« Ich erhob mich wohl etwas zu schnell, denn der Alkohol schoss mir mit voller Wucht ins Gehirn. Ich erwischte gerade noch die Stuhllehne und klammerte mich daran fest, um nicht umzukippen. Mit einem Mal fühlte ich mich ganz leicht, während gleichzeitig mein Sichtfeld an den Rändern ausfranste, wie ein Zelluloidfilm bei zu viel Hitze. Tapsig nickte ich den Männern zum Abschied zu.

»In den Billardsalon!«, platzte einer der beiden Alten völlig unerwartet heraus. »Dort musst du hin!« Sein Finger stieß ein Loch in die Luft, während er den Blick erwartungsvoll auf mich richtete.

Überrumpelt von dieser plötzlichen Geschwätzigkeit hielt ich inne und wartete ab, ob die wenigen Wörter vielleicht den Beginn eines längeren Exkurses ankündigten. Doch der Mann versank gleich wieder in trübes Schweigen.

»Man hat ihn hin und wieder im *Ey* gesehen«, klärte mich Ste auf und nannte mir die Adresse des Salons, der sich ein paar Straßen weiter befand.

»Dann fahre ich jetzt sofort da hin«, lallte ich.

»Warte! Wenn du wieder mal in der Nähe bist …« Ste beendete den Satz nicht und machte stattdessen eine einladende Geste, die nicht nur den Tisch, sondern das ganze Lokal umfasste. Die beiden Alten nickten beifällig dazu. Es dauerte einen Moment, bis ich begriff. Ich war soeben in ihre Stammtischrunde aufgenommen worden! Obschon ich gewaltig beschickert war, war mir durchaus bewusst, welche Ehre mir gerade zuteil wurde. Vor lauter Rührung hätte ich liebend gern ein paar Tränchen verdrückt, doch Ste ergriff genau in diesem Moment mit feierlicher Miene meine Hand und schüttelte sie meinem Empfinden nach viel zu lang und heftig. Jedenfalls wurde mir ganz übel dabei.

Als ich auf meinen Käfer zuwankte, war mir mehr als nur blümerant vom ganzen Schnaps, doch die kurze Strecke bis zum Billardsalon würde ich schon irgendwie schaffen. Nach wenigen Metern Zickzackkurs fand ich heraus, dass es wesentlich einfacher war zu lenken, wenn ich ein Auge zudrückte. Langsam wunderte ich mich über Adrian Bühlers großzügig bemessene Tagesfreizeit. Kaffeetrinken, Zeitunglesen, Billardspielen, Mittagessen, Feierabendbier – das alles ließ nicht gerade auf eine fordernde berufliche Tätigkeit schließen.

Leider traf ich ihn auch im *Ey* nicht an, einem dieser multifunktionalen Lokale, wie man sie außerhalb des Stadtzentrums in jedem Kaff antraf. Dieses hier bezeichnete sich vollmundig als *Spielhaus, Bar und Restaurant* und meinte damit einen Ort, der einfallslosen Agglomerationsbewohnern die Entscheidung abnahm, wie und wo sie ihre Wochenenden verbringen wollten.

Das schlaksige Jüngelchen am Empfang glotzte konzentriert auf sein Handy, auf dem er mit rasend schnellen Fingerbewegungen herumtippte und den explosiven Geräuschen nach feindliche Armeen niederballerte. Einsilbig gab er mir zu verstehen, dass Adrian Bühler zwar beinahe täglich hierherkomme, heute aber noch nicht aufgekreuzt war.

»Und gestern?« Ich klammerte mich vorsorglich am Tresen fest, damit mein Schwanken nicht so auffiel. Doch der Junge schaute ohnehin nicht vom Bildschirm auf.

»Kurz.«

»Wann ungefähr?«

»Böh?« Er zuckte mit den Schultern. Hinter ihm blinkten Spielautomaten, die willkürlich quirlige Tonfolgen absonderten, aus der geräumigen Halle war das harte Klicken aneinanderstoßender Billardkugeln zu hören.

»Versuch, dich zu erinnern!«

»Am Vormittag irgendwann.«

»Um welche Uhrzeit taucht er denn jeweils auf?«

»Mmpf.«

»Kommt er allein?«

»Mmh.«

Ich wiederholte meine Fragen, doch es blieb bei den wenig aufschlussreichen Antworten.

»Wo könnte er sonst sein?«

Mit einer genervten Kopfbewegung deutete er nach nebenan, wo sich die Bar befand. »Dana hängt mit ihm ab.«

Es klang wie eine Schuldzuweisung. Der Bursche hatte mich während unserer kurzen Unterhaltung kein einziges Mal angesehen, als wäre seine gesamte Aufmerksamkeit vom Geschehen auf dem Smartphone angesaugt worden. Ich fragte mich, ob es sehr altmodisch von mir war, Blickkontakt und ganze Sätze bei einer Konversation für unverzichtbar zu halten. Der junge Mann gehörte zweifelsohne zu jener sich rasch verbreitenden Menschengattung, die man unschwer an ihrer über ein gezücktes Mobiltelefon gekrümmten Körperhaltung erkannte. Kommunikation mit der Außenwelt fand nur in äußersten Notfällen auf direktem Weg statt, bevorzugt wurden stattdessen Nachrichtendienste und Chatforen, grammatikalisch korrekte Sätze wurden zugunsten von kryptischen Kürzeln geopfert. Die Physiognomie dieser Spezies konnte man bestenfalls erahnen – es gab angeblich Mütter, die sich nicht an die Augenfarbe ihrer Söhne erinnerten –, dafür war sie in der Lage, jegliche Handlungen im privaten und öffentlichen Bereich einhändig und sozusagen blindlings auszuführen. Zwangen dennoch widrige Umstände diese Menschen, den Kopf zu heben und sich mit der realen Welt zu befassen, wirkten sie stets leicht überfordert. In den meisten Fällen konnte man davon ausgehen, dass sie sich durch nichts von den Geschehnissen auf ihren Bildschirmen ablenken ließen, viele von ihnen würden wohl erst eines fernen Tages wieder aufblicken und dann erstaunt feststellen, dass die Polkappen geschmolzen waren und Holland unter Wasser lag, ein Großteil der Bevölkerung auf dem Mars lebte und Silvio Berlusconi gerade erneut zu Italiens Ministerpräsident gewählt worden war.

Die Wände der Bar waren honigfarben gestrichen und der Boden mit dunklem Parkett ausgelegt, was dem Interieur eine warme, beinahe heimelige Note verlieh. Ich war der einzige Gast, dennoch war die Musik ohrenbetäubend laut aufgedreht, als wäre der Laden proppevoll. Von dieser Dana keine Spur. Ich kletterte unbeholfen auf einen Barhocker und kämpfte gegen den sauer aufstoßenden Pflaumenschnaps an.

Vermutlich hatte es in der Musikszene lange als schlicht unmöglich gegolten, ein Lied über eine Abrissbirne zu schreiben, geschweige denn, eine glaubwürdige Interpretin dafür zu finden – bis sich Krawalltüte Miley Cyrus mit ein paar wenig subtilen Auftritten selbst empfohlen hatte. *Wrecking Ball*, das Ergebnis dieses Versuchs, klang gerade aus, als ein verhaltenes Klirren meine Aufmerksamkeit auf sich zog. Ich beugte mich über den Tresen und entdeckte erst da die Frau, die in gekauerter Stellung eine Getränkeschublade mit Flaschen auffüllte. Per Handzeichen machte ich mich bemerkbar, worauf sie sich ungelenk erhob und endlich die Musik etwas leiser drehte.

»Tut mir leid, ich habe dich nicht gehört«, entschuldigte sie sich mit einer seltsam ausdrucklosen Stimme. »Willst du was trinken?«

»Auf gar keinen Fall!«, stieß ich hervor, worauf sie einfach stehen blieb und mich abwartend anschaute.

Es kam mir merkwürdig vor, dass sie mich duzte, damit schuf sie eine Nähe zwischen uns, die mir unpassend schien. Sie war ungefähr Mitte dreißig und damit älter, als ich mir die Bedienung in einem solchen Lokal vorstellte. Die dunklen Haare umrahmten ein blasses, beinahe konturloses Gesicht. Sie hatte etwas Weiches – oder vielmehr: Zurückweichendes –, der Körper wirkte träge und ihr Händedruck, als ich mich vorstellte, war schlaff.

Ich erklärte ihr den Grund für meine Anwesenheit und kämpfte dabei gegen meine ungelenke Zunge an. Als ich Adrian Bühler erwähnte, zuckte Dana unmerklich zusammen.

»Du hattest öfters mit ihm zu tun?«

»Ich kannte ihn flüchtig.« Ihr Blick wanderte ausweichend über die umgedrehten Longdrinkgläser vor ihr und ich wusste sofort, dass sie log.

»Der Typ da draußen meint, du hängst mit ihm ab.«

»Der ist eh ein Idiot.«

»Aber ist da was dran?«

Sie murmelte etwas.

»Ich hab kein Wort verstanden.«

»Ja, manchmal.«

Ich wartete ab, ob noch etwas folgen würde, ein erklärender Satz zum Beispiel, und versuchte derweil, meine wild durcheinanderschwirrenden Gedanken auf die Befragung zu fokussieren – was angesichts meines Blutpromillegehalts kein leichtes Unterfangen war. Doch Dana schien den Fakt, dass sie mit Bühler abhing, nicht weiter ausführen zu wollen und glotzte stattdessen auf die Arbeitsfläche vor ihr.

»Die Polizei sucht nach ihm«, sagte ich leichthin und beobachtete sie dabei scharf.

Alarmiert sah sie hoch, die Augen aufgerissen wie ein verängstigtes Reh. »Warum?«

Ich fasste die Details zusammen, worauf sie bloß ein tonloses »Oh!« von sich gab.

»Wann hast du ihn zum letzten Mal gesehen?«

»Gestern.«

»Wann?«

»Am Vormittag.«

»Später nicht mehr?«

Sie ließ die Arme hängen und schüttelte stumm den Kopf. Dasselbe hätte ich liebend gern mit ihr getan. Die Altstetter Verstocktheit ging mir allmählich auf die Nerven.

»Er hat vermutlich einen Mann erschossen!«, fuhr ich sie an. »Das kann dir doch nicht egal sein!«

»Er hat immer gesagt, er wolle etwas für sein Land tun«, stammelte sie hastig, verwirrt von meinem plötzlich ungehaltenen Ton. »Für die Schweiz. Das war ihm wichtig: die Schweiz.«

»Was wollte er denn tun? Am Montag einen Asylanten abknallen vielleicht?«

Misstrauisch sah sie mich an, mein Zynismus war offensichtlich nicht ganz bei ihr angekommen. »Ich weiß es nicht. Er hat dauernd gelabert, oft habe ich einfach nicht zugehört.«

»Dauernd? Was heißt das denn? Eben hast du gesagt, ihr hättet euch ›manchmal‹ getroffen.«

Danas Gesichtsausdruck schien jegliche Spannkraft zu

verlieren, während sie ertappt herumdruckste. Schon wieder hatte ich das schier unwiderstehliche Bedürfnis, diese lahmarschige Frau wachzurütteln. Sie zum Leben zu erwecken.

»Habt ihr eine Affäre?« Ich war langsam mit meiner Geduld am Ende, zudem erfasste mich – alkoholbedingt – eine tonnenschwere Müdigkeit.

Danas Mundwinkel vollführten eine Reihe eigenartiger Zuckungen, bevor sie wieder lasch herunterhingen. Ich deutete das als Ja.

»Wie lange geht das schon?«

Sie hob die Schultern, gleichgültig und kraftlos. »Ein paar Monate.«

»Und du hast ihn gestern zum letzten Mal gesehen?«

Sie nickte.

»Muss ich dir wirklich jeden Wurm einzeln zur Nase rausziehen?«, stöhnte ich.

Nervös fingerte sie in ihrem Gesicht herum. »Er spielte erst ein paar Runden Billard und setzte sich dann zu mir an die Bar.«

»Geht doch.«

»Kurz nach elf sprang er plötzlich auf und rannte hinaus«, erklärte sie weiter. »Seither hab ich ihn nicht mehr gesehen, ich schwöre es.«

»Wieso weißt du die Uhrzeit so genau?«

»Das Radio lief. Sie brachten gerade die Elf-Uhr-Nachrichten.«

In Gedanken überschlug ich den chronologischen Ablauf der Geschehnisse. Er ergab überhaupt keinen Sinn. Kein Mensch erschoss den Liebhaber seiner Frau, vergnügte sich dann bei einer Runde Billard und einem Schwatz mit der Geliebten und kehrte anschließend nach Hause zurück, um seine Gattin windelweich zu prügeln. Außer er war extrem abgebrüht. Oder einfach durchgeknallt.

»Hast du eine Ahnung, wo er sich aufhalten könnte?«

»Vielleicht.« Zaghaft sah sie mich an, als befürchte sie einen erneuten Ausbruch meinerseits und fügte dann rasch hinzu: »Er kommt und geht, wie es ihm passt.«

»Hier?«

»In meiner Wohnung.«

»Also hat er einen Schlüssel?«

Sie machte ein bejahendes Geräusch.

»Darf ich?« Fordernd streckte ich die Hand aus.

Sie zögerte, doch dann nestelte sie einen Schlüsselbund hervor und reichte ihn mir. Ein Schweizerkreuz aus Metall hing daran.

Als ich mit hochgeschlagenem Jackenkragen zu meinem Käfer spurtete, regnete es noch immer Bindfäden. Im Radio berichtete gerade ein Moderator mit Walliser Dialekt von verheerenden Erdrutschen im Lötschental, mehrere Dörfer hatten evakuiert und der Notstand ausgerufen werden müssen. Nach einer längeren Aufzählung nicht mehr befahrbarer Autostraßen und Zugstrecken folgte ein Bericht zur Schießerei vor dem Asylzentrum Altstetten, in dem auf die laufenden Ermittlungen hingewiesen wurde. Bei der Tatwaffe handle es sich nach neusten Erkenntnissen um ein Sturmgewehr der Schweizer Armee, doch noch habe die Polizei keine eindeutigen Anhaltspunkte zur Täterschaft. Man habe aber in Erfahrung gebracht, dass dem kaltblütigen Mord an Faruq al-Naser eine heftige Auseinandersetzung unter Syrern vorausgegangen war, die möglicherweise der Auslöser für die Tat gewesen sei.

Das war natürlich Öl ins lodernde Feuer von Annegret Widmer. Ein Streit unter Asylbewerbern, der tödlich endet – das musste für die Politikerin wie Weihnachten und Ostern gleichzeitig sein und würde ihrer rechtskonservativen Partei garantiert etliche neue Anhänger bescheren. Schließlich hatte diese stets vor dem Zentrum mitten im Wohngebiet gewarnt und schon lange strengere Asylgesetze gefordert. Glücklicherweise war die Nachricht vom gefundenen Kokain noch nicht durchgesickert, dachte ich bei mir, doch es war nur eine Frage der Zeit, bis es so weit war. Irgendjemand redete immer.

Heute Morgen hatten sich bereits wieder über hundert besorgte Bürger in Altstetten versammelt, um lautstark gegen das Asylzentrum zu demonstrieren, wie der Nachrichtensprecher weiter berichtete. Das Polizeiaufgebot sei aufgestockt worden, doch bislang sei die Kundgebung ruhig verlaufen. Es folgte ein kurzer Wetterausblick, der kein Nachlassen der Regenfälle in den nächsten zweiundsiebzig Stunden voraussagte, daraufhin setzte unvermittelt das verspielte Klavierintro von *Have you ever seen the rain?* in der Version von Bonnie Tyler ein. Und ob ich hatte.

Während ich Richtung Bahnhof Altstetten fuhr, in dessen Nähe sich Danas Wohnung befand, versuchte ich nachzuempfinden, was einen verhältnismäßig attraktiven Mann wie Adrian Bühler zu einer reizlosen Frau wie Dana hinziehen mochte. Auf den ersten Blick schienen die beiden überhaupt nicht zusammenzupassen. Hätte ich vor meinem Besuch in der Bar davon gewusst, hätte ich sicher eine jüngere Geliebte erwartet, eine sportliche Sekretärin eventuell oder eine hübsche Arbeitskollegin. Nur funktionierte in diesem Fall die Stereotypisierung nicht. Es musste etwas anderes sein, etwas weniger Offensichtliches. Grübelnd ging ich alle möglichen Beweggründe durch, bis mir ihr Händedruck einfiel. Mit einem Mal bekam ich eine Ahnung davon, was Bühler an ihr fand: Es war das Weiche, diese körperliche Nachgiebigkeit, die ich mir mit einem Mal sehr plastisch vorstellen konnte. Dana war eine Frau, in die man regelrecht versinken konnte, sanft, scheinbar willenlos, ohne Ambitionen. Sie war alles, was Jasmin nicht war. Ich hatte den Eindruck, dass Dana einfach für ihren Liebhaber da war, auf eine stille, nicht fordernde Art. Bei ihr konnte sich Bühler fallen lassen, in ihren tröstenden Armen kam er zur Ruhe, erschöpft vielleicht vom hohen Lebenstempo seiner Frau, ihren Ansprüchen und den unzähligen Verpflichtungen, dem ausgebuchten Terminkalender. Möglicherweise gab es aber auch eine ganz andere, viel simplere Erklärung dafür, weshalb sich Männer wie Bühler Frauen wie Dana aussuchten, Frauen, denen sie eindeutig überlegen waren: Sie versuchten, ihr Selbstvertrauen aufzubauen.

Bogdana Krzykala stand in Handschrift auf dem Klebeband, welches das Namensschild neben der Klingel überdeckte. Ein schäbiges Mehrfamilienhaus an der Herrligstrasse, das in den oberen Stockwerken vom verlockenden Geruch frisch gebackenen Apfelkuchens erfüllt war. Beim Hochsteigen in die vierte Etage hatte hinter einer Tür ein kleiner Hund zu kläffen begonnen und sich seither nicht mehr beruhigt. So geräuschlos wie möglich zog ich Danas Schlüsselbund aus der Hosentasche. Mir war mulmig zumute. Versteckte sich Bühler hier, war er möglicherweise mit einem Gewehr der Schweizer Armee bewaffnet. Mein Überraschungsmoment war alles, was ich dem entgegenzusetzen hatte. Für einmal wünschte ich, ich besäße eine gefährlichere Waffe als meine spitze Zunge. Ich wünschte auch, ich hätte weniger Pflaumenschnaps intus. Kurz schloss ich die Augen, um mich zu sammeln, dann steckte ich den Schlüssel ins Schloss, drehte blitzschnell um und stürzte mit dem Herunterdrücken der Klinke in das Apartment.

Alles blieb still. Außer dem Bellen des Hundes und dem gedämpften Rauschen des Straßenverkehrs war kein Laut zu vernehmen. Wenn Bühler hier war, war er vorbereitet gewesen. Siedend heiß fiel mir ein, dass ich Dana zwar den Schlüssel abgenommen, ihr aber – beduselt wie ich war – keineswegs verboten hatte, ihren Lover zu warnen. Ich fluchte innerlich, doch jetzt war es zu spät für Katzenjammer. Vorsichtig schlich ich durch die Diele und spähte in die Küche. Ein schmaler Raum, der als Versteck völlig ungeeignet war. Auch das angrenzende Badezimmer war leer. Ich machte den Duschvorhangtest, indem ich die geballte Faust hineinrammte, doch es verbarg sich niemand dahinter. Rasch eilte ich ins Schlafzimmer und überprüfte dort jeden Winkel, schaute sogar unter dem Bett und in den Schränken nach – nichts. Ein Blick ins Wohnzimmer überzeugte mich vollends davon, dass sich außer mir kein Mensch in der Bude aufhielt.

Ich entspannte mich zusehends und begann herumzustöbern. In der Hoffnung, einen Hinweis auf Bühlers Aufenthaltsort zu finden. Dana schien eine ordentliche Frau zu sein, das Apartment war aufgeräumt und sauber, die Einrichtung konnte man praktisch nennen, wenn man wohlwollend urteilte und Rosa mochte. Auf dem Esstisch mit Milchglasplatte standen Blumen in einer kitschigen Vase, sie waren aus Plastik, wie ich beim Näherkommen feststellte, daneben eine Schale aus grün schimmerndem Glas, die mit golden verpackten Schokokugeln gefüllt war. Der obligate Flachbildschirm hing an der Wand, darunter, auf einer niedrigen Kommode, standen ein paar Fotorahmen mit Bildern von Dana und ihrer Familie. In der Luft hing eine rauchige, kaum mehr auszumachende Vanillenote. Ich durchforschte jedes Zimmer, öffnete Wandschränke und zog Schubladen heraus, wühlte im Papierkorb – wo ich außer zerknüllten Bierdosen, einer leeren Schachtel *Villiger Premium Vanilla Zigarillos* und flach gedrückten Packungen von Fertigmenüs nichts fand –, doch in der ganzen Wohnung stieß ich auf kein aufgeschlagenes Notizbuch mit einer Adresse, keine Landkarte, auf der ein großes Kreuz ein abgelegenes Ferienhaus markierte, oder was auch immer ich mir insgeheim herbeigewünscht hatte. Ich musste mir eingestehen, dass ich keine Ahnung hatte, wonach genau ich suchte – doch ich tat es mit dem Eifer des Verpeilten.

Schließlich begab ich mich an den Schreibtisch aus billigem Buchenfurnier, der im Schlafzimmer am Fenster stand, und startete den Computer, ein älteres Applemodell. Kein Passwort, wie ich erleichtert feststellte, dafür zwei junge Katzen in einem Korb als Bildschirmhintergrund. Rasch ging ich die wenigen Ordner durch, doch sie enthielten nur Dokumente. Lebensläufe, Anschreiben, Verträge, solches Zeug, alle auf Danas Namen lautend. Dann gab es Fotos. Weihnachten, Geburtstage, Urlaub, Freunde und Verwandte, ich entdeckte jedoch auf die Schnelle keine Aufnahmen von Adrian Bühler. Wahnsinnig intensiv schien die Beziehung nicht gerade gewesen zu sein. Dafür tauchte immer wieder ein drahtiger junger Mann mit kantigen Gesichtszügen auf, der Danas Freund oder sogar Mann gewesen sein musste, jedenfalls war er mir schon auf den Bildern im Wohnzimmer aufgefallen. Als ich alle Dateien flüchtig durchgecheckt und auf Anhieb nichts Relevantes gefunden hatte, öffnete ich den Browser und sah mir die letztbesuchten Webseiten an.

Wie ich etwas überrascht feststellte, unterhielt Dana drei Profile auf verschiedenen Datingportalen, natürlich hatte sie auch eins auf Facebook, sie twitterte und veröffentlichte Bilder auf Instagram, zudem frequentierte sie Chatrooms, in denen man sich hauptsächlich in einer osteuropäischen Sprache unterhielt. Slowakisch, wie ich aus dem geradezu verschwenderischen Gebrauch von Akuten und Háčeks schloss. Offenbar war sie auf Jobsuche und überprüfte entsprechend häufig das Angebot von Stellenbörsen, merkwürdigerweise aber auch auf Portalen, die sich ausschließlich auf Kaderpositionen spezialisiert hatten. Stirnrunzelnd stellte ich fest, dass sie mehrere Tageszeitungen online las, regelmäßig Pornoseiten besuchte und auffällig oft die Homepage von *Gofor-IT-Solutions* aufrief.

Das konnte nur eines bedeuten: Adrian Bühler benutzte Danas Rechner, wenn er sich in ihrer Wohnung aufhielt. Zum letzten Mal hatte Bühler am Freitag die Site seines Arbeitgebers besucht, am selben Tag hatte er sich auch im stark patriotisch gefärbten Forum morgenrot.ch eingeloggt. Mit einem unguten Gefühl klickte ich auf den Link und sofort füllte eine wehende, lausig animierte Schweizerfahne den Bildschirm. Eine weitere Bewegung mit der Maus führte mich auf die Hauptseite, wo man nebst dem geistreichen und – dafür waren diese Kreise bekannt – selbstironischen Gedankenaustausch mit Gleichgesinnten auch themenbezogene Accessoires fand: Schweißbänder, Aufnäher und Kleber mit Schweizerkreuz, T-Shirts, auf denen in Fraktur *Eidgenoss* stand, rote, mit weißen Kreuzen übersäte Feuerzeuge und weiteren Krimskrams. Offenbar gab es in einer Parallelwelt zu meiner Menschen, die sich gegenseitig mit Miniaturpuppen aus Plastik beschenkten, die als Schlüsselanhänger taugten und das Konterfei von Annegret Widmer trugen. Das metallene Schweizerkreuz an Danas Schlüsselbund musste auch aus diesem Webshop stammen, wahrscheinlich hatte sie es von Bühler erhalten.

Nachdem ich mir einen Grobüberblick über die aufgeführte Liste befreundeter Seiten verschafft hatte, wusste ich, dass sich die meisten Betreiber für eine starke, autonome Schweiz einsetzten und sich bestenfalls halbherzig gegen offenen Rassismus und radikales Gedankengut abgrenzten, die Linie war in vielen Fällen bedenklich weit rechts gezogen.

Man geißelte gern die oft zitierte Kuscheljustiz, die kriminelle Ausländer mit Samthandschuhen anfasste, wollte die Zuwanderung stoppen und schob die Schuld an Wohnungsnot, Arbeitslosigkeit, Überbevölkerung, hoher Verkehrsbelastung, dem schleichenden Zerfall der schweizerischen Werte, der fortschreitenden Auflösung des Bankgeheimnisses und sogar der Zerstörung der einheimischen Fauna und Flora – kurzum allem, was schieflief in diesem Land – den Einwanderern in die Schuhe. Dass das schlechte Wetter, das lausige Fernsehprogramm und Roger Federers scheinbar unaufhaltsamer Abstieg auf der ATP-Weltrangliste nicht ebenfalls aufgeführt wurden, grenzte an ein Wunder. Selbstredend bemühte sich niemand um eine differenzierte Sichtweise und wie so oft wurden Fakten unterschlagen oder verdreht und Halbwahrheiten als Tatsachen übernommen, wenn sie für die Hasstiraden gerade gelegen kamen. Wie schon bei den Onlinekommentaren der Tageszeitungen fiel mir auch hier der abenteuerliche Umgang mit der deutschen Sprache auf. Angesichts der bestenfalls kreativ zu nennenden Anwendung von Rechtschreibung und Grammatik konnte man nur hoffen, dass manche User während ihrer Schulzeit wenigstens in den Turnstunden gut abgeschnitten hatten.

Ich konnte die Angst, die unterschwellig aus vielen dieser Beiträge sprach, teilweise nachvollziehen, auch die Wut der Menschen, die überzeugt davon waren, die Politiker und der Staat hätten sie im Stich gelassen und ihre Meinung würde nichts zählen. Doch der überhebliche Ton widerte mich an, genauso wie die selbstmitleidige Opferhaltung, die einherging mit dem Hang zu einfachsten Erklärungen, weil man zu bequem war, sich auf komplexere Denkansätze einzulassen. Weil auch der Mut fehlte, sich den Problemen wirklich zu stellen. Es gab zweifelsohne manches zu verbessern in diesem Land, da war ich mir mit diesen selbst ernannten Patrioten einig, aber der Weg dorthin führte garantiert nicht über Fremdenhass und schon gar nicht über Abschottung, denn beides war nicht Lösung, sondern feiger Rückzug.

Insgeheim wünschte ich solchen Leuten – ein paar Tage nur – eine Schweiz komplett ohne Ausländer. Stinkende Müllsäcke würden sich stapeln, weil keiner sie mehr einsammelte, öffentliche Toiletten wären starr vor Schmutz und in Bürogebäuden lagerte sich schon bald eine zentimeterdicke Staubschicht ab. In den Restaurants gäbe es kaum mehr Essen, weil Köche und Servierpersonal fehlten. Straßen würden weder unterhalten noch gebaut, das Baugewerbe, ganze Fabriken und die Forschung lägen lahm. Die meisten Fußballklubs brächten mit ihren einheimischen Spielern kaum eine Tischtennismannschaft zusammen. Weil in der Schweiz seit Jahren zu wenig Ärzte ausgebildet wurden, würden Verletzte nur noch nach dem Zufallsprinzip behandelt, viele Kranke müssten wegen mangelnder medizinischer Versorgung elendig verrecken. Auch in der Pflege gäbe es nicht genügend Personal, die Patienten lägen tagelang in ihren Exkrementen und würden verhungern und verdursten, in den Altersheimen bräche der Notstand aus. Ganz zu schweigen von den Topfirmen, die auf ausländische Kadermitarbeiter angewiesen waren, die Banken, Universitäten und Hochschulen, die gezwungen wären, nur noch mit einem Bruchteil ihrer Mitarbeiter zu operieren. Die Schweiz stünde innert kürzester Zeit am Rand des Abgrunds.

Ächzend fuhr ich mir übers Gesicht. Das Thema war äußerst emotional und selbst mit mir gingen da manchmal die Pferde durch. Aber ich konnte mich nicht dagegen wehren: Rassismus nahm ich stets persönlich, selbst wenn ich einen Schweizer Pass besaß, fließend und akzentfrei Schweizerdeutsch sprach und bestens integriert war. Ich hatte hier meinen Militärdienst geleistet, bezahlte meine Steuern, zündete am ersten August Feuerwerk, aß liebend gern Fondue und Raclette und bemühte mich im Übrigen um einen redlichen Lebenswandel. Dennoch: Trotz all der Beteuerungen, dass die einen Ausländer schon okay seien im Vergleich zu anderen, und ich weder ein ›Jugo‹, ein ›Tschingg‹ noch ein ›Schwabe‹ war, meinten mich fremdenfeindliche Äußerungen stets mit. Denn ich war ebenfalls kein lupenreiner Schweizer und würde es auch nie sein, und selbst wenn mir kein anderer Fleck auf der Welt so sehr Heimat war wie dieser hier – in den Augen gewisser Leute würde ich immer ein Fremder in diesem Land bleiben. Für manche sogar ein Mensch zweiter Klasse.

Draußen dämmerte es wegen des Regenwetters bereits, wie an einem trüben Herbsttag war es heute gar nie richtig hell geworden. Der Besuch der Webseiten hatte mich ziemlich aufgewühlt und auch erschöpft. Dabei hatte ich die wirklich üblen Plattformen, wo martialisches Bildmaterial, Frakturschrift und Hakenkreuze – Nazisymbole waren aus fragwürdigen Gründen in der Schweiz nicht verboten – vorherrschten, noch gar nicht angeklickt. Auch die Waffengeschäfte und rechtskonservativen Politiker, die sich offenbar ohne Vorbehalte hatten verlinken lassen, hatte ich übersprungen.

Doch die wichtigste Erkenntnis dieses Nachmittags war zweifelsohne, dass Adrian Bühler ziemlich viel Zeit im Internet und entsprechend auch in Danas Wohnung verbracht hatte. Zu viel Zeit, meiner Meinung nach. Der Hund im Stockwerk unter mir schlug plötzlich wieder an.

Ich rief die Homepage von Bühlers Arbeitgeber auf und fand die gesuchte Telefonnummer auf Anhieb. Nach dem zweiten Klingeln ging eine Frau ran: »Keller, Human Resources bei *GoforIT-Solutions,* was kann ich für Sie tun?«

Zeitgleich hörte ich ein leises Klirren vor der Tür, kurz darauf wurde ein Schlüssel ins Schloss gesteckt und das Licht im Flur ging an. Ich erstarrte vor Schreck. Rasch beendete ich den Anruf, schaltete den Computer aus und erhob mich geräuschlos. Wer auch immer die Wohnung betreten hatte, war in der Diele stehen geblieben. Ich bewegte mich flink auf den Schrank gegenüber dem Bett zu, während sich Schritte zielstrebig dem Schlafzimmer näherten.

»Dana?«

Eindeutig Bühlers Stimme. Entsetzt stellte ich fest, dass der Computerbildschirm immer noch hell leuchtete, über den beiden Katzen im Korb drehte ein digitales Rädchen.

»Bist du schon zu Hause?«

Eine Sporttasche oder etwas Ähnliches landete knirschend auf dem Boden. Hatte er das Sturmgewehr dabei?

»Dana?«

Blitzschnell trat ich hinter die Breitseite des Schranks und drückte mich flach gegen die Wand, sodass mich Bühler von der Tür aus nicht sehen konnte. Endlich schaltete sich der Computerbildschirm gänzlich aus. Ich atmete auf. Da sich der hell erleuchtete Flur in der dunklen Fensterscheibe spiegelte, konnte ich Bühler in aller Ruhe beobachten, wie er zögernd ins Schlafzimmer guckte, während ich mir wie unsichtbar vorkam. Zumindest solange es dunkel blieb im Raum.

Plötzlich verursachte der Computer ein kaum wahrnehmbares Geräusch, das an eine abrupt gestoppte Turbine erinnerte. Im selben Moment drückte Bühler auf den Lichtschalter und unsere erschrockenen Blicke trafen sich in der Fensterscheibe. Er stieß einen Fluch aus und verschwand augenblicklich im Korridor.

»Bühler!«, schrie ich ihm hinterher. »So warten Sie doch! Ich muss mit Ihnen reden!«

Als ich in den Flur stürzte, wurde die Tür krachend zugeschlagen und unverzüglich der Schlüssel gedreht. Bühler musste ihn beim Hereinkommen stecken und die Wohnungstür offen stehen gelassen haben. Vermutlich hatte er gleich bemerkt, dass etwas nicht stimmte.

Eilig kramte ich Danas Schlüsselbund hervor und schloss auf, doch Bühler hatte bereits einen beträchtlichen Vorsprung. Ich hörte seine eiligen Schritte auf der Treppe. Das Geräusch erstarb, kurz darauf fiel unten die Eingangstür ins Schloss. Alles, was ich noch tun konnte, war, ans Fenster zurückzuhasten und ihm hinterherzugucken, wie er gehetzt die regennasse Straße überquerte und Richtung Bahnhof verschwand.

Ich beendete den Anruf und steckte mein Handy wieder ein. Das Gespräch mit der Personalchefin hatte mir bestätigt, was ich längst vermutet hatte. Es war geradezu offensichtlich und wahrscheinlich hätte mir die Empfangsdame bei *GoforIT-Solutions* bereits gestern das Allerwichtigste mitgeteilt, wenn ich ihr denn zugehört hätte. Aber ich war dummerweise zu sehr in Eile gewesen.

Ich suchte Danas Blick, die im Begriff war, Zitronen in feine Scheiben zu schneiden. Die Bar war leer bis auf zwei Typen, den blauen Overalls nach Handwerker, die am unteren Ende des Tresens saßen und Bier aus Flaschen tranken.

»Bühler wurde bereits vor Monaten entlassen«, sagte ich mit unterdrückter Stimme, damit die beiden Männer unser Gespräch nicht mitbekamen.

Gleichgültig sah die Barfrau auf. »Das hätte ich dir gleich sagen können.«

»Und wieso hast du nicht?«, ereiferte ich mich.

»Hast du danach gefragt?«

Ich stöhnte innerlich. »Ich suche hier nach einem Mörder!«

Stoisch legte sie die Zitronenscheiben in ein Glasschälchen.

»Weshalb hat man ihn rausgeschmissen?«

Die Personalchefin hatte zwar betont, sie hätten sich in gegenseitigem Einvernehmen getrennt, doch ich wusste, dass solche Äußerungen selten der Wahrheit entsprachen.

Dana zögerte erst, doch dann begann sie, von dem Vorfall zu berichten, so leise, dass ich sie nur mit Mühe verstand: »Er hat einen deutschen Kollegen angemacht. Ich glaube, der wurde in seiner Bude zum Leiter von irgendwas befördert …«

»Den Posten, den Bühler unbedingt gewollt hatte?«

»Ich glaube schon. Nur …«

»Was?«

»Adrian war gar nie für den Posten vorgesehen. Er hat sich damit nur wichtig gemacht.«

»Weshalb bist du dir da so sicher?«

»Ich kann auch eins und eins zusammenzählen. Der Typ ist ein nervliches Wrack.«

»Bühler hat also den Konkurrenten beleidigt, als er mitbekam, dass er den Job nicht bekommen würde?«

»Angeblich.«

»Aber das Märchen von seiner Beförderung hat er weiterhin rumerzählt.«

»Das und dass er immer noch dort angestellt war.«

»Ich nehme an, seine Frau weiß nichts davon?«

Mit verdrossener Miene wischte sich Dana die Hände an einem Lappen ab. »Deswegen hockte er ja dauernd bei mir rum. Er hat ihr vorgemacht, er gehe zur Arbeit, dabei saß er erst im *Farbhof*, dann ging er Billard spielen, dann wieder in den *Farbhof* zum Mittagessen und am Ende kam er zu mir in die Bar und hat mich vollgelabert. Mit der Zeit wurde mir das andauernde Gejammer zu viel, also habe ich ihm den Schlüssel zu meiner Wohnung gegeben.«

»Gerade romantisch klingt das nicht.«

»Er war ganz gut im Bett, mehr war da nicht.«

Überrascht hob ich die Augenbrauen. Dana war abgeklärter, als ich angenommen hatte, und angesichts ihrer diversen Datingprofile musste sie es faustdick hinter den Ohren haben.

»Worüber hat er denn gejammert?«

»Meist über Ausländer. Das seien alles Schmarotzer, die hätten es viel besser als er, würden vom Staat unterstützt und bei Jobs bevorzugt und so weiter. Blablabla. Und damit kam er ausgerechnet zu mir! Mit der Zeit konnte ich es nicht mehr hören, er hat sich da voll reingesteigert und wurde manchmal richtiggehend rassistisch.«

»Wieso hast du nicht Schluss gemacht?

Dana überlegte. »Er hatte eben auch diese weiche Seite. Wenn er wollte, konnte er sehr charmant sein und liebevoll. Vielleicht tat er mir einfach nur leid. Er war so ein Loser.«

»Und wo könnte er denn hingegangen sein?«

»Ich weiß es nicht. Außer mir hatte er doch niemanden.«

Während ich zum Einfamilienhaus der Bühlers fuhr, lief im Radio *When the rain begins to fall*, Pia Zadora und Jermaine Jacksons Riesenhit aus den Achtzigern. Ich machte mir Gedanken zu Adrian Bühler. Das Bild, das ich von ihm hatte, war alles andere als stimmig. Von seiner Frau wusste ich, dass er gewalttätig war, was ihr Zustand und der Vorfall in der Bar, bei dem ich dabei gewesen war, bestätigten. Andererseits bezeichnete ihn seine Geliebte als charmanten und liebevollen Loser, der jedoch seine Gattin anlog und aus für mich nicht nachvollziehbaren Gründen vorgab, immer noch bei *GoforIT-Solutions* angestellt zu sein.

Aber war er wirklich ein Mörder? Allmählich schlichen sich Zweifel ein. Es gab ein Motiv, klar, und sein aufbrausender Charakter und die rassistische Einstellung sprachen dafür. Aber hatte das Fremdgehen seiner Frau ihn tatsächlich derart getroffen, dass er deren Liebhaber erschießen und sie selbst brutal verprügeln musste? Er selbst war doch keinen Deut besser. Wahrscheinlich hatte er in den letzten Monaten mehr Zeit mit Dana verbracht als mit seiner Ehefrau.

Zudem besaß er ein Alibi für die Tatzeit – wenn auch ein wackeliges. Blieb die Frage, weshalb er direkt nach der Tat abgetaucht war, um dann einen Tag später seelenruhig in die Wohnung seiner Geliebten zu spazieren.

»Gibt's was Neues?«, erkundigte ich mich bei José und lehnte mich im Fahrersitz zurück. Ich hatte den Käfer vor dem Grundstück der Bühlers geparkt und obschon ich mich zuvor versichert hatte, dass Jasmin Bühler zu Hause war, machte das Gebäude einen genauso unbewohnten und abweisenden Eindruck wie gestern. Auch die Rollläden waren immer noch geschlossen.

»*Hombre,* da tut sich grad so Einiges!«, knurrte José. »Wir kommen kaum nach mit der Berichterstattung. Erst die Tatwaffe, dann der Streit zwischen Faruq und diesem anderen Syrer. Die protestierende Bevölkerung und die ganzen Politiker, die glauben, zu allem ihren Senf abgeben zu müssen. Seit ein paar Stunden kursiert zudem das Gerücht, Kokain sei mit im Spiel gewesen. Das wurde aber von offizieller Seite noch nicht bestätigt.«

Ich hielt die Klappe und ließ ihn weiterreden. Fiona hätte es mir nie verziehen, wenn ich mein Insiderwissen an die Presse weitergegeben hätte. Doch genau das war mein größtes Problem: der Seiltanz zwischen Freundschaft und Beruf. Was durfte ich José verraten, was war noch nicht für die Öffentlichkeit bestimmt? Das Buhlen um Leserschaft fand heutzutage vor allem im virtuellen Bereich statt. Wer brachte die wichtigsten News am schnellsten, wer erhielt am meisten Klicks pro Artikel, wie kontrovers entwickelte sich anschließend die Diskussion in den Kommentarspalten. Konnte ich mich auf José verlassen und würde er vertrauliche Informationen auch als solche behandeln? Oder fanden sie sich Sekunden später auf der Onlineseite der Gratiszeitung? Bühler wusste mittlerweile, dass ich ihm auf den Fersen war, aber war es hilfreich, José gegenüber seine schmachvolle Kündigung und die Geliebte zu erwähnen? Ihn darauf hinzuweisen, wie gewaltbereit der Mann war und wie brutal er seine Frau verprügelt hatte? Das hätte ihn in den Augen der Bevölkerung sofort zum Mörder gemacht, doch ich hatte berechtigte Zweifel an seiner Täterschaft. Nach reiflichem Abwägen verzichtete ich darauf, José einzuweihen. Bühler war mein persönlicher Auftrag.

»Ich weiß jetzt nicht genau, was ich dir alles sagen darf.« José machte eine unentschlossene Pause und ich hörte, wie er irgendetwas aus einem Becher schlürfte.

»Geht mir genauso«, grinste ich erleichtert.

»Quid pro quo?«, schlug José vor.

»Okay, aber du zuerst.«

»Es gibt doch eine Zeugin der Schießerei. Sie wird von der Polizei abgeschirmt, sodass wir nicht an sie rankommen. Und auch sonst niemand.«

»Der Täter zum Beispiel?«

»Richtig. Angeblich war sie in der Nähe des Tatorts und hat den Schützen erkannt, so viel ist durchgesickert.«

»Aber?«

José seufzte. »Wie soll ich das jetzt bloß politisch korrekt formulieren?«

»Ich komm auch mit politisch unkorrekt klar.«

»Sie ist nicht vernehmungsfähig, denn die Tat hat sie zutiefst erschüttert. Man munkelt, dass sie an Ort und Stelle zusammengebrochen ist. Sie wurde sofort weggebracht und musste psychologisch betreut werden.«

»Na ja, klingt für mich nachvollziehbar. Schließlich beobachtet man nicht jeden Tag aus nächster Nähe, wie jemand erschossen wird.«

»*Coño,* alles, was die Frau tun muss, ist einen Namen ausspucken!« José klang ernsthaft genervt. »Einen einzigen Namen! Das sind ein paar Buchstaben und sollte meines Erachtens ohne psychologische Betreuung und ärztlichen Beistand zu bewerkstelligen sein.«

»Sie fürchtet sich vielleicht vor dem Täter. Dass er sich an ihr rächen könnte.«

»Das führt sie natürlich als Grund für ihre Unpässlichkeit an, doch das ist kompletter Schwachsinn! Faruqs Mörder wäre längst gefasst, wenn sie bloß den Mund aufbekäme. Aber Madame lässt sich stattdessen lieber von einfühlsamen Psychologen umhegen, während da draußen ein Killer frei herumläuft.«

Ich beugte mich etwas vor und schaute zum Haus der Bühlers hinüber. Mir waren soeben zwei Kameras aufgefallen, die auf halber Höhe diskret an den Ecken des Gebäudes befestigt und auf die Türe gerichtet waren. Sie waren nur aus einer gewissen Distanz erkennbar, stand man direkt vor dem Haus, musste man schon sehr aufmerksam sein, um sie zu bemerken.

»Ist was?«, fragte José in die plötzliche Stille hinein und ich verneinte hastig.

»Weiß man, wer die Frau ist?«

»Nur vage Vermutungen«, erwiderte mein bester Kumpel, während ich mich insgeheim fragte, wozu die Kameras gut waren. Sah man von dem Zwischenfall vor dem Asylzentrum ab, galt Altstetten gemeinhin als sichere Gegend.

»Eine ältere Frau, die auf dem Weg zum nahe gelegenen

Schrebergarten war, glaubt, eine der Sozialhelferinnen gesehen zu haben. Das würde auch zum ganzen prätentiösen Getue passen. Die Sache hat nur einen Haken: Keine der in Altstetten eingeteilten Sozialarbeiterinnen war am Montagmorgen in der Nähe des Asylzentrums unterwegs.«

Eine Zeugin, die glaubte, eine Zeugin gesehen zu haben. Das konnte ja heiter werden. »Konnte diese ältere Frau sie beschreiben?«

»Sie erinnert sich an eine tannengrüne Regenjacke, was kein wirklicher Durchbruch ist. Denn bei dem Sauwetter trug einfach jeder etwas in der Art. Das Gesicht kam ihr flüchtig bekannt vor, doch sie konnte keine Haarfarbe nennen, wegen der hochgeschlagenen Kapuze, das Alter hat sie irgendwo zwischen fünfundzwanzig und fünfzig festgelegt.«

»Eindeutig eine aufmerksame Beobachterin.«

»Wir finden nichts. Obschon meine Leute rund um die Uhr an dem Fall kleben.«

»Fiona?«

José stieß die Luft aus. »Nächste Frage.«

»Ihr müsst das in den Griff bekommen.«

»Hast du sonst noch irgendwelche schlauen Ratschläge?«

»Einen Drink?«

»Unbedingt. Morgen Abend?«

»Ich melde mich bei dir.«

»*Vale.*«

Rasch beendete ich den Anruf, bevor es José einfiel, mich nach meinen eigenen Nachforschungen zu löchern.

Ich hatte bereits zweimal geklingelt, doch erst beim dritten Anlauf vernahm ich drinnen das zögernde Klacken von Absätzen.

Gleich darauf machte sich jemand an der Tür zu schaffen, ein Schlüsselbund klirrte und nacheinander wurden mehrere

Schlösser entsperrt. Endlich schwang die Haustür spaltbreit auf.

»Ja?« Jasmin Bühler hatte im Eingangsbereich kein Licht gemacht, entsprechend war ihr geschundenes Gesicht im Halbdunkeln kaum auszumachen.

»Ich würde mich gern über Ihren Ehemann unterhalten.« Ich trat näher, doch anstatt mich hineinzulassen, machte sie einen entschlossenen Schritt auf mich zu und blieb im Türrahmen stehen. Ich konnte mich des Eindrucks nicht erwehren, sie versperrte mir den Weg.

»Gibt es neue Fahndungsergebnisse?«

»Kann man so sagen.«

»Könnten wir das an einem anderen Ort besprechen? Hier ist es grad nicht so günstig.« Jetzt erst bemerkte ich, wie unbehaglich sie sich zu fühlen schien. Die Neuigkeiten waren für sie nur zweitrangig. Ich wunderte mich ein wenig, schlug ihr dann aber das Café am Ende der Straße vor.

»Okay«, stimmte sie sofort zu. »Gehen Sie schon vor, ich komme gleich nach.« Ohne weitere Erklärung schloss sie die Tür vor meiner Nase.

Ich stieg in den Wagen, parkte ihn eine Straße weiter und rannte sofort zurück zum Haus der Bühlers, wo ich mich hinter ein Gebüsch im Vorgarten duckte. Glücklicherweise hatte der Regen etwas nachgelassen, doch von den Blättern über mir tropfte es eiskalt in meinen Nacken. Die Kameras bewegten sich nicht. Ganz sicher hatte mich die Bühler vorhin über die Monitore beobachtet, als ich geklingelt hatte. Ich hoffte nur, dass sie nicht mitbekommen hatte, wie ich zurückgekehrt war und nun wie ein besessener Verehrer in ihrem Vorgarten kauerte. Das hätte mich in akuten Erklärungsnotstand gebracht. Doch es fiel mir schwer zu glauben, dass sie mich nicht ins Haus ließ, nur weil sie heute noch nicht gestaubsaugt hatte.

Ich brauchte nicht lange zu warten, bis Jasmin Bühler heraustrat, sie war in einen dunklen Mantel gehüllt, die Sonnenbrille und ein Kopftuch verbargen das Gesicht beinahe gänzlich. Als sie über den schmalen Kiespfad zum Gartentor ging, sah sie sich immer wieder um, als fühlte sie sich verfolgt. Was kein Wunder war, wenn man sich derart ungünstig vermählt hatte wie sie. Oder spielte sie das alles womöglich nur?

Ich verharrte hinter dem Busch, bis sie außer Sichtweite war, danach machte ich erneut einen Inspektionsrundgang rund ums Haus. Seit gestern hatte sich nichts verändert, außer dass mir heute die Kameras auffielen, die auch auf der Rückseite des Gebäudes montiert waren. Wieder flammten die Schweinwerfer auf, die Jalousien waren aber immer noch heruntergelassen. Nur an einem einzigen Fenster standen sie leicht geöffnet, sodass ich zwischen den Lamellen ins Wohnzimmer linsen konnte. Doch ich entdeckte nichts Besonderes. Weder eine frappante Unordnung, die möglichen Besuch abgeschreckt hätte, noch Adrian Bühler. Meinen Verdacht, dass ihr Mann zurückgekehrt war und sie nun bedrohte, sah ich nicht bestätigt. Doch wenn die Kameras funktionierten, hatte er mich längst entdeckt und setzte sich garantiert nicht vors einzige unverdunkelte Fenster im ganzen Gebäude. Ich musste mir unbedingt Zugang zum Haus verschaffen, auf welche Art auch immer. Doch erst einmal war ich gespannt darauf, wie Jasmin Bühler auf das Resultat meiner Nachforschungen reagierte.

»Seit wann?« Sie war ganz blass geworden und sah mich fassungslos an. Ihre Verblüffung wirkte durch und durch echt, und ich zweifelte keine Sekunde daran, dass sie nicht den blassesten Schimmer von der Entlassung ihres Mannes gehabt hatte.

»Ein paar Monate schon.«

»Unmöglich! Er ging doch jeden Morgen um Viertel nach sieben aus dem Haus ...«

»Und hat erst mal im Restaurant ausgiebig gefrühstückt und die Zeitungen gelesen.«

Sie machte eine unwirsche Handbewegung. »So viel weiß ich auch! Jeder hat seine Rituale. Wenn Sie deswegen denken, er sei ...«

Ich zerstörte ihre aufkeimende Hoffnung mit einem Schnalzen. »Ich habe mit der Personalchefin gesprochen.«

»Aber was hat er um Gottes willen den ganzen Tag gemacht?«, fragte sie nach einer Weile und ihre Stimme zitterte dabei.

»Er spielte Billard, aß zu Mittag, hing in einer Bar rum, spielte wieder Billard, trank sein Feierabendbier und kehrte pünktlich zum Abendessen nach Hause zurück.« Vorläufig erachtete ich es als klüger, Jasmin Bühler die Sache mit der Geliebten zu verschweigen. Sie hatte gerade genügend anderes zu bewältigen.

»Und ich hab überhaupt nichts bemerkt«, flüsterte sie. »Aber weshalb hat er mir nichts gesagt? Ich bin seine Frau, da redet man doch über solche Dinge.«

»Was ziemlich viel über den Zustand Ihrer Ehe verrät.«

Ihr Blick flackerte und sie presste ihre aufgeplatzten Lippen zusammen.

Wir saßen an einem Zweiertisch am Fenster. Ich hatte Parkplatzprobleme für meine verspätete Ankunft im Café angeführt, was sie mir kommentarlos abgenommen hatte. Offenbar traute sie mir nicht zu, fünfhundert Meter zu Fuß zurückzulegen. Es wurde langsam Zeit, meiner dank Manjus Küche und grundsätzlichem Bewegungsmangel etwas außer Form geratenen Linie mit sportlicher Betätigung beizukommen.

»Weshalb wurde er gefeuert?«

»Er hat angeblich einen deutschen Kollegen beschimpft.«

Sie schüttelte verärgert den Kopf. »Das ist wieder mal typisch!«

»Wieso?«

»Weil er das andauernd macht, seit …« Sie brach ab.

»Seit?«, hakte ich nach, doch Jasmin Bühler gab keine Antwort und rückte stattdessen mit Akribie den Löffel auf ihrem Unterteller zurecht.

Draußen auf der Terrasse tanzten Regentropfen auf der Sitzfläche eines weißen Plastikstuhls, den man wegzuräumen vergessen hatte, eine Meise wippte auf seiner Lehne und schüttelte in kurzen Abständen empört ihr Gefieder. Ein Lokal wie eine Altersheimcafeteria, im Erdgeschoss eines mehrstöckigen Wohnblocks aus den Siebzigern untergebracht. Die Fassade bestand aus einem Material, für das man offenbar Hydrokulturkugeln zusammengebacken hatte. Drin orangefarbene Papiersets auf dunklen Tischplatten, die Decke viel zu niedrig, eine Vitrine mit trocken aussehenden Kuchenstücken neben dem Buffet. Kerzen in hohen Gläsern spendeten ein warmes Licht.

»Ich komme oft hierher«, bemerkte Jasmin Bühler, die meinem Blick gefolgt war. »Dies ist ein Ort der Ruhe für mich.«

»Was könnte denn ein Grund sein, dass Ihr Mann Sie nicht über seine Kündigung informiert hat?«

»Ich weiß es nicht.«

»Stand er unter Druck?«

»Wie meinen Sie das?«

»Genau so, wie ich es sage.«

»Nicht, dass ich wüsste.«

»Auch nicht von Ihnen?«

»Nein, selbstverständlich nicht.« Ihr Blick wurde merklich kühler, während er meinem standhielt.

Ich nahm einen Schluck aus meinem Wasserglas, doch kaum hatte ich es angesetzt, konnte ich kaum mehr aufhören zu trinken. Ich schluckte und schluckte und schluckte. Es war wie ein Zwang.

»Durst?«, fragte Jasmin Bühler spöttisch.

»Wahrscheinlich die trockene Luft hier drin«, keuchte ich, nachdem ich das Glas geleert und ein neues geordert hatte. Sie brauchte keineswegs zu wissen, dass ich bereits nachmittags an einem ausgewachsenen Kater litt.

Ich bedankte mich mit einem beiläufigen Nicken bei der Bedienung für den halben Liter *Henniez*, den sie mir wortlos hinstellte, und wartete ab, bis sie außer Hörweite war.

»Ich will ganz ehrlich mit Ihnen sein, Frau Bühler«, sagte ich dann. »Irgendetwas stimmt nicht an der ganzen Geschichte. Mir scheint es einfach nicht plausibel, dass Ihr Mann Faruq umgebracht hat.«

»Wollen Sie damit andeuten, dass ich lüge?«

»Nein. Ich bin nur nicht restlos überzeugt davon, dass Ihr Mann ein Mörder ist.«

»Und das hier?« Wütend deutete sie auf ihr Gesicht. »War das auch nicht er?«

Ich hob beschwichtigend die Hände. »Ich wollte keineswegs Ihre Glaubwürdigkeit anzweifeln. Aber ich halte es durchaus für möglich, dass die Gewalt, die Ihnen Ihr Mann angetan hat, und der Mord an Faruq nicht zusammenhängen.«

»Und was bringt Sie zu dieser Annahme?«

»Der Ablauf der Geschehnisse an diesem Morgen, so, wie er mir bekannt ist.« Ich fasste diesen kurz zusammen.

»Er hat was?«, unterbrach sie mich nach wenigen Sätzen. In ihrem Gesicht spiegelten sich Bestürzung und Zorn.

»Billard gespielt.«

Jasmin Bühler rang nach Worten. »Dieses Arschloch!«, zischte sie schließlich und Tränen der Wut schossen ihr in die Augen. »Erst bringt er Faruq um und dann … ich hätte nie gedacht, dass er so kaltblütig ist.«

»Eben. Gewaltbereit ja, aber ihr Mann ist alles andere als kaltblütig.«

Daraufhin erwiderte Jasmin Bühler nichts mehr und blickte stattdessen grübelnd aus dem Fenster. Ihre Kiefer malmten angestrengt, die Sehnen an ihrem Hals traten gespannt hervor.

Schließlich wandte sie sich wieder mir zu. »Na gut, Sie sind der Detektiv. Wer hat Faruq dann erschossen?«

»Das weiß ich noch nicht. Wollten Sie sich von ihm trennen?«

»Von Faruq?«

»Von Ihrem Mann.«

»Nein, natürlich nicht.«

»Aber Sie wissen, dass er eine Freundin hat?«

Zu meinem Erstaunen verzog sie bloß verächtlich den Mund. »Ich habe es vermutet.«

»Das ist alles, was Sie dazu sagen?«

»Was erwarten Sie? Dass ich zusammenbreche? Einen Wutanfall kriege? Ich sitze selber im Glashaus, da muss man sich gut überlegen, ob man mit Steinen werfen will.«

»Schön formuliert.«

»Wer ist sie?«, wollte sie jetzt doch wissen.

»Fragen Sie Ihren Mann, wenn er wieder da ist.«

Beleidigt schob sie die Kaffeetasse von sich und verschränkte die Arme.

»Oder ist er vielleicht schon zurückgekehrt?«

»Wie meinen Sie das?«

»Verstecken Sie ihn bei sich zu Hause?«

»Wie um alles in der Welt kommen Sie auf diese abstruse Idee?« Sie sah mich mit einem Ausdruck an, der irgendwo zwischen Mitleid und Empörung schwebte. »Ist es, weil ich

Sie vorher nicht ins Haus gelassen habe? Da liegen Sie komplett falsch.«

»Und was war dann der Grund?«

Sie öffnete den Mund, schloss ihn aber gleich wieder und schaute erneut in den Regen hinaus.

»Frau Bühler, ich bin auf Ihre Hilfe angewiesen, wenn ich Ihren Mann finden soll. Hatte er Feinde?«

Nach längerem Überlegen meinte sie zögerlich: »Nicht, dass ich wüsste.«

»Wozu dann die Kameras?«

»Welche Kameras?«

»Die am Haus.«

»Ach die! Zu unserer Sicherheit natürlich.«

»Ist das nicht übertrieben?«

»Angesichts des Mordes an Faruq finde ich nicht.«

»Irgendwie werde ich das Gefühl nicht los, Sie verheimlichen mir etwas.«

»Wieso sollte ich?«

»Das ist die Millionenfrage.«

Eine längere Gesprächspause entstand. Ich kam keinen Schritt vorwärts. Jasmin Bühler hielt mich eindeutig auf Distanz. Sie beantwortete zwar alle meine Fragen, doch sie offenbarte nur, was unbedingt nötig war. Als hätte sie Angst, ich könnte zu viel herausfinden. Aber genau darum ging es hier.

»Es gibt angeblich eine Zeugin für den Mord an Faruq«, bemerkte ich unvermittelt und hoffte, sie damit aus der Reserve zu locken.

Jasmin Bühler starrte mich sekundenlang an und fragte dann mit tonloser Stimme: »Wer ist sie? Hat sie meinen Mann erkannt?«

»Man weiß leider praktisch nichts, die Polizei schirmt sie komplett ab. Angeblich ist sie psychisch noch nicht in der

Lage, eine Aussage zu machen. Aufgrund der Beobachtung einer Passantin wurde erst vermutet, dass sie eine Sozialarbeiterin ist. Nur war am Montagmorgen keine von denen in Altstetten eingeteilt.«

Die Bühler schien zu überlegen. »Vielleicht ...«

»Ja?«

»Es ist nur ein Gedanke.« Sie schob erneut ihren Löffel auf der Untertasse herum. »Aber möglicherweise könnte es sich um eine meiner Kolleginnen handeln. Obschon wir Betreuerinnen nur zur Unterstützung da sind, werden wir natürlich immer wieder mit den richtigen Sozialarbeiterinnen verwechselt, vor allem von Außenstehenden.«

Mein Puls schnellte hoch, doch ich ließ mir nichts anmerken. Das war eine Möglichkeit, auf die bislang weder José noch die Polizei gekommen waren. »Gibt es Einsatzpläne?«

»Nein. Die meisten von uns gehen nebenher anderen beruflichen Tätigkeiten nach, wie ich zum Beispiel. Manche haben Kinder – oder Katzen.« Sie lächelte schwach. »Da geht man einfach helfen, wenn die Zeit es zulässt. Ohne offizielles Aufgebot, ganz unkompliziert.«

»Und wie viele gibt es außer Ihnen?«

»Nur vier.«

Endlich geht was, dachte ich erleichtert, während ich mir die Namen der Frauen fein säuberlich notierte.

Mittlerweile war es dunkel geworden. Ich lenkte meinen Käfer durch den Feierabendverkehr stadteinwärts. Im Radio brachten sie immer noch diese Regensongs. Es schien Myriaden davon zu geben. Die Leute huschten vermummt und mit hochgeschlagenen Mantelkragen durch die Straßen, unter den aufgespannten Schirmen lugten missmutige Gesichter hervor. Das anhaltend schlechte Wetter schlug allmählich auch den letzten Frohnaturen aufs Gemüt. Das monotone Knarzen der Scheibenwischer wirkte einschläfernd auf mich, aber immerhin fühlte ich mich nicht mehr betrunken. Plötzlich fiel mir ein, dass ich völlig vergessen hatte, Jasmin Bühler auf die rechtspatriotische Gesinnung ihres Mannes anzusprechen. Doch angesichts der Ungereimtheiten in diesem Fall würde ich sie ohnehin bald wieder aufsuchen müssen. Ich bog in die Langstrasse ein, wo sich wie immer am frühen Abend der Verkehr staute, und warf einen Blick auf die Uhr. Ich war um acht mit Manju verabredet – immerhin war heute unser freier Abend –, doch bis dahin blieb noch etwas Zeit. Da sich die Autoschlange überhaupt nicht mehr bewegte, holte ich die Liste mit den vier Namen hervor, die mir Jasmin Bühler genannt hatte, und griff nach meinem Handy.

»Was ist denn heute bloß los? Sie sind jetzt schon der Dritte, der wissen will, wo ich gestern Morgen gewesen bin!«, empörte sich eine gewisse Marianne Kübler, nachdem ich ihre Nummer herausgefunden und umgehend gewählt hatte. Ich entschuldigte mich und beendete den Anruf. Offenbar war mir die Presse doch einen Schritt voraus und hatte die freiwilligen Helferinnen vor mir ausfindig gemacht. Da Frau Kübler zu Hause war, konnte sie unmöglich die Zeugin der Schießerei sein. Denn die befand sich ja in Polizeigewahrsam. Ich wählte die nächste Nummer und musste erst ein kleines Mädchen bitten, die Mama ans Telefon zu holen, bei den beiden letzten ging niemand ran. Ruth Mathis oder Franziska Strittmatter. Eine von beiden musste die Zeugin sein. Ich suchte im Internet nach den Adressen der beiden. Die Strittmatter wohnte etwas außerhalb, in Urdorf in einem kleinen Häuschen am Waldrand, die Mathis an der Klingenstrasse. Die befand sich im Kreis 5, nur ein paar Autominuten entfernt.

»Ich suche Ruth Mathis«, schrie ich in die uralte Gegensprechanlage des heruntergekommenen Sozialwohnblocks.

Es knackte ein paar Mal, dann erklärte mir eine hohl klingende Männerstimme, dass Ruth heute im Arabisch sei.

»Nein, falsch, heute ist ja Dienstag«, korrigierte sich der Typ gleich darauf. »Da ist glaub diese Weiterbildung zur Integrationshelferin. Oder doch der armenische Kochkurs?« Verunsichert verstummte er, und ich seufzte leise. Diese umtriebigen Gutmenschen immer.

»Kann ich ihr etwas ausrichten?«

»Nein. Wann kommt sie denn zurück?«

»Keine Ahnung, das kann schon mal spät werden.«

Ich hatte weder Zeit noch Lust, im strömenden Regen auf die engagierte Frau Mathis zu warten. »Haben Sie sie in den letzten vierundzwanzig Stunden gesehen?«

»Ja, natürlich. Was soll denn diese merkwürdige Frage?«

»Und es war eindeutig Ihre Frau, Ruth Mathis?«

»Also bitte!«

»Vielen Dank, Sie haben mir gerade sehr geholfen!« Ich ließ den Mann mit seiner Verwirrung allein und rannte zurück zum Wagen.

Rain, rain, go away, go away, sang Terence Trent D'Arby und ich hätte nicht mehr seiner Meinung sein können. Ich hatte die Nase voll von dem Sauwetter.

Ich strich Ruth Mathis' Namen auf der Liste durch. Blieb Franziska Strittmatter. Sie musste die Zeugin sein. Aber das hatten die Journalisten sicher auch schon herausgefunden. Während ich in den Kreis 4 zurückfuhr, musste ich mir eingestehen, dass die neu gewonnene Information zu nichts nütze war. Solange Frau Strittmatter von der Polizei und wahrscheinlich einer kleinen Armee Psychologen und Ärzten abgeschirmt wurde, war es schlicht unmöglich, an sie ranzukommen.

»*Hai rabba!* Mein Gott hat mich verlassen!«, empfing mich mein Vater aufgebracht und kam mit kleinen Schrittchen auf mich zugewackelt, während er die Hände verwarf. »Heute Morgen war er noch da, doch nun ist er wie vom Erdboden verschluckt!«

Unglücklich schaute er mich an.

»He he, jetzt aber mal sachte!«, versuchte ich, ihn zu beruhigen, und schob die Wohnungstür hinter mir zu. »Wir werden deinen Gott suchen und ihn garantiert auch finden.«

Das war schon Leuten mit pathetischeren Lebensgeschichten als derjenigen meines Vaters gelungen, dachte ich bei mir.

»*Chori karti hai!* Ich bin sicher, sie hat ihn mir geklaut!«, zischte er halblaut. »Jedes Mal, wenn sie hier war, fehlt hinterher was!«

»Wahrscheinlich hast du ihn nur verlegt.«

Doch er ließ sich nicht besänftigen und hörte nicht einmal auf zu schimpfen, als er mich kurz umarmte. Seit seinem Indienaufenthalt erschien er mir kleiner und hagerer, als wäre er geschrumpft, ich konnte seine Knochen deutlich unter der ausgebeulten Strickjacke spüren.

»Wenn ich doch sage, dass er weg ist. Sieh selbst!« Er ergriff meine Hand und zog mich eifrig wie ein kleines Kind hinter sich her ins Schlafzimmer.

»Jetzt bist du baff, was?« Mein Vater war vor einer dunklen Holztruhe mit filigranen Schnitzereien stehen geblieben und deutete vorwurfsvoll auf die umfangreiche Sammlung hinduistischer Götterfiguren, die er im Lauf der Jahre zusammengetragen hatte. Manche davon waren sichtlich teuer gewesen, sie waren aus Bronze oder einem anderen Metall gefertigt und wirkten massiv, andere hingegen waren bloß billige Plastikfiguren, der fahrigen Bemalung nach wahrscheinlich sogar von Kindern verziert. Wie so oft in der indischen Kultur lagen Stil und Kitsch kaum eine Opferschale voneinander entfernt.

»Welcher fehlt denn?«, erkundigte ich mich vorsichtig und betrachtete mit ernsthafter Miene die nach Größe geordneten Figuren.

»*Aré*, das liegt doch auf der Hand!«, empörte sich mein Vater. »Als Inder solltest du das sofort sehen!«

»Meiner Meinung nach sind alle da.«

Er seufzte schwer. »Das passiert, wenn man schon so lange in der Schweiz lebt. Du bist kein richtiger *Desi* mehr!«

Das ewige Dilemma der Secondos, der Migrantenkinder. Für die Schweizer blieben wir Ausländer, unsere Eltern und Familien hielten uns für zu schweizerisch. Ich hatte mein ganzes Leben in diesem Spannungsfeld zugebracht und normalerweise steckte ich diesbezügliche Bemerkungen auch locker weg. Doch heute trafen mich die Worte meines Vaters, dass ich kein echter Inder mehr sei. Was wahrscheinlich mit meinem abklingenden Kater zusammenhing, da reagierte ich manchmal etwas empfindlich.

»Ganesha ist da, Vishnu ebenfalls, Parvati und Kali, Hanuman, Krishna …«, begann ich aufzuzählen, wohl wissend, dass ich nicht weit kommen würde. Meine Kenntnisse in religiösen Dingen waren nicht nur ziemlich rudimentär, es gab einfach zu viele hinduistische Gottheiten, als dass ich mir mehr als die wichtigsten merken konnte. Erschwerend kam hinzu, dass viele davon ihre Gestalt nach Lust und Laune veränderten. Da hatten es Christen und Muslime einfacher: Ein einziger schmiss den ganzen Laden. Man meldete sich beim Chef und je nach Auftragslage erhörte er einen oder eben nicht, während sich die Hindus vorkommen mussten wie Bittsteller bei einem städtischen Amt: Es brauchte ein Wunder, um auf Anhieb mit der richtigen Stelle verbunden zu werden.

»*Beta*, es bringt nichts, die zu benennen, die hier sind, wenn du ja doch nicht weißt, welcher fehlt.« Mein Vater lachte leise und ich brach meine Auflistung ab.

»Welcher ist es denn?«, fragte ich unwirsch.

»Shiva! Einer der wichtigsten.« Er deutete auf eine Lücke zwischen zwei anderen Göttern, die mir erst jetzt auffiel. »Eine wunderschöne, aus Teakholz geschnitzte Figur, sie saß im Schneidersitz, die eine Hand zur Segnung erhoben.« Seine Augen wurden feucht.

»Und er ist nicht hinuntergefallen oder so?« Unauffällig ließ ich meinen Blick rund um die Truhe schweifen.

»Aber nein! Wenn ich dir doch sage, dass die Frau stiehlt!«

»Das kann ich mir nicht vorstellen.«

Verzweifelt faltete mein Vater die Hände und reckte sie gegen die Decke. »*Aré*, so glaub mir doch! Sie ist eine gemeine, hinterlistige Diebin!«

»Wo ist Frau Polschi überhaupt?«

»In der Küche, kocht sicher wieder irgendetwas Ungenießbares. Sie kommt aus Rumänien, wahrscheinlich deswegen.«

»Pa!«

Frau Polschi saß am Küchentisch und sah lächelnd auf, als wir reinkamen. »Oh, schauen Sie, Herr Kumar, Sie haben Besuch!«

»Hätte ich ohne Ihre Hilfe gar nicht bemerkt«, knurrte mein Vater und ließ sich ächzend auf einem Stuhl nieder.

Frau Polschi ging auf die fünfzig zu und strahlte eine herbe Herzlichkeit aus, ihr dunkel gefärbtes Haar trug sie zu einem Dutt gebunden.

Ich wusste gar nicht, was mein Vater gegen sie hatte. Seit sie sich an den zwei Tagen, an denen meine Mutter in *Kumar's Palace* kochte, um ihn kümmerte, verhielt er sich abweisend, beinahe trotzig. Manchmal stellte er sich sogar krank, nachdem sie gegangen war, um meiner Mutter ein schlechtes Gewissen zu verursachen. Doch Manju und ich hatten ihr gut zugeredet und sie in ihrer Entscheidung bestärkt. Es war wichtig, dass sie wenigstens hin und wieder rauskam, mein Vater würde sich über kurz oder lang schon an Frau Polschi gewöhnen.

»Soll ich machen Tee?« Die Polschi erhob sich und blickte uns fragend an.

Ich nickte, während mein Vater als Antwort irgendetwas Unverständliches grantelte.

»Serrrr gut«, bemerkte die Polschi mit ausgeprägtem Ostblockakzent und füllte den Wasserkocher. »Darjeeling, wie immer?«

»Gerne«, erwiderte ich und bewunderte ihre Geduld.

In der Vermittlungsagentur hatte es geheißen, dass leider weder indische – worauf mein Vater bestanden hatte –, noch Schweizer Pflegerinnen zur Verfügung stünden. Als sie dann Frau Polschi geschickt hatten, waren meine Mutter und ich sofort begeistert gewesen.

»Ich habe geflickt Statue«, sagte die Polschi und holte die Shivafigur vom Kühlschrank herunter.

»Sie haben was?«, fuhr mein Vater sie an.

»Ich habe repariert mit Leim, wie …«

»Was fällt Ihnen ein? Sie sollen meine Götter nicht anrühren! Habe ich Ihnen das nicht schon tausend Mal gesagt?«

»Aber heeren Sie …«

»Nein, ich will kein Wort mehr hören! Wie können Sie es wagen?« Die Wut brach jäh und ungehemmt aus ihm heraus, er tobte regelrecht, mit der Faust hämmerte er wie besessen auf die Tischplatte ein.

»Pa, beruhige dich!«, mischte ich mich ein, doch sein ungebändigter Blick sagte mir, dass meine Worte nicht zu ihm durchdrangen. Gleichzeitig erkannte ich die Angst dahinter. Es war ihm bewusst, dass er die Kontrolle verlor, Tag um Tag entglitt sie ihm ein wenig mehr, ohne dass er etwas dagegen tun konnte.

Nachdem der Wutanfall meines Vaters etwas nachgelassen hatte, stellte Frau Polschi behutsam die Shivastatue auf den Tisch, und für einen Augenblick sah die Pflegerin müde und grau aus. Sie lächelte mir resigniert zu und wandte sich dann ab, um Tassen aus dem Schrank zu nehmen.

»Sieh doch, er ist wieder ganz.« Ich drehte die Figur zu meinem Vater hin, der bockig vor sich hin stierte. »Die Hand war abgebrochen und ich bin mir sicher, du hast Frau Polschi gebeten, sie wieder anzukleben.«

Aus dem Augenwinkel sah ich sie zustimmende Kopfbewegungen machen, doch sie ließ kein Wort verlauten.

»Du hast es einfach vergessen.«

Mit störrischer Miene zog mein Vater Shiva zu sich hin und studierte ihn genau. Dabei löste sich zusehends die Anspannung in seinem Gesicht und als die Polschi den Teekrug auf den Tisch stellte, lächelte er sie verzagt an.

»Viel Milch, viel Zucker. Wie in Indien.« Sie lachte und schien ihm sein Verhalten bereits verziehen zu haben. Wahrscheinlich war sie diese Ausbrüche gewohnt.

Ich reichte die erste Tasse an meinen Vater weiter, der immer noch wie gebannt seine Götterfigur betrachtete. Schließlich stieß er einen abgrundtiefen Seufzer aus, ergriff meine Hand und drückte sie kräftig, als müsste er sich an mir festhalten.

»Ach, *Beta* …«

»Ich weiß, es ist nicht einfach. Aber wir sind für dich da.«

»Du bist ein guter Sohn«, sagte er nach einer Weile und ich sah ihm die Unsicherheit an, die sein Zustand in ihm auslöste, sie brach mir das Herz.

»Guter Sohn, ja«, mischte sich die Polschi in strengem Ton ein. »Aber schon bald vierzig und immer noch nichts verheiratet und Babys!«

Es hatte mit den Moskitos begonnen. Nachdem mein Vater aus Indien zurückgekehrt war, wo er sich auf Geheiß seines Arztes vom Heimweh erholen sollte, hatten meine Mutter und ich erst den Eindruck gehabt, alles sei wieder in Ordnung mit ihm. Wie zuvor saß er die meiste Zeit in seinem Sessel, las in seiner geliebten *Times of India* oder sah sich Cricketspiele via Satellitenfernsehen an. Die Depressionen kamen nicht wieder und diese Sehnsucht nach Indien, die ihn vor seiner Abreise derart gequält hatte, dass er krank geworden war, war überhaupt kein Thema mehr. Vielmehr erzählte er uns von einer gewandelten Gesellschaft, die er kaum wiedererkannt hatte, von einer Heimat, die nicht mehr die seine war. Die Jahre in der Schweiz hätten ihn zu einem Fremden im eigenen Land werden lassen, wie er mit Verbitterung feststellte, und er verspüre kein Bedürfnis, bald zurückzukehren.

Doch dann begann er, die Moskitos zu sehen. Erst dachten wir uns nichts dabei. Es konnte sehr wohl sein, dass sich Mücken in sein Schlafzimmer verirrten, gerade im Sommer. Auch wenn wir nie welche entdeckten. Doch als er selbst im Herbst, als morgens bereits der erste Frost die Blumenkästen auf dem Balkon bedeckte, darauf beharrte, begann sich meine Mutter zu sorgen.

»Da sind keine Moskitos!«, versicherte sie ihm jeweils, nachdem sie das Zimmer gründlich abgesucht hatte. »Ich habe mit dem Staubsauger jede Ecke sauber gemacht, auch unter dem Bett und in den Schränken.«

Doch kein Argument vermochte es, ihn von seiner Meinung abzubringen.

»Natürlich sind da welche, sie kommen nachts, wenn ihr alle schlaft«, behauptete er stur.

»Aber ich sehe keine Stiche!«

»Ich hab ja auch nicht gesagt, dass sie mich stechen. Aber sie sind da! Kaum liege ich im Bett, kriechen sie aus ihren Verstecken und rauben mir mit ihrem Gesumme den Schlaf!«, ereiferte er sich und wurde wütend, wenn man seine Beobachtungen anzweifelte.

Am Ende kam es so weit, dass ihm meine Mutter vorschlug, auf dem Sofa im Wohnzimmer zu schlafen, damit ihn die Mücken nachts in Ruhe ließen. Doch es dauerte nicht lange, bis sie ihn auch dort belästigten.

»Ihr seht sie nicht, denn sie ziehen sich zurück, sobald sie euch bemerken und kommen erst wieder raus, wenn ich allein bin.«

Am nächsten Tag hatte ich meine Eltern zum Arzt begleitet.

»Leider habe ich keine guten Nachrichten«, eröffnete der Fachmann das Gespräch, während mein Vater im Untersuchungszimmer nebenan wartete. Erschrocken zuckte meine Mutter zusammen und ich hätte dem Herrn Doktor gern zu verstehen gegeben, dass man eine indische Ehefrau unmöglich auf diese Weise mit einer Diagnose konfrontieren durfte. Denn diese ging sowieso immer vom Schlimmsten aus. Entsprechend schossen ihr auch gleich Tränen in die Augen. Ich hielt ihre Hand fest und versuchte, sie zu trösten, doch sie schien alles außer dem Arzt komplett ausgeblendet zu haben.

»Die Depressionen waren ein erstes Anzeichen, das selbst ich nicht richtig interpretiert habe«, setzt dieser an und ließ sich an seinem Schreibtisch nieder.

»Was haben seine Depressionen mit Moskitos zu tun?«, stieß meine Mutter angespannt hervor, während ihr keine einzige Bewegung des Mannes zu entgehen schien.

»Beides ist bezeichnend für eine Krankheit, die je nach Fall unterschiedlich schnell verläuft …«

»Aber die Depressionen sind ja weg!«, unterbrach sie ihn triumphierend, als könnte sie mit diesem Nachweis alles Folgende abwenden.

»Sie waren aber nur teilweise auf Heimweh zurückzuführen. Frau Kumar, Ihr Mann leidet an einer beginnenden Demenz.«

»Unmöglich!« Meine Mutter schnappte nach Luft. »Er beklagt sich doch nur über Moskitos!«

»Die es aber nicht gibt, das haben Sie vorhin selbst gesagt.«

»Ich habe sicher nicht gut genug nachgeschaut.«

»Reizverarmung kann gerade bei dementen Patienten zu Halluzinationen führen.«

Verständnislos starrte ihn meine Mutter an. »Reizverarmung? Was heißt das?«

»Dass der Geist zu wenig beschäftigt ist. Deshalb ruft er Bilder ab, die er schon früher gespeichert hat. Das Gehirn füllt so selbstständig Lücken in der Wahrnehmung, wenn es zu wenig zu tun hat. Vereinfacht ausgedrückt.«

»Mein Mann ist gelangweilt und sieht deshalb Stechmücken?«

Der Doktor nickte. »So ungefähr. Manche Patienten durchleben ganze Tagesabläufe und halten sie für real, dabei sitzen sie die ganze Zeit im Lehnstuhl. Leider sind das Anzeichen für eine einsetzende Demenz.«

»Und jetzt?« Ich konnte förmlich spüren, wie sehr meine Mutter unter Strom stand.

»Wahrscheinlich müssen Sie in der kommenden Zeit mit Wahnvorstellungen rechnen.«

»Wie bitte?« Sie klammerte sich an der Stuhllehne fest.

»Ihr Mann könnte behaupten, man habe sich gegen ihn verschworen oder bestehle ihn.«

»*Hai rabba!* Ich bin seit über vierzig Jahren seine Frau und würde ihn doch nie im Leben …« Sie brach mit erstickter Stimme ab und verwarf verzweifelt die Hände.

»So beruhigen Sie sich doch, Frau Kumar. Diese Symptome gehören leider zum Krankheitsbild, sie dürfen das keinesfalls persönlich nehmen.«

Aufgebracht richtete sich meine Mutter auf. »Nicht persönlich nehmen? *Aré*, wie um alles in der Welt sollte ich derartige Beschuldigungen *nicht* persönlich nehmen?«

»Ihr Mann ist ernsthaft krank, Frau Kumar, er findet sich allmählich nicht mehr zurecht und nimmt entsprechend die Realität verzerrt wahr. Da steckt keine böse Absicht dahinter.«

Sie atmete tief durch, schloss die Augen und legte die Hände wie zum Gebet zusammen. »Wird er sterben?«, fragte sie, nachdem sie sich einigermaßen gefasst hatte.

»Ja.«

»Wie viel Zeit haben wir noch?«

»Das ist unterschiedlich, die Krankheit verläuft bei jedem Patienten anders. Mit etwas Glück bleiben Ihrem Mann noch etliche Jahre.« Der Arzt zögerte. »Ich kann ihm Neuroleptika gegen die Halluzinationen verschreiben, wenn sie möchten. Die Nebenwirkungen sind allerdings nicht zu unterschätzen. Zudem behandeln diese Medikamente nur die Symptome, die Demenz wird so oder so vorwärtsschreiten.«

»Und man kann rein gar nichts dagegen unternehmen? Es muss doch irgendetwas geben …« Flehend blickte sie den Arzt an.

»Leider gibt es kein Heilmittel.«

Erst in diesem Moment, als sie die Endgültigkeit der Diagnose erkannte, ließ die Anspannung meiner Mutter nach. Als hätte man ihr den Stecker gezogen, sackte sie in sich zusammen und schluchzte hilflos.

Obschon es nicht weit war bis zur Bäckerstrasse, nahm ich den Wagen, denn im endlos strömenden Regen wäre ich innert Sekunden bis auf die Knochen durchnässt gewesen. Der Radiosprecher berichtete über die immer größer werdende Menschenmenge vor dem Asylzentrum. Jetzt, kurz nach Feierabend, hätten sich trotz des unwirtlichen Wetters rund dreihundert Leute versammelt. Die einen, um eine Mahnwache für den erschossenen Syrer abzuhalten, die Mehrheit war aber aus Protest gegen das Asylzentrum hergekommen. Während der folgenden Direktschaltung nach Altstetten hörte man die skandierten Parolen im Hintergrund deutlich, viel Neues wusste der Reporter aber nicht zu berichten. Noch immer ging man von einem Streit zwischen Asylanten aus, dem Faruq zum Opfer gefallen war. Vom Kokain keine Rede. *Blame it on the rain*, sangen gleich im Anschluss die Sänger hinter Milli Vanilli. Während die Retortenband eine erstaunlich coole Soulnummer hinlegte, war ich in Gedanken bereits wieder bei meinem Vater und wunderte mich, wie rasch man sich doch an veränderte Umstände gewöhnte. Anfänglich hatte besonders meine Mutter mit der Diagnose gehadert und sogar den endgültigen Umzug nach Indien ins Auge gefasst, in der Hoffnung, dass sich dort der Zustand meines Vaters verbessern würde. Mit dem vagen Hintergedanken vielleicht auch, dass einer der lokalen Quacksalber ein traditionelles Heilmittel zur Hand hatte, ein Pülverchen aus irgendeiner Wurzel, eine Paste aus heiligen Pflanzen – in ihrer Verzweiflung klammerte sie sich an jeden Grashalm. Doch nach ausführlichen Gesprächen mit dem Arzt und im, zugegebenermaßen kleinen, Familienkreis, ließ sie von der Idee ab. Eine Einweisung meines Vaters in ein Pflegeheim kam für sie allerdings nicht infrage, zumindest solange seine Verfassung erlaubte, dass sie selbst für ihn sorgte. Was jedoch einen schmerzlichen Schritt erforderte: Sie musste sich aus ihrem Lokal zurückziehen, denn beides zusammen wäre unmöglich zu vereinbaren gewesen. Nach einigem Hin und Her ließ sie sich immerhin dazu überreden, eine Pflegekraft anzuheuern, die sie von der doch anstrengenden Betreuung entlastete und ihr etwas Freiraum verschaffte. Eine Aufgabe, die Frau Polschi hervorragend erfüllte.

Schritt für Schritt lernten wir so, mit der Krankheit zu leben, und mittlerweile war sie Teil unseres Alltags geworden. Wir hatten die Erfahrung gemacht, dass es sinnlos und vor allem sehr anstrengend war, mit meinem Vater zu streiten, wenn er wieder einmal darauf beharrte, ihm sei Geld geklaut worden oder die Lesebrille. Wenn er uns unverhohlen anlog, um seine Unzulänglichkeiten zu kaschieren. Zeitweise trieb er mich damit an den Rand der Selbstbeherrschung. Nur konnte man diesen Wahnvorstellungen nicht mit Logik oder Besserwisserei beikommen, darauf hatte uns der Arzt vorbereitet, sondern höchstens indem man den Patienten ernst nahm und sich auf ihn einließ. So oft es meine Arbeit erlaubte, sah ich nach ihm und stellte immer wieder überrascht fest, wie eng unsere Beziehung in den letzten Monaten geworden war. Die Krankheit verlieh meinem Vater etwas Kindliches und Momente voller Leichtigkeit, die ihm früher abgegangen waren. Auf der anderen Seite fiel allmählich all das von ihm ab, was er sich im Verlauf der Jahre an schweizerischem Verhalten angeeignet hatte. Er bekundete zunehmend Mühe mit der hiesigen Sprache, dafür wackelte er vermehrt mit dem Kopf, Gestik und Mimik muteten immer orientalischer an. Jeden Tag entglitt er mir ein kleines Stück mehr und verwandelte sich allmählich in den Inder zurück, der er wohl vor dem Leben in der Fremde gewesen war – wie ein iPhone, das man auf seine Werkseinstellungen zurücksetzte.

Das Restaurant *Doki* an der Bäckerstrasse war von Beginn an ein Erfolg gewesen. Zwar war es kaum größer als ein Wohnzimmer und bot entsprechend Platz für gerade mal sieben eng aneinandergerückte Tischchen, dennoch fühlte man sich keineswegs eingezwängt.

Ganz nach japanischem Vorbild gab es viel helles Holz, eine warme, gedämpfte Beleuchtung und gerahmte Kalligrafien an der Wand. Auf der Karte standen Nudelsuppen in verschiedensten Variationen, dazu eine Handvoll Vorspeisen, wie man sie aus Sushibars kannte: *Edamame, Gyoza* oder vegetarische Makirollen.

Doch das gemütliche Ambiente und die exzellente Qualität der Speisen waren nicht die einzigen Gründe, weshalb das Lokal in der Szene eingeschlagen hatte wie eine Bombe. Einen derart lockeren – um nicht zu sagen: saloppen – Umgang mit Gästen, wie ihn die Inhaberin pflegte, suchte man in Zürich vergebens. Man muss allerdings auch hinzufügen, dass sich nicht jeder Patron einen solch anzüglichen Ton erlauben konnte, ohne damit seine Kundschaft zu vergraulen. Doch bei Miranda gehörte der einfach dazu. Seit meine beste und einzige transsexuelle Freundin ihr Berufsfeld von der Horizontalen in die Vertikale verlegt hatte, war sie förmlich aufgeblüht.

Als ich mich der hell erleuchteten Fensterfront näherte, schlängelte sie sich gerade zwischen den Stühlen hindurch und verschwand in der kleinen Küche. Sie trug passend zum Interieur des Lokals einen seidenglänzenden Kimono mit dunkelblauem Botanikaufdruck, das Gesicht hatte sie sich im blassen, aber noblen Geishastil geschminkt. Dennoch hätten Traditionalisten bei ihrem Anblick entsetzt nach Luft geschnappt, denn das keusch Verschlossene der japanischen Kultur war so gar nicht nach Mirandas Geschmack. Der gewagte Ausschnitt erlaubte tiefere Einblicke, als sich die weiblichen Gäste angesichts der Stielaugen ihrer männlichen Begleitung gewünscht hätten, zudem hatte sie den normalerweise bodenlangen Umhang massiv gekürzt, sodass der neckisch knappe Stofffetzen bei jeder Bewegung um ihre Hüften flatterte und höchstwahrscheinlich wieder einmal Mutmaßungen über das Vorhandensein von Unterwäsche anfachte. Auch ohne ihre Füße sehen zu können, wusste ich aus Erfahrung, dass sie auf *Zoris* – flache japanische Sandalen aus Reisstroh – verzichtet hatte. Zugunsten ihrer geliebten Louboutins vermutlich.

An einem Tisch an der Wand entdeckte ich Manju, die sich zu meinem Leidwesen eine Schweizer Tugend zu eigen gemacht hatte und stets überpünktlich zu unseren Verabredungen auftauchte. Die Schattenseiten der Integration.

Sie hatte ihr Kinn auf die verschränkten Finger gestützt und schien in Gedanken versunken, während die Hängelampe geheimnisvolle Schatten auf ihr Gesicht malte. Mein Herz schlug plötzlich schneller, als mir bewusst wurde, wie schön sie war und wie viel sie mir bedeutete.

Nie hätte ich gedacht, dass es mich einmal so erwischen würde. Da war aller Sarkasmus machtlos, jede Ironie fehl am Platz. Die Angst, etwas zu verpassen, hatte mich jahrelang davon abgehalten, mich zu sehr auf jemanden einzulassen. Es war, als hätte ich in meinen früheren Beziehungen bloß auf der Stuhlkante gesessen, bereit, jederzeit aufzuspringen und zu gehen. Erst Manju hatte mir das Gefühl gegeben, angekommen zu sein. Sie hatte mir vor Augen geführt, dass man sich für einen Menschen bewusst entscheiden musste. Andernfalls jagte man dem Glück ewig hinterher oder rannte im ungünstigsten Fall gar daran vorbei.

Als sie mich vor dem Lokal bemerkte, lächelte Manju und winkte mir durch die Scheibe zu, im selben Moment ging mein Telefon.

»Die Kokaingeschichte ist jetzt offiziell«, begann José ohne Begrüßung.

»War ja auch nur eine Frage der Zeit.«

»Wahrscheinlich kommt's schon in den nächsten Radionachrichten, *Zehn vor zehn* wird sicher darüber berichten. Morgen steht's dann in allen Zeitungen.«

»Dann ist die Kacke richtig am Dampfen.«

»Darauf kannst du wetten!«

»Ist da überhaupt was dran?«, fragte ich nach.

»Dass der gedealt hat? Man hat den Stoff zwar in seinen Sachen gefunden, aber bislang gibt's noch keine Aussage dazu. Mittlerweile hat man alle Syrer im Asylzentrum verhört, doch keiner will was gewusst oder bemerkt haben. Nicht einmal derjenige, mit dem Faruq sich gestritten hatte.«

»Welch eine Überraschung! Was ist mit dem Stoff?«

»Minderwertige Qualität, gestreckt, wie man sie an jeder Ecke findet. Vermutlich stammt er von den Dominikanern.«

»Gibt nicht gerade viel her. Was glaubst du persönlich?«

José zögerte. »Man fand nicht viel, bloß zwei, drei Säckchen. Entweder war der Großteil schon verkauft oder ist anderswo versteckt, oder er hat tatsächlich nur im kleinen Ausmaß gedealt, für Freunde oder so.«

»Was ziemlich bescheuert wäre, angesichts seines Flüchtlingsstatus. Die eigene Zukunft zu riskieren, für ein paar Hundert Franken. Was, wenn man ihm die Drogen untergejubelt hat?«

»Daran habe ich auch schon gedacht.«

»Dann wäre es vorbei gewesen mit dem Asylantrag. Als Drogendealer wäre er wahrscheinlich auf der Stelle zurückgeschafft worden.«

»Wer könnte ein Interesse daran haben?«

»Die Rechtskonservativen?«

José lachte auf. »Auf jeden Fall! Aber wenn sie's gewesen

wären, hätten die garantiert dem ganzen Heim Drogen untergejubelt, nicht nur einem Einzigen. Nach dem Motto: Nur ein ausgeschaffter Asylant ist ein guter Asylant.«

»Adrian Bühler?«

»Weil seine Frau eine Affäre mit diesem Faruq hatte?«

»Wär doch ein Motiv. Aber nicht unbedingt der einfachste Weg, um einen Konkurrenten zu beseitigen. Erschießen ist da um einiges effizienter.«

»Du sagst es.« José zündete sich hörbar eine Zigarette an. »Meine Leute waren übrigens heute Nachmittag sehr fleißig und haben mehrere Zeugen ausfindig gemacht. Ein weiterer Schrebergärtner, Passanten und Autofahrer auf dem Weg zur Arbeit. War eine Höllenarbeit und wahrscheinlich hat es sich nicht einmal gelohnt.«

»Was haben sie gesehen? Düster aussehende Ausländer in dunklen Regenmänteln?«

»Da liegst du nicht einmal so sehr daneben. Die Automobilisten haben beobachtet, dass Menschen zusammengelaufen sind, mehr konnten sie wegen des Fahrtempos nicht erkennen. Da war der Schütze natürlich längst über alle Berge. Und mehrere Passanten sind überzeugt, eine Gestalt mit hochgeschlagener Kapuze gesehen zu haben …«

»Was bei dem Wetter nicht ungewöhnlich ist.«

»Eben. Einer jungen Frau, die kurz vor acht ganz in der Nähe des Asylzentrums auf den Bus gewartet hat, ist jedoch ein Wagen aufgefallen, der mit hohem Tempo aus der Juchstrasse geschossen kam, dann aber abgebremst hat und mit normaler Geschwindigkeit Richtung Bahnhof Altstetten gefahren ist.«

»Hat sie den Fahrer oder wenigstens die Automarke erkannt?«

»Der Wagen hätte abgedunkelte Scheiben gehabt und wegen des starken Regens sei die Sicht eingeschränkt gewesen.

Aber sie ist sich ziemlich sicher, dass es sich um einen Range Rover gehandelt hat.«

Mein Atem stockte. »Schwarz? War das Fahrzeug schwarz?«

»Ja, wieso?«

»Adrian Bühler fährt einen schwarzen Range Rover.«

»Verdammte Scheiße! Dann lagst du doch richtig!«

Ich begriff sofort. »Du hast mit Fiona geredet.«

»Sie meint, du hättest dich da in was verbissen.«

»Schon klar und ein Oberschlauer bin ich angeblich auch.«

José lachte leise. »Da ist wohl jemand beleidigt.«

Ich schwieg vielsagend.

»Überhaupt: Quid pro quo, erinnerst du dich?«, fuhr mein Freund fort. »Hast wohl gedacht, du kämst ungeschoren davon. Also was ist mit diesem Bühler?«

Ich lieferte José einen stark gekürzten Lagebericht und betonte auch meine vormaligen Zweifel an Bühlers Schuld. Doch das Auftauchen des schwarzen Range Rovers in der Nähe des Tatorts hatte meine Ansichten schlagartig über den Haufen geworfen.

»Und du hast keine Ahnung, wo der Mann steckt?«

»Nein.«

José stieß den Rauch aus. »Ich red noch mal mit Fiona. So wie es aussieht, ist der Kerl doch der Schütze. Nach dem Range Rover wird ohnehin schon gefahndet, viel wichtiger ist jetzt aber, Bühler ausfindig zu machen!«

»Meine Worte!«, bestätigte ich befriedigt, gleichzeitig ahnte ich, dass ich meinen Auftrag kaum zu Ende führen konnte, wenn die Polizei übernahm. Aber es gab Schlimmeres als verletzten Stolz. Wenn auch nicht viel.

»Mit wem hast du so lange telefoniert?«, wollte Manju wissen, als ich mich endlich ihr gegenüber hinsetzte.

»José«, erwiderte ich.

»Ging's um diesen Syrer?«

Ich bejahte und Manju legte ihre Hand auf meine. Erst unter ihrer Berührung bemerkte ich, wie angespannt ich war. Es belastete mich zunehmend, trotz all der Befragungen kaum vorwärtszukommen.

Noch immer hatte ich nicht den Hauch einer Ahnung, wo Bühler untergekrochen sein mochte. Diese Geschichte machte mich ganz konfus. Ich kam mir vor wie eine Stubenfliege, die endlos um denselben Scheißhaufen schwirrt. Der Gedanke, alles hinzuschmeißen, kam mir nicht zum ersten Mal. Würde dies mein erster Fall, den ich nicht zu lösen vermochte?

»Wo bist du mit deinen Gedanken?« Manju drückte besorgt meine Hand und holte mich so zurück in die Realität.

»Dieser Fall …«, begann ich, doch sie unterbrach mich entschlossen.

»Vijay, du musst lernen, auch mal abzuschalten. Ich bin nicht extra hierhergekommen, um dir beim Grübeln zuzusehen. Wenn du mit mir essen willst, dann tu es mit der gebührenden Aufmerksamkeit, ansonsten kann ich mir angenehmere Arten vorstellen, den Abend zu verbringen. Nötigenfalls auch ohne dich.«

Das wirkte. Ich schob die kreisenden Gedanken beiseite, gleichzeitig bemerkte ich etwas gereizt, wie emanzipiert sich Manju manchmal aufführte. Grundsätzlich war ich ja ein Freund der Frauen, sie sollten gleichgestellt sein, gleich viel verdienen wie wir Männer und frei äußern dürfen, was ihnen den lieben langen Tag so alles durch den Kopf schwirrte. Gerade hatte ich mich aber bei der Feststellung ertappt, dass ich Emanzipation zwar großartig fand – vor allem aber bei mir völlig unbekannten Damen. Benahm sich Manju so, fühlte ich mich immer gleich gemaßregelt und auf eine unbestimmte Art schuldig. Ich musste über den antiquierten Macho in mir grinsen.

»So gefällst du mir schon besser«, meinte Manju und ich war heilfroh, dass es noch keine App gab, die Gedanken lesen konnte.

»Oder lachst du gerade über mich?«

Hastig verneinte ich. Falls es jemals eine solche Anwendung für Smartphones geben sollte, so wäre die Erfinderin garantiert eine Frau.

Manju bestellte Udonnudeln an einer würzigen Misobrühe mit Gemüsetempura, während ich die scharfe Sobanudelsuppe wählte, die mit Hackfleisch und Ei serviert wurde.

»Wie lief es heute mit der Mütterinvasion?«, erkundigte ich mich bei Manju, während uns Miranda Grüntee einschenkte und zusätzlich zwei japanische Bier hinstellte. Sie hatte kaum Zeit gehabt, uns zu begrüßen, der Laden war bis auf den letzten Platz besetzt. Doch es war klar, dass sie sich für einen Schwatz zu uns setzen würde, sobald etwas Ruhe eingekehrt war.

Manju wackelte auf meine Frage nach indischer Art mit dem Kopf und rollte die Augen, was nach meiner Interpretation nichts weniger als ›die Hölle auf Erden‹ bedeutete.

»Sie haben nach Babynamen gesucht.«

»Mir ist alles recht, Hauptsache er heißt nicht Justin. Justin ist der neue Kevin.«

Manju grinste. »Ich glaube, es wird eher ein Hinduname. Amar und Kashif wurden ausführlich diskutiert. Auf jeden Fall muss er ein zukünftiger Nobelpreisträger sein.«

»Meine Mutter lebt bereits viel zu lange in Zürich.«

»Und meine lässt sich noch so gern von der grassierenden Hochbegabtitis anstecken.«

»Embryoförderkurse, Frühenglisch auf dem Wickeltisch, Algebra im Sandkasten. Und später Privatschulen, wo alle mit einem Gesichtsausdruck rumlaufen, als litten sie unter permanenter Verstopfung! Wenn ich einen Sohn hätte, dürfte der noch richtig Kind sein und auf dem Spielplatz rumtoben, selbst wenn das total untrendy wäre und all diese Szeneltern mit ihren Schlaumeierkindern die Nase rümpfen würden!«

»Hört, hört. Wenn du einen Sohn hättest!« Manju lächelte spöttisch. »Wenn unsere Mütter deine Worte hören könnten, sie würden auf der Stelle eine Flasche Mangolikör köpfen und telefonisch den halben indischen Subkontinent in Aufregung versetzen.«

»Ich hab das rein hypothetisch gemeint.«

»Als ob die sich von Fremdwörtern ausbremsen lassen würden!«

Nachdem Miranda die leeren Suppenschüsseln abgeräumt und den Tisch mit einem Lappen sauber gewischt hatte, zog sie einen Stuhl heran und ließ sich mit einem erschöpften Seufzer darauf plumpsen.

»Der Laden läuft wie blöd!«, stöhnte Miranda mit einem glücklichen Grinsen auf dem Gesicht.

Sie sprudelte beinahe über vor Elan, seit sie das Lokal zugesprochen bekommen und damit eine Handvoll Konkurrenten ausgestochen hatte.

»Wenn es so weitergeht, musst du bald eine Aushilfe einstellen«, meinte Manju, doch Miranda winkte ab.

»Ich hab ja meine Köchin Kameko und Joana unterstützt mich, wenn sie aus Brasilien zurück ist. So schaffe ich das ganz gut.«

Joana war ihre Tochter, die in Mirandas längst abgestreiftem Leben gezeugt worden war, als sie noch Gustavo geheißen hatte. Im letzten Jahr hatten sich die beiden endlich kennengelernt und obschon die Familienzusammenführung nicht ganz reibungslos vonstatten gegangen war, pflegten sie mittlerweile ein entspanntes und herzliches Verhältnis zueinander. Sie seien aber eher gute Freundinnen, wie Miranda meinte, und würden als Vater und Tochter, beziehungsweise Mutter und Tochter, nicht funktionieren. Aber das war auch nicht anders zu erwarten gewesen, nachdem sie neunzehn Jahre lang von der Existenz Joanas nicht einmal geahnt hatte. Diese besuchte seit Herbst eine Kunstschule in São Paulo, deren Lehrplan aus freundlichen Empfehlungen und weniger aus Leistungskursen zu bestehen schien – jedenfalls drängte sich dieser Eindruck auf, wenn ich sah, wie viel Zeit Joana in der Schweiz verbrachte.

»Habt ihr ihn bemerkt?« Miranda beugte sich etwas vor und machte merkwürdig rollende Bewegungen mit ihren Augäpfeln.

»Wen denn?«, flüsterte ich.

»Er ist wieder da.« Sie neigte leicht den Kopf und ich blickte in die von ihr angedeutete Richtung.

Unterdessen hatten die meisten Gäste das Lokal verlassen, nebst unserem waren nur noch zwei Tischchen besetzt. An einem saßen zwei junge Frauen, die erst kürzlich hereingekommen waren und sich munter schwatzend über die Karte beugten, am anderen saß ganz allein ein Mann um die fünfzig. Er trug einen ockerfarbenen Manchesteranzug, der schon ziemlich ausgebeult war, sein Gesicht war blass und schwammig, das blonde Haar streng zur Seite gekämmt. Irgendwie wirkte er wie ein zu groß geratener Schuljunge.

»Er hört nicht auf damit.«

»Aber er tut doch gar nichts«, warf Manju halblaut ein.

»Das ist ja eben das Problem«, ereiferte sich Miranda. »Er sitzt nur da, isst seine Suppe und verlässt pünktlich um halb zehn das Restaurant. Jeden Abend.«

»Ein Stammgast, freu dich doch drüber!«

»Aber er kam früher zu mir. Als ich noch … ihr wisst schon.«

Wir waren selbstverständlich nicht die Einzigen, die von Mirandas Vergangenheit als Prostituierte wussten. Ein großer Teil des Renommees ihres Lokals basierte darauf. Deswegen fand ich es etwas hysterisch von ihr, dass sie sich nun über einen Mann aufregte, der ihr sozusagen die Treue gehalten hatte.

»Er hat etwas Unheimliches an sich«, bestätigte Manju Mirandas Eindruck, als der Mann aufstand und an der Theke bei Kameko, der japanischen Köchin, bezahlte. Mit einem leichten Nicken in unsere Richtung verließ er anschließend den Laden. Es war Punkt halb zehn.

»Er taucht jeden Abend auf und sitzt da, spricht kaum, sondern guckt mich nur immer auf diese merkwürdige Art an.« Miranda hatte aufgehört zu flüstern, sobald der Mann gegangen war.

»Was willst du dagegen tun?«

Miranda schaute mich ratlos an. »Keine Ahnung. Er macht ja nichts Unerlaubtes. Ich kann schlecht zu ihm hingehen und ihn bitten, nicht mehr herzukommen. Die Leute ringsherum würden denken, ich sei übergeschnappt. Aber seine Besuche sind mir dennoch unangenehm, ich könnte nicht einmal genau sagen, weshalb. Und wenn ich nach der Arbeit allein nach Hause gehe, habe ich ein mulmiges Gefühl. Das hatte ich vorher nie.«

Das war allerdings besorgniserregend. Miranda, die sich nachts auf dem Weg durch den Kreis 4 fürchtet. Das wäre vor wenigen Wochen noch unvorstellbar gewesen. Diese Angelegenheit schien sie wirklich zu belasten.

»Hat er dir denn schon mal aufgelauert?«

»Nein, nichts dergleichen. Aber ich habe einfach eine ungute Ahnung, die ich rational nicht erklären kann.«

Eine knifflige Situation. Solange der Mann nichts Verbotenes unternahm, hatte Miranda auch nichts gegen ihn in der Hand. Jeden Tag Nudelsuppe zu essen, stellte keine ernsthafte Bedrohung dar und würde, als Beschuldigung formuliert, in Beamtenohren mehr als nur lächerlich klingen. Andererseits erschien es mir riskant, einfach abzuwarten, bis der Mann tätlich wurde. Oder was auch immer er vorhatte.

Die Nachrichtensendung *Zehn vor zehn* begann mit einer halben Minute Verspätung, ein sicheres Anzeichen dafür, dass es brandneue Meldungen gab und die Redaktion bis zur letzten Sekunde an den Beiträgen gearbeitet hatte. Bereits in der Themenübersicht wurde dann auch die neuste Entwicklung im Fall Faruq groß angekündigt: ›Kokainfund im Asylantenheim!‹, lautete der reißerische Titel des Berichts. Aufnahmen der protestierenden Menschenmenge wurden gezeigt, zu denen der Sprecher erst einmal den bisherigen Verlauf der Geschichte zusammenfasste.

»Laut neusten Erkenntnissen hat der Verstorbene offenbar mit Kokain gedealt.« Dazu gab es einen dramatischen Einspieler: ein verdunkeltes Hinterzimmer, wo auf einer schwarz glänzenden Unterlage eine Linie weißes Pulver von einem unsichtbaren Konsumenten durch eine gerollte Hunderternote geschnupft wurde. Die so weit bekannten Umstände – eine Durchsuchung der Unterkunft, die zum Fund der Säckchen geführt hatte – wurden unnötig breitgetreten, der Moderator wies darauf hin, dass die Polizei nach wie vor im Dunkeln tappe, auch die Suche nach der Tatwaffe sei bis anhin ergebnislos verlaufen. Ein Streit zwischen dem Opfer und einem Landsmann – mutmaßlich ging es um Drogen – stehe aber möglicherweise mit dem Mord in Zusammenhang.

»Der Bericht besteht aus mehr Vermutungen denn Fakten«, brummte ich, im selben Moment rutschte Manju etwas weg von mir und knipste ihre Nachttischlampe an. Irritiert verfolgte ich, wie sie ein Buch aufschlug und zu lesen begann. Einen dieser unsäglichen Schweizkrimis, mit denen manche Verlage die Buchhandlungen momentan regelrecht überschwemmten und von denen meines Erachtens etliche eher in die Abteilung ›Restaurant- und Wanderführer‹ und weniger zur Spannungsliteratur gehört hätten. Ich begriff meine Freundin nicht. Da spielte sich ein Fall in der Realität ab, der aufregender war als jede Fiktion, und sie machte es sich mit einem Detektivroman bequem.

Doch mir blieb keine Zeit zu grübeln, denn Annegret Widmers feistes Gesicht füllte jetzt den Bildschirm. Offenbar hatte man sie um ein Statement zu den neusten Entwicklungen gebeten. Wie auf Knopfdruck begann sie, gegen die Asylpolitik des Bundesrates zu wettern und geißelte den linken Kuschelkurs. Plötzlich sah ich das Bild einer Sprechpuppe vor mir, die immer dieselben Worte ausspuckte, sobald man sie aufrichtete. Ein sicherer Wert, diese Widmer, die eher polemisierte als politisierte, aber vielleicht war das für sie eh ein und dasselbe.

»Wir von der Volkspartei warnen schon lange vor der Überfremdung«, erklärte sie und guckte entrüstet in die Kamera. »Aber auf uns hört ja niemand! Die in Bern machen, was sie wollen, und diese fremden Richter in Brüssel …«

Wahrscheinlich hätte man sie nach ihrem Friseur fragen können oder ayurvedischen Badezusätzen, am Ende landete sie immer am selben Punkt. Diese Frau war einfach dauernd auf Sendung, alles war Partei, immer Wahlkampf, voller Eifer weibelte sie scheinbar Tag und Nacht für ihre Anliegen.

Da das Schweizer Fernsehen von Gebühren finanziert wurde und entsprechend den Auftrag hatte, politisch ausgeglichen zu berichten, brachte man im Anschluss pflichtbewusst auch ein Kurzinterview mit dem verhinderten grünen Stadtrat Sebastian Studer, der von den Medien in den letzten sechsunddreißig Stunden zu einer Art Kontrahent Widmers erkoren worden war. Jedenfalls wurden beide meist nacheinander zur asylpolitischen Sachlage befragt. Studer konnte Annegret Widmer jedoch nicht annähernd das Wasser reichen. Wenn ich ihm so beim unbeholfenen Argumentieren zusah, drängte sich mir das Bild eines der sieben meckernden Geißlein auf, das man auf den gefräßigen Wolf losgelassen hatte.

Studer schob seine Nickelbrille zurecht, mahnte zur Besonnenheit und warnte vor vorschnellen Schlussfolgerungen, noch gäbe es keine fundierten Beweise. Natürlich müsse man etwas gegen die Einwanderung tun, die Grünen hätten das immer gesagt, aber nicht bevor man ausführlich darüber diskutiert habe. Abschottung sei keine Lösung, aber dieser Dialog müsse dringend geführt werden, sagte er und lud die rechten Parteien herzlich dazu ein.

Das ganze Geschwafel, das ja nicht erst seit Faruqs Tod stattfand, zeigte vor allem eins auf: Die Politiker hatten nicht den Hauch einer Ahnung, wie sie mit den Menschenmassen umgehen sollten, die aus wirtschaftlichen oder politischen Gründen in die Schweiz einwanderten. Kein einziger von denen hatte auch nur eine halbwegs funktionierende Lösung zur Hand und der ewige Kampf um Wählerstimmen erstickte unpopuläre, aber möglicherweise effiziente Denkansätze schon im Keim. Wahrscheinlich gab es aber gar kein Patentrezept. Nur hätte das freiwillig niemand zugegeben. Stattdessen taten sie, was Politiker immer tun, wenn sie überfordert waren: Sie veranstalteten einen Heidenlärm, um kritische Stimmen zu übertönen und vom Thema abzulenken.

Es folgten weitere Meldungen aus dem Ausland. Der Steuerstreit, den die Schweiz mit Deutschland, Frankreich und den USA ziemlich erfolglos geführt hatte, hatte sich auf weitere Länder ausgedehnt, nun forderten mehrere vor dem Bankrott stehende Staaten die Herausgabe von Bankdaten, um Steuerhinterzieher ausfindig zu machen und zu belangen. Die Schweiz gerate zunehmend in Bedrängnis, berichtete der Moderator, mittlerweile fordere längst nicht nur die Linke das Ende des Bankgeheimnisses.

Offiziell zum Schutz des Kunden eingeführt, erlaubte es inoffiziell den Banken, stillschweigend Gelder jeglicher Herkunft anzunehmen und zu verwalten. So diente sich die Schweiz lange als Sparschweinchen für die Familie Marcos an oder dem ähnlich philanthropisch veranlagten Muammar al-Gaddafi, von Dutzenden weiterer Despoten oder den Milliarden an Schwarzgeldern aus Afrika, Südamerika und Asien gar nicht zu reden. Auch wenn in den letzten Jahren vieles bereinigt worden war – die Marcosgelder waren an die Philippinen zurückbezahlt worden und der schlagzeilenträchtige Skandal um nachrichtenlose Vermögen aus dem Zweiten Weltkrieg endete mit einer happigen Überweisung an die jüdischen Kläger –, hatte es stets vehementen Druck von außen gebraucht, bis die Banken nachgaben. Gerade weil diese Gelder von großem volkswirtschaftlichem Nutzen waren, hinterließ dies einen schalen Nachgeschmack und ein Gefühl von Beschämung. Als hätte man entdeckt, dass die Musterschülerin ein fleckiges Höschen trug.

Die Berichterstattung kehrte wieder in die Schweiz zurück, auch hier gab es nichts Erfreuliches zu vermelden: Der Lago Maggiore war wegen der anhaltenden Regenfälle am späten Nachmittag über die Ufer getreten und hatte Teile von Ascona und Locarno überschwemmt. Es wurden Bilder einer unter Wasser stehenden Uferpromenade gezeigt und Autos, die halb in den Fluten versanken. Wieder hatte es Erdrutsche gegeben, diesmal in der Innerschweiz, im Wallis waren weitere Dörfer evakuiert worden, derweil mehrere Gemeinden den Notstand ausgerufen hatten. Die Liste der nicht mehr befahrbaren Bahnstrecken wurde immer länger, ebenso diejenige der verschütteten Autostraßen. Und in absehbarer Zeit sei keine Wetterverbesserung zu erwarten, vermeldete die Wetterfee, deren Bezeichnung ernsthaft zur Diskussion stand, und kündigte für den morgigen Tag erneut heftige Regenschauer an.

»Hört das denn nie mehr auf?«, murmelte Manju, ohne von ihrem Buch aufzuschauen. »Das nimmt langsam apokalyptische Formen an.«

Mit einem Einspieler wurde die nachfolgende Diskussionssendung *Der Club* angekündigt, in der aus aktuellem Anlass sechs Gäste unter der Leitung der Moderatorin zum Thema ›Armeewaffe – heilige Kuh oder alter Zopf?‹ ihre Standpunkte zur sinnvollen Aufbewahrung der Sturmgewehre außerhalb der Dienstzeit darlegen wollten.

Ich schaltete den Fernseher aus, rutschte zu Manju rüber und bettete meinen Kopf in ihren Schoß. Sie lächelte, strich mir abwesend durchs Haar, las aber ungerührt weiter. Da ich nichts anderes zu tun hatte, entzifferte ich den Klappentext auf dem Buchdeckel. *Schusswechsel* hieß der wohl witzig gemeinte Roman und handelte von einem indischen Detektiv, der an der Langstrasse ermittelte. Auf welch abstruse Ideen diese Autoren auf der verzweifelten Jagd nach ein bisschen Erfolg manchmal kamen, dachte ich bei mir, während die Regentropfen leise, aber unablässig gegen die Jalousien tippten.

Mittwoch

Nebel stieg aus den Wiesen und Feldern auf und verhüllte die Welt um mich herum mit einem feinen Grauschleier. Entfernt waren die Umrisse eines Bauernhofs auszumachen, und unter Apfelbäumen entdeckte ich die Silhouetten von Kühen, die stoisch die Ausbeute der Nacht wiederkäuten. Hin und wieder glimmte gedämpft das Schweinwerferlicht eines entgegenkommenden Autos auf. Obschon keine halbe Stunde Fahrzeit Zürich von Urdorf trennte, hatte ich die Stadt längst hinter mir gelassen und fuhr seitdem durch eine zunehmend ländlich anmutende Umgebung.

Das Häuschen von Franziska Strittmatter lag einsam am Ende eines Feldwegs, der von der Überlandstraße abzweigte, nur ein paar Schritte vom Waldrand entfernt. Eine vage Idee hatte mich bewogen, bereits frühmorgens hierherzukommen, obschon ich keineswegs überzeugt war, dass mein Ausflug von Erfolg gekrönt sein würde. Einen Versuch war es aber allemal wert – wie es schien, war Frau Strittmatter die Einzige, die Faruqs Mörder gesehen hatte. Zumindest hoffte ich es, denn es war nicht auszuschließen, dass sie sich nur wichtigmachen wollte.

Hinter einem lotterigen Holzzaun, der rund um das Grundstück verlief, wucherte ein verwilderter Garten. Das Häuschen selber wirkte irgendwie eingeknickt und hatte wohl vor dem Ausbau als Scheune gedient. Wettergebleichte Schindeln bedeckten Wände und Dach, ein kleiner Kamin ragte neben dem Giebel auf und die winzigen Fenster verliehen dem Gebäude einen verschmitzten Eindruck. Ich wendete meinen Käfer am Ende des Sträßchens, das in einen von Reifenspuren gezeichneten, unbefestigten Waldpfad überging, und parkte vor dem Zaun. Das Gartentor quietschte beim Öffnen und regennasse Fliederzweige streiften meine Schulter, als ich mich über den Plattenweg dem Haus näherte. Den Schlüssel fand ich nach kurzem Suchen unter einem Blumentopf neben der Haustür, in dem irgendeine Minzart wuchs, und wunderte mich einmal mehr, wie dämlich manche Leute waren. Vorsichtig schloss ich auf und ein trippelndes Geräusch war zu vernehmen. Sofort hielt ich inne, doch jetzt herrschte nur noch angespannte Stille. Beherzt trat ich ein.

Die Diele war schmal und eng, die gerade mal mit dem Nötigsten ausgestattete Küche befand sich gleich beim Eingang. Ich zog den Kopf ein und gelangte unter einem niedrigen Türrahmen hindurch ins Wohnzimmer. Alles war irgendwie putzig eingerichtet: Kupferpfännchen über dem Gasherd, Tongefäße, die nur selbst gemacht sein konnten, so windschief wie sie waren, von der Decke hingen getrocknete Blumensträuße, Kerzen überall. Am Fenster stand ein kleiner, unbehandelter Holztisch, bedeckt von einem gehäkelten Läufer, zwei Stühle mit Bezug, ein abgewetztes Sofa an der Wand. Ein orangebrauner Foulard, dessen Enden ausgefranst aussahen, war halb zu Boden gerutscht. Im Bücherregal vor allem Fachliteratur, Gedichtbände und ein paar esoterische Ratgeber, Amethyste und Rosenquarzkristalle dienten als Dekor. Es war offensichtlich, dass Franziska Strittmatter allein lebte. Oder zumindest beinahe.

Ein leises Kratzen ließ mich erneut aufhorchen und als ich mich dem Sofa näherte, starrten mich sechs Augenpaare erschrocken an. Die Tiere hatten sich in der Lücke zwischen Wand und Möbel dicht aneinandergedrängt, jetzt duckten sie sich und spannten die Muskeln, bereit zur Flucht, sollte ich ihnen zu nah kommen. Behutsam zog ich mich zurück. Mein Blick streifte die hinter der Anrichte aufgereihten

Näpfe. Sie waren allesamt leer. Eine der Katzen begann, kläglich zu miauen. Ich trat an den Küchenschrank und öffnete ihn, er quoll förmlich über. Die Strittmatter hatte mehr Katzenfutter gebunkert als Nahrungsmittel für sich selbst. Aufs Geratewohl griff ich mir eine Kartonpackung und schüttelte sie, worauf die Tiere wie auf Kommando angeschlichen kamen. Noch hielten sie eine gewisse Distanz zu mir, doch sobald der erste Napf gefüllt war, stürzten sie herbei und machten sich gierig über die Trockenstücke her. Ich goss Wasser in zwei der verbleibenden Gefäße und stellte beim anschließenden Rundgang durch das Häuschen fest, dass es nirgendwo eine Katzenklappe gab. Die Tiere waren seit Tagen eingesperrt und wären dabei beinahe verhungert. So etwas in der Art hatte ich geahnt.

Als mir klar geworden war, dass nur Franziska Strittmatter als Zeugin für den Mord infrage kam, hatte ich sie gegoogelt und war dabei auf ihr Facebookprofil gestoßen. Sie war nur mit wenigen Leuten im sozialen Netzwerk befreundet; so, wie ich sie ihrer Erscheinung nach eingeschätzt hatte, war das im richtigen Leben nicht viel anders. Die leeren Futternäpfe hatten es mir soeben bestätigt: Offenbar kannte die Strittmatter niemanden, den sie hätte bitten können, in ihrer Abwesenheit die Katzen zu füttern.

Nachdem ich mich durch Dutzende von Fotos gekämpft hatte, die allesamt ihre sechs Lieblinge zeigten, hatte ich endlich eine Aufnahme von ihr selbst gefunden. Ein Gruppenbild, das die Strittmatter inmitten einiger arabisch aussehender Männer und verhüllter Frauen zeigte. Wahrscheinlich handelte es sich um Asylanten, die sie betreut hatte – das Foto war bereits vor ein paar Jahren hochgeladen worden. Sie hatte einer der Frauen den Arm freundschaftlich um die Schulter gelegt. Ihr langes, gewelltes Haar wirkte unordentlich und war mit grauen Strähnen durchzogen, sie trug weite Kleider im Ethnostil, dazu eine bronzene Halskette. Um ihre Mundwinkel hatte sich ein verhärmter Zug eingraviert, den selbst das aufgesetzte Lächeln nicht zum Verschwinden brachte.

Ich schaute aus dem Fenster. Alles war ruhig, für einen Moment hatte es sogar aufgehört zu nieseln. Auf den Blättern der Brombeerbüsche glitzerten Wassertropfen. Der Nebel hatte sich etwas gelichtet, ein paar kränkliche Sonnenstrahlen brachen durch die Wolkendecke und sorgten für ein diffuses Licht. Satt gefressen hatten es sich die Katzen auf dem Sofa bequem gemacht und beobachteten jede meiner Bewegungen misstrauisch. Ich lehnte mich an die Tischkante, sodass ich den Feldweg überblicken konnte, und las auf meinem Handy die neusten Nachrichten.

Wie erwartet, beherrschte der Kokainfund im Asylantenheim die Schlagzeilen und sorgte in den Kommentarspalten für aufgebrachte Äußerungen. In den letzten vierundzwanzig Stunden war der Ton noch härter und rücksichtsloser geworden und manchmal hatte ich das Gefühl, aus den Zeilen schlüge mir blinder Hass entgegen. Besonnene Stimmen gab es kaum mehr, sich der wütenden Mehrheit entgegenzustellen bedeutete, sich mutwillig der Meute zum Fraß vorzuwerfen. Anstand war ein Fremdwort geworden und Andersdenkende wurden auf gnadenlose und oftmals persönlich beleidigende Weise niedergemacht. Als wäre die Zivilisation nur eine dünne Haut, unter der animalische Triebe lauerten, um beim geringsten Anreiz hervorzubrechen.

Der Rädelsführer war immer noch dieser Winkelried, seine Tiraden waren von einer abgrundtiefen Abscheu und richteten sich nicht nur gegen Asylanten und Ausländer im Allgemeinen, sondern nahmen zunehmend auch Politiker ins Visier. Grundsätzlich hielt er sie alle für unfähig und forderte das Faustrecht zurück, das Volk könne sich sehr wohl – und wahrscheinlich sogar effizienter – ohne staatliche Einmischung gegen die unwillkommenen Einwanderer wehren. Wie genau er das zu bewerkstelligen dachte, erwähnt er selbstverständlich nicht. Nichtsdestotrotz löste dieser Post in der Community große Begeisterung aus, ebenso wie seine Ausfälligkeiten gegen Linke und ›sonstige weichgespülten Lügner‹.

Mit den Onlinekommentaren hatten die Wutbürger endlich eine Plattform gefunden, um Dampf abzulassen, eine anonyme Parallelwelt, in der es keine Konsequenzen gab – trotz gegenteiligen Behauptungen entstand oft der Eindruck, dass die Onlineredaktionen gewisse ehrverletzende oder ethisch heiklen Kommentare um der Aufruhr und Klickrate willen stehen ließen.

Ein entferntes Motorengeräusch ließ mich aufblicken. Soeben war ein grauer Skoda Octavia von der Landstraße abgebogen und näherte sich dem Häuschen. Der betonten Unauffälligkeit nach höchstwahrscheinlich ein polizeiliches Zivilfahrzeug.

Meine Rechnung schien aufzugehen. Man hatte Franziska Strittmatter zu ihrem eigenen Schutz sowohl von den sich überstürzenden Ereignissen als auch von der Presse abgeschirmt. Doch keine passionierte Katzenhalterin – und so eine war die mutmaßliche Augenzeugin, wie ihre Facebookfotos deutlich verrieten – blieb längerfristig gelassen, wenn sie wusste, dass ihre Lieblinge hungerten. Es war also nur eine Frage der Zeit gewesen, bis jemand herkam, um die Tiere zu füttern. Und wie ich insgeheim gehofft hatte, wollte die Strittmatter die Verfassung ihrer Miezen selbst überprüfen. Gerade kletterte sie nämlich aus dem Wagen und musterte stirnrunzelnd den Käfer vor ihrem Gartenzaun. Mit etwas Glück würde ich gleich erfahren, ob Adrian Bühler wirklich Faruqs Mörder war.

Selbstredend hatte ich überhaupt keinen Plan, wie ich die Strittmatter dazu bewegen sollte, mir den Namen des Schützen zu verraten, doch ich vertraute auf meinen Detektivinstinkt. Irgendetwas würde mir schon einfallen, zur Not würde ich eine Charmeoffensive starten. Damit kam ich fast immer durch. Ob ich mit meiner Ausstrahlung auch eine psychisch angeschlagene Katzenliebhaberin zu beeindrucken vermochte, würde sich in wenigen Augenblicken zeigen. Das wesentlich größere Problem stellte die Polizistin dar, die jetzt ebenfalls aus dem Wagen stieg und sich wachsam umsah. Ich hatte gehofft, sie bliebe im Auto sitzen, während die Strittmatter die Katzen versorgte. Denn eine Begleitperson war in meinem ohnehin dürftigen Szenario nicht vorgesehen.

Hastig rannte ich in die Küche und suchte dort nach einer Vase, die ich mit Wasser füllte. So konnte ich immer noch behaupten, der Motor meines Käfers hätte sich erhitzt und auf der Suche nach Kühlwasser sei ich an dem unverschlossenen Häuschen vorbeigekommen. Wenig glaubwürdig, aber mit der nötigen Treuherzigkeit würde ich das schon hinkriegen. Ich wollte gerade die Tür aufreißen und hatte bereits einen ertappt-zerknirschten Gesichtsausdruck aufgesetzt, als mir ein paar Stofffasern auf dem Küchenboden ins Auge stachen. Rasch bückte ich mich danach. Wenn mich nicht alles täuschte, handelte es sich um Filz. Roten Filz. Nachdenklich starrte ich auf die Fäden. Adrian Bühler hatte bei unserem ersten Aufeinandertreffen eine rot-schwarze Filzjacke mit dem Emblem der *Boston Red Sox* getragen. Das konnte natürlich purer Zufall sein und die Strittmatter besaß ebenfalls Kleidungsstücke aus rotem Filz, aber ich war zu lange im Geschäft, um an Zufälle zu glauben. Zudem stand ihr Rot überhaupt nicht. Konnte es sein, dass sich Adrian Bühler im Haus aufgehalten hatte? Hatte er versucht, die Katzen zu streicheln, und sie hatten die Fasern aus seiner

Jacke gerissen, als sie sich mit ihren Krallen gewehrt hatten? Wann war er hier gewesen? Gestern oder heute? War er womöglich noch in der Nähe? Waren da nicht Spuren gewesen …?

Bevor ich den Gedanken zu Ende geführt hatte, stürzte ich ins Freie.

»Schnell, kommen Sie ins Haus!«, schrie ich der verdutzten Beamtin entgegen, die gerade das Grundstück betrat, dicht gefolgt von einer sichtlich besorgten Franziska Strittmatter.

Im selben Moment röhrte ein Motor auf und aus dem nahen Waldrand brach ein schwarzer Range Rover. Ich erstarrte vor Schreck. Zwar waren mir die Fahrspuren auf dem verschlammten Pfad aufgefallen, doch ich hatte mir darüber keine Gedanken gemacht. Jetzt war es zu spät. Wie in Zeitlupe sah ich den Rover heranrasen, die Fensterscheibe auf der Fahrerseite war heruntergelassen und ein Gewehrlauf wurde sichtbar. Der erste Schuss ließ eine Holzlatte im Zaun splittern.

»Runter!«, brüllte ich den beiden Frauen zu und die Polizistin riss die Strittmatter sofort mit sich zu Boden. Ein weiterer Schuss pfiff über mich hinweg und bohrte sich in die Schindeln der Hauswand. Der Range Rover stoppte abrupt und schlitterte ein Stück über den nassen Feldweg, dann legte der Fahrer den Rückwärtsgang ein und bremste vor dem Gatter ab. Das Mündungsfeuer blitzte mehrmals auf, doch die Polizistin hatte sich geistesgegenwärtig die Zeugin geschnappt und sich mit ihr ins hüfthoch wuchernde Unkraut gewälzt. Ich hatte mich hinter einen Blumentrog geworfen, jetzt hob ich vorsichtig den Kopf und versuchte, den Fahrer zu erkennen. Er trug eine rot-schwarze Filzjacke, das Emblem der *Red Sox* war deutlich auszumachen. Über den Kopf hatte sich Adrian Bühler eine schwarze Skimütze mit zwei Sehschlitzen gestülpt. Was in meinen Augen ziemlich bescheuert war, solange er mit seiner leicht erkennbaren Jacke und der eigenen Karre auf Zeugenjagd ging. Oder wollte mich jemand nur glauben machen, es handle sich beim Schützen um Bühler?

Der Typ im Auto feuerte aufs Geratewohl ins Gestrüpp, er war tatsächlich ein miserabler Schütze. Ein Teil von mir hoffte immer noch, dass er die Strittmatter nur einschüchtern wollte. Bange fragte ich mich, was wir tun sollten, falls er trotzdem ausstieg. Dann waren wir – oder zumindest die Strittmatter – geliefert. Die Schießerei brach unvermittelt ab, vielleicht war das Magazin leer oder Bühler lauerte darauf, dass wir uns verrieten. Nur das bedrohliche Knurren des laufenden Motors war noch zu hören. Aus dem Augenwinkel bemerkte ich eine Bewegung. Als ich mich umdrehte, fegte eine der Katzen blitzschnell aus der offenen Tür, und ehe ich etwas unternehmen konnte, war sie im undurchdringlichen Pflanzengewirr des Gartens verschwunden. Eine zweite folgte ihr und tauchte genauso hurtig ab. Die Schüsse mussten die Tiere in Panik versetzt haben. Die dritte Katze jedoch war die Ruhe selbst, unbeeindruckt von der Situation spazierte sie über den Plattenweg direkt auf das Gatter zu. Ich versuchte, sie mit leise miauenden Lauten zu mir zu locken, doch nach Ewigkeiten eingesperrt im Haus war die Aussicht auf ein bisschen Freiheit verständlicherweise vielversprechender. Hastig klaubte ich Steinchen auf und warf sie nach ihr, verfehlte aber mein Ziel. Die Katze hatte das Gartentor beinahe erreicht, als ein gellender Schrei zu hören war und die Strittmatter unversehens aus dem Unkraut hochsprang: »Bashira!«

Reaktionsschnell langte die Polizistin nach dem Jackensaum und versuchte, die Zeugin daran zurückzuzerren, doch diese riss sich mit einem energischen Ruck los und stolperte auf die Mieze zu. Genau in diesem Moment drückte der Schütze ab. Verängstigt stob die Katze davon und Franziska Strittmatter entfuhr ein seltsam abgehackter Laut, bevor sie zusammensackte.

Mit ohrenbetäubendem Aufheulen setzte sich der Range Rover in Bewegung und schoss über den Zufahrtsweg auf die Landstraße zu, gleichzeitig warf sich die Polizistin schützend über die auf den Steinplatten liegende Strittmatter. Ich rannte los, sprang über die beiden Frauen und die sich um den Kopf der Zeugin ausbreitende Blutlache hinweg und stürzte zu meinem Käfer hin. Doch als ich den Zündschlüssel drehte, war der Rover bereits an der Kreuzung angelangt und jagte Richtung Zürich. Fluchend schlug ich mit der Faust aufs Lenkrad. Mit meiner altersschwachen Blechbüchse hätte ich Adrian Bühler nie und nimmer eingeholt.

Wäre Fiona nicht für mich eingestanden, die Bullen hätten mich wohl ohne langes Federlesen einkassiert. Trotz ihres Einflusses konnte sie jedoch nicht verhindern, dass ich gleich an Ort und Stelle einer akribischen Durchsuchung unterzogen und mir eine schier endlose Reihe unangenehmer Fragen gestellt wurde. Als man mich endlich gehen ließ, war es bereits früher Nachmittag. Erschöpft und auch ein wenig gedemütigt setzte ich mich in den Käfer. Im Handschuhfach fand ich eine zerknitterte Packung *Parisienne*, die vermutlich einer meiner Freunde dort vergessen hatte. Ich hatte mir gerade eine Zigarette angezündet, als Fiona an die Scheibe klopfte. Ich kurbelte sie runter und einen Moment lang schaute sie mich nur wortlos an.

»Mensch, Vijay«, zischte sie schließlich. »Das war jetzt echt scheiße!«

»Ich weiß.«

»Was hast du dir bloß dabei gedacht?«

Ich wusste nicht, was ich erwidern sollte.

Fiona schnaubte genervt. »Du hättest wenigstens mich über deine Ermittlungen auf dem Laufenden halten sollen! Du hast unterschätzt, wie gefährlich der Mann ist! Und jetzt haben wir unsere einzige Augenzeugin für den Mord an Faruq verloren.«

»Er hätte sie auch umgebracht, wenn ich nicht hier gewesen wäre. Sie stand unter eurem Schutz, ihr wart verantwortlich für sie!«

»Verdammt, Vijay!« Wütend polterte Fiona mit der Faust aufs Wagendach und ich rutschte unbehaglich auf meinem Sitz herum. Dass sie andauernd meinen Namen aussprach, war gar kein gutes Zeichen.

»Es bringt uns keinen Schritt weiter, wenn wir uns hier gegenseitig die Schuld zuschieben«, fügte ich in versöhnlicherem Ton hinzu. »Bühler war wie vom Erdboden verschluckt, Fiona. Wenn ich auch nur geahnt hätte, dass er hier auftaucht, ich hätte euch sofort alarmiert.«

»Du hättest mir oder den Kollegen zumindest von seiner Frau erzählen können. Dass sie ihn für den Täter hält und er sie brutal verprügelt hat, zum Beispiel.«

»Ich …« Ich brach ab. Unmöglich konnte ich Fiona jetzt vorwerfen, ihre Bemerkung am Telefon hätte mich beleidigt und deswegen hätte ich auf eigene Faust recherchiert. Das hätte unglaublich kindisch geklungen, zudem hatte sie mich gerade aus den Fängen der Polizei gerettet und mir eine Nacht in der Zelle erspart.

»Gib mir eine Zigarette«, forderte sie mich barsch auf und während sie einen ersten Zug nahm, blickte sie wachsam zum Tatort hinüber. Dieser war weiträumig abgesperrt und die Spurensicherung nahm gerade Haus und Garten auseinander. Obschon der polizeiliche Mediendienst sie bereits so umfassend wie angesichts der aktuellen Erkenntnisse überhaupt möglich informiert hatte, lungerten noch immer etliche Journalisten auf dem Gelände herum und schienen auf weitere dramatische Wendungen zu hoffen. Franziska Strittmatter hatte man längst abgeholt. Bühler hatte der Augenzeugin aus nächster Nähe in die Schläfe geschossen und der Arzt hatte nur noch ihren Tod feststellen können.

»Übrigens ...«, begann ich kleinlaut.

»Was gibt's jetzt noch?«

»Ich bin mir überhaupt nicht mehr sicher, dass Bühler wirklich der Täter ist.«

Aufgebracht beugte sich Fiona zu mir herunter. »Ja klar! Diesmal, wo wir zwei Augenzeugen haben, das Fahrzeug samt Kennnummer sowie eine beträchtliche Menge an Spuren wie Fasern und Haare, die wahrscheinlich alle Bühler zuzuordnen sind, änderst du plötzlich deine Meinung!«

»Aber all die Hinweise deuten viel zu offensichtlich auf Bühler. Der präsentiert sich euch doch nicht auf dem Silbertablett.«

»Und wenn doch?«

»So bescheuert kann man gar nicht sein.«

»Ich könnte dir von ein paar Fällen erzählen ...«

»Aber der Schütze hatte eine Skimütze auf«, ereiferte ich mich. »Das könnte irgendjemand gewesen sein, der Bühler die ganze Sache anhängen will.«

»Wirst du jetzt auch noch zum Verschwörungstheoretiker?«

»Fiona ...«

Sie richtete sich wieder auf und zog verbissen an ihrer Fluppe.

»Hat die Strittmatter eigentlich Faruqs Todesschützen identifiziert?«

»Kein Wort. Aber sie hat es sichtlich genossen, von den ganzen Psychologen umschwirrt zu werden.«

»Wenn der Täter diese Mütze auch am Montag getragen hat, hat sie sein Gesicht mit Sicherheit nicht erkannt.«

»Du meinst, sie hat sich nur aufgespielt?«

»Es wäre möglich. Eine einsame Frau, die unversehens zum Mittelpunkt des Geschehens wird. Das kann so jemanden schon zu Leichtsinnigkeiten verführen.«

»Nur dass sie mit ihrem Leben dafür bezahlen musste.«

Nachdenklich betrachtete ich die Glut an meiner Zigarettenspitze. »Andererseits – wenn er maskiert war und sie nichts erkennen konnte, wieso hat er sie dann trotzdem erschossen?«

»Keine Ahnung. Vielleicht wollte er auf Nummer sicher gehen.«

»War sie überhaupt vor Ort?«

»Eindeutig. Für die Asylbewerber wurde ein Shuttleservice zwischen dem Juch-Areal und den Büros an der Förrlibuckstrasse eingerichtet. Am Montagmorgen hätte die Strittmatter Faruq zum Verfahrenszentrum chauffieren sollen. Sie befand sich mit dem Kleinbus kurz vor der Asylunterkunft, als Faruq erschossen wurde.«

»Sie hat also wirklich alles aus nächster Nähe mitbekommen.«

»Ja.«

»Verdammter Mist!«

Wir rauchten schweigend.

»Ich habe die ganze Zeit schon das Gefühl …«, wandte ich zögernd ein.

Fiona verdrehte sofort die Augen: »Gefühl! Verschon mich damit!«

»Bühler ist nicht der Typ dazu!«

»Wie gut kennst du ihn? Du hast ihn nach deinen eigenen Angaben zwei, drei Mal gesehen, das war's.«

»Aber das Bild, das mir von ihm während der Befragungen

vermittelt wurde, passt nicht zu einem kaltblütigen Killer. Zudem fehlt ein plausibles Motiv.«

»Seine Frau hatte eine Affäre mit dem Opfer. Zudem ist er ein Rassist und extrem gewaltbereit. Und er treibt sich auf rechtsextremen Websites herum. Reicht das nicht?«

»Das allein macht ihn doch nicht zum Mörder!«

»Mann, ich hab echt genug!« Fiona trat die Zigarette aus und stapfte wortlos davon.

»Was denn?«, rief ich ihr hinterher.

Erst nach ein paar Schritten blieb sie stehen und drehte sich um. »Wir fahnden nach Bühler, Großeinsatz. Weit kann er nicht gekommen sein. Und wenn wir ihn haben und er trotz aller Beweise nicht der Schütze ist, dann entschuldige ich mich in aller Form bei dir. Aber bis dahin meldest du deine wirren und ständig wechselnden Theorien besser nicht mehr mir, sondern der zuständigen Stelle. Wie es sich gehört.«

»Du bist sauer auf mich.«

»Ich möchte nur meinen Job gut machen. Und dazu muss ich klar denken können.«

»Und ich hindere dich daran?«

»Du behauptest immer das Gegenteil von dem, was gerade auf der Hand liegt. Ich persönlich finde es schwierig einzuschätzen, ob da wirklich was dran ist oder du nur eine spätpubertäre Phase durchmachst. Deshalb möchte ich Berufliches und Privates ab sofort wieder trennen. Die Polizei und du, Vijay, das ist eine schwierige Beziehung.«

»Damit hast du doch Erfahrung«, platzte ich heraus.

Fiona bedachte mich mit einem Blick, den man nicht annähernd als amüsiert hätte bezeichnen können.

Das Einfamilienhaus wirkte so abweisend wie eh und je. Ich drückte auf die Klingel und ließ sie erst wieder los, als ich hörte, wie auf der anderen Seite ein Schloss nach dem anderen entriegelt wurde. Auch diesmal schwang die Tür nicht mehr als spaltbreit auf.

»Was wollen Sie?«, fragte Jasmin Bühler unwirsch.

»Ich muss mit Ihnen reden.«

»Die Polizei hat mich abgeholt und vernommen, ich bin eben erst vom Posten zurückgekehrt. Das habe ich wohl Ihnen zu verdanken.«

»Die Augenzeugin wurde erschossen, vermutlich von Ihrem Mann. Franziska Strittmatter hieß sie, eine Ihrer Arbeitskolleginnen. Mein Beileid.«

»Man hat es mir mitgeteilt. Glauben Sie mir jetzt?«

»Ich habe Ihnen immer geglaubt, aber ich hege trotzdem Zweifel bezüglich der Täterschaft.«

»Man hat angeblich im Haus der Toten Spuren gefunden. Die Polizei wollte, dass ich eine Zahnbürste und einen Kamm meines Mannes mitbringe. Wenn der Abgleich übereinstimmt ...« Sie beendete den Satz nicht.

»Aber das wäre doch komplett blödsinnig von Ihrem Mann, im Haus seines Opfers Spuren zu hinterlassen! Erst noch *vor* der Tat. Da stinkt doch was gewaltig. Und sich dann mit der auffälligen Filzjacke in sein eigenes Auto setzen, um Faruq und diese Strittmatter zu erschießen! So was macht doch nur ein Vollidiot.«

Frau Bühler bedachte mich mit einem unergründlichen Blick, bevor sie zur Seite trat und die Tür ganz aufschwingen ließ. »Es ist an der Zeit, dass Sie etwas über meinen Mann erfahren.«

Ich folgte Jasmin Bühler durch ein geräumiges Entree, an dessen Ende ein paar Treppenstufen in den Wohnbereich hinaufführten. Das Haus verfügte über einen großzügigen Grundriss und die Fensterfronten auf den Garten hinaus hätten wohl für viel Licht gesorgt, wären die Rollläden nicht heruntergelassen gewesen. Die Einrichtung wirkte kostspielig und war im Stil der Siebzigerjahre gehalten, warme Braun- und Orangetöne dominierten, einzig der gigantische Flachbildschirm und einige Designerregale aus Chromstahl erinnerten an das aktuelle Jahrtausend.

»Möchten Sie einen Drink?«, erkundigte sich Frau Bühler, nachdem ich mich auf einem tabakbraunen Ledersofa niedergelassen hatte.

Eine Frage, die ich noch nie verneint hatte. Sie knipste eine Stehleuchte mit einem Lampenschirm aus perlmuttfarbenen Muschelplättchen an und machte sich an der Hausbar in meinem Rücken zu schaffen. Eis klirrte und ein Flaschenverschluss wurde knirschend geöffnet. Ich hatte den Eindruck, dass Jasmin Bühler die Bar heute nicht zum ersten Mal aufsuchte.

Doch wer hätte ihr das verübeln können? Auch an mir waren die aufwühlenden Ereignisse dieses Tages nicht spurlos vorbeigegangen und mit einem Cocktail zur Unterstützung würde es mir garantiert leichterfallen, die Dinge wieder ins Lot zu rücken.

Die Bühler kehrte mit zwei zierlichen Gläschen zurück, in denen eine orangefarbene Flüssigkeit schwappte, je eine kitschig rote Cocktailkirsche diente als Dekoration.

»Amaretto Sour«, erklärte sie. »Ich hoffe, Sie mögen so was.«

»Natürlich«, erwiderte ich und verschwieg, dass ich momentan sogar Chanel No. 5 getrunken hätte, solange der Alkoholgehalt stimmte.

Jasmin Bühler nahm auf einem bequem aussehenden Sessel mit gelbgrünem Bezug Platz und deutete auf die Nüsschenschale, die auf dem Salontisch stand, doch ich lehnte dankend ab. Dafür hob ich das Glas und nahm einen vorsichtigen Schluck. Das klebrige Gesöff schmeckte gar nicht mal so übel – nach Mandeln, Zitrone und Orangensaft. Dennoch ein typischer Frauendrink, zu süß und vor allem viel zu winzig.

»Sehr erfrischend, finden Sie nicht?«

»Was möchten Sie mir über Ihren Mann mitteilen?«, lenkte ich das Gespräch auf den Grund, weshalb ich hier saß. Auf Small Talk hatte ich überhaupt keinen Bock.

»Sehen Sie sich um!«, forderte mich die Bühler auf. »Was fällt Ihnen auf?«

Ich tat, was sie von mir verlangte, doch ich entdeckte nichts Außergewöhnliches. »Die Rollläden sind am helllichten Nachmittag geschlossen. Sonst sieht alles ganz normal aus«, sagte ich und sie lächelte resigniert.

»Das ist es ja. Alles soll ganz normal aussehen, wenigstens nach außen.«

»Aber?«

Jasmin Bühler leerte ihren Drink und schritt zur Terrassentür. »Erkennen Sie das hier?«

Das weiße Kästchen an der Wand war mir schon zuvor aufgefallen. »Eine Alarmanlage. Was soll daran außergewöhnlich sein?«

»Eine Alarmanlage? Wenn's nur das wäre!« Sie lachte unfroh. »Eigentlich ist es eher eine Hightechkommandozentrale zur Feindesabwehr. Wenn sich jemand dem Haus nähert, wird die Person vom Bewegungsmelder erfasst, die Beleuchtung wird eingeschaltet und die digitale Videoaufnahme automatisch gestartet. Adrian hat mir das alles im Detail erklärt, mehrmals. Es gibt einen Außen- und einen Innenalarm, der mit Infrarot funktioniert, jede Bewegung registriert und diese direkt an einen privaten Sicherheitsdienst weiterleitet …«

Schuldbewusst hob ich die Hand, doch Frau Bühler winkte ab. »Ich habe mich darum gekümmert, Sie haben wegen des unerlaubten Betretens unseres Grundstücks nichts zu befürchten.«

Ich atmete erleichtert auf.

»An den Fensterrahmen befinden sich Sensoren, die einen sogenannten Sabotagealarm auslösen, wenn sie manipuliert werden, sowie ein Fensterbruchalarm«, fuhr die Bühler mit ihren Erklärungen fort und deutete auf die Tür. »Das ist ein Hochsicherheitsstangenschloss. Und hier: eine Fensterscharnierseitensicherung. Eine Teleskopstange. Ein Zusatzschloss. Die Rollläden sind verstärkt und können von außen nicht hochgeschoben werden. Was noch?« Suchend sah sie sich um.

»Eine Selbstschussanlage vielleicht?«

»Ist illegal und deshalb schwierig zu bekommen«, erwiderte die Bühler ernsthaft. »Aber in jedem Raum gibt es eine Überfalltaste, die ebenfalls mit dem Sicherheitsdienst und zusätzlich mit der Polizei verbunden ist. Und die Haustür …«

»Ist gut, ich hab's geschnallt. Ihr Mann fühlt sich bedroht.«

»Bedroht? Er ist komplett paranoid!«

»Meiner Meinung nach hat er einfach zünftig einen an der Waffel. Andererseits werden solche Sicherheitssysteme ja gezielt für Leute wie ihn entwickelt, Leute, die sich nicht sicher fühlen in ihrer Umgebung und sich vor Einbruch und Überfällen fürchten. Da steckt eine ganze Industrie dahinter. Mit Angst macht man Geschäfte, mit Angst macht man auch Politik. Nur begreife ich nicht, was die Paranoia Ihres Mannes mit den Morden an Faruq und Franziska Strittmatter zu tun hat.«

Jasmin Bühler kam auf mich zu, überlegte es sich dann aber anders und mixte uns zwei weitere Drinks. Sie wirkte ausgelaugt und die Male auf ihrem Gesicht waren seit unserem letzten Treffen eher noch bunter geworden. Momentan tendierten sie ins Grünliche.

Nachdem wir uns erneut zugeprostet hatten, lehnte sie sich im Sessel zurück und holte tief Luft. »Es begann mit diesem Überfall. Ein lauschiger Samstagabend, wir fuhren in die Stadt. Erst Nachtessen, dann Kino, zum Abschluss einige Drinks in einem Lokal namens *2. Akt*. Eine Yuppiebar in der Nähe der Börse, Adrian bewegte sich damals gern in diesen Kreisen. Es war schon spät, als wir zu unserem Wagen zurückspazierten, wir hatten ihn im Parkhaus an der Gessnerallee zurückgelassen. Während wir am Automaten die Gebühr bezahlten, tauchten plötzlich vier Jugendliche aus der Dunkelheit auf und entrissen mir die Handtasche. Adrian nahm sofort die Verfolgung auf. Die Burschen rannten über die Straße und dann auf die Brücke zu, die dort über die Sihl führt.«

Ich kannte die Ecke und nickte.

»Doch kurz davor bogen sie ab und preschten die Böschung hinunter zum Fluss, wo sie Adrian auflauerten und ihn angriffen. Glücklicherweise befindet sich der Polizeiposten ganz in der Nähe, die Bullen waren in wenigen Minuten vor Ort.«

»Haben ihn die Angreifer schwer verletzt?«

Jasmin Bühler schüttelte den Kopf. »Nein, überhaupt nicht. Ein paar Schrammen, mehr war da nicht. Er hat zu der Zeit Kampfsport betrieben und schlug die Typen sogar in die Flucht. Leider konnten wir sie nur ungenügend beschreiben, es war ja ziemlich dunkel. Sie wurden nie gefasst.«

Aufmerksam geworden, lehnte ich mich vor.

»Die Angstzustände kamen erst ein paar Wochen später«, fuhr Frau Bühler fort. »Erst lief alles wie gewohnt, er ging zur Arbeit, ins Fitnessstudio. Er wirkte komplett normal und der Zwischenfall schien ihm nichts auszumachen. Er riss sogar Witze darüber. Erst später fiel mir auf, dass er sich zu häufig lustig darüber machte. Plötzlich konnte er nicht mehr schlafen, war gereizt und mit der Zeit hatte er diese schrecklichen Wutausbrüche. Schließlich wurde es so schlimm, dass er seinen damaligen Job aufgeben musste. Irgendwie hat ihm dieser harmlose Übergriff das Sicherheitsgefühl geraubt. Er wurde depressiv, später witterte er überall Gefahr und Verschwörung. Er konnte niemandem mehr vertrauen, sah in jedem Bekannten einen Widersacher. Trotz psychiatrischer Behandlung dauerte es lange, bis er wieder arbeitsfähig war.«

»Deshalb die über einjährige Auszeit in seinem Curriculum.« Ich erinnerte mich, wie ich mich beim Durchlesen seines ansonsten lückenlosen Lebenslaufs gewundert hatte. »Aber aus welchem Grund wollten Sie mich gestern nicht ins Haus lassen?«

Sie zögerte mit der Antwort. »Ich dachte, es würde mir leichterfallen, an einem neutralen Ort über meinen Mann zu sprechen. Seit er mich verprügelt hat, fühle ich mich unwohl in diesem Haus.«

Ihr Blick wanderte zum Cocktailglas. »Trotz dem ganzen Hightechkram bin ich in meinen eigenen vier Wänden nicht mehr sicher, die pure Ironie!«

»Sie hätten mich unbedingt von Anfang an einweihen müssen. Jetzt erst wird mir sein Verhalten verständlich. Die Gewaltausbrüche, die Abneigung gegen Ausländer. Dass er mich zu Ihrer Überwachung angeheuert hat, gehört wohl dazu.«

»Er hat mich schon bald nach dem Übergriff immer wieder des Ehebruchs bezichtigt. Doch damals traf das überhaupt nicht zu. Das Zusammenleben mit Adrian wurde aber immer schwieriger, er war unberechenbar und sprunghaft, trieb sich herum. Als ich dann Faruq kennenlernte …« Jasmin Bühlers Stimme versagte.

»Sie haben mir gesagt, Sie wollten Adrian nicht verlassen.«

»Das hätte ich nie gekonnt! Er kam mir so verloren vor, fand keinen Halt mehr im Leben, ausgerechnet er hatte plötzlich null Selbstvertrauen. Dabei wollte er alles richtig machen, sich aufraffen und wieder nach oben kämpfen. Aber er schaffte es einfach nicht.«

»Lieben Sie ihn noch?«

Sie ließ sich Zeit mit der Antwort. »Ich weiß es nicht«, sagte sie schließlich zögernd. »Er tut mir in erster Linie unendlich leid, trotz allem, was er mir angetan hat.«

Mit einem Mal schien es mir gar nicht mehr so unvorstellbar, dass Bühler Faruq erschossen hatte. Der Mann war labil, er tendierte zu Gewalt- und Wutausbrüchen, und wenn seine Frau eine Affäre hatte, dann bedrohte das nicht nur die Sicherheit und Stabilität in seinem Leben, sondern auch sein angeschlagenes Selbstwertgefühl. Zudem besaß er zufälligerweise ein Sturmgewehr.

»Haben Sie eigentlich überprüft, ob die Waffe noch im Haus ist?«

»Sie war im Keller, aber jetzt ist sie weg.«

»War er ein guter Schütze?«

»Überhaupt nicht«, lachte sie. »Die obligatorischen Schießübungen hat er stets geschwänzt. In seiner ganzen Militärkarriere hat er kein einziges Abzeichen für seine Schießfertigkeit bekommen.«

Das passte ebenfalls. Aber weshalb hatte er Franziska Strittmatter erschossen? Hatte ihn beim ersten Mord die rasende Wut daran gehindert, an eine Tarnung zu denken? Oder war die Skimütze in der Hitze des Gefechts verrutscht? Er musste die Strittmatter ebenfalls gesehen haben, die beiden kannten sich wahrscheinlich sogar. War das der eigentliche Grund für ihr Zögern: dass sie den Mann ihrer Arbeitskollegin nicht der Polizei ausliefern wollte?

Fragen über Fragen, auf die ich ohne Adrian Bühler keine Antwort bekommen würde.

»Adrian surfte auf rechtsradikalen Websites herum«, bemerkte ich in die Stille hinein und Jasmin Bühler zuckte zusammen. »Ging das auf irgendeine Weise weiter?«

»O ja, eine Zeit lang verkehrte er sogar regelmäßig im Stammlokal einer dieser Gruppierungen.«

»Erinnern Sie sich an den Namen der Beiz?«

Die Bühler schüttelte den Kopf. »Auch nicht an den Namen des Vereins. Es muss etwas Patriotisches gewesen sein.«

»Das ist es meist«, lächelte ich. »Patriotisch und pathetisch.«

»Ich halte eigentlich nicht viel von solchen Verbänden und mit ihrer politischen Gesinnung habe ich schon gar nichts am Hut. Wie Adrian mir berichtet hat, saßen die einfach rum, spuckten große Töne und tranken Unmengen Bier dazu. Doch ich war froh, dass er überhaupt irgendeine Art von Sozialkontakt pflegte.«

»Wäre jetzt nicht meine erste Wahl gewesen.«

»Wir sind in Altstetten, da haben viele einen Rechtsdrall.« Jasmin Bühler, die eben ihren Drink zu den Lippen geführt hatte, ließ das Glas wieder sinken. »Da fällt mir was ein: Zu besonderen Anlässen mieteten die Jungs eine Waldhütte in der Nähe, Hasenrain heißt die.«

Immerhin ein Anhaltspunkt, wenn auch ein schwacher.

»Aber in den letzten Monaten ging er nur noch sporadisch zu den Treffen. Ich glaube, er fühlte sich nicht besonders wohl in diesen Zirkeln. Das rechtsradikale Gedankengut ging ihm zu weit.«

»Dabei wäre er dort mit seinem Hass auf Ausländer sicher bestens aufgehoben gewesen.«

Frau Bühler wand sich. »Sie müssen verstehen, das hatte mit seinem … Zustand zu tun. Er war der Meinung, dass die Einwanderer uns Jobs und Ehepartner wegnehmen. Wegen ihnen sei der Wohnraum so knapp geworden und die öffentlichen Verkehrsmittel überfüllt, die Straßen verstopft. Die ganzen Klischees halt. Es machte keinen Sinn, mit ihm darüber zu diskutieren, er wurde nur aggressiv. Aber vor dem Überfall war er ganz anders.«

»Dass ihm ausgerechnet ein Deutscher die Kaderstelle weggeschnappt hat, hat garantiert auch keinen Meinungsumschwung ausgelöst.«

»Keineswegs«, sagte Jasmin Bühler nachdenklich. »Ich habe übrigens gestern mit seinem ehemaligen Chef telefoniert.«

»Und?«

»Adrian sei richtiggehend ausgerastet, als er den Bescheid erhalten hat. Er hätte sich nicht mehr unter Kontrolle gehabt und nur mit vereinten Kräften hätten sie ihn davon abhalten können, seinem Konkurrenten gegenüber tätlich zu werden.« Sie seufzte schwer. »Kein Wunder, wollte er diesen Zwischenfall und die nachfolgende Kündigung vor mir geheim halten. Er wäre sich noch wertloser vorgekommen als ohnehin schon.«

Da war die Affäre seiner Frau mit Faruq wohl der Tropfen, der das Fass endgültig zum Überlaufen gebracht hat, dachte ich bei mir. Ich musste Adrian Bühler unbedingt finden, denn aufgrund der neu gewonnenen Informationen hielt ich ihn jetzt doch wieder für den Todesschützen. Ganz kurz überlegte ich mir, Fiona anzurufen und sie über den neusten Stand meiner Ermittlungen zu unterrichten. Doch nachdem ich den zweiten Drink geleert hatte, verwarf ich den Gedanken gleich wieder. Sie hatte ja ausdrücklich verlangt, dass ich sie mit meinen sich ständig ändernden Theorien nicht mehr behelligen solle. Zudem hatte ich nur vor, ein paar Neonazis aus dem Busch zu klopfen. Das würde ich wohl ohne polizeiliche Unterstützung auf die Reihe kriegen.

Nachdem es den ganzen Tag über ausgesehen hatte, als würde der Regen endlich nachlassen, und zeitweise sogar ein paar verschüchterte Sonnenstrahlen durch die Wolkendecke gedrungen waren, zerstörten die am späten Nachmittag einsetzenden Schauerböen jegliche Hoffnung auf Wetterbesserung. Im Innern meines Käfers klang das, als säße ein Schwarm angepisster Vögel auf dem Wagendach und hackte mit seinen Schnäbeln wütend auf das Blech ein. Aus dem Radio ertönte Madonnas melancholische Ballade *Rain,* in den anschließenden Nachrichten wurde nichts wesentlich Neues vermeldet: Seen traten über die Ufer, Bergrutsche überall, ganze Landstriche standen unter Wasser, Dörfer mussten evakuiert werden. Die Aufzählung der nicht mehr befahrbaren Straßen und Bahnlinien dauerte eine Ewigkeit und das eingespielte Interview mit der Schweizer Umwelt- und Verkehrsministerin machte deutlich, wie überfordert und ratlos selbst die Regierung angesichts der nicht enden wollenden Unwetter war.

Ich versuchte, den Betreiber der Waldhütte zu erreichen, doch das Telefon war nicht besetzt. Was nicht weiter verwunderlich war, bei den Wetterverhältnissen war kaum Hochsaison für lauschige Grillfeste. Vielleicht wusste José, wo die rechten Brüder aufzuspüren waren – als Journalist kannte er sich da eher aus als ich. Doch erst musste ich dringend etwas essen, seit dem frühen Morgen hatte ich außer den beiden Amaretto Sour nichts zu mir genommen und zum Treffen mit den Neonazis wollte ich lieber einigermaßen nüchtern erscheinen.

Als ich *Kumar's Palace* betrat, saß Manju über eine Zeitung gebeugt am Personaltisch und studierte Wohnungsanzeigen.

»Am Nachmittag Inserate zu lesen, ist komplett sinnlos«, gab ich ihr zu verstehen und setzte mich neben sie. »Die

Telefonistinnen auf den Verwaltungen lachen dich schon aus, wenn du frühmorgens um sieben anrufst. Denn dann sind die ausgeschriebenen Objekte längst weg.«

»Aber wie schafft man es, in dieser Stadt eine bezahlbare und gleichzeitig nicht völlig heruntergekommene Unterkunft zu finden?«

Ich zuckte mit den Schultern. »Man verdingt sich für einige Jahre als Sexsklave eines Maklers.«

»Dann mach mal.«

»Die Makler, die ich in meinem Alter noch anziehe, sind leider noch rarer als freie Wohnungen.«

»Was ist mit Genossenschaften?«

»Jahrelange Wartelisten, da ist es sinniger, sich direkt fürs Altenheim anzumelden. Da kannst du auf jeden Fall früher einziehen.«

»Stiftungen?«

»Keinen Deut besser.«

»Aber im Internet sind immer wieder Apartments ausgeschrieben.«

»Das müssen die aufgrund ihrer Statuten, von wegen billigem Wohnraum für alle und Durchmischung der Gesellschaft, das ganze linke Gelaber. Aber am Ende vergeben gewisse Stiftungen die Wohnungen doch lieber an Bekannte des Mitarbeiterstabs, was irgendwie ja auch total sozial ist.«

»Woher weißt du das?«

»Ich habe Freunde, die könnten dir ein Liedchen von den Machenschaften unter sozialen Deckmäntelchen singen. Und es wäre keine erquickende Gesangsdarbietung.«

Manju faltete die Zeitung zusammen und sah mich niedergeschlagen an. »Was sollen wir tun?«

»Wir erzählen es allen weiter, das funktioniert meist ziemlich gut. Und du hängst ein Inserat ins Schaufenster. Nötigenfalls schalten wir eine Annonce im Internet.«

»Dich scheint diese ganze Wohnungssuche kein bisschen zu entmutigen.«

»Die verführerischen Gerüche hier drin beeinflussen zurzeit meine Prioritäten ungemein.« Ich erhob mich, schlenderte zum Küchenbereich hinüber und spähte in die dort herumstehenden Pfannen und Töpfe.

»Ich hab noch nicht fertig aufgeräumt. Ohnehin ist nicht viel übrig, der Mittagsservice lief heute wieder mal phänomenal«, bemerkte Manju, die mir gefolgt war. »Offensichtlich macht das schlechte Wetter Appetit auf indische Küche.«

»Ich habe derart Hunger, ich würde sogar diesen eingetrockneten Rest Lammcurry aus der Pfanne kratzen.«

Manju lachte. »Wenn eine indische Frau sagt, es sei ›nicht viel übrig‹, kriegt man mit den Essensresten immer noch locker eine ausgezehrte Kricketmannschaft satt. Eigentlich müsstest du das wissen.«

Sie holte einige Plastikbehälter aus dem Kühlschrank und guckte kurz unter die Abdeckungen. »Worauf hast du Lust? Das Randen-Kokos-Curry hab ich neu auf der Karte, läuft wie verrückt. Dann Okraschoten, geschmortes Lamm mit Zwiebeln, ein mildes Garnelengericht aus Goa, Kürbis mit Ingwer und Chili gebacken, gegrilltes Joghurt-Mandel-Huhn …«

Mir lief das Wasser im Mund zusammen, doch eine Entscheidung zu fällen, war schier unmöglich.

»Soll ich dir von allem ein wenig aufwärmen? Was meinst du?«, schlug Manju in dem Moment vor und ich warf ihr einen misstrauischen Blick zu. Sie musste in der Zwischenzeit kurz vor der Lancierung der Gedankenlese-App stehen.

Nachdem mich Manju derart köstlich verpflegt hatte, unternahm ich einen kurzen Abstecher nach Hause und wärmte mich mit einem wohlwollend gefüllten Glas *Amrut* und einem heißen Bad auf. Ich verspürte wenig Lust auf weitere triste Regensongs, weshalb ich das Radioangebot bei *Spotify* durchging, bis ich bei einem Jugendsender hängen blieb. Dort führte sich Katy Perry gerade wieder einmal wie die Leiterin eines Gehörlosenausflugs auf und brüllte mir den Refrain ihrer neusten Single lautstark entgegen.

Halb versunken im duftenden Eukalyptusschaum überkam mich eine wohlige Müdigkeit. Ich streckte einen Arm nach meinem Handy aus, das ich auf das Badezimmerschränkchen neben der Wanne gelegt hatte, und informierte mich über die neusten Erkenntnisse in den Fällen Faruq und Strittmatter. Die Fahndung nach Adrian Bühler lief mittlerweile auf Hochtouren. Bislang hatte man jedoch weder ihn noch seinen Wagen aufgespürt, wie ich gleichzeitig beunruhigt und erleichtert feststellte. Beunruhigt, weil niemand wusste, was der Mann vorhatte. Psychisch angeschlagen, wie er war, und vehement unter Druck stehend, musste man mit allem rechnen. Erleichtert, weil irgendwo tief in mir immer noch ein Fünkchen Ehrgeiz loderte.

Trotz der Aussprache mit Fiona sah ich es als eine sportliche Herausforderung an, Adrian Bühler vor der Polizei zu finden.

Ich scrollte im neusten Onlinebericht nach unten zu den Kommentarspalten und stellte verwundert fest, dass sich der Ton gegenüber diesem Winkelried seit heute Morgen drastisch verändert hatte. Bis anhin waren seine ausländerfeindlichen Äußerungen weitherum auf Zustimmung gestoßen, doch in den neusten Beiträgen wurde er ein ›Schwätzer‹ geschimpft und ›Schaumschläger‹, der nur große Töne spucke und nichts auf die Reihe kriege. ›Unter aller Sau‹, fand jemand seine Bemerkungen, ›Ist so jemand überhaupt ein echter Schweizer?‹, fragte ein anderer provokativ in die Runde. Da musste sich Winkelried wohl ziemlich im Ton vergriffen haben, wenn er die Onlinecommunity dermaßen gegen sich aufgebracht hatte.

Ich durchforstete die Kommentare, bis ich den entscheidenden Eintrag gefunden hatte, gepostet heute Mittag, kurz nachdem der Mord an Franziska Strittmatter bekannt geworden war. Eine weitere Tirade, doch diesmal hatte Winkelried vor niemandem mehr Halt gemacht. Er beschimpfte in dem elend langen und wenig erheiternden Sermon so ziemlich jeden, der politisch links von ihm stand – was eine ganze Menge Politiker betraf –, doch am längsten hielt er sich bei Annegret Widmer auf. Was nicht nur mich erstaunte. Bis anhin war es unter den bürgerlichen Kommentatoren ein Tabu gewesen, die Widmer anzugreifen. Obschon das Aushängeschild der Volkspartei die Vorwürfe, sie grenze sich zu wenig von ihren rechtsradikalen Anhängern ab, stets unkommentiert ließ, war es ein offenes Geheimnis, dass viele Parteimitglieder mit diesem Gedankengut sympathisierten. Nicht zuletzt auf virtuellem Weg fand die Presse immer wieder heraus, dass manche Politiker auf Facebook mit bekennenden Neonazis befreundet waren oder deren Homepage mit der eigenen verlinkt hatten. Selbstverständlich war das stets ohne das Wissen der Volksvertreter geschehen, wie diese treuherzig beteuerten, ändern taten aber selbst diese wenig überraschenden Enthüllungen nichts. Der rechte Außenrand des politischen Spektrums war und blieb nun einmal braun verschmiert.

Winkelrieds Beschimpfungen waren in der virtuellen Welt ein Affront, eine Ungeheuerlichkeit, und ich fragte mich, was ihn dazu getrieben hatte. Aufgrund seiner Äußerungen war er in wenigen Stunden vom allseits beklatschten Meinungsmacher zur Persona non grata abgestiegen.

Ich verstand erst, als ich das nachfolgende Video in der Onlineausgabe der Zeitung angeklickt hatte. Ein ausführliches Interview mit Annegret Widmer, in dem sie sich in gewohnter Manier über Linke und Ausländer ausließ, die eigene Partei über den grünen Klee lobte und gar als visionär bezeichnete, um andererseits die Unfähigkeit der Stadtregierung in der Asylfrage zu geißeln. Am Ende des Gesprächs zitierte der Reporter einige harsche Kommentare aus der Bevölkerung zum neuen Asylzentrum, worauf die Widmer meinte: »Solche Äußerungen muss man als Politiker ernst nehmen, sie spiegeln die Stimmung im Volk. Einfach über die Köpfe der Wähler hinweg entscheiden, wie das die linke Stadtregierung in diesem Fall gemacht hat, ist unentschuldbar. Wir von der *Volkspartei zur Rettung der Schweiz* verstehen uns hingegen als Diener am Volk. Das Volk ist unser Auftraggeber, nur von uns wird es tatsächlich erhört.«

»Das Volk verschafft sich heutzutage vor allem im Internet Gehör«, gab der Journalist zu bedenken.

»Das sind die modernen Zeiten. Aber leider ändert sich rein gar nichts, wenn man sich nur unter Gleichgesinnten auslässt. Ich persönlich halte es für Schwachsinn, sich hinter mythisch besetzten Namen zu verstecken und aufrührerisch zu geben, ohne jemals auch nur den kleinen Finger zu krümmen. Denn Veränderungen bedeuten harte Arbeit, fordern Verhandlungsgeschick, da macht man sich dreckig, da fließt Schweiß. Irgendwo hinter einem schicken Laptop zu sitzen und neunmalkluge Ratschläge zu tippen – damit erreicht man nichts. Dieses Land braucht Taten, leere Worte hören wir bereits jeden Tag.«

Das war nichts anderes als eine Kampfansage an Winkelried, die Widmer hatte ihn mit ihren spitzen Bemerkungen direkt angegriffen. Nun konnte ich zumindest ansatzweise nachvollziehen, weshalb er sie ›scheinheilig‹ nannte und eine ›Rattenfängerin, die man am besten mit all den anderen Lügnern an die Wand stellen würde‹. Mit der letzten Bemerkung hatte er die Grenze jeden Anstands überschritten, das gab ihm die Onlinecommunity in Hunderten von Kommentaren auch unmissverständlich zu verstehen. Ein regelrechter Shitstorm hatte sich in den letzten Stunden über Winkelried entladen. Weshalb die Redaktoren den Kommentar nicht längst gelöscht hatten, war unschwer zu erraten.

Manchmal fand ich Zürich anstrengend. Es gab Lokale in dieser Stadt, wo das simple Aufsuchen der Toilette einem Gang auf dem Catwalk gleichkam. Wo alle derart zwingend nach der aktuell angesagten Mode durchgestylt waren, dass man anhand ihrer Brille das Label der Unterhosen bestimmen konnte. Wo durch einen hindurchgeguckt wurde, wenn man sich nicht dem Code unterwarf, und Leute, die man eigentlich kannte, angestrengt den Kronleuchter begafften, damit sie einen nicht anzusprechen brauchten. Wo man sich mit Küsschen in die Luft begrüßte und das einzige Gesprächsthema die letzte – oder alternierend – die nächste Party war.

Glücklicherweise gab es Alternativen. Natürlich war das *Daniel H.* nicht gerade eine Dorfchnelle, wie man in der Schweiz sagen würde, kein *Farbhof*, aber im Vergleich zu mancher anderen Bar hatte ich hier nicht andauernd das Gefühl, irgendetwas darstellen zu müssen.

Ich hatte José soeben eine SMS geschickt, wo er mich finden würde, und schlürfte nichtsahnend meinen Gin Tonic, als sich jemand auf den Barhocker neben mir fallen ließ. Unter heftigem Gekeuche wischte sich der dickliche Mann das nasse Haar aus der Stirn und glotzte mich konsterniert an. Oje, ein Déjà-vu, fuhr es mir durch den Kopf, doch da hatte der Typ bereits meinen Arm gepackt und schüttelte ihn unsanft.

»Du! Du bist doch dieser Privatdetektiv?«

Vorsichtig bejahte ich.

»Gut, ich bin nämlich auch einer.« Der Mann schniefte. »Scheiße, verdammte!«

Ich war mir nicht sicher, ob er weinte oder es nur Regentropfen waren, die auf seinen Wangen glänzten.

»Unser Job ...«, holte er aus und nickte anklagend dazu, »... unser Job ist die Hölle!«

Dieser Meinung konnte ich nicht vorbehaltlos zustimmen. Da gab es etliche Tätigkeiten, die mir bei Weitem unerträglicher oder teuflischer – um bei der Höllenallegorie zu bleiben – erschienen. Hamburgerbrater bei McDonald's zum Beispiel. Kassiererin in einem Supermarkt ohne Tageslicht, wo jeder dritte Kunde es immer noch nicht geschnallt hatte, dass man seit gefühlten zwei Jahrzehnten Früchte und Gemüse selber abwiegen musste. Stilberater von Ueli Maurer. Oder als Flugbegleiter in zehntausend Metern Höhe mit über zweihundert sich ständig übergangen fühlenden, meckernden, saufenden und randalierenden Passagieren eingesperrt zu sein.

»Weshalb denn?«, erkundigte ich mich, um nicht unhöflich zu erscheinen.

»Weil einem manche Fälle den Schlaf rauben.«

»Und du bist grad an so einem dran?«

»Ich war es. Hast vielleicht davon gehört. Dieser Asylant, der erschossen worden ist, ein Syrer.«

»Ja, natürlich«, erwiderte ich tonlos und saß plötzlich wie auf Nadeln.

Mein Berufskollege lehnte sich verschwörerisch zu mir herüber. »Ich bekomme also diesen Auftrag«, nuschelte er halblaut. »Eifersüchtiger Mann, die Frau ziemlich umtriebig, du kennst das. Sie hat eine Affäre mit dem Asylanten, alles sehr diskret, sie weiß genau, was sie tut. Ich obse sie, erstatte Rückmeldung, kassiere das Honorar, Fall erledigt. Am Montag gucke ich Fernsehen, denke mir nichts Böses und da kommt's: Der Asylant ist tot, erschossen.«

»Berufsrisiko.«

»Und wie wird man damit fertig? Hm? Das sagt dir keiner.« Er hielt inne und wischte sich die Augen, jetzt war ich sicher, dass er weinte, schon die ganze Zeit über geweint hatte. »Ich habe den Tod dieses Mannes mitverschuldet. Wie soll ich damit leben?«

Ich konnte ihm nicht beistehen, nicht einmal ein guter Rat fiel mir ein. Da musste er alleine durch. Obwohl sie zu unserer Arbeit gehörten, waren solche Vorfälle glücklicherweise selten. Was die Klienten mit den von uns gesammelten Informationen anstellten, lag nicht mehr in unserer Hand. Und wenn einer – wie in diesem Fall ich – einen Auftrag nicht korrekt ausführte, weil er dabei ein ungutes Gefühl verspürte, fand sich garantiert irgendjemand anders, der den Job zu Ende brachte. Alles eine Frage des Geldes und der Moral. Detektiv zu sein, war manchmal ein ziemlich schmutziges Geschäft.

Immerhin wusste ich jetzt, von wem Adrian Bühler über die Affäre seiner Frau informiert worden war. Mein Kollege hatte, wenn auch unbeabsichtigt, Faruqs Todesurteil besiegelt.

José traf eine gute halbe Stunde nach der vereinbarten Zeit ein, der weinende Detektiv war längst weitergezogen, mein dritter Drink leer.

»*Hombre,* das dauert immer alles länger, als man meint«, stöhnte er. »Abendessen kochen, den Kleinen füttern, wickeln und ins Bett verfrachten …«

»… nur die nötigsten Worte mit Fiona wechseln und sich dazu furchtbar abweisend angucken«, vervollständigte ich die Liste.

»Mach du dich nur lustig!«

»Ihr könnt doch nicht ewig so weitermachen!«

»Miguel Antonio zuliebe …«

»Meinst du, der bekommt nicht mit, dass er im Kühlhaus aufwächst?«

»Was sollen wir denn tun?«

»Die Frage ist doch eher: Was musst *du* tun. Du hast Fiona betrogen und dich danach wie ein Arschloch aufgeführt.«

»Oye …«

»Nein, jetzt lass mich mal ausreden.«

»Du klingst schon ganz wie Manju«, bemerkte José grantig und irritiert hielt ich inne.

»Blödsinn!«

»›Jetzt lass mich mal ausreden‹«, äffte mich mein Freund nach. »So was sagen nur Frauen.«

»Wie auch immer! Entschuldige dich endlich bei ihr, sag ihr, wie leid es dir tut.«

»Aber es war großartig mit Mo, ich bereue keine Sekunde davon. Eine einmalige Sache und völlig bedeutungslos.«

»Für dich vielleicht! Ich glaube dir sogar, dass es toll war mit Mo. Nur ist das vermutlich nicht exakt das, was Fiona hören möchte.«

»Soll ich sie denn anlügen?«

»Du liebst sie doch?«

»*Hombre,* sie ist die Frau meines Lebens.«

»Dann *musst* du sie anlügen. Spring über deinen ollen spanischen Machoschatten und sag ihr, was sie hören will. Nur so kannst du deine Beziehung retten.«

»Lügst du Manju auch an?«

»Als wir zusammenkamen, habe ich mir geschworen, es niemals zu tun.«

»Aha! Und wenn jetzt plötzlich deine absolute Traumfrau dastehen und dich nach allen Regeln des Kamasutra verführen würde?«

Ich überlegte.

Keinesfalls wollte ich José eine Rechtfertigung für seinen One-Night-Stand in Madrid liefern, andererseits – wenn wir schon dabei waren – log man sich unter Freunden erst recht nicht an. Das gehörte sich einfach nicht.

»Ich würde es Manju nur im äußersten Notfall beichten«, wich ich aus.

»Weshalb?«

»Muss ich dir das jetzt echt erklären?«

Verdutzt guckte mich José an. »Selbstverständlich!«

»Siehst du, das ist es ja grad! Mit Erklärungen kann man sich nur verrennen. Es gibt keine glaubwürdigen Rechtfertigungen, nur billige Ausreden. Gewiss könnte ich sagen, ich sei betrunken gewesen, es sei einfach über mich gekommen, ich sei das eigentliche Opfer, was auch immer. Oder dann auf die perfide Tour: die Schuld auf sie abschieben. Von wegen sie hätte mich vernachlässigt und meine Bedürfnisse nicht ernst genommen. Tausende von Männern und Frauen tun das jeden Tag. Aber das entspräche nicht der Wahrheit und Manju wüsste es in dem Moment, in dem ich den Mund auftäte. Es gibt nur eine Erklärung für Seitensprünge und die ist wenig schmeichelhaft, weil sie knallhart ehrlich ist und keine Notausgänge bietet.«

»Und die wäre?«

»Weil ich es wollte.«

Zweifelnd runzelte José die Stirn.

»Es ist mir noch nie untergekommen, dass ich einfach so jemanden betrogen habe«, klärte ich ihn auf. »Es geschah zwar oftmals unter Alkoholeinfluss oder anderweitig verminderter Zurechnungsfähigkeit, klar. Aber ich wusste selbst im größten Rausch immer haargenau, was ich tat.«

»Und deswegen würdest du es Manju nicht beichten.«

»Da ich sie nicht anlügen will, wäre ich gezwungen, ihr die

unangenehme Wahrheit zu sagen. Daher würde ich eher schweigen und hoffen, dass sie es nicht rausfindet.«

»Männerlogik.«

»Du siehst ja bei dir, was geschieht, wenn man beichtet.«

»Eins zu null für dich.«

José bestellte zwei weitere Drinks beim Barkeeper.

»Also ab jetzt lügen – oder den Mund halten.«

»Frauen machen's doch genau gleich.«

»Meinst du?«

»Hast du tatsächlich geglaubt, die Orgasmen seien alle echt?«

Es war kurz vor elf, als José und ich schon ziemlich angeschickert ins *Doki* reintorkelten. Miranda hatte bereits abgerechnet und gönnte sich zusammen mit ihrer japanischen Köchin Kameko einen *Umeshu*, einen Likör aus der japanischen Ume-Aprikose. Als wir uns setzten, erhob sich die Nudelsuppenexpertin ruckartig und verabschiedete sich mit einer steifen Verbeugung.

»Ich weiß nie, was in ihr vorgeht. Sie wirkt so stoisch und irgendwie streng«, bemerkte José, nachdem sie das Lokal fluchtartig verlassen hatte. »Manchmal habe ich das Gefühl, sie verachtet uns.«

»Das tut sie auch«, erklärte Miranda, die heute in einer Art Schulmädchenuniform steckte. Eine gewagte Verneigung vor der japanischen Pornoindustrie und ihren Lieblingsobjekten. »Sie hält euch für zwei dauerbesoffene Schmarotzer.«

»Echt jetzt?«

»Nein«, prustete Miranda angesichts Josés perplexer Miene und schenkte uns gut gelaunt vom Likör ein. Er schmeckte fabelhaft, süß und fruchtig.

»Sie ist einfach anders, da musst du dich dran gewöhnen.

Vielleicht hat es mit ihrem Namen zu tun, der bedeutet nämlich ›Kind der Schildkröte‹.«

»Jetzt wird mir einiges klar.«

»Was läuft mit deinem Stalker?«, erkundigte ich mich vorsichtig.

Mirandas gute Laune verflog schlagartig und sie strich sich die karamellfarbenen Locken aus der Stirn. »Weißt du was? Gestern Abend stand der plötzlich gegenüber meiner Wohnung auf dem Gehsteig. Ich bin zu Tode erschrocken und habe sofort das Licht ausgemacht. Danach habe ich ihn eine ganze Weile aus dem Dunkeln beobachtet. Der hat nichts anderes getan, als dazustehen und raufzustarren. Der Typ ist mir unheimlich!«

»War er heute im Restaurant?«

»Als ob nichts gewesen wäre. Nudelsuppe und zwei Bier. Saß da bis um halb zehn, wie immer.«

»Du musst etwas dagegen unternehmen!«

»Was denn, bitte schön?«

Fragend blickte ich zu José hinüber, doch der schüttelte nur den Kopf. »Schwierig, vor allem rechtlich gesehen. Da sind einem die Hände gebunden.«

»Aber ich fühle mich bedroht!«, entrüstete sich Miranda und riss die Augen auf.

Beruhigend tätschelte ich ihre Hand. »Wir werden uns was einfallen lassen.«

»Oh meu deus.« Miranda bekreuzigte sich. »Ich weiß jetzt nicht, was mich mehr beunruhigt: eure Mithilfe oder der Stalker. Wenigstens bin ich am Wochenende nicht allein.«

»Armin?«

»Ja.« Sie schien den angekündigten Besuch ihres Liebhabers, den sie im Vorjahr im Berner Oberland kennengelernt hatte, nicht weiter kommentieren zu wollen und griff nach der Likörflasche. Nachdem sie allen nachgeschenkt hatte, entschuldigte sie sich, sie müsse noch etwas in der Küche erledigen.

José und ich prosteten uns zu und blickten alkoholselig auf die regennasse Bäckerstrasse hinaus, in der sich das Licht der Straßenlampen spiegelte.

»Kennst du dich mit Neonazis aus?«, fragte ich in die Stille hinein.

»Wenn du derart verzweifelt Freunde suchst, würde ich dir mit deinen Wurzeln eher einen Ruderklub empfehlen.«

»Es geht um Adrian Bühler.« Ich erwähnte die mageren Hinweise, die ich von seiner Frau erhalten hatte.

»Der Bühler hängt mit denen rum?«, wollte José mit plötzlich ernster Miene wissen.

»Hat er zumindest früher getan.«

»Glaubst du an einen Zusammenhang?«

»Er hat schon eine rassistische Einstellung, bedingt auch durch seine unvorteilhafte Lebenssituation.«

»Klar. Wenn's den Leuten schlecht geht, haben fremdenfeindliche Tendenzen Aufwind. Das war schon seit jeher so. Die rechten Parteien wissen das haargenau …«

»… und heizen die schlechte Stimmung mit furchterregenden Statistiken und rabenschwarzen Aussichten noch zusätzlich an.«

»Die möglicherweise für das ganze Land beschämenden Konsequenzen sind ihnen dabei scheißegal.«

»Dabei haben wir eine Arbeitslosenquote von rund drei Prozent. Spanien würde in einen Freudentaumel verfallen.«

»Aber über ein Fünftel aller Einwohner der Schweiz sind Ausländer, vergiss das nicht. Das löst angeblich bei vielen Leuten Ängste aus.«

»Wovor eigentlich?«

»Das fragst du mich? Vor dem Verlust des Lebensstandards, nehme ich an, vor Veränderungen allgemein. Manche sorgen sich vermutlich um ihren Job und befürchten ein sinkendes Lohnniveau.«

»Abschottung ist trotzdem keine weitsichtige Lösung.«

»Machen wir uns nichts vor: Wir brauchen einen gewissen Anteil an Ausländern, andernfalls wäre die Schweiz am Arsch. Behaupte ich jetzt mal ganz provokant. Und das selbstmitleidige Gejammer gehört einfach dazu: Buhu, buhu, die neuen Nachbarsbälger nehmen uns immer die Spielsachen weg.« José verzog das Gesicht zu einer weinerlichen Grimasse und rieb sich die Augen wie ein Kleinkind.

Ich grinste.

»Die eigentliche Frage ist, wie man den Zuwandererstrom sinnvoll regelt«, fuhr er – wieder ganz seriöser, wenn auch kaum nüchterner Journalist – fort. »Nur sind die Parteien in erster Linie geil auf Wähleranteile, deshalb kasperln sie andauernd vor den Medien rum, um in die Schlagzeilen zu kommen. Sich funktionierende Lösungsansätze auszudenken, ist im Direktvergleich natürlich viel anstrengender.«

Wir stießen an und leerten unsere Gläser.

»Man müsste bei der Angst anfangen«, sagte ich, nachdem ich sie wieder gefüllt hatte. »Die Leute fürchten sich vor dem, was sie nicht kennen. Das hat in den vergangenen Jahren jede Volksabstimmung zu Ausländerthemen verdeutlicht. Bei der Minarettinitiative zum Beispiel: Da haben ausgerechnet jene Gegenden Zetermordio geschrien, in denen der Kebabstand am Bahnhof der einzige Hinweis auf die mögliche Anwesenheit von Muslimen war. Genau das Gleiche geschah bei der Masseneinwanderungsinitiative: Auf dem Land zog man schon mal präventiv die Brücken hoch und machte die Schotten dicht, dabei lässt sich doch kein halbwegs vernünftiger Ausländer freiwillig in der Pampa nieder.«

»Aber natürlich! Ich sag nur: Steuergeschenke.«

»Die sind nur für die guten Ausländer bestimmt.«

»Dazu muss man aber erst ›gut‹ und ›reich‹ als Synonyme anerkennen. Den ›guten‹ saudischen Millionärsgattinnen reißen sie im Kanton Tessin garantiert nicht die Schleier vom Gesicht – trotz Burkaverbot.«

»Das eingeführt wurde, obschon dort keine Frau so rumläuft. Ich glaube, manche Leute sehen die Schweiz immer noch als Heidiland und klammern sich verzweifelt an dieses Bild. Gerade weil sie merken, dass sich die Welt um sie herum verändert. Dabei geht es doch darum, ob man überhaupt mit Ausländern in Kontakt kommt. In der Stadt ist das naturgemäß eher gegeben, hier lebt man auf engstem Raum zusammen, es gibt andauernd Berührungspunkte. Und sobald man das Fremde kennt, ist es nicht länger fremd. Man verliert die Angst davor.«

»So weit einleuchtend, aber wie willst du dieser Angst beikommen?«

»Nun, die Volkspartei setzt neuerdings auf diese schwarz verhüllte Muslima. Die Ärmste musste bereits bei zwei Abstimmungen als Feindbild herhalten und beide Male führte sie die Rechtskonservativen zum Triumph.«

»Stimmt! Der Ziegenbock ist wohl bald passé und die verschleierte Frau wird zum neuen Maskottchen der Rechten erkoren.«

»Sie ist das gesichtslose Schreckgespenst der konservativen Wählerschaft, ihr selbst erschaffener Albtraum. Ein Symbol für die diffusen Ängste der Bevölkerung. Taucht sie auf, klappern die sonst so tapferen Eidgenossen vor Furcht mit den Zähnen und folgen beim Ausfüllen der Stimmzettel einem pawlowschen Reflex.«

»Also müsste man diese verängstigten Leute an der Hand nehmen und behutsam an Ausländer heranführen …«

»… damit sie erkennen, dass es sich um richtige Menschen

aus Fleisch und Blut handelt mit Hoffnungen und Träumen – und nicht um irgendeine bedrohliche anonyme Masse. Dass es darunter gute und böse gibt, wie bei den Einheimischen auch, liebenswerte und auch weniger liebenswerte. Und vielleicht entwickelt dann der eine oder andere etwas Mitgefühl, vielleicht werden dadurch ein paar verstockte Herzen weicher. Schaden würde es diesem Land sicher nicht.«

»Klingt ja alles ganz schön – und ehrlich gesagt auch ziemlich pathetisch. Ist das nicht illusorisch?«

»Nun, für Leute mit Flugangst gibt's doch auch Seminare, Menschen, die unter Arachnophobie leiden, werden unter professioneller Anleitung mit Spinnen konfrontiert.«

»Du denkst an mit fremdländischen Menschen bestückte Erlebnisstätten und Begegnungszonen? Streichelzoos für Xenophobe?«

Wider Willen musste ich lachen.

»Du vergisst dabei, dass diese Art von Angstbewältigung auf Freiwilligkeit basiert. Selbst wenn es so etwas gäbe – wie willst du die Betroffenen dahinkriegen?«

»Das ist die entscheidende Frage. Und ich gebe zu, ich habe dazu auch keine Patentlösung. Aber ich schäme mich jedes Mal, wenn die Schweiz im Ausland mit fremdenfeindlichen Abstimmungsresultaten von sich reden macht.«

»Da spiegelt sich halt die Stimmung im Volk direkt und ungeschönt wider. Wenn es in Bayern oder in Griechenland die direkte Demokratie gäbe, wären die Resultate wahrscheinlich noch schockierender.«

»War das jetzt als Trost gedacht?«

José verzog die Mundwinkel und trank einen Schluck Likör. »Aber wir sind vom Thema abgekommen. Du willst Bühler bei den Neonazis suchen? Hab ich das richtig verstanden?«

»Ich weiß nicht, wie ich sonst an ihn rankommen soll.«

»Und wenn du die Polizei ...«

»José, bitte!«

»Ich meinte ja nur. Aber so eine Aktion ist verdammt gefährlich, das ist dir schon klar? Da reicht es nicht, sich einen Seitenscheitel zu ziehen und einen Schnurrbart anzukleben. Nicht bei deinem Teint.«

»Was, wenn die mit drinstecken? Wenn Bühler gar kein Einzeltäter ist?«

Ich konnte beinahe hören, wie die gut geölten Rädchen in Josés Gehirn ratterten. »Dann wäre der Mord völlig anders motiviert, als wir bisher angenommen haben. Wenn er den Rechtsradikalen zugeordnet werden könnte, wäre das eine Sensation!« Seine Augen leuchteten mit einem Mal.

»Der feuchte Traum jedes linken Journalisten, ja! Solange wir aber keinen handfesten Beweis dafür haben, solltest du das nicht an die Öffentlichkeit tragen. Sonst komme ich nie an die Burschen ran.«

»Wo hast du gesagt, treffen sich die?«

»Jasmin Bühler konnte sich nicht an den Namen des Lokals erinnern. Irgendwo in Altstetten, nehme ich an. Wird nicht so schwierig sein, das rauszufinden. Besondere Anlässe hätten sie jedoch in einer Waldhütte gefeiert. Nur ist momentan nicht grad das Wetter dazu.«

»Dann bleibt uns wohl nichts anderes übrig, als diese Kneipe ausfindig zu machen«, schlussfolgerte José wenig enthusiastisch.

Miranda war mittlerweile aus der Küche zurückgekehrt und hatte sich wieder zu uns gesetzt. »Gehen wir noch irgendwo auf einen Drink oder zwei? Heute Abend tanzt der Bär, denn morgen ist Feiertag.«

Ich hatte ganz vergessen, dass der Tag der Arbeit bevorstand. Für mich machte das ohnehin keinen Unterschied.

Den Fall konnte ich unter keinen Umständen ruhen lassen, Feiertag hin oder her.

»Vielleicht ins *Café Gold?*«

»Ich weiß nicht, ist das nicht eher was für …«

José warf einen Blick auf seine Armbanduhr und wedelte plötzlich aufgeregt mit der Hand, bis Miranda und ich verstummten. »›Besondere Anlässe‹, hast du eben gesagt? Wenn morgen der Erste Mai ist, sollten wir dieser Waldhütte noch heute Nacht einen Besuch abstatten.«

»Wieso?«, wunderte ich mich.

José tippte auf das Zifferblatt. »Heute ist der dreißigste April.«

Ich sank in meinen Stuhl zurück und stieß heiser hervor: »Hitlers Todestag!«

Mit ihrer hellen Holzverkleidung erinnerte die Hasenrainhütte an die finnischen Saunahäuschen, die sich reiche Leute in den Garten stellten und dann doch nie benutzten. Sie befand sich in einem Waldstück am Rand von Albisrieden – einem Stadtgebiet, das direkt an Altstetten anschloss –, keine hundert Meter von einem Schießstand entfernt. Die kreuz und quer auf dem Sträßchen und zwischen den Bäumen geparkten Wagen deuteten darauf hin, dass tatsächlich eine Veranstaltung im Gange war. Aus Sicherheitsüberlegungen war ich mit meinem Käfer kurz vor Erreichen der Hütte vom Weg abgebogen und hatte den Wagen im Unterholz versteckt. Wenn es hart auf hart kam, musste das Fluchtauto in nächster Nähe bereitstehen.

Die Baumkronen schützten uns wenigstens teilweise vor dem strömenden Regen, doch die auf dem Waldboden aufprallenden Tropfen sorgten ringsherum für nervöses Rascheln. Modriger Geruch stieg aus dem feuchten Laub auf und eine eisige Nässe drang durch Schuhe und Socken.

»Mein Höschen ist schon ganz klamm!«, jammerte Miranda. »Und diese Feuchtigkeit ist ganz schlecht für meine Frisur!«

José musterte ihr Outfit und schüttelte bloß den Kopf. »Du wolltest ja unbedingt mitkommen. Also reiß dich zusammen und sei ein tapferes Schulmädchen! Vielleicht kauft dir Papa dann später einen Lollipop.«

Miranda verstummte schmollend und schnitt ihm eine Grimasse.

Wir duckten uns hinter dem Buschwerk, das die Lichtung säumte und von wo aus wir eine gute Sicht auf das Geschehen hatten. Hinter uns plätscherte ein Bächlein, eine offene Grasfläche trennte unser Versteck vom Festlokal. Unter dem Vordach glühte immer noch Kohle in einem monströsen Grill, Dutzende von Bierflaschen standen herum, der Boden war von Kippen übersät.

Angespannt verfolgten wir, was sich im Innern des Häuschens tat. Durch die hell erleuchteten Fenster erkannte man zwei lange, mit Teelichtern mager dekorierte Tische. Daran saßen rund dreißig mehrheitlich junge Männer und lauschten gerade ergriffen den Worten eines überraschend brav aussehenden Bürschchens mit stoppelkurzen Haaren und einer Vielzahl von Tattoos auf Armen und Hals. Frauen waren keine zugegen, schwarz die bevorzugte Kleiderfarbe, an den Wänden hingen Schweizerflagge, Reichsadler und Hakenkreuz. Ein Nazitreffen wie aus dem Bilderbuch, wobei ich die Existenz derartiger Bücher ernsthaft bezweifelte.

Wie auf Kommando erhob sich die Versammlung plötzlich, die Stühle wurden ruckartig zurückgeschoben und in strammer Haltung sangen die Burschen irgendetwas Inbrünstiges.

»So harmlos, wie das da zugeht, könnte es sich auch um ein Treffen des hiesigen Männerchors handeln«, kommentierte José die Gesangsdarbietung und Miranda kicherte. Der Regen hatte ihr Make-up verschmiert und im schwachen Lichtschein erinnerte ihr Gesicht immer weniger an ein japanisches Schulmädchen, dafür kamen Erinnerungen an Pennywise, Stephen Kings Horrorclown, auf.

Plötzlich reckten die Typen simultan ihren rechten Arm hoch und schrien so laut »Heil Hitler!«, dass es bis zu uns herüberdröhnte.

»Vielleicht doch nicht ganz so harmlos«, murmelte José.

In der Waldhütte wurden jetzt weitere Bierflaschen herumgereicht und die Fenster zum Lüften gekippt. Aus der Musikanlage kreischten Gitarren, begleitet von rasend schnellen Trommelwirbeln.

»Und wie gehen wir vor?«, wollte José wissen.

Eine berechtigte Frage. Wenn wir etwas über Adrian Bühler rausfinden wollten, führte kein Weg an einem Schwätzchen mit den Typen vorbei. Was einfacher klang, als es war. Wäre wenigstens einer von uns ein waschechter Schweizer gewesen, hätten wir es eventuell wagen können, uns für einen Schnupperabend einzuschmuggeln. Aber jedem Einzelnen von uns stand die Immigrantenbiografie deutlich ins Gesicht geschrieben.

Grübelnd guckte ich zu den aufgekratzt grölenden Burschen hinüber, als die Eingangstür der Hütte grob aufgestoßen wurde. Ein athletischer Kerl in einem Poloshirt trat unter dem Vordach hervor und stapfte zum nächststehenden Baum. Breitbeinig stellte er sich hin und öffnete den Reißverschluss seiner Hose; ein schweres Plätschern folgte. Obschon er im Halbdunkeln stand, konnte ich den Schriftzug auf der Rückseite seines – selbstverständlich schwarzen – Hemdes entziffern: *Thor Steinar* stand da in roter Fraktur geschrieben, eine in Rechtsradikalenkreisen beliebte Kleidermarke. Der Typ pfiff leise vor sich hin.

»Schade, dass die alle so krank im Kopf sind«, maulte Miranda. »Der sieht doch irgendwie geil aus, findet ihr nicht?«

José schnaubte genervt.

»Oder der kleine Anführer. So eine erotische Verschwendung!«

»Halt die Klappe!«, fuhr ich der wie immer paarungswilligen Miranda über den Mund.

Kaum war der Typ wieder in die Hütte reingetrampelt, schlenderte ein groß gewachsener, korpulenter Junge sichtlich lustlos ins Freie. Auch er war komplett schwarz gekleidet, sein dunkelbraunes Haar fiel ihm fettig in die Stirn. Er sah sich um und blähte die Wangen. Dann griff er nach einem der neben dem Eingang aufgestapelten Harasse und begann, die herumstehenden Bierflaschen einzusammeln. Er war mir schon zuvor aufgefallen, weil er ganz allein und verloren am unteren Ende des einen Tisches gesessen hatte. Niemand hatte sich mit ihm abgegeben. Sein jugendliches Alter legte die Vermutung nahe, dass er ein Novize war.

Der Junge trödelte herum. Nachdem er die erste Kiste gefüllt hatte, legte er eine Pause ein und nestelte ein Zigarettenpäckchen hervor.

In der Hütte drin waren sie ebenfalls dazu übergegangen, leere Flaschen zusammenzutragen. Offenbar stand der Aufbruch kurz bevor. Die Zeit wurde knapp für uns. Da es kaum zu einem ungezwungenen Plausch mit den Neonazis kommen würde, mussten wir uns dringend eine Alternative einfallen lassen.

Der Dicke steckte sich einen Glimmstängel an und kickte eine am Boden herumliegende Bratwurst in die Wiese hinaus, danach lehnte er sich gegen die Hüttenwand und starrte verdrossen in den Regen. José schnalzte leise und deutete mit einer Kinnbewegung zum Fenster.

Die Burschen hatten ihre Bierflaschen auf einem der Tische aufgereiht und guckten nun erwartungsvoll zu einem Punkt außerhalb meines Blickfelds. Unvermittelt tauchte der Redner von vorhin mit einem Blechkanister auf, ein pickeliger Typ mit ausgebleichten Jeans und Hosenträgern trug ihm einen roten Trichter hinterher. Zügig füllten sie die Flaschen auf, derweil riss ein anderer ein altes Hemd in schmale Fetzen.

Entsetzt sah ich José an. »Molotowcocktails«, formte ich mit den Lippen, zeitgleich dämmerte mir, was die Neonazis vorhatten. Der Todestag des Führers sollte wohl gebührend gefeiert werden.

»Alarmier du die Polizei!«, wies ich José an, der seinem beunruhigten Gesichtsausdruck nach zur selben Schlussfolgerung gelangt war wie ich. Während er sein Handy hervorholte, beobachtete ich den dicklichen Burschen. Er hatte die Zigarette ausgedrückt und watschelte jetzt zum Baum hinüber, dem offenbar die zweifelhafte Ehre als Freilufttoilette zugefallen war. Jetzt zählte jede Sekunde, für tiefschürfende Überlegungen blieb keine Zeit.

»Hast du etwas Scharfes in der Handtasche?«, flüsterte ich Miranda zu. Sofort begann sie, in ihrem Beutel herumzuwühlen, dabei klirrte Glas und etwas Blechernes schepperte.

»Nicht so laut, bist du verrückt?«

»*Du* hast nach was Scharfem verlangt. Hier!« Eingeschnappt hielt sie mir ein Fläschchen roter Habanerosoße vor die Nase. Eine höllisch feurige Chilizubereitung aus Südamerika.

Ich schlug mir die Hand vor die Stirn. »Mann, eine Waffe meinte ich!«

»Wieso sagst du das nicht gleich?« Mit einem gezielten Griff förderte sie eine Metallnagelfeile zutage. »So was in der Art?«

»Besser als nichts.«

Ich instruierte sie notdürftig, im nächsten Augenblick rannten wir geduckt über die Lichtung. Der Dicke fuhr herum, als er Geräusche hinter sich hörte, doch da war es bereits zu spät: Miranda drehte ihm blitzschnell den einen Arm auf den Rücken, während ich ihm die Spitze der Feile in das Fleisch seines Halses drückte und gleichzeitig einen von Mirandas Reservestrümpfen in seinen verblüfft offen stehenden Mund stopfte. Glücklicherweise war er bereits fertig mit Pinkeln.

»Mitkommen!«, zischte ich. »Ein Laut und ich schlitze dir mit der Feile die Halsschlagader auf.«

Trotz meiner Warnung trat der Bursche wütend nach Miranda, erst als ich den Druck mit der Waffe erhöhte, gab er sich gefügig. Doch kaum setzten wir uns in Bewegung, begann er, erneut zu bocken; wir kamen nur schrittweise vorwärts, obschon Miranda jedes seiner Ausweichmanöver mit einem schmerzhaften Ruck am verbogenen Arm parierte. Mit vereinten Kräften zerrten und schoben wir ihn übers nasse Gras unserem Versteck zu. Glücklicherweise war der aufgeweichte Grund von den ganzen Springerstiefeln schon ziemlich zertreten, sodass unsere Spuren nicht weiter auffielen. Hoffte ich zumindest.

Wir hatten knapp die Hälfte des Weges geschafft, als die Tür aufschwang und krachend gegen die Hüttenwand schlug, im Rahmen erschien die Silhouette eines Mannes. Gejohle und laute Musik drangen zu uns heraus. Miranda und ich erstarrten auf der Stelle, nur der Dicke wand sich verzweifelt unter unseren Griffen.

»Gleich geht's los, Jungs! Die Zeit ist reif für ein Grillfest!«, feuerte der Typ seine Kumpels drinnen an und erleichtert registrierte ich, dass er mit dem Rücken zu uns stand. Ich gab Miranda ein Zeichen und gehetzt schleiften wir den Dicken weiter, der sich nun noch heftiger zu wehren begann und dabei unterdrückte Schreie ausstieß. Nur dank dem Lärmpegel in der Hütte flogen wir nicht auf, der Kerl im Türrahmen schien nicht mitzubekommen, was hinter ihm gerade abging.

José eilte uns zu Hilfe und schnappte sich unerwartet die Beine unseres Opfers. Der Dicke stolperte und wäre wohl kopfüber in den Schlamm gestürzt, hätten Miranda und ich nicht geistesgegenwärtig fester angepackt. Die letzten Meter trugen wir ihn, Gesicht nach unten, und ließen ihn dann auf den Waldboden fallen.

Sofort kniete sich José auf ihn, während ich versuchte, mit weiteren Strümpfen seine Arme und Beine zu fesseln. Doch es gelang mir nicht, der Bursche strampelte sich immer wieder frei.

»Lass mich machen!«, unterbrach mich Miranda nach dem ungefähr fünften Versuch ungeduldig und zurrte die zappelnden Gliedmaßen mit wenigen Handgriffen zusammen. Panisch sog der Junge Luft durch die Nase, während mein Blick staunend vom nun bewegungslos daliegenden Paket zu meiner Freundin wanderte.

»Anfängerkurs Bondage«, erklärte sie grinsend. »Wurde in meinem früheren Job hin und wieder verlangt.«

Ich verzichtete auf weitergehende Fragen.

Kurzerhand schoben wir den Typen ins Dickicht hinter uns und kauerten uns dann wieder hin. Keuchend wischte ich mir die Mischung aus Schweiß und Regenwasser aus dem Gesicht und warf José einen fragenden Blick zu. Er nickte bloß. Die Polizei war alarmiert.

Die Versammlung befand sich eindeutig in Auflösung, ein erstes Grüppchen brach bereits mit Flaschen bewaffnet zu den Autos auf.

»Kommt! Lasst alles liegen, den Rest räumen wir später auf«, trieb der Anführer seine Mannschaft zur Eile an und jemand schaltete das Licht in der Waldhütte aus. Jäh umgab uns Dunkelheit.

»Jonas!«, rief einer der Männer. »Hat jemand den Jonas gesehen?«

»Der hat doch draußen aufgeräumt.«

»Arme Sau.«

»Am Anfang muss man da halt durch.«

»Vielleicht ist er schon vorausgegangen.«

»Wen kümmert's?«

Was weiter besprochen wurde, verlor sich im Geräusch des prasselnden Regens, die Burschen entfernten sich aufgekratzt krakeelend.

Nachdem ich mich überzeugt hatte, dass auch der letzte verschwunden war, erhob ich mich und lehnte mich aufatmend an einen Baumstamm.

Miranda lachte leise. »In den Klubs hätten wir jetzt nicht so viel Aufregung!«

»Aufs Alter hin verbringt man lauschige Abende auch gern mal in der freien Natur«, brummte José und überprüfte, wie es unserem Gefangenen ging. Offensichtlich lebte er noch, er wand sich wie eine fette Raupe auf dem Waldboden. Unsanft zog José ihn aus dem Unterholz. »Was jetzt? Ich bin klitschnass.«

»Dann mal rein in die gute Stube«, schlug ich vor.

Gemeinsam stellten wir den Dicken auf die Beine und bugsierten ihn zur Hütte rüber. Da wir ihm die Fesseln nur gelockert, aber nicht ganz abgenommen hatten, war er gezwungen zu hüpfen. Er sah aus wie eine Netzsalami auf der Flucht.

Die Tür des Waldhauses war – wie der überstürzte Aufbruch hatte vermuten lassen – unverschlossen, doch wir verzichteten darauf, Licht zu machen, und zündeten stattdessen ein paar Teelichter an. Geschockt sahen wir uns um.

Von außen war nicht zu erkennen gewesen, welch orkanartige Verwüstung in dem Raum herrschte. Da hatten einige Leute bei der Erziehung ihrer Sprösslinge zünftig versagt. Zerknüllte Papierservietten und übervolle Aschenbecher, wo man hinblickte, die Feuerstelle in der Mitte des Raumes war als Abfalleimer zweckentfremdet worden, es roch penetrant nach Bier und Rauch. Der Boden war dreckverschmiert und beinahe komplett mit Kartontellern, leeren Chipspackungen und Ähnlichem vollgemüllt, eine Bierlache breitete sich langsam zwischen den Tischen aus. Der pompöse Selbstinszenierungen liebende Führer wäre von den Feierlichkeiten zu seinem Todestag wohl leicht enttäuscht gewesen.

Nachdem Miranda die Verschnürung wieder angezogen und José den Burschen auf einen Stuhl gedrückt hatte, entfernte ich vorsichtig den Strumpf aus seinem Mund. Sofort entfuhr ihm ein Schwall wüster Ausdrücke, die im amerikanischen Fernsehen für ein Dauerpiepen gesorgt hätten. Unbeeindruckt von seiner Tirade zogen Miranda und ich Stühle heran und setzten uns, während José in der Küchennische drei übrig gebliebene Bier auftrieb. Wir warteten ab, bis dem Jungen die Schimpfworte ausgingen.

»Ihr Scheißkanaken! Verdammte ... verdammte ...«

»Wir sind keine Kanaken«, berichtigte Miranda ihn in belehrendem Ton und einen Augenblick lang sah es aus, als wollte sie dem Neonaziaspiranten einen Vortrag über kulturelle Vielfalt halten.

Obschon da vermutlich Aufholbedarf geherrscht hätte, brüllte der Dicke sie bloß an: »Verpiss dich, du blöde Schlampe!«

»Jetzt reicht's aber!« Ich verschob meinen Stuhl direkt vor seinen und fixierte ihn.

»Wenn meine Kumpels zurückkommen ...«, geiferte er, während ihm der Speichel übers Kinn lief.

»Falls! Falls deine Kumpels zurückkommen, Jonas, werden sie sich vor allem eins fragen: Wer hat die Polizei alarmiert und damit den Anschlag auf das Asylzentrum vereitelt? Rat mal, zu welchem Schluss sie kommen werden, wenn ihnen einfällt, wer bei dem kleinen Ausflug nicht dabei gewesen ist. Und wenn sie dich dann auch noch ganz allein hier vorfinden …«

Verunsichert flog sein Blick von mir zu Miranda und dann zu José. Keiner verzog eine Miene.

Ich hoffte derweil inständig, dass die Polizei rechtzeitig vor Ort eingetroffen war und das Schlimmste hatte verhindern können.

»Ha! Ich werde ihnen alles erklären.«

Miranda verdrehte die Augen. »Genau, deinesgleichen ist ja bekannt dafür, Opfern geduldig zuzuhören. Gerade wenn das Abfackeln eines Asylzentrums jämmerlich in die Hose gegangen ist und alle stinksauer sind.«

»Und du hast sicher mitbekommen, was sie mit Verrätern machen«, fügte José hinzu.

Drei Gesprächspartner zur selben Zeit – das überforderte den Jungen heillos, ich konnte es an seinem dümmlichen Gesichtsausdruck erkennen. Ich befürchtete, dass wir uns mit dem Novizen den denkbar ungünstigsten Informanten aus der gesamten Truppe geschnappt hatten. Vielleicht wusste er nicht einmal, wer Adrian Bühler war.

»Aber möglicherweise lassen wir dich auch rechtzeitig frei, bevor die anderen zurückkehren. Oder die Polizei. Aber dazu musst du kooperieren.«

Fremdwörter, schwierige Angelegenheit, dachte ich noch, da tönte er schon: »Mit euch werde ich sicher nicht kopulieren, ihr seid doch alle krank!«

»Kooperieren.«

»Hä? Ich lass mich doch nicht von Scheißkanaken erpressen! Und was hat die Alte da überhaupt für einen Fummel an?« Er deutete mit dem Kinn auf Miranda.

»Wir sind erstens keine Kanaken«, wiederholte diese geduldig. »Und zweitens verstehst du das nicht, Stil und Eleganz sind ja nicht gerade eure Kernkompetenzen.«

José deutete unauffällig auf seine Armbanduhr. Wir vergeudeten wertvolle Minuten mit Geplänkel.

Entschlossen lehnte ich mich vor. »Wo steckt Adrian Bühler?«

Die Augen des Burschen verengten sich zu hinterhältigen Schlitzen. »Ach so! Hinter dem seid ihr also her!«

»Wo ist er?«

Ein selbstgefälliges Grinsen machte sich auf seinem teigigen Gesicht breit, doch er sagte kein Wort.

»Zwing uns nicht, Gewalt anzuwenden.« Der Satz klang selbst in meinen Ohren lächerlich.

Jonas blies denn auch unbeeindruckt die Backen auf. Vielleicht war er doch nicht ganz so begriffsstutzig, wie ich eben angenommen hatte. Entkamen seine Kumpels der Polizei und kehrten hierher zurück, wurde es brenzlig für uns – egal, ob der Anschlag gelungen war oder nicht. Traf nur die Polizei ein, war es vorbei mit unserer kaum legalen Befragung. Zweifelsohne war ihm das auch aufgegangen, deswegen wirkten unsere Drohungen bestenfalls verstörend auf ihn, ganz sicher aber nicht angsteinflößend.

Hilfesuchend schielte ich zu José hinüber, doch der schien genauso ratlos wie ich.

»Jetzt wisst ihr nicht mehr weiter, was?«

»Uns wird gleich was einfallen.«

»Dann beeilt euch besser, denn meine Freunde sind bald zurück.«

»Deine Freunde sind auf dem Weg zum Polizeiposten.«

»Wenigstens nach einer guten Tat.«

»Du bist auch noch stolz darauf.«

»Wir stehen eben für unser Land ein.«

»Feige Ratten seid ihr!«, entfuhr es mir, einen Wimpernschlag später traf mich seine Spucke im Gesicht.

»Scheißkanaken!«

»Wir sind keine verdammten Scheißkanaken!« Überraschend war Miranda aufgesprungen und packte mit der einen Hand grob den Unterkiefer des Dicken. Mit der anderen hielt sie etwas umklammert und machte blitzschnell ein paar Schüttelbewegungen in seinen geöffneten Mund hinein.

Ein paar Sekunden lang geschah gar nichts, dann begann der Junge zu röcheln, er riss die Augen auf und das Gesicht lief puterrot an. An Stirn und Schläfen traten Adern hervor und Schweiß schoss ihm aus allen Poren. Er stieß ein heiseres Bellen aus, nur um anschließend zu hecheln wie ein Dackel nach einem Jagdausflug. Seine Stimme war nur mehr ein Krächzen, als er Miranda anfuhr: »Du verdammte Hurenschlampe!«

»Nochmals von vorn: Wo ist Bühler?«, säuselte diese und schwenkte dazu das Fläschchen mit der Habanerosoße. »Ich hab dir das Zeugs übrigens nur aus reiner Bequemlichkeit in den Mund geschüttet. Beim nächsten Versuch könnte ich durchaus andere Körperöffnungen in Betracht ziehen.«

Hasserfüllt stierte Jonas sie an, schwieg aber eisern. Der Schweiß lief ihm jetzt übers Gesicht und hinterließ dunkle Flecken auf seinem T-Shirt. Miranda trat erneut an ihn heran, bog unsanft seinen Kopf nach hinten und brachte das Fläschchen gefährlich nah über sein rechtes Auge. Ein einzelner Tropfen giftig roter Flüssigkeit baumelte am Flaschenrand.

»Ich weiß es nicht, ich weiß es wirklich nicht«, stammelte der Junge hastig. »Keine Ahnung, wo Bühler steckt. Hab den Typen länger nicht mehr gesehen.«

»Aber er hat bei eurem Verein mitgemacht?«, wollte ich wissen.

»Nur für kurze Zeit.«

Miranda ließ Jonas los und aufatmend senkte er seinen Kopf. Er verrenkte seinen Hals, bis es knackte.

»Weshalb?«, wollte ich wissen.

Er zögerte und blickte argwöhnisch zu Miranda hinüber, die sich wieder auf ihren Stuhl gesetzt hatte.

»Wes-ha-halb?«, wiederholte ich ungeduldig.

Jonas schluckte. »Wir … wir hatten diese Idee mit dem Anschlag schon vor einigen Monaten. Doch als die Sache endlich konkret wurde, stieg Bühler von einem Tag auf den anderen aus. Ein paar Asylanten abfackeln war ihm wohl nicht edel genug. Er sagte, er wolle was für die Schweiz tun, aber es sollte ›nachhallend‹ sein.«

»Nachhaltig.«

»Sag ich doch. Weibergeschwätz. Erst dachten wir, wir müssten uns um ihn kümmern …«

»Hat er gedroht, euch zu verraten?«

»Ja, also nein. Ich meine, der wusste einfach alles. Doch dann hörten wir, dass er mit diesem Winkelried gemeinsame Sache macht. Keine Ahnung, wie dieser Verlierer an den rangekommen ist.«

»Winkelried?«, wiederholte ich atemlos.

Jonas nickte wichtigtuerisch. »Der gilt für viele in der Szene immer noch als Guru oder so etwas in der Art und wird abgöttisch verehrt.«

»Wer ist er?«

»Sehe ich aus wie ein verdammter Alleswisser, Mann? Das weiß keiner, keiner, den ich kenne. Irgend so ein ehemaliger Militärfreak, sagen manche, vielleicht aber auch ein Multimillionär oder so.«

»Hatte er mit euch zu tun?«

Jonas schüttelte den Kopf. »Hat sich distanziert. Angeblich dreht er grad sein eigenes Ding, eine größere Sache, aber das sind nur Gerüchte. Es gibt Leute, die halten ihn deswegen bloß für einen Schwätzer. Internet und so, die ganzen Kommentarspalten. Die sagen, dass er vielleicht mal ein Macher gewesen ist, aber jetzt nichts mehr auf die Reihe kriegt.«

»Was glaubst du?«

»Ich?«, machte der Junge erstaunt. Offenbar war er nicht gewohnt, dass man ihn nach seiner Meinung fragte. »Ich glaube, der hat schon was drauf. Einfach so bekommt man nicht so einen Ruf.«

»Kennst du seinen richtigen Namen?«

Verstockt glotzte mich Jonas an und presste die Lippen zusammen, bis Miranda drohend das Fläschchen schüttelte.

»Keine Ahnung.«

Gemächlich stand meine Freundin auf, griff beinahe zärtlich in sein Haar und zog den Schädel nach hinten. Danach steckte sie ihm den Flaschenhals ins rechte Nasenloch. Dass der Deckel noch drauf war, konnte Jonas nicht sehen.

»Du Miststück!«, jaulte er auf und seine Stimme überschlug sich vor Panik. »Bist du jetzt komplett verrückt geworden? Verdammte Scheiße!«

»Du klingst verschnupft, Schätzchen«, meinte sie und ließ ihn wieder los.

Der Bursche schnappte nach Luft und blähte die Nasenflügel, erst als er bemerkte, dass die erwarteten Höllenqualen ausblieben, beruhigte sich seine Atmung etwas.

»Wir waren bei Winkelrieds richtigem Namen.«

»Keiner von uns kennt den persönlich oder weiß, wo der wohnt. Der Typ ist ein verdammtes Phantom.«

»Vielleicht nennt er sich deshalb Winkelried. Der ist ja höchstwahrscheinlich auch nur eine Erfindung.«

»So einen Dreck kann auch nur ein Scheißkanake behaupten!« Wütend spuckte Jonas auf den Boden. »Winkelried existiert und er wird wie damals die Schweiz befreien!«

Wenn ich mich korrekt an den Geschichtsunterricht erinnerte, soll Arnold Winkelried bei der Schlacht von Sempach 1386 ein Bündel Speere der feindlichen Habsburger gepackt und, indem er sich selbst aufspießte, eine Bresche für die Eidgenossen geöffnet haben. Die Großtat des Märtyrers war zwar entscheidend für den Sieg der Urschweizer, seine Existenz wird allerdings von Geschichtsforschern angezweifelt – ähnlich wie diejenige des Volkshelden Wilhelm Tell. Die Verehrung von mythischen Sagengestalten – es gab zwischen schweizerischer und indischer Kultur durchaus auch Gemeinsamkeiten.

Beunruhigt sah Jonas auf, als José sich jetzt erhob und zum Aufbruch drängte. »Was habt ihr mit mir vor?«

»Ich könnte ihn als Haushalthilfe gebrauchen«, überlegte Miranda laut. »Mein eigener Nazi, handzahm und stubenrein. Ich verspreche, ihn auch artgerecht zu halten, regelmäßig mit Eintopf zu füttern und hin und wieder die Hacken zusammenschlagen zu lassen. Sonntags dürfte er Bücher verbrennen und wirre Reden halten, an seinem ausgestreckten Arm könnte man Wäsche aufhängen oder Weihnachtsschmuck in der Adventszeit. Und wenn er sich gut aufführt, kaufe ich ihm einen Bausatz, damit er im Hinterhof sein eigenes kleines Kon…«

»Miranda!«

»Ich glaube, wir lassen ihn doch besser hier. Zur Einzelhaltung sind die nicht geeignet. Am wohlsten fühlen sie sich unter ihresgleichen, Fremdes erschreckt sie bloß.«

»Und wenn sie zurückkommen?«, fragte Jonas besorgt.

»Dann kannst du ihnen ja in aller Ruhe erklären, was vorgefallen ist. Genau so, wie du vorhin behauptet hast.«

Ich ging auf die Tür zu, José und Miranda folgten mir.

»Bindet mich los, ihr Schwachköpfe!«, schrie uns der Dicke hinterher.

Einzig José wandte sich nach ihm um. »Es soll doch auf den ersten Blick klar sein, dass du gesungen hast. Sonst bringen wir dich noch um das vergnügliche Wiedersehen mit deinen Kumpels.«

Ich trat hinaus in die kühle Nacht. Noch immer fiel Regen und ein gleichmäßiges Rauschen erfüllte den Wald. Ich blieb unter dem Vordach stehen und zog die Zigarettenschachtel hervor, im selben Augenblick zersplitterte eine Flasche nur ein paar Meter neben mir. Sofort schossen Flammen hoch und leckten an der Verschalung der Hütte. Instinktiv wich ich zurück in die Unterkunft, was sich als folgenschwerer Fehler erwies: Der nächste Molotowcocktail durchbrach eine Fensterscheibe. Innert Sekunden hatte der Holzboden Feuer gefangen, zwei Stühle brannten lichterloh und ein Flammenmeer loderte dort auf, wo die Burschen beim Flaschenabfüllen Benzin vergossen hatten. Stickiger Rauch verschlug mir beinahe den Atem und erschwerte die Sicht. Eine Detonation direkt vor dem Eingang ließ mich weiter zurücktaumeln.

»Hier!«, rief José und warf mir eine der Flaggen zu, die er von der Wand gerissen hatte. »Schützt euch damit und dann nichts wie raus!«

Etwas verstört drückte ich mir den Reichsadler vor Mund und Nase und stolperte auf den Ausgang zu.

»Nicht schon wieder!«, moserte Miranda, die die Schweizerfahne erwischt hatte, und in Gedanken stimmte ich ihr zu. Bei unserem letzten größeren Fall waren wir in einer brennenden Scheune gefangen gewesen und nur mit knapper Not entkommen. Diesmal war die Lage nicht ganz so aussichtslos. Zwar stand die Tür in Flammen, doch immerhin war sie sperrangelweit offen. Ich hielt den Atem an und rannte als Erster ins Freie.

Der Fausthieb traf mich am Kinn und schleuderte meinen Kopf seitlich weg, im nächsten Moment ließ mich ein derber Schlag in die Magengegend zusammenklappen. Der Schmerz explodierte erst eine Sekunde später. Ich bekam keine Luft mehr und fühlte mich wie gelähmt. Als ich stöhnend zur Seite rollte, sah ich Miranda wie in einem verschwommenen Film aus der Hütte stürzen, den Mund zu einem Schrei geöffnet, in der hoch erhobenen Hand die Habanerosoße. Der Typ im schwarzen Pullover heulte auf, gleich darauf rammte sie ihm das Knie in die Weichteile. Mit schmerzverzerrter Miene ging er zu Boden. José hatte in der Zwischenzeit den zweiten Angreifer in den Schwitzkasten genommen, während Miranda hastig ihre Flagge in Streifen riss. Ehe ich wieder richtig bei Besinnung war, hatten sie die beiden Neonazis zu zwei handlichen Päckchen verschnürt – Bondage sei Dank.

Glücklicherweise waren nur zwei von ihnen aufgetaucht, den Rest hatte hoffentlich die Polizei verhaftet.

Rasch schleifte Miranda die beiden Gefangenen von der brennenden Hütte weg, derweil mir José auf die Beine half. Mühsam stützte ich mich auf ihn und humpelte aus der Gefahrenzone, als wir drin jemanden um Hilfe schreien hörten.

»Mist, den haben wir ganz vergessen!«, stieß ich mühsam hervor. Meine Magengegend schmerzte immer noch und das Atmen bereitete mir Mühe.

Miranda verzog das Gesicht, als sie das Inferno hinter uns erblickte. »Sollen wir überhaupt ...?«

»Lass uns nicht so sein.«

»Wie du mir, so ich dir?«

»Dann würden wir uns auf deren Niveau herablassen.«

Die Schreie wurden schriller.

»Wenn er wenigstens sexy wäre.«

»Tief verborgen hat der sicher irgendwelche inneren Werte.«

Miranda seufzte. »Ja, ja, das behaupten sie immer. Hoffentlich ist er noch nicht angesengt. Verbranntes Menschenfleisch stinkt abscheulich.«

»Wieso kennst du dich eigentlich mit all diesen Dingen aus?«

»Womit?«

Ich machte eine Handbewegung, welche nicht nur die beiden verschnürten Neonazis, sondern die Ereignisse des ganzen Abends einschloss.

»Das Leben«, erwiderte sie nach kurzem Überlegen. »Das Leben hat mich all das gelehrt.«

Dann rannte sie los.

Es roch angekokelt in meinem Käfer. Aus Mirandas Frisur stieg immer noch Rauch, die Schulmädchenuniform sah mitgenommen aus und war voller Brandflecken, ihr Gesicht rußverschmiert. Während José den Wagen aus dem Wald steuerte, betastete ich meinen schmerzenden Kiefer und wischte behelfsmäßig das Blut von der Nase. Danach zündete ich mir eine Zigarette an und reichte die Schachtel wortlos an José weiter. Rauchend guckten wir auf Zürich hinunter. An einem sonnigen Tag hätte man von hier oben einen spektakulären Blick gehabt. Die verregneten Fensterscheiben verliehen den nächtlichen Lichtern der Stadt etwas Magisches, es war, als breitete sich ein funkelndes Sternenmeer unter uns aus.

Kaum waren wir in die asphaltierte Straße eingebogen, die von der Anhöhe hinunterführte, blendete uns rotierendes Blaulicht, Sirenen heulten auf. Ich zuckte zusammen, als die Rettungsfahrzeuge in einem Höllentempo an uns vorbeirasten. Wir hatten zuvor bei der Meldestelle den Hinweis auf drei verschnürte Jungs und eine lichterloh brennende Waldhütte hinterlassen, waren aber dann unverzüglich aufgebrochen. Keiner von uns hätte es ausgehalten, Däumchen drehend zu warten, während wir nicht wussten, ob die Polizei den Anschlag auf das Asylzentrum hatte verhindern können.

Noch ehe wir Altstetten erreicht hatten, bemerkte ich die vielen Menschen, die trotz der mitternächtlichen Stunde noch unterwegs waren. Je näher wir dem Bahnhof kamen, desto mehr wurden es, aus allen Richtungen strömten sie zusammen, drängelten sich durch die Unterführung und steuerten zielstrebig auf das Asylzentrum hinter den Gleisen zu. Die Nachricht musste sich wie ein Lauffeuer verbreitet haben.

Die flackernden Blaulichter waren bereits aus der Ferne auszumachen, doch an ein Durchkommen war nicht zu denken. Die Gaffer blockierten alle Zufahrtswege, überall hochgehaltene Handys, die das Geschehen filmten. Wir ließen den Wagen stehen und gingen die letzten Meter zu Fuß. Auf dem ganzen Areal wimmelte es von Polizeiautos und Ambulanzen, drei Fahrzeuge der Feuerwehr waren vor Ort und natürlich die Medien mit ihren Übertragungswagen. Ganz vorn an der Absperrung glaubte ich im gleißenden Licht einer Kamera den TV-Reporter Matthias Glättli zu erkennen, doch dann drängte mich eine voluminöse Zuschauerin unsanft zur Seite und walzte sich ihren Weg rücksichtslos durch die Menge. Dass die ganze Maschinerie nach Josés Anruf derart schnell in Gang gesetzt worden war, erstaunte mich.

»Ihr nach!«, forderte José uns auf und deutete auf den Rücken der Frau. Wie ein Ozeandampfer durchpflügte sie die Menschenmasse und in ihrem Kielwasser erreichten wir innert Rekordzeit die Absperrung.

José zog sein Handy aus der Hosentasche und drückte eine Schnellwahltaste, kurz darauf sah ich Fiona aus einem der Polizeifahrzeuge steigen. Mit eisiger Miene kam sie auf uns zu.

»Vijay!«, herrschte sie mich an, doch ich fiel ihr rasch ins Wort: »Ich kann dir alles erklären!«

»Das höre ich andauernd.« Sie schoss einen noch eisigeren Seitenblick auf José ab, falls das überhaupt möglich war. Sie war stinksauer, dennoch winkte sie uns unter der Absperrung durch und führte uns von den Zuschauern weg.

»Ich habe gedacht, wir hätten das geklärt!«, fauchte sie, sobald wir zwischen den Dienstfahrzeugen standen, wo uns keiner der Gaffer mehr hören konnte. »Wir Polizei, du Detektiv. Wir ermitteln, du hältst dich raus. Welchen Teil davon hast du nicht begriffen?«

»Es tut mir leid«, spielte ich den Zerknirschten, doch Fiona lachte nur höhnisch.

»Mir kannst du nichts vormachen. Kaum dreh ich dir den Rücken zu, machst du einfach weiter, als ob nichts gewesen wäre. Doch diesmal kommst du damit nicht durch.«

»Ich wollte nur …«

»Nein! Verdammt noch mal, lass mich ausreden! Euer Benehmen war verantwortungslos und grob fahrlässig. Ihr wart nicht ansatzweise vorbereitet, als ihr da raufgegangen seid! Briefing? Bewaffnung? Eine aufeinander abgestimmte Vorgehensweise? Das habt ihr ja nicht nötig, euch kann eh nichts passieren. Denn eure supercoole Aura schützt euch sowieso, nicht? Was habt ihr euch bloß gedacht? Das ist nicht dasselbe wie Ladendiebe im Supermarkt zu überführen, was ihr da treibt, ist verdammt gefährlich! Geht das nicht in eure bekloppten Köpfe rein? Ihr tollt mit Neonazis rum, als wären das niedliche Tierchen im Streichelzoo!« Aufgebracht ließ sich Fiona gegen den Wagen hinter ihr fallen. »Ihr verdammten Kindsköpfe! Wie könnt ihr bloß so dämlich sein?« Sie schlug die Hände vors Gesicht.

Betreten wechselte ich einen Blick mit José. Miranda trat an Fiona heran und legte ihr besänftigend den Arm um die Schulter, worauf diese den Kopf hob und irritiert das Schulmädchenoutfit musterte.

»Wir haben die Situation unterschätzt«, lenkte Miranda ein, bevor Fiona irgendwelche Fragen stellen konnte.

»Kann man wohl sagen.« Schniefend wischte sie sich mit dem Jackenärmel über die Nase und sah uns an. »Ich habe mir Sorgen gemacht um euch! Könnt ihr das nicht verstehen?«

Einen Moment lang herrschte Stille. Endlich löste sich José aus seiner Erstarrung und ging zu Fiona hinüber. Sie sträubte sich gegen seine Umarmung, erst als er leise auf sie einsprach, gab sie ihren Widerstand auf.

Jäh kehrten die Umgebungsgeräusche zurück. Das Murmeln der Menge, die angestrengten Stimmen der Fernsehreporter, das konstante Plätschern des Regens. Ein gespenstisch leuchtender Schein hing über der Szene und verlieh ihr etwas Surreales.

Ich starrte durch die endlos fallenden Regentropfen, sie glitzerten wie winzige Diamanten. Die Baracken waren unversehrt. Menschen standen mit besorgten Gesichtern in den Eingängen, sie schauten aus den Fenstern, Kinder auf den Armen. Ein kleines Mädchen weinte. Sie hatten Glück gehabt. Diesmal.

»Wir haben einen Hinweis darauf, wo Bühler sein könnte«, bemerkte ich.

Nach ein paar Atemzügen löste sich Fiona von José und ich sah, dass sie geweint hatte. Vielleicht wurde ihr das alles zu viel, die in Schieflage geratene Beziehung, die Belastung im Job, ihre Rolle als Mutter. Ich hätte es verstanden.

»Was sagst du da?« Ihre Stimme klang brüchig, doch ihre Miene machte deutlich, dass ich ihre volle Aufmerksamkeit hatte. Ich wiederholte meine Worte.

»Und wo ist er?«

»Bei jemandem namens Winkelried.«

»Winkelried?«

»Der Mann muss ein Phantom sein«, erklärte ich. »Angeblich weiß niemand, wer er ist oder wie er wirklich heißt. In der Rechtsradikalenszene wird er von den einen verehrt, von den anderen belächelt. Bühler ist bei den Neonazis ausgestiegen und seither hat er mit ihm zu tun – inwiefern, konnten wir nicht in Erfahrung bringen. Aber laut unseres Informanten, plant dieser Winkelried etwas Größeres.«

»Dieser Informant, ist er glaubwürdig?«

»So glaubwürdig, wie ein Neonazi halt sein kann.«

»Und er hat einfach so mit euch geplaudert?«

»Nun …«

»Sagen wir mal so: Ich habe ihn mit meinem südamerikanischen Feuer betört«, kam mir Miranda zu Hilfe.

»Ach?«

Bevor Fiona weiterbohren konnte, wandte ich mich hastig an José: »Und ihr bei der Zeitung habt auch keine weiteren Informationen zu Winkelried? Immerhin ist er einer eurer eifrigsten Onlinekommentatoren.«

»Und einer der kontroversesten«, bestätigte José. »Wir wissen aber kaum etwas über ihn. Er steht politisch am äußersten rechten Rand, hetzt entsprechend gegen Ausländer, hält sich aber auch mit Beleidigungen gegen Politiker selbst aus den eigenen Reihen nicht zurück. Leider haben wir trotz ausführlichen Recherchen bis heute nicht herausgefunden, wer sich hinter dem Pseudonym versteckt.«

»Über die IP-Adresse sollte doch wenigstens sein Internetanschluss zu lokalisieren sein«, wandte Fiona ein.

»Der Typ ist raffiniert und kommentiert von unterwegs. Cafés mit Wifi, öffentliche W-Lan-Zonen, es kam auch schon vor, dass er sich über ein Ausstellungsgerät im Applestore eingeloggt hat. Unmöglich, den Kerl auf diesem Weg ausfindig zu machen. Wir haben ihn mehrfach über die im Profil hinterlegte E-Mail-Adresse kontaktiert und ihn zu Diskussionsrunden, Podiumsgesprächen und ähnlichem eingeladen, doch er ist nie darauf eingegangen.«

»Er lässt sich also durch nichts aus der Reserve locken«, fasste Miranda zusammen.

»Und schon wieder verliert sich die Spur von Adrian Bühler«, stellte Fiona ungehalten fest. »Der Mann ist und bleibt wie vom Erdboden verschluckt. Unsere ganzen Nachforschungen haben rein gar nichts gebracht. Und seine Frau ist auch keine große Hilfe. Sie verweigert die Zusammenarbeit nicht direkt, gibt sich aber sehr verschlossen. Als hätte sie etwas zu verbergen.«

»Wart ihr schon im Haus?«, erkundigte ich mich.

»Du meinst, wegen den paranoiden Sicherheitsvorkehrungen? Das allein ist es nicht. Ich werde das Gefühl nicht los, dass die Frau mehr weiß, als sie uns sagt.«

»Wie so viele«, scherzte ich.

Immerhin konnte ich Fiona damit ein schwaches Lächeln entlocken. Die Wogen zwischen uns hatten sich etwas geglättet. Hoffentlich nicht nur vorübergehend.

»Ich glaube, wir könnten alle etwas Schlaf vertragen«, gähnte Miranda und ich stimmte ihr sofort zu.

»Ich muss leider noch eine Weile hierbleiben.« Fiona brachte die Frisur in Ordnung und ging auf ihren Wagen zu. »Glücklicherweise hat uns der Anruf rechtzeitig erreicht.«

»Viel Zeit hattet ihr nicht gerade zur Verfügung«, wandte ich ein.

»Doch, doch. Sie reichte aus, um vorsichtshalber das

Asylzentrum zu evakuieren und eine Strategie zu entwickeln, wie wir den Burschen den Weg abschneiden und sie ohne Kollateralschäden verhaften konnten. Ein paar wenigen gelang es zwar trotzdem, die Absperrung zu durchbrechen, die mutmaßlichen Drahtzieher haben wir aber alle erwischt.«

Irritiert blickte ich auf die Uhr. »Da wart ihr aber unglaublich flink. José hat dich erst gegen Mitternacht angerufen.«

»Deshalb war ich ja auch so in Sorge. Ich hatte keine Ahnung, dass ihr da mit drinsteckt. Die gesamte Mannschaft stand vor Ort bereit zum Zugriff, in dem Moment hätten wir hier keinen einzigen Beamten entbehren können.«

»Ihr wusstet schon vorher davon?«

»Natürlich.« Fiona sah mich verwundert an. »Der erste Anruf kam ja viel früher, um sieben Uhr etwa.«

»Von wem?«

»Einem anonymen Anrufer, habe ich das nicht erwähnt?«

Donnerstag

Während sich die Frauen dank eines seit Jahrzehnten andauernden Gleichstellungskampfs schrittweise Respekt verschafft und Selbstvertrauen gewonnen hatten, fläzten sich die Männer immer noch rülpsend, Bier trinkend und Fußball guckend auf den Sofas der westlichen Welt herum und glaubten ihre Privilegien in Sicherheit. Eine mehr als fahrlässige Haltung, wie sich im Alltag zeigte. Zwar verdienten die Frauen trotz aller Bemühungen immer noch weniger als Männer in vergleichbaren Positionen und es gab etliche Bereiche, wo hinsichtlich Gleichberechtigung dringend Handlungsbedarf bestand. Doch was Achtung anging, waren sie uns eindeutig voraus. Denn kein Mann, dem seine externen Fortpflanzungsorgane teuer waren, würde es wagen, einer Frau zu sagen: »Deine Brüste sind ja schrumpeliger als die Luftballons am Morgen nach einer Silvesterparty.« Oder: »Hinge dein Arsch nur ein paar Millimeter weniger tief, könnte man deine Kniekehlen bewundern.« So etwas sagten nicht einmal Frauen zu anderen Frauen, obwohl die üblicherweise wenig zimperlich miteinander umsprangen.

Umgekehrt allerdings schien niemand die geringsten Bedenken zu haben, Männern ihre körperlichen Unzulänglichkeiten unter die Nase zu reiben. »Bei George Clooney sehen graue Haare wenigstens sexy aus«, gehörte noch zu den harmloseren Bemerkungen, die man als Mann jenseits der Dreißig immer wieder zu hören bekam. »Hattest wohl einen guten Winter?«, »War dein Haarwuchs letztes Mal nicht irgendwie dichter?« oder »Zählst du deine Kinne eigentlich jeden Morgen durch?«, waren im Tonfall schon giftiger und wurden ringsherum meist mit ausgelassenem Gewieher quittiert. Dabei wurde stets einhellig erwartet, dass man sich als Betroffener über solche Seitenhiebe köstlich mitamüsierte. Manchmal steckte ich diese Angriffe ganz gut weg und hielt den Sticheleien meinen schweren Knochenbau oder den trägen Stoffwechsel entgegen, an anderen Tagen haderte ich ernsthaft mit meiner von Whisky, indischem Essen und einer höchstwahrscheinlich genetisch bedingten Bequemlichkeit angegriffenen Konstitution.

Deshalb hatte ich mir vorgenommen, zwecks körperlicher Ertüchtigung mindesten drei Mal pro Woche das *Hallenbad City* aufzusuchen. Ein helles und zweckmäßiges Gebäude im Stil der klassischen Moderne mit gigantischen Fensterfronten, Anfang der Vierzigerjahre eingeweiht und erst kürzlich rundum renoviert. Ein Fünfzigmeterbecken bildete dabei das Herzstück der vielseitigen Anlage. Eine revolutionäre Neuerung waren die Bewegungsmelder, die automatisch regloses Material registrierten. In Anbetracht der älteren Damen, die stets paarweise schnatternd die Bahn blockierten und sich mit Blümchenhaube bewehrt von der Strömung vom einen Beckenrand zum anderen treiben ließen, wunderte ich mich, dass der Alarm nicht häufiger losging.

Wie jedes Mal musste ich mich erst überwinden, ins Wasser zu steigen. Nicht, weil es zu kalt gewesen wäre. Angesichts der schuppigen Haut und schwärenden Wunden, der verrotzten Nasen, gelben Zehennägel und fettigen Haare anderer Badbesucher fragte ich mich aber bange, was davon wohl im Becken zurückblieb. Keineswegs zu meiner Entspannung trugen dabei diejenigen Leute bei, die überzeugt davon waren, mit ihrer Ausdünstung und Körperabsonderungen jeglicher Art allen eine Freude zu bereiten, und deshalb auf eine vorherige Dusche verzichteten. Mit dem Todesmut eines Märtyrers kniff ich dennoch die Augen zu und warf mich ins Nass.

Während ich den üblichen Kilometer abspulte, fand ich endlich die Muße, gründlich nachzudenken. Dieser Fall frustrierte mich zunehmend. Nachdem ich überzeugt gewesen war, Bühler einen Schritt näher gekommen zu sein, hatten wir seine Spur erneut verloren. Zwar wussten wir, dass er irgendetwas mit diesem Winkelried zu tun hatte, doch solange wir nicht herausfanden, wer der Mann war, kamen wir auch nicht an Bühler ran. Immerhin gab es eine mögliche Übereinstimmung zwischen dem Onlinekommentator Winkelried und der Ikone der Rechtsextremen, doch ungreifbar wie er war, half uns diese Erkenntnis momentan auch nicht weiter. José und ich waren uns gestern Abend aber ziemlich sicher gewesen, dass der anonyme Anruf von Bühler gekommen sein musste. Denn der war vermutlich als einziger Außenstehender über den geplanten Anschlag informiert gewesen und hatte sein Wissen garantiert mit Winkelried geteilt. Was mir ernsthaft Sorgen bereitete, war der Grund für diesen Verrat.

Hinter mir brodelte das Wasser und erschrocken paddelte ich zur Seite. In letzter Sekunde konnte ich so einem dieser Kampfkrauler ausweichen, die mit jedem rücksichtslosen Zug deutlich machen mussten, dass sie auf der Überholspur waren, im Schwimmbecken und im Leben sowieso. Leider konnte der Typ mein Augenrollen nicht sehen. Nachdem ich auf eine andere Bahn gewechselt war, kehrte ich zu meinem Denkansatz zurück.

Eigentlich lag der Übergriff genau auf Winkelrieds Linie, das drückten seine rassistischen Kommentare mehr als deutlich aus. Weshalb vereitelte er dann mithilfe von Bühler den Anschlag? Aus Mitleid mit den Asylanten? Da hätte er wohl laut aufgelacht. Gesinnungswechsel? Kaum. Wollte er den Neonazis eins auswischen? Der dicke Jonas hatte erwähnt, dass sich Winkelried von ihnen distanziert hatte.

Ich stützte mich mit den Unterarmen auf den Bassinrand, um kurz zu verschnaufen. Meine Kondition ließ eindeutig zu wünschen übrig. Ernüchtert drehte ich mich um und ließ einem dieser Rückenschwimmer den Vortritt, die stets derart wild mit den Armen ruderten, dass man sich nicht sicher sein konnte, ob sie gerade am Ertrinken waren oder einfach nur einen exaltierten Schwimmstil pflegten. Ich holte tief Luft und wollte gerade abtauchen, als mich ein Gedanke durchzuckte. Was, wenn der Grund ein ganz anderer war? Ein abgebranntes Asylantenheim mit vermutlich Dutzenden von Toten würde die aufgebrachte Stimmung im Volk augenblicklich in Mitleid umschlagen lassen. Darüber musste sich Winkelried im Klaren gewesen sein. Hatten die beiden den Anschlag ausgebremst, weil sie kein Bedauern mit Asylbewerbern aufkommen lassen wollten? Weil Winkelried das Volk wütend brauchte? Aber wozu? Ich musste an die ›größere Sache‹ denken, die Jonas angesprochen hatte. Mit einem unguten Gefühl stieß ich mich vom Beckenrand ab. Sechshundertfünfzig Meter. Zwei Drittel hatte ich geschafft, ohne Wasser zu schlucken oder dass sich irgendwelche schleimigen Fremdkörper in Nase oder Ohren verirrt hatten.

Der Glasturm, in dem die Redaktionsbüros der Gratiszeitung untergebracht waren, lag nur fünf Minuten vom Schwimmbad entfernt.

Josés Schreibtisch befand sich am hintersten Ende des schmucklosen Großraumbüros, direkt an der Fensterfront, wo etwas mehr Ruhe herrschte als in der Nähe des Eingangs. Neonlicht überall, ein abgetretener Spannteppich bedeckte den Boden, an einer Wand riesige Flachbildschirme, auf denen Nachrichtenkanäle und Börsenberichte liefen. Die meisten Arbeitsplätze waren verwaist, nur vereinzelt saßen Journalisten an den weißen Tischen und starrten konzentriert auf ihre Computermonitore. Sie beachteten mich nicht, als ich den Raum durchquerte.

»Reto Wyss, sechsundzwanzig, seit acht Jahren bei den Rechtsextremen dabei. Anführer der Sektion Zürich«, legte José los, sobald ich in Hörweite war.

Wie die anwesenden Kollegen arbeitete auch er am Ersten Mai. Neuigkeiten nahmen keine Rücksicht auf Feiertage.

»Das ist derjenige, der gestern diese flammende Rede gehalten hat. Es war nicht schwierig, ihn im Internet aufzustöbern. Der Junge hat eine bewegte Lebensgeschichte: Scheidungskind, von der Schule geflogen, Lehrstelle geschmissen, in der Folge Gelegenheitsjobs. Wurde mehrfach verhaftet …«

»Solche Lebensläufe gibt's zu Tausenden. Und nicht alle Betroffenen werden zwangsläufig rechtsradikal.«

»Was ich damit sagen will: Der Junge ist einschlägig bekannt.« José deutete mit dem Kinn auf den Bildschirm.

Ich trat auf seine Seite des Schreibtischs, damit ich sehen konnte, wovon er sprach. In rascher Abfolge ploppten ein paar Fotos auf: Reto Wyss mit der Reichsflagge, Wyss an einer Kundgebung mit ausgestrecktem Arm, Wyss mit zornverzerrtem Gesicht, während er dem Fotografen den Mittelfinger zeigte.

»Glücklicherweise gibt's auch unverfänglichere Bilddokumente.« José klickte mit der Maus auf die Taskleiste und weitere Aufnahmen erschienen, auf denen man Wyss mit einigen Freunden vor einer Berghütte sitzen sah, die Bierflaschen zum Gruß erhoben, ein Porträt aus frühen Jahren, Wyss beim Skifahren.

»Und wer ist das?« Ich deutete auf das folgende Foto. Steif stand Wyss neben einem Mann mit unsicherem Blick und schlecht sitzendem Anzug. Die beiden berührten sich nicht.

»Sein Vater …« José wühlte in den verstreuten Notizzetteln auf seinem Pult, »… Alfred Wyss. Und hier mit einem ehemaligen Oberst der Schweizer Armee, Egon Hubacher oder so ähnlich.«

Ein älterer Mann in Uniform, er hatte sich für die Aufnahme in Achtungsposition geworfen, was irgendwie aufgesetzt und lächerlich wirkte, Wyss stolz grinsend daneben. José schloss die Dateien wieder und ein halb fertiger Text füllte den Bildschirm.

»Wird ein größerer Bericht, hm?«

»Auf die Titelseite schafft er es nicht, der verhinderte Anschlag ist heute das wichtigste Thema, vor allem online. Aber schon morgen lässt das Interesse nach, übermorgen ist das Schnee von gestern.«

»Aber nur weil der Überfall misslungen ist. Wäre das Asylzentrum abgebrannt, hättet ihr noch tagelang Nachrichtenmaterial.«

»Logisch. Aber so ist es wesentlich besser, denn in den Kommentarspalten … *Maldito trabajo!*« José brach ab und errötete leicht. »Was ich sagen wollte, war natürlich …«

»Nein, nein, bring den Satz ruhig zu Ende, ich will deine ungeschönte Meinung hören.«

Zögernd fuhr er fort: »Die Kommentarspalten werden momentan so rege genutzt, dass die verantwortlichen Redaktoren kaum nachkommen mit dem Durchgehen und Freischalten der Beiträge.«

»Und das ist aus Sicht der Zeitung gut.«

»Richtig. Hätte das Asylzentrum gebrannt, wäre die Stimmung längst umgeschlagen.«

»Die Bevölkerung würde Mitleid verspüren.«

»Pietätlose oder gar rassistische Kommentare wären absolut tabu.«

»Und die Diskussion um das Asylzentrum wäre beendet.«

»Aufgeschoben, würde ich eher behaupten. Worauf willst du hinaus?«

Ich erläuterte José meinen Gedankengang von vorhin.

»Du denkst, Bühler und Winkelried haben den Anschlag vereitelt, weil sie selber etwas planen und verhindern wollten, dass die Stimmung im Volk umschlägt?«

»Eine plausiblere Erklärung habe ich nicht gefunden. Ich gebe allerdings unumwunden zu, dass meine Theorie auf sehr wackeligen Füßen steht.«

»Wenn wir bloß wüssten, wie man an diesen Winkelried rankommt.«

»Der Weg zu ihm führt über Adrian Bühler.«

»Umgekehrt genauso! Nicht nur Winkelried ist ein Phantom, Bühler auch!«

Genervt blickte ich auf die Straße hinunter. Aufgespannte Regenschirme beherrschten die Szene und brachten etwas Farbe ins Grau.

»Ich habe übrigens mit Fiona geredet«, sagte José nach einer Weile.

»War ja auch höchste Zeit. Wie lief's?«

»Warum müssen Frauen so kompliziert sein?«

»Du hast wohl gehofft, eine gemurmelte Entschuldigung reicht, damit alles wird wie zuvor.«

»Ganz so einfach habe ich mir das natürlich nicht vorgestellt ...« José grinste zerknirscht. »Na ja, vielleicht doch.«

»Und hat sie dir verziehen?«

»Sie sagt, sie braucht Zeit. Dabei ist das doch schon über ein Jahr her!«

»Du hättest dich halt gleich nach der Rückkehr aus Madrid entschuldigen und eine Zeit lang den Schuldbewussten spielen müssen. Stattdessen hast du auf uneinsichtigen Macho gemacht, für den sein eigenes Vergnügen an erster Stelle steht. Das kommt bei keiner Frau gut an.«

»Aber ich habe deinen weisen Rat befolgt und sie knallhart angelogen, das hat echt Wunder gewirkt.«

»Ich wäre dir sehr dankbar, wenn das unter uns bleiben würde.«

»Versprochen. Ich muss dich aber um etwas bitten.«

»Klar will ich dein Trauzeuge sein.«

Er grinste. »So weit ist es glücklicherweise nicht gekommen, ich muss neuerdings nur nicht mehr auf dem Sofa pennen.«

»Worum geht's dann?«

»Um einen großen Gefallen.«

Ehe die Frage ganz ausgesprochen war, hatte ich schon zugesagt. Doch als ich das Mediengebäude verließ und durch den strömenden Regen zum Stauffacher hinübereilte, bereute ich meine Einwilligung bereits. Wie um Himmels willen sollte ich das bloß Manju erklären?

Eine ungewohnte Stille erfüllte die Wohnung meiner Eltern und für einen kurzen Moment erfasste mich eine kindliche Angst. Als wären sie weggegangen und hätten mich allein zurückgelassen. Meine Mutter wird mit Asha unterwegs sein, beruhigte ich mich schnell, wahrscheinlich beglückten die beiden einmal mehr Manju mit ihrer Anwesenheit und gut gemeinten Ratschlägen.

»Pa?«

Keine Antwort. Ich warf einen Blick ins Wohnzimmer. Mit all den Fotorahmen, die an der Wand hingen und auf den Möbeln herumstanden, wirkte es wie ein Familienmuseum.

Ich ging durch den Flur zur Küche. Frau Polschi saß am Tisch, vor sich eine Tasse Kaffee, das Gesicht in die Hände gestützt. Sie wirkte geschafft und mehr noch bekümmert, ihr Blick zielte ins Leere. Mir fiel auf, dass ich überhaupt nichts von ihr wusste. Über die Umstände, die sie in die

Schweiz gebracht hatten, welche Geschichte sie mit sich herumtrug.

Als sie mich bemerkte, fuhr sie schuldbewusst hoch und setzte ein Lächeln auf, was ihr nur halb gelang. Verstohlen wischte sie sich über die Augen.

»Bleiben Sie nur, ich suche meinen Vater.«

»Er …« Sie räusperte sich. »Er ist draußen auf Balkon.«

Trotz des widrigen Wetters saß mein Vater in einem der Korbstühle, eine dünne Regenjacke eng um sich geschlungen. Er wirkte ganz ruhig, ein andächtiger Ausdruck lag auf seinem Gesicht. Vor sich, auf dem runden Kunststofftischchen, hatte er eine Schale Süßigkeiten platziert, aufmerksam schweifte sein Blick über die benachbarten Häuser.

»Manchmal verspätet sie sich«, sagte er, als ich zu ihm hinaustrat.

»Wer?«

Ein koboldhaftes Lächeln umspielte seine Lippen, während er mit dem Kopf wackelte, doch die Antwort blieb er mir schuldig.

Ich fröstelte und versuchte, in seiner Miene zu lesen. Da war ein Leuchten, das mir zuvor nie aufgefallen war, er schien nach innen zu schmunzeln.

»Es gibt so viel zu besprechen«, erklärte er in wichtigem Ton. »Sie ist in letzter Zeit etwas unzuverlässig geworden, aber sie kommt immer. Und ich habe ja jetzt Zeit.«

»Von wem sprichst du?«

»*Beta,* du solltest nicht hier sein, du erschreckst sie bloß. Sicher verspätet sie sich wegen dir!«

»Wer verspätet sich?«

Ertappt hielt er sich die Hand vor den Mund und mit einem Mal erinnerte er mich an einen kleinen Jungen, der etwas ausgeheckt hatte.

»Wen erwartest du? Verrätst du es mir?«

»Rajani«, sagte er nach einer Weile, als sei ich schwer von Begriff. »Sie besucht mich manchmal und dann reden wir über früher, weißt du. Von Indien, von damals. Wir haben so viele gemeinsame Erinnerungen.« Sein Blick verlor sich in der Ferne. »Aber du darfst deiner Mutter nichts davon erzählen, das bleibt unter uns. Sie wird immer gleich wütend, wenn sie es mitbekommt. Vielleicht weil ich Besuch kriege und sie nicht. Und jetzt geh, *Beta*, geh! Sie kommt nicht, solange du hier rumstehst.«

Verwirrt drückte ich die Balkontür auf und ging in die Wohnung zurück, nur um meinen Vater heimlich durch das Fenster zu beobachten. Geduldig saß er da, auf dem Gesicht dieses eigentümliche Strahlen.

»Er wartet auf Schwester, jeden Tag sitzt da draußen und wartet.« Frau Polschi war neben mich getreten und blickte fürsorglich auf ihren Schutzbefohlenen.

»Seine Schwester ist vor über zehn Jahren gestorben.«

»Ich weiß, ich weiß. Trotzdem er redet mit ihr.«

»Es wird immer schlimmer, nicht?«

Sanft legte sie mir die Hand auf den Arm. »Aber schauen Sie Vater, wie er sieht glücklich!«

Sie hatte recht, ich hatte meinen Vater selten so zufrieden und gelöst gesehen wie gerade jetzt. Wie lange würde er diesen Zustand beibehalten? Ich erinnerte mich, was der Arzt über den anzunehmenden Krankheitsverlauf gesagt hatte. Plötzlich hatte ich einen dicken Kloß im Hals.

Manju hatte sich mit dem Rindscurry selbst übertroffen. Es schmeckte nach einer perfekt ausgewogenen Mischung von gerösteten Gewürzen – Kreuzkümmel, Kurkuma, Fenchel- und Koriandersamen, dazu eine leichte Note von Zimt, Kardamom und Ingwer. Frische Korianderblätter nahmen dem Gericht die Schwere. Das Schwimmen hatte mich hungrig gemacht und da mir ohnehin die zündende Idee fehlte, wie ich die Suche nach Adrian Bühler weiterführen sollte, und *Kumar's Palace* grad in der Nähe lag, hatte ich mich zu einer spontanen und nicht ganz uneigennützigen Pause entschlossen.

Noch immer schmerzte mein Kiefer vom Fausthieb, der mich gestern niedergestreckt hatte, sodass mir das Kauen Mühe bereitete, zudem hatte ich doch mehr Schrammen abbekommen, als ich erst angenommen hatte. Wie zwei Glucken waren meine Mutter und Asha um mich herumgeflattert, kaum dass ich das Lokal betreten hatte, und stießen seither ununterbrochen bedauernde Laute aus, wenn sie mich nicht gerade mit guten Ratschlägen zur Behandlung der Verletzungen bombardierten.

»Ich schwöre auf Senföl!«, betonte Asha zum wiederholten Mal, ihrer Meinung nach ein Wundermittel, das sie für Wickel und Massagen genauso verwendete, wie zur Haarpflege und in der Küche.

Meine Mutter bevorzugte hingegen Tigerbalsam, eine durchdringend riechende Salbe, die sie ähnlich vielfältig einzusetzen wusste. Zu meiner Erleichterung verzichtete sie wenigstens beim Kochen darauf.

»Solltest du nicht doch besser zum Arzt?«, fragte sie jetzt und fummelte in meinem Gesicht herum.

Genervt wich ich zurück. »Es sind nur ein paar Kratzer, Ma!«

»Mit so etwas ist nicht zu spaßen«, warnte Asha. »Ein Neffe von mir kann seinen Kiefer seit einer Schlägerei kaum noch bewegen.«

»Es ist nur halb so schlimm, wie's aussieht.«

»Aber du isst ja gar nicht …«, stellte meine Mutter in überbesorgtem Ton fest.

»Wenn ihr mich für eine Sekunde in Ruhe lassen würdet, käme ich vielleicht dazu!«

Mit beleidigten Mienen verstummten die beiden Frauen und warfen sich vielsagende Blicke zu, derweil ich beim Kauen vermied, schmerzgeplagt das Gesicht zu verziehen.

Ausnahmsweise arbeitete Manju auch an einem Donnerstag. Es galt, Vorbereitungen für ihren Stand auf dem Erster-Mai-Fest zu treffen, das nach dem traditionellen Umzug wie immer auf dem Kasernenareal abgehalten würde. Das jährliche Stelldichein der Sozis fand nur einen Katzensprung von *Kumar's Palace* entfernt statt. Während die einen vor den ethnisch vielfältigen Verpflegungsständen Schlange standen, drehten andere eine Runde nach der anderen über den Platz und nutzten dabei die Gelegenheit, neue Lebenspartner oder Kinder zu präsentieren. In einer Ecke würde wie immer ein Trupp Afrikaner auf Bongos rumtrommeln und damit nicht mehr ganz junge, nicht mehr ganz schlanke Damen anlocken, die dann mit mehr oder weniger eleganten Hüftverrenkungen die Fruchtbarkeitsgöttin oder was auch immer in sich entfesselten. Im Folgejahr erschien dann die eine oder andere in Begleitung ihres neuen Lebensabschnittsgefährten, mit etwas Glück sogar mit dazugehörigem Nachwuchs.

Nachdem zur Genüge auf die Ungerechtigkeiten der Arbeitswelt aufmerksam gemacht worden war, würden die Erwachsenen das gesellige Beisammensein bei Couscous und gegrillten Sardinen zelebrieren. Derweil lieferte sich die junge Generation Linker – politisch meist unbedarft, dafür umso geübter im Umgang mit Pflastersteinen – Scharmützel mit der Polizei, was im Gegensatz zu den ausartenden Randalen von früher oft nur mit ein paar Verhafteten, eingeschlagenen Schaufenstern und brennenden Mülltonnen endete.

Erst als ich in meinem Käfer saß, fiel mir ein, dass ich Manju noch gar nichts von dem Gefallen erzählt hatte, um den mich José gebeten hatte. Sie würde kaum erfreut sein, aber ich hatte es ihm nun mal versprochen. Im Radio lief Nenas *Es regnet* in einer aufwendigen Orchesterversion und während die Sängerin mit mädchenhafter Stimme davon berichtete, wie sie als Prinzessin neben ihrem Zinnsoldaten den Rinnstein hinunterfuhr, überlegte ich mir, nach diesem Fall eine Pause einzulegen. Einfach mal eine Zeit lang was ganz anderes zu machen, Kellnern, bei Manju im Laden aushelfen, was auch immer. Distanz gewinnen, den Kopf freikriegen. Ich liebte meinen Job über alles, doch momentan fühlte ich mich ausgelaugt und erschöpft. Eine Auszeit war bitter nötig, bevor ich die Freude daran verlor.

In den Nachrichten wurde kurz über den misslungenen Anschlag berichtet, wirklich Neues gab es jedoch nicht zu vermelden. Der Präsident irgendeines Landes hatte eine Affäre, der nordkoreanische Diktator war aus irgendwelchen Gründen wieder mal empört und ein Schweizer Politikerpaar, beide Mitglieder der Volkspartei, hatte sich eine Strafanzeige eingehandelt, weil sie eine Asyl suchende Serbin als Putzfrau angestellt hatten, schwarz natürlich. Typisch, dachte ich, von der Wirtschaft fordern, bei der Jobvergabe Schweizer zu bevorzugen und grundsätzlich die Asylgesetze restriktiver zu handhaben, im Privaten aber die billigste Arbeitskraft anstellen. Was nach einem schlechten Scherz in einer Satiresendung klang, war leider reale Bigotterie.

Die Berichterstattung wandte sich wieder dem Wetter zu, die Liste war schier endlos. Zu allem Übel vermeldete der Bauernverband, dass die Bienen nicht ausflögen – was den Viechern wirklich keiner verübeln konnte – und entsprechend eine besorgniserregend magere Ernte zu erwarten sei. Viele Felder im Mittelland hätten sich in Sumpfgebiete verwandelt, die Kartoffeln würden in der Erde verfaulen, die Setzlinge verschimmeln. Es sah tatsächlich immer mehr nach einer Apokalypse aus.

Ich lenkte den Käfer Richtung Altstetten und hatte gerade vor dem Haus der Bühlers geparkt, als mich Fiona anrief.

»José hat mir gesagt, dass er mit dir gesprochen hätte.«

»Ja«, machte ich gedehnt.

»Vijay, du bist ein Schatz, echt! Ich weiß gar nicht, wie ich dir danken soll.«

Innerlich verfluchte ich meine überstürzte Zusage, doch jetzt gab es kein Zurück mehr, diese Suppe musste ausgelöffelt werden.

»Gibt's was Neues?«, versuchte ich, aus Fionas plötzlichem Wohlwollen Profit zu schlagen.

»Du bist unverbesserlich!«

»Das magst du doch so an mir.«

Sie stöhnte demonstrativ. »Das ist vertraulich, okay? Einer der Syrer ist gestern Nacht zusammengebrochen, das verhinderte Attentat ist ihm sehr nahegegangen. Er hatte ein paar einschneidende Erlebnisse in Syrien, unter anderem kam sein Bruder bei einem Bombenanschlag ums Leben. Er hat gestanden, das Kokain gekauft und in Faruqs Sachen versteckt zu haben.«

Das war nicht einfach eine Neuigkeit, das war bei aller Tragik eine Sensation!

»Weshalb hat er das getan?«, erkundigte ich mich atemlos. Mit einem Mal war ich wieder hellwach, die Frustration von vorhin war wie weggewischt und hatte fiebrigem Eifer Platz gemacht.

»Erinnerst du dich an den Streit zwischen Faruq und seinem Landsmann am Vorabend des Mordes?«

»Man ging davon aus, dass er in einem Zusammenhang mit Faruqs Tod stand.«

»Das ist noch immer nicht auszuschließen. Dieser Typ wusste von der Affäre mit Jasmin Bühler, er hat Faruq aufgefordert, sie zu beenden. Doch dieser wollte nicht auf ihn hören, sie haben sich heftig gezofft. In seiner Verzweiflung hat der Mann das Kokain besorgt und es Faruq untergejubelt.«

»Damit dieser ausgeschafft wird, wenn er auffliegt.«

»Genau.«

»Aber weshalb würde man jemanden auf diese niederträchtige Weise verraten?« Ehe Fiona etwas erwidern konnte, ahnte ich die Antwort: »Faruq hat Familie.«

»Eine Frau, zwei Kinder. Der Mann ist Faruqs Schwager. Faruq hat seiner Frau erst kürzlich Geld geschickt, dank ihm konnte sie einen Schlepper bezahlen und hat es zusammen mit den Kleinen in eines der Flüchtlingslager an der türkischen Grenze geschafft ...«

»Woher hatte er das Geld?«

»Eine berechtigte Frage. Ich weiß nur, dass die Familie eingeflogen wird, sobald die Formalitäten erledigt sind.«

»Um Faruq zu beerdigen.«

»Wir werden sehen, was sich machen lässt.«

»Wusste Jasmin Bühler von der Ehefrau?«

»Das ist die entscheidende Frage. Eifersucht ist eines der häufigsten Mordmotive.«

Ich schielte zum Haus hinüber. War Frau Bühler womöglich die Todesschützin? »Habt ihr sie schon vernommen?«

»Sie ist nicht erreichbar. Meine Leute haben sie weder zu Hause noch im Kinderhort angetroffen.«

»Eine mehr, die sich in Luft aufgelöst hat.«

Einen Moment lang spielte ich mit dem Gedanken, den Mund zu halten. Aber erstens gehörte das nicht zu meinen Stärken, zweitens währte Ehrlichkeit angeblich am längsten. Ich wollte das neu gewonnene Vertrauensverhältnis zu Fiona nicht unnötig belasten. »Ich stehe sozusagen vor ihrer Haustür.«

»Wieso überrascht mich das jetzt nicht?«

»Ich könnte es auf die nette Tour versuchen, vielleicht

lässt sie mich rein. Wahrscheinlich haben sie die Uniformierten erschreckt, als sie sie auf den Überwachungsbildschirmen entdeckt hat.«

»Du rührst dich keinen Zentimeter, Vijay! Die Frau könnte bewaffnet sein! Ich sorge dafür, dass gleich jemand vorbeikommt.«

»Am Ersten Mai? Sind da nicht alle beim fröhlichen Steineschmeißen?«

»Wenn ich sage, ich kümmere mich darum, dann tue ich das auch!«, fuhr sie mich in schneidendem Ton an.

Ich beendete den Anruf und stieg aus. Mir blieb nicht viel Zeit.

Ich kurvte durchs Wohnquartier und ließ den Wagen in einer Nebenstraße stehen, damit ihn die Bullen nicht auf Anhieb entdeckten. Nachdem ich eine halbe Ewigkeit auf die Klingel gedrückt und dazu einnehmend in die Kamera gelächelt hatte, ohne dass mir die Bühler geöffnet hatte, war mir plötzlich eingefallen, wo ich sie möglicherweise antreffen würde.

Die paar Hundert Meter bis zum Café am Eck legte ich rennend zurück. Mir wollte es nicht so recht in den Kopf, dass Jasmin Bühler die Mörderin von Faruq war. Doch die jüngste Entwicklung in diesem verzwickten Fall legte es zumindest nahe.

Sie saß am selben Tisch wie zwei Tage zuvor, eine Tasse Tee vor sich und einen gemischten Salat, den sie noch nicht angerührt hatte. Sie komme oft hierher, hatte sie gesagt, dies sei ein Ort der Ruhe für sie. Mir schien es, als wäre dieser Nachmittag Jahre her.

»Die Polizei sucht Sie«, informierte ich sie, kaum dass ich mich auf dem Stuhl ihr gegenüber fallen gelassen hatte.

»Werde ich verdächtigt?«

»Wie kommen Sie darauf?«

»Irgendwann kommt immer der Moment, wo die Geliebte unter Verdacht steht.«

»Halten Sie immer noch an der Meinung fest, dass Ihr Mann der Täter ist?«

»Wieso sollte ich plötzlich meine Aussage ändern? Er ist seit dem Mord verschwunden, das entlastet ihn nicht gerade. Zudem deuten alle bisher aufgetauchten Indizien auf ihn.«

»Ich habe ernsthafte Zweifel an seiner Schuld.«

»Wer war es dann, Ihrer Ansicht nach?«

»Sagen Sie es mir.«

Irritiert starrte sie mich an, bis sie endlich begriff. »Sie sind ja verrückt! Anstatt mich als Lügnerin zu beschuldigen, sollten Sie da draußen sein und meinen Mann suchen!«

»Sie hatten allen Grund, Faruq zu erschießen.«

»Wieso hätte ich das tun sollen?«

»Er hatte Frau und Kinder.«

Sie winkte genervt ab. »Manchmal widert mich diese furchtbar konventionelle Denkweise an. Selbstverständlich wusste ich von seiner Familie, ich hatte ja Einsicht in sein Dossier.«

»Aber Sie begannen trotzdem eine Affäre mit ihm.«

»Ist das neuerdings strafbar? Er fühlte sich einsam in einem fremden Land und ich war einsam in meiner Ehe. Wir haben uns gegenseitig enteinsamt, wenn Sie so wollen.« Jasmin Bühler lächelte bitter. »Es gab für mich wirklich keinen Grund, ihn umzubringen.«

Aus den uralten Boxen dudelte leise Musik, während ich mir zähneknirschend eingestehen musste, dass das Motiv der Bühler gerade den Bach runterging. Ich war erneut in einer Sackgasse gelandet.

»Sagt Ihnen der Name Winkelried etwas?«

»Der Volksheld?«

»Ein Online-User nutzt diesen Namen, um in den Kommentarspalten von Tageszeitungen fremdenfeindliche Bemerkungen zu platzieren.«

»Noch nie von ihm gehört.«

»Ihr Mann versteckt sich angeblich bei ihm.«

»Sagt wer?«

»Die Neonazis.«

Sie verzog den Mund. »Ich an Ihrer Stelle würde Informationen aus dieser Ecke mit größter Vorsicht behandeln.«

»Es ist eine Spur.«

»Sie haben nicht den Hauch einer Ahnung, wo mein Mann wirklich ist, nicht wahr?«

»Andernfalls würde ich nicht hier sitzen«, gab ich ehrlich zu.

Jasmin Bühler stocherte in ihrem Salat. »Wie geht es jetzt weiter?«

»Wenn ich das bloß wüsste. Sie müssen auf alle Fälle mit der Polizei reden, sonst verdächtigt die Sie weiterhin.«

»Heißt das, Sie glauben mir?«

Ich konnte mich zu keiner Antwort durchringen. Im Radio liefen jetzt Nachrichten, die immer gleichen Meldungen wurden wiederholt. Als der Sprecher den Fall des Politikerpaars mit der schwarz arbeitenden Putzfrau erwähnte, klickte etwas in meinem Hirn. Es war nicht mehr als ein Strohhalm, aber in meiner verfahrenen Lage musste ich danach greifen.

»Hatte Faruq eigentlich einen Job?«

Die Bühler bejahte ohne Umschweife. »Es gibt ein Beschäftigungsprogramm für Asylanten. Meist sind es nicht besonders anspruchsvolle Tätigkeiten und die Anstellung erfolgt nur vorübergehend. Das liegt in der Natur der Situation.«

»Wo wurde Faruq eingesetzt?«

»Weshalb wollen Sie das wissen?«

»Ich muss alle Möglichkeiten in Betracht ziehen.«

Sie nahm einen Schluck Tee und sah mich dann abschätzend an. »Und über Faruqs Arbeitgeber wollen Sie den Aufenthaltsort meines Mannes eruieren?«

»Manchmal hängen die Dinge zusammen, ohne dass es einem auf den ersten Blick auffällt.«

»Ach?«

»Ehrlich gesagt, ist das die einzige Richtung, in die ich noch ermitteln kann«, legte ich meine Karten auf den Tisch. Ein mehr als kümmerliches Blatt.

Nachdenklich drehte Jasmin Bühler ihre Tasse in den Händen, bevor sie mir Auskunft gab: »Faruq hat zeitweise in einem *Engrosmarkt* ausgeholfen, später war er in der Entsorgung tätig.«

»Entsorgung?«

»Ein anderes Wort für Straßenkehren. Das waren aber beides keine Vollzeitstellen. Zwischendurch hat er Privatpersonen den Rasen gemäht, den Garten umgegraben, solche Arbeiten halt. Zuletzt baute er für ein Einrichtungshaus Möbel zusammen, er war handwerklich ziemlich talentiert.«

»Erstaunlich für einen Deutschlehrer«, witzelte ich, doch die Bühler ging nicht darauf ein.

Schlepper verlangten mehrere Tausend Franken für ihre Dienste, doch Aushilfsjobs, wie Faruq sie verrichtet hatte, waren in der Regel mehr schlecht als recht bezahlt. Reich war er dabei sicher nicht geworden. Woher also stammte das Fluchtgeld für seine Familie?

»Hat Faruq Sie jemals um Geld gebeten?«

Die Bühler sah mich erstaunt an. »Nein, nie. Wie kommen Sie darauf?«

»Nur so. Haben Sie Zugriff auf die Adressen seiner Arbeitgeber?«

»In der Akte wurde natürlich alles registriert. Nur liegt die im Verfahrenszentrum.«

»Prima.« Abwartend schaute ich Jasmin Bühler an.

»Jetzt gleich? Eigentlich wollte ich …«

»Ich wäre Ihnen sehr dankbar.«

Unwillig griff sie zu ihrer Handtasche und kramte das Handy hervor.

Zurück im Büro schenkte ich mir eine aufmunternde Portion *Amrut* ein. Von den Namen, die mir Jasmin Bühler diktiert hatte, kam mir kein einziger bekannt vor. Mir würde nichts anderes übrigbleiben, als die diversen Arbeitgeber anzurufen und mich nach Faruq zu erkundigen. Erschwerend kam hinzu, dass ich überhaupt keine Ahnung hatte, wonach ich eigentlich suchte. Ich nahm einen tüchtigen Schluck Whisky und hängte mich ans Telefon.

Zwanzig Minuten später wusste ich, dass Faruq zuverlässig gearbeitet und über gepflegte Umgangsformen verfügt hatte, zudem stets pünktlich und ordentlich gekleidet zur Arbeit erschienen war. Tugenden, die den Schweizern sehr wichtig waren. Man wusste es offenbar auch zu schätzen, dass er Deutsch sprach und man sich mit ihm auf Augenhöhe unterhalten konnte, wie eine ältere Dame wohlmeinend berichtete.

Obwohl ich den Leuten aufmerksam zugehört hatte, hatte ich nichts Außergewöhnliches ausmachen können, keine Unstimmigkeiten, keine Meinungsverschiedenheiten, alles eitel Sonnenschein.

Missmutig suchte ich die Nummer des *Engrosmarktes* im Internet. Ich musste es ewig klingeln lassen, bis jemand ranging. Ich hatte schon wieder vergessen, dass Erster Mai war, glücklicherweise waren trotzdem ein paar Leute auf der Arbeit. Faruqs ehemaliger Vorgesetzter erklärte mir, dass er wenig mit ihm zu tun gehabt hätte, Beanstandungen gab es seines Wissens keine.

»Weshalb hat er dann nur so kurze Zeit bei Ihnen gearbeitet?«, hakte ich nach.

»Es gibt den gesetzlich verankerten Inländervorrang«, erklärte mir der Mann. »Findet man einen Schweizer für den Job, muss man diesen beschäftigen, Asylanten stehen dann halt hinten an.«

»Hatte er Streit mit jemandem? Gab es vielleicht Animositäten?«, fragte ich weiter, doch der Einsatzleiter verneinte.

»Bislang haben wir nur gute Erfahrungen mit Asylanten gemacht, sie fügen sich rasch in den Arbeitsprozess ein und sind sehr dankbar.«

Dies in den Ohren von Annegret Widmer. Blieb das Einrichtungshaus. Ich entschied mich für die Nummer der Hotline, da war die Wahrscheinlichkeit am größten, dass jemand abnahm.

Prompt meldete sich eine fröhlich klingende Frauenstimme mit »Zingarelli« und erkundigte sich nach meinen Wünschen.

»O ja, ich kann mich gut an ihn erinnern«, bestätigte sie sofort, als ich sie auf Faruq ansprach. »Ein sympathischer Mann, sehr umgänglich. Tragisch, was ihm widerfahren ist«, fügte sie in betroffenem Ton hinzu.

»Ist Ihnen vielleicht etwas aufgefallen? Hatte er Streit oder hat sich jemand über ihn beklagt?«

»Ist das eine richtige Befragung?«, quiekte sie aufgeregt.

»Ich möchte herausfinden, weshalb er sterben musste.«

»Mir ist nichts bekannt. Wir sind nur ein kleines Einrichtungshaus, da hätte ich garantiert mitbekommen, wenn etwas nicht korrekt abgelaufen wäre.«

»Ein unzufriedener Kunde vielleicht?«

»Nicht, dass ich wüsste. Sie müssten sich dazu bei den

Monteuren erkundigen, mit denen war Herr al-Naser ja die meiste Zeit unterwegs.«

»Unterwegs?«

»Auf Montage halt. Wir liefern unsere Artikel nach Hause und montieren sie auf Wunsch auch.«

»Gibt es eine Liste der Kunden, zu denen Faruq mitgegangen ist?«

»Ich weiß nicht, ob ich …«

»Bitte, Frau Zingarelli, Sie würden mir wirklich helfen.«

»Aber …«

»Sie möchten doch auch, dass der Mord an Faruq aufgeklärt wird?«

»Ja schon, nur … Okay. Heute ist ohnehin außer mir niemand da. Aber sorgen Sie dafür, dass mein Chef nichts erfährt.«

»Sie haben mein Ehrenwort!«

»Ich muss erst nachsehen. Bleiben Sie bitte dran.«

»Ich hatte keinesfalls vor, gerade jetzt aufzuhängen, wo ich so kurz vor dem Ziel stehe.«

Frau Zingarelli kicherte, während ich im Hintergrund das Klappern der Tastatur hörte. Lange Fingernägel und Schmuck, der bei jeder Bewegung leise klirrte.

»Sind Sie noch dran?«

»Und wie!«

Sie gab mir die Namen und Adressen der Haushalte durch und noch während ich mitschrieb, wusste ich, dass sich der Aufwand gelohnt hatte. Ich verabschiedete mich von der kooperativen Frau Zingarelli und tippte unverzüglich eine der angegebenen Adressen in das Suchfeld von Google Maps. Ein kleiner Ort im Aargau wurde angezeigt, von dem ich noch nie gehört hatte. Egon und Martha Hubacher bevorzugten offenbar die ländliche Idylle.

Eine halbe Minute lang war nur das Rascheln von Notizzetteln zu hören.

»Ja, richtig«, bestätigte José dann. »Egon Hubacher. Das ist der Oberst, der auf dieser Aufnahme zusammen mit Reto Wyss posiert.«

»Kannst du den abchecken, während ich schon mal dahin fahre?«

»Was willst du denn dort?«

»Nur ein bisschen rumschnüffeln.«

»Wozu?«

»Nenn es Detektivinstinkt.«

José tippte mit rasender Geschwindigkeit etwas ein und stieß dann die Luft aus.

»Der wohnt da mit seiner Frau, ein älteres unbescholtenes Ehepaar. Glaubst du wirklich, die haben was mit dem Mord zu tun?«

»Wenn ich nicht hinfahre, finde ich es garantiert nicht heraus. Immerhin hat Faruq bei denen den Eichenschrank *Timotheus* zusammengeschraubt.«

»Na, dann ist sicher was faul.«

Ein halbe Stunde Fahrt bis in den Aargau rechnete mein Handy aus. Rund um den Helvetiaplatz waren mittlerweile alle Seitenstraßen abgeriegelt. Mit einem Großaufgebot samt Wasserwerfern markierte die Polizei Präsenz, um allfällige Ausschreitung und Sachbeschädigungen nach dem Demonstrationsumzug zu verhindern. Sehr zur Enttäuschung der unzähligen Krawalltouristen, die extra deswegen aus dem ganzen Land angereist waren. Angeblich kreisten auch Drohnen über dem Quartier, um mögliche Krisenherde rechtzeitig auszumachen, doch als ich nach oben guckte, war nichts Ungewöhnliches zu entdecken. Auf verschlungenen Wegen kurvte ich aus der Stadt. Regen trommelte auf das Dach meines Käfers, sodass es im Wageninnern dröhnte wie in einer leeren Blechbüchse, im Radio liefen immer noch Schlechtwettersongs.

Während ich auf die Autobahn einspurte und Richtung Westen fuhr, kreisten meine Gedanken um die Demonstranten. Manchmal fragte ich mich, wo der Rebell in mir geblieben war. Vor wenigen Jahren noch hatte ich eine gewisse Sympathie für die Auflehnung gegen das Establishment empfunden, selbst wenn Pflastersteineschmeißen und das Abfackeln von Autos nie mein Ding gewesen waren. Auch war ich überzeugt davon, dass man den amerikanischen Imperialismus nicht aufhalten konnte, indem man die Schaufenster von McDonald's und Starbucks einschlug oder mit lächerlichen Parolen verschmierte. Aber natürlich hatte ich als Zwanzigjähriger – im kleinen, weniger medienwirksamen Rahmen – selbst gegen die gesellschaftlichen Konventionen aufbegehrt, war rumgereist, anstatt mein Studium zu beenden, hatte gejobbt, um nicht so zu enden wie die verpönten Spießer, wie meine Eltern.

Rückblickend war das leider wesentlich weniger aufmüpfig, als ich damals das Gefühl gehabt hatte. Man war kein wirklicher Revolutionär, nur weil man Joints rauchte, Nirvana hörte und schwarz Straßenbahn fuhr; in thailändischen Fischerhütten zu übernachten, machte einen noch lange nicht zum Aussteiger.

Aus diesem Grund war ich wahrscheinlich jetzt auch dort gelandet, wo ich bis vor Kurzem nie hingewollt hatte: Ich führte eine stabile Beziehung, ging einem regelmäßigen Broterwerb nach und – das wäre wohl das Schockierendste für mein spätpubertierendes Ich gewesen – fand das alles überhaupt nicht schlimm. Wahrscheinlich ein weiteres Zeichen dafür, dass ich immer erwachsener wurde. Genau wie die Einsicht, dass einem die Welt nicht mehr so weit offen stand wie früher und man die verschiedenen Wege, ein Leben zu führen, gegeneinander abwägen und sich irgendwann für einen entscheiden musste, weil die Möglichkeiten immer weniger wurden und die Zeit unerbittlich gegen einen arbeitete. Es war in den letzten Monaten ein paar Mal vorgekommen, dass ich nach einer anstrengenden Nacht in den Spiegel geschaut und im ersten Augenblick geglaubt hatte, meinem Vater gegenüberzustehen.

Gerade als ich den Dorfeingang passierte, meldete sich José wieder: »Halt dich fest! Es sieht so aus, als hättest du ins Schwarze getroffen. Von wegen unbescholten!«

Am Ende des Quartiersträßchens tauchte das Anwesen der Hubachers auf, ein schmuckes, aber unauffälliges Einfamilienhaus auf zwei Stockwerken mit Garten und Garage, vor der ein grüner Fiat Panda geparkt war. Der Rasen wirkte gepflegt, an den Fenstern gehäkelte Gardinen, ein Windspiel baumelte auf dem Balkon, dreckverkrustete Gummistiefel vor der Haustür. Das muss die Vorhölle sein, dachte ich, fuhr halb auf den Gehsteig und schaltete den Motor aus.

»Hörst du mir überhaupt zu?«, rief José, seine Stimme klang mühsam beherrscht. »Hubacher war Instruktionsoffizier beim *Projekt 26*.«

»Sagt mir nichts.«

»Besser bekannt unter der Bezeichnung P-26. Eine geheime Kaderorganisation, die bei einer feindlichen Besetzung der Schweiz den Widerstand hätte aufrechterhalten sollen. Wurde 1981 eingesetzt und musste zehn Jahre später – als sie sich immer noch im Aufbau befand – aufgelöst werden, nachdem ihre Existenz durch ungünstige Umstände publik geworden war.«

»Eine Art Geheimarmee? Aber das ist mehr als zwanzig Jahren her, was hat das mit unserem Fall zu tun?«

»Ich bin noch nicht fertig! Für eine Geheimarmee war die Organisation eindeutig zu klein und zu verstreut. Sie bestand aus winzigen Zellen zu zwei bis vier Personen, die sich untereinander nicht kannten und sich im Notfall zu rund achtzig Widerstandsregionen in der ganzen Schweiz zusammengeschlossen hätten. Der Bundesrat hätte dann – möglicherweise sogar vom Exil aus – die Operation geleitet. Der Feind wäre mit Sabotageakten, zivilem Ungehorsam und Propaganda zermürbt worden. Dabei befürchtete man in erster Linie einen Übergriff der Sowjets.«

»Die Russen haben sicher vor Angst gezittert. Ungehorsame Schweizer, ein Albtraum!«

»Die Einschätzung war aber offensichtlich richtig. In den Archiven des KGB fand man Ende der Achtzigerjahre Pläne für einen Vorstoß der Sowjets über Österreich und die Schweiz. Bei einem Krieg gegen Deutschland hätten die die Schweiz besetzt, um den Rückzug der Deutschen hierhin zu verhindern.«

»Hat nicht ganz geklappt, wenn man sich die Einwanderungszahlen anschaut.«

José schnaubte belustigt. »Die Mitglieder waren zum Teil ehemalige Armeeangehörige, andere stammten aus Freimaurerlogen oder dem Schweizer Alpenklub. Aber auch Privatpersonen wurden rekrutiert. Es herrschte allerhöchste Geheimhaltungspflicht. In Friedenszeiten waren die Leute unbewaffnet, für den Ernstfall waren aber Waffen- und Munitionslager angelegt worden und so weiter und so fort.«

»Wikipedia?«

»Für dich verständlich zusammengefasst.«

»Was spielte Hubacher für eine Rolle?«

»Er war Oberst in der Schweizer Armee, bevor er wie erwähnt Instruktionsoffizier wurde. Die Mitglieder wurden regelmäßig geschult, meist in einer Festungsanlage namens *Schweizerhof* in Gstaad, wo auch ein unterirdischer Schießstand zur Verfügung stand. Damit sie anonym blieben, mussten die Teilnehmer Masken tragen, jedes Mitglied hatte zudem einen Tarnnamen.«

»Das kann nur ein schlechter Witz sein.«

»Nein, die spielten ernsthaft Untergrundguerillas.«

»Wie lange hätten sie denn den Widerstand überhaupt aufrechterhalten können?«

»Theoretisch bis die Schweiz wieder besatzungsfrei gewesen wäre. Praktisch war das meiner Meinung nach eine Illusion. Bei ihrer Auflösung bestand die P-26 aus gerade mal dreihundertzwanzig Mitgliedern, davon waren zehn Prozent fertig ausgebildet.«

»Glücklicherweise haben sich die Russen anders entschieden.«

»Das kann man wohl sagen. Nicht nur Menschen wie Miranda müssten unter der Herrschaft von Putin um ihr Wohlergehen fürchten. Aber worauf ich ursprünglich hinauswollte: 2009 wurde die strikte Geheimhaltung aufgehoben, der Bundesrat bedankte sich offiziell bei den Veteranen für ihren Einsatz. Unter anderem auch bei Egon Hubacher, der vor zwei Jahren an einer Ehrung mit sieben anderen ehemaligen P-26-Mitgliedern im Schloss Spiez teilnahm. Dabei enthüllte er auch seinen Tarnnamen: Winkelried.«

»Das kann kein Zufall sein!« Mein Herz machte bei der Erwähnung des Namens einen Sprung.

»Die Geschichte ist noch nicht zu Ende. Hubacher alias Winkelried hat das Ende der Geheimorganisation nur schlecht verkraftet. Nachdem das Schicksal des Landes sozusagen jahrelang in seinen Händen gelegen hatte, musste er sich unnütz und überflüssig vorgekommen sein. Er litt an schweren Depressionen, später zog er mit seiner Frau an den jetzigen Wohnort im Aargau. Er versuchte, in der Politik Fuß zu fassen, und wollte Mitglied der *Volkspartei zur Rettung der Schweiz* werden, wurde aber ausgebremst. Und jetzt kommt's: Ein Parteimitglied hat sich besonders gegen seine Aufnahme gewehrt.«

»Annegret Widmer?«

»Bingo! Ihr unaufhaltsamer Aufstieg in der Partei hatte damals gerade begonnen und sie konnte schnell eine Meinungsmehrheit hinter sich scharen. Ihr Argument war, dass die Volkspartei unter keinen Umständen ein Auffangbecken für mental angeschlagene oder anderweitig verhaltensauffällige Individuen werden dürfe.«

»Davon merkt man heutzutage aber nichts mehr.«

»Ich glaube auch eher, dass sie in dem ehemaligen Militäroberst ernsthafte Konkurrenz witterte. Die P-26-Leute galten gerade in konservativen Kreisen als Helden.«

»Und das hat er ihr nie verziehen. Deswegen beschimpft er sie noch heute in aller Öffentlichkeit. Hubacher ist wohl tatsächlich Winkelried.«

»Wenn du das gestrige Interview in unserer Zeitung gelesen hast, weißt du aber auch, dass Widmer die Konfrontation keineswegs scheut.«

»Das ist wahr.« Ich starrte durch den Regen zum Einfamilienhaus. Die Tür stand offen, ein älterer Mann mit schütterem Haar und Brille stützte sich an der Hauswand ab und balancierte wackelig auf einem Bein, während er mit dem Fuß in einen der Gummistiefel reinzukommen versuchte.

»Genau deswegen befindet sie sich in Gefahr«, sagte ich wie zu mir selbst.

»Was redest du da?«

»Diese geplante Sache, von der Jonas erzählt hat. Was wäre eine größere Sensation, als wenn Annegret Widmer etwas zustoßen würde? Man macht sich mittlerweile im Internet über Winkelried lustig, nennt ihn einen Schwätzer und Schaumschläger. Er wird alles daran setzen, seine Reputation wiederherzustellen, denn nur darin findet er Bestätigung.«

»Bist du jetzt auch Profiler?«

»*Buddhou!* Blödmann!«

»Vijay, wir sollten sachlich bleiben ...«

»Ich meine es todernst. Wir wissen, dass Winkelried etwas plant. Meiner Ansicht nach etwas, das hohe Wellen schlagen wird, denn allein darum geht es ihm.«

»Und du denkst, die Widmer ist sein Ziel?«

»Er muss diese Frau hassen, nach allem, was sie ihm angetan hat. An seiner Stelle würde ich sie auch ins Visier nehmen.«

José seufzte.

»Elvis oder zumindest das, was von ihm übrig geblieben ist, verlässt notabene gerade das Gebäude.«

Hubacher stieg vorsichtig die schmale Treppe hinunter, seine Bewegungen wirkten tattrig, einmal rutschte er beinahe aus und musste sich am Geländer festklammern. Er stieg in den grünen Fiat Panda, kurz darauf leuchteten die Scheinwerfer auf.

»Was hat er vor?«

»Das werde ich gleich herausfinden.« Ich startete den Motor. »Warn du in der Zwischenzeit die Widmer.«

»Und wenn nichts dran ist?«

»Da ist was dran!«, entfuhr es mir ungewollt harsch. Ich stand gewaltig unter Druck, doch gerade jetzt galt es, die Nerven nicht zu verlieren. Denn endlich war ich auf eine heiße Spur gestoßen. Hoffte ich zumindest.

»Besser, sie wird einmal zu oft gewarnt, als zu spät oder gar nicht«, fügte ich in versöhnlicherem Ton hinzu.

»Können wir nicht tauschen?«, maulte José.

»Nope.«

Ich gewährte Egon Hubacher etwas Vorsprung, bevor ich vom Trottoir runterfuhr, den Wagen wendete und ihm folgte. Er schien es nicht eilig zu haben, geradezu pingelig achtete er auf die Geschwindigkeitsbeschränkungen in den Wohnquartieren, während er Richtung Baden tuckerte. Jetzt, da vermutlich das Geheimnis um Winkelrieds Identität gelüftet war, fragte ich mich, wo Adrian Bühler stecken mochte. Hielt er sich im Haus der Hubachers auf? Oder führte mich Egon Hubacher geradewegs zu ihm?

Zappelig trommelte ich aufs Lenkrad und musste mich beherrschen, den nötigen Abstand einzuhalten. Flog ich auf, war es endgültig vorbei mit dem Fall. Für einmal wünschte ich, ich führe einen etwas unauffälligeren Wagen als den himmelblauen Käfer.

Hubacher ließ das Städtchen Baden hinter sich, die Umgebung wurde zunehmend ländlicher. Links tauchten immer wieder Waldstücke auf, zu meiner Rechten erstreckten sich verschlammte Felder, selbst die Bauernhöfe schienen sich unter den anhaltenden Schauern zu ducken. Die Scheibenwischer kämpften gegen einen heimtückischen Sprühregen an, derweil Randy Newman im Radio mit *I think it's going to rain today* den neunmalklugen Meteorologen gab. Es war noch nicht einmal vier Uhr nachmittags und doch legte sich eine Düsternis über das Land, als würde jeden Moment die Nacht über uns hereinbrechen. Immer weiter stießen wir in mir unbekanntes Gebiet vor und passierten Dörfer, die Oberehrendingen, Ehrendingen oder Unterehrendingen hießen und den Schluss nahelegten, dass es den Aargauern bei der Namensgebung ihrer Ortschaften ein wenig an Fantasie gemangelt hatte.

Ich bemühte mich, stets drei oder vier Autos hinter Hubacher zu bleiben, doch je länger sich die Fahrt hinzog, desto ungeduldiger wurde ich. Was, wenn er nur zum nächsten Baumarkt fuhr, um einen dämlichen Springbrunnen oder ein paar Gartenzwerge zu kaufen? Mir fiel ein, dass ja Erster Mai war und deshalb die meisten Geschäfte geschlossen hatten. Aber vielleicht kehrte er in einem Internetcafé – falls solche überhaupt noch existierten – ein, um einen geharnischten Kommentar auf der Webseite der Gratiszeitung zu posten?

Kurz vor dem Bahnhof von Niederweningen, der direkt an der Landstraße lag, setzte Hubacher den Blinker und bog auf den Parkplatz ein. Ich tat es ihm gleich, hielt in einiger Entfernung an und beobachtete, wie er aus dem Panda stieg und auf den Supermarkt zumarschierte, der sich in einem länglichen Betonklotz neben den Gleisen befand. In der Stadt war es gang und gäbe, dass die Läden in Bahnhofspassagen selbst an Feiertagen geöffnet waren. Anscheinend wurde auch hier auf dem Land dem modernen Einkaufsverhalten Rechnung getragen. Ich kurbelte das Fenster zwei Fingerbreit hinunter, zündete mir eine Zigarette an und wartete auf Hubachers Rückkehr, während mir Rihanna ein trockenes Plätzchen unter ihrem *Umbrella* anbot.

Es war ziemlich viel los an diesem Nachmittag, es fanden sich kaum noch freie Parklücken. Aus einem schwarzen Audi sprang eine junge Mutter, sie schien sehr in Eile zu sein. Sie hob ihre heulende Tochter vom Rücksitz und zog das sich sträubende Kind sichtlich entnervt hinter sich her. Als die beiden das Vordach erreicht hatten, strich sich die Frau mit einer fahrigen Bewegung eine feuchte Haarsträhne hinters Ohr und betrachtete das trotzige Balg mit verzweifelter Miene. Einen Augenblick lang glaubte ich, Verdruss und eine unsägliche Müdigkeit in ihrem Gesicht zu entdecken, doch dann beugte sie sich hinunter und flüsterte dem Mädchen etwas ins Ohr, worauf dieses abrupt verstummte. Ein verschüchtertes Lächeln erschien auf seinem Gesicht und die Kleine wischte sich die Tränen von den Wangen. Dann griff sie nach der Hand ihrer Mutter und zog sie hinter sich her in den Discounter hinein.

Es dauerte etwas, bis Hubacher wieder auftauchte, in jeder Hand trug er eine prall gefüllte Papiertasche. Soweit ich erkennen konnte, hatte er vor allem Nahrungsmittel gekauft, das typische Klacken von aneinanderstoßenden Konservendosen war bis zu mir herüber zu vernehmen.

Na toll, betreutes Einkaufen mit Vijay Kumar, dachte ich verdrossen, während er die Tüten im Kofferraum verstaute, und schnippte die Fluppe aus dem Fensterspalt. Im Rückspiegel verfolgte ich, wie Hubacher an mir vorbeirollte. Zu meiner Überraschung kehrte er allerdings nicht nach Hause zurück, sondern lenkte den Wagen in der Ausfahrt nach rechts. Ich ließ den Motor anspringen und nahm die Beschattung unverzüglich wieder auf.

Nach kurzer Fahrt erreichten wir einen Weiler namens Wasen, wo Hubacher die Hauptstraße verließ und in einen schmalen Fahrweg einbog, der sanft ansteigend durch sattgrüne Wiesen zu einem bewaldeten Hügelzug hinaufführte. Da auf dieser gut einsehbaren Strecke außer uns keiner unterwegs war, war ich gezwungen, am Wegrand eine Pause einzulegen und ihn vorausfahren zu lassen. Unter keinen Umständen wollte ich Hubacher auf mich aufmerksam machen. Vielleicht hatte ich ja doch Glück und er war unterwegs zu Bühler, die eingekauften Lebensmittel sprachen ganz dafür.

Sobald der grüne Panda außer Sichtweite war, legte ich den ersten Gang ein und brauste den Hang hoch. Oben angekommen, stellte ich fest, dass sich der Weg verzweigte, der asphaltierte Teil folgte kurvenreich dem Waldrand, ein knapp wagenbreiter Pfad verschwand zwischen den Bäumen. Hubachers Karre war nirgendwo zu sehen. Ich öffnete die Autotür und horchte aufmerksam, in welche Richtung sich die Motorengeräusche entfernten, und wählte entsprechend den Waldweg.

Das Sträßchen war holprig und führte gradlinig bergauf. Tief hängende Äste streiften das Wagendach und Laub blieb regennass an der Windschutzscheibe kleben. Der Baumbestand wurde zunehmend dichter, Buschwerk wucherte zwischen den Stämmen, das spärliche Tageslicht drang nur gedämpft durch die Kronen. Ich entdeckte den grünen Panda auf einem Abstellplatz am Straßenrand und passierte ihn, um knapp hundert Meter später an einer günstigen Stelle den Waldweg zu verlassen und ein Stück ins Unterholz hineinzufahren. Falls Hubacher Gesellschaft erwartete, wollte ich nicht, dass dieser als Erstes mein hellblauer Käfer ins Auge stach. Als ich mir sicher war, dass man den Wagen von der Straße nicht mehr erkennen konnte, stieg ich aus und hastete zum Parkplatz zurück. Von Hubacher keine Spur. Ich spähte durch die Heckscheibe des Pandas in den Kofferraum. Die Einkaufstüten waren weg. Gehetzt sah ich mich um. Aus allen Richtungen raschelte und knackste es, untermalt von einem konstanten Rauschen, das die Luft erfüllte. Unmöglich, Schritte auszumachen. Mit den Augen suchte ich die Umgebung rund um den Wagen nach Spuren ab, doch da war nichts zu erkennen. An die Vorgehensweise Winnetous in solchen Situationen konnte ich mich beim besten Willen nicht mehr erinnern.

Aller Wahrscheinlichkeit nach war Hubacher den Hügel hochgekraxelt. Weit konnte er nicht gekommen sein in seinem Alter. Beherzt nahm ich die Steigung in Angriff und entdeckte erst nach ein paar Metern den kaum sichtbaren Trampelpfad, der zwischen den Bäumen steil nach oben führte. Eine beschwerliche Angelegenheit, ich war außer Atem, als ich die Anhöhe erreichte. Der Grund war hier ebener, es herrschte auch kein dschungelartiges Dickicht mehr wie vorhin. Plötzlich registrierte ich eine Bewegung zwischen den Baumstämmen und verlagerte behutsam mein

Gewicht. Hubacher war etwa fünfzig Meter von mir entfernt, die Büchsen klackerten leise in den Einkaufstüten. Immer wieder legte er Verschnaufpausen ein und wischte sich mit einem Taschentuch über die Stirn. Sein Ziel schien ein massiver, hausgroßer Felsblock zu sein, der wohl vor Jahrtausenden mit Wucht aus dem Waldboden gebrochen und auf halbem Weg erstarrt war. Tannen wuchsen auf seiner Oberfläche, er war stellenweise mit Moos bedeckt, in den Spalten hatte sich genügsame Vegetation eingenistet. Der Pfad führte direkt auf ihn zu, am Rand des Abhangs machte er eine leichte Biegung um den Gesteinsbrocken herum und verschwand dahinter. Hubacher hatte die Wegkrümmung beinahe erreicht, als er die Taschen abstellte und sich unvermittelt umdrehte. Ich drückte mich an den Stamm der Buche vor mir und vermied jede Bewegung, während der Alte misstrauisch die Umgebung rasterte. Zögernd wandte er sich wieder ab und verschwand hinter dem steinernen Ungetüm.

Ich gewährte ihm einen kleinen Vorsprung, indem ich bis zwanzig zählte, dann rannte ich auf den Felsen zu. An den nasskalten Stein gepresst, hielt ich kurz inne, bevor ich vorsichtig um die Ecke lugte.

Doch da war niemand.

Der Weg verlief noch ein ganzes Stück dem Kamm der Halde entlang, weit und breit war aber kein Mensch zu sehen, auch konnte ich keine ungewöhnlichen Geräusche ausmachen. Mit einem gewagten Sprung landete ich auf dem Pfad, rannte am Felsstück vorbei und blickte auf der anderen Seite die Böschung hoch – der Alte war wie vom Erdboden verschluckt.

Dabei konnte er nicht weit sein, ich hatte ja selbst gesehen, wie mühsam er sich fortbewegte. Das Ganze war mir unerklärlich. Ich wandte mich zum Felsen um. Zum Abhang hin war er leicht überhängend und bildete so einen natürlichen Unterstand, ein verborgener Zugang wäre mir selbst im herrschenden Dämmerlicht aufgefallen. Einer Eingebung folgend, fegte ich mit der Schuhspitze Laub zur Seite, leider vergebens. Es gab keinen verdeckten Einstieg, keinen Gullydeckel, unter dem ein unterirdischer Geheimtunnel begann. Nichts. Nur matschiges Erdreich überall. Fluchend sah ich mich um, doch ich war allein auf weiter Flur. Ich hatte Hubacher verloren.

»Er hat sich in Luft aufgelöst!«

»Das ist faktisch unmöglich. Bist du dir sicher, dass du nichts übersehen hast?«

»Ich hab jeden Quadratzentimeter Waldboden abgesucht, da war nichts! Und der Felsbrocken sah aus, wie ein Felsbrocken halt aussieht. Dabei war ich mir sicher, dass Hubacher mit den Lebensmitteln Adrian Bühler in seinem Versteck versorgt.«

José schien zu überlegen. »Es muss ein plausible Erklärung für sein Verschwinden geben.«

»Natürlich – ich jedenfalls glaube nicht an Mäntel, die unsichtbar machen.«

»Wo genau steht dieser Felsen?«

»Was weiß ich, irgendwo in diesem blöden Wald. Hast du mit der Widmer geredet?«

»O ja! Willst du ihre Entgegnung auf meine Warnung wörtlich oder in einer zuhörerfreundlichen Fassung?«

»Was schneller geht.«

Mein Freund lachte leise. »Na ja, erst wollte Annegret Widmer gar nicht mit mir reden, weil ich von der Presse bin. Doch als ich ihr erklärte, um wen es geht, lenkte sie widerwillig ein. Besonders erstaunt zeigte sie sich aber nicht, als ich ihr mitteilte, dass Egon Hubacher hinter dem Pseudonym Winkelried steckte. Das hätte sie längst vermutet. Wir hätten uns echt den ganzen Aufwand sparen können, wenn wir sie gefragt hätten.«

»Das konnten wir ja nicht ahnen.«

»Leider nicht. Im Übrigen hält sie Hubacher für paranoid, ihrer Meinung nach gehört er längst in die Klapse. Meinen Verdacht, er könnte es auf sie abgesehen haben, hat sie nur weggelacht. Sie lasse sich von solchen Spinnern nicht einschüchtern. Schließlich sei es ein unbezahlbares Privileg, dass Politiker in diesem Land keine Bodyguards brauchten und nicht um ihr Leben fürchten müssten. Als Beispiel nannte sie die Bundesräte, die jeden Morgen mit dem Zug nach Bern führen, oder die Zürcher Stadtpräsidentin, die ihren Arbeitsweg mit dem Fahrrad zurücklege, wie allgemein bekannt sei.«

»Ach, Caroline Rauch. Von ihr weiß man auch, dass sie privat gerne Blockflöte spielt.«

José stöhnte auf. »Manchmal wünsche ich mir echt die Zeiten zurück, als man noch nicht mit privaten Informationen von Prominenten zugemüllt wurde. Das hat sie irgendwie geheimnisvoller gemacht, glamouröser. Heute erfährt man – ob man will oder nicht –, wo und mit wem sich Justin Bieber gerade bekifft die Zehennägel schneidet oder welchen künstlerisch wertvollen Vorwand Lady Gaga nutzt, um sich schon wieder nackig zu machen …«

»Du schweifst ab.«

»Vermutlich. Die Widmer meinte dann, die Rauch und ihre linken Parteigenossen würden sie lauthals auslachen, wenn sie sich jetzt hinter Sicherheitsleuten verstecken würde. Ausgerechnet sie, die sich so gern volksnah gibt. Wegen eines frustrierten Großmauls würde sie ganz sicher nicht auf ihre Freiheit verzichten.«

»Also ist sie immer noch eine Zielscheibe.«

»Eindeutig. Aber sie ist davon nicht sonderlich beeindruckt.«

»Sie ist eine harte Nuss, in jeder Hinsicht.«

Ich parkte den Käfer auf dem Trottoir und drehte den Zündschlüssel. Motor und Musik erstarben und eine wohltuende Stille machte sich breit.

»Wo bist du?«, wollte José wissen.

Ich zögerte mit der Antwort.

»Bei den Hubachers?«

»Ich war so verdammt nah an ihm dran. Ich will jetzt endlich wissen, wo Bühler steckt.«

»Du gehst rein? Aber einfach so geht das doch nicht!«

»Wofür hältst du mich?« Ich öffnete die Wagentür und benetzte den neu erstandenen Kamm an der Windschutzscheibe, danach glättete ich meine in Unordnung geratene Frisur und zog einen akkuraten Seitenscheitel. Anschließend setzte ich die ebenfalls auf der Rückfahrt im Supermarkt erstandene Lesebrille auf und klemmte das Clipboard unter den Arm, das ich vorne im Kofferraum meines Wagens gefunden hatte. Auf der Bahnhofstoilette hatte ich Schuhe und Hosenstöße vom gröbsten Schmutz befreit, sodass ich nun halbwegs vertrauenswürdig aussah. Jedenfalls so vertrauenswürdig, wie ein Außendienstmitarbeiter einer Telekommunikationsfirma eben aussehen konnte.

»Ja, grüessi?«

Verwundert musterte ich die mollige Asiatin, die auf mein Klingeln geöffnet hatte. »Sind Sie Frau Hubacher?«

»Nock nick, aber sehr bald«, antwortete sie bestimmt.

»Martha Hubacher?«

»Is weg. Jetzt ick bin da. Meow!«

»Miau?«

»Wie Katze. Meow!«

Mir fiel ein, dass sich Thailänder gern simple Rufnamen gaben, da die richtigen viel zu lang und kompliziert auszusprechen waren. Angesichts der langen, perlmuttfarben lackierten Fingernägel erübrigte sich die Nachfrage, woher Meow ihren hatte.

»Frau Miau, ich muss das Glasfasernetz in diesem Gebäude überprüfen. Es geht darum, die Übertragungsrate Ihres Internetanschlusses zu optimieren …«

»Intarnett? Mein Mann is nick da.«

Schätzchen, das ist exakt der Grund, weshalb ich hier stehe, dachte ich bei mir und fuhr unbeirrt fort, sie mit sinnfreien Versprechungen vollzulabern. Jetzt erwies es sich als unbezahlbarer Vorteil, dass ich hin und wieder die Anrufe dieser nervtötenden Telefonverkäufer entgegennahm. »Wie ich sehe, sind Sie schon länger Abonnentin bei uns. Zusammen mit einem Treuebonus könnte ich Ihnen ein besonders günstiges Angebot unterbreiten …«

»Gunstig?«

»Genau! Haben Sie sich schon mal überlegt …«

»Normalerweise mack mein Mann …«

»Sie müssen sich keineswegs schon heute entscheiden! Ich werde Ihnen eine Offerte zukommen lassen, die Sie sich in Ruhe zusammen mit Ihrem Mann anschauen können.«

»Okeoke.«

Erwartungsvoll sah ich sie an und sie guckte genauso erwartungsvoll zurück.

Ich senkte als Erster den Blick und tat, als studierte ich die weitere Vorgehensweise auf meinem Clipboard. »Dazu müsste ich allerdings kurz alle Buchsen im Haus überprüfen.«

»Aber ist Feiertag heute!«

»Im Gegensatz zur Konkurrenz sind wir eben jeden Tag für unsere Kunden da«, säuselte ich und setzte mein liebenswürdigstes Lächeln auf. Worauf sie zögernd zur Seite rückte, um mich hineinzulassen.

»Es dauert nicht lange«, beschwichtigte ich sie, als ich ihren zweifelnden Gesichtsausdruck bemerkte. »Ich fange gleich im Keller an.«

»In Keller gibt kein Intarnett!«

»Aber da muss doch dieses schwarze Kästchen sein ...«

Zu meiner Erleichterung verunsicherte sie mein Argument. »Okeoke. Ick mack Tee.«

»Oh, das ist nicht nötig«, wandte ich ein, doch ihr resolutes Nicken ließ mich verstummen.

»Sie arbeite Feiertag. Meow mack Tee.«

Sie deutete auf eine Tür. Ich legte den Lichtschalter um, stieg eine schmale Treppe hinunter und durchsuchte den Raum, stieß aber auf nichts anderes als alte Skier, ein rostiges Fahrrad und etliche Umzugskartons. Im Luftschutzkeller lagerten in einer Holzkiste Äpfel, darüber, auf einem selbst gezimmerten Regal, waren Gläser mit Konfitüren und eingemachten Früchten aufgereiht. In der Ecke stand ein Jutesack mit Kartoffeln. Es roch muffig, nach Erde und Staub. Ich wusste gleich, dass das Gewölbe nie als Versteck benutzt worden war, doch um keinen Verdacht zu erregen, blieb ich etwas länger unten, als nötig gewesen wäre.

»Alles okeoke?«, rief Meow von oben.

Ich bejahte und stieg die Stufen wieder hoch.

»Sieht ganz gut aus«, sagte ich, nachdem ich die Kellertür geschlossen hatte.

»Ja?«

»Wahrscheinlich muss man neue Kabel verlegen, die Anlage ist etwas veraltet.«

»Aha. Tee is fetick.«

»Später«, wehrte ich ab. »Erst muss ich mir alle Buchsen ansehen. Ich gehe kurz in den oberen ...«

»Zuerst trinken Tee von Meow.«

»Ich wollte eben …«

»In Wohnzimmer.« Ihre Miene besagte deutlich, dass Widerspruch keine Option war. Mit einer brüsken Kinnbewegung forderte sie mich auf, ihr zu folgen.

Schicksalsergeben trottete ich ihr hinterher. Auf einem Salontisch hatte sie zwei dünnwandige Tassen aufgedeckt, der Teekrug stand auf einem Stövchen neben einem Teller mit Kuchenstücken.

»So«, machte sie, nachdem sie mir eingeschenkt hatte, lehnte sich in ihrem Sessel zurück und verschränkte die Arme. »Jess macken Konversassion.«

»Konversation?«

»Mein Mann sag immer, Konversassion sehr wicktick.«

»Ach ja?«

Sie nickte eifrig. »Wenn wir alleine, ick muss still sein, nick immer diskutieren. Sag mein Mann. Aber wenn Besuck, dann ick muss viel erzählen und freundlick Gesick macken.«

»Von mir aus dürfen Sie ruhig das Gesicht machen, das sie wollen, ich bin schließlich nur zum Arbeiten hier.«

»Nein. Wenn Gäste, ick muss macken Konversassion.«

Amüsiert betrachtete ich die rundliche Thailänderin, die derart entschlossen war, sich mit mir zu unterhalten. Sie war bereits über vierzig, ihr dunkles Haar war zu einer gar braven Hausfrauenfrisur gestutzt. Sie trug eine olivgrüne Strickjacke über einer etwas strengen, elfenbeinfarbenen Bluse, ihre Hose hatte Bügelfalten und war steingrau, die Füße steckten in puscheligen Pantoffeln. Ich wurde den Eindruck nicht los, dass sie sich verkleidet hatte.

»Nun, worüber möchten Sie sich denn unterhalten?«

»Mein Mann sag, sprecken über Wetter is Beste. Haben alle Meinung.«

»Wie Sie wollen. Wann hört es wohl auf zu regnen?«

»Ick keine Ahnung.« Mit nachdenklicher Miene blickte sie zum Fenster hinaus in den strömenden Regen. Ich wartete ab, doch nach einer Weile hielt ich die Stille nicht mehr aus.

»Worüber unterhalten Sie sich denn normalerweise mit Ihrem Mann?«, erkundigte ich mich, obschon es mich drängte, das Haus nach Adrian Bühler zu durchsuchen, um es dann schleunigst wieder zu verlassen. Hubacher konnte jederzeit zurückkehren. Aber einen überstürzten Abgang hätte mir Frau Meow garantiert übel genommen. Falls sie mich überhaupt hätte gehen lassen. Zudem hatte ich wirklich Durst nach der ganzen Anstrengung.

Meow zuckte bloß mit den Schultern. »Mein Mann redet immer sehr viel, ick nick alles verstehe. Er nick gerne Ausländer, sicker nick.«

»Aber Sie sind doch auch …«

»Mick schon gerne. Aber andere nick. Sind Schmarotzer, sag mein Mann.«

»Das kann ich mir denken«, erwiderte ich, ohne dass sie meinen ironischen Ton mitbekam.

»Woher Sie kommen?«, wollte Meow wissen.

»Meine Eltern stammen aus Indien.«

»Oh!« Mit einem Mal wirkte sie ratlos, als wäre sie sich nicht sicher, wie sich ihr Mann dazu äußern würde. Ihrer Mimik nach kam sie zum selben Schluss wie ich: vermutlich wenig wohlwollend.

»Ich bin aber in der Schweiz geboren«, ergänzte ich rasch und ein erleichtertes Lächeln entspannte ihre Züge.

»Sind Sie schon lange hier?«

»Vier Jahre.«

»Wo haben Sie Ihren Mann kennengelernt? In Thailand?«

Empört richtete sie sich auf. »Ick nick billige Schlampe von Straße! Ick Katalog!«

Perplex starrte ich sie an. Natürlich war diese Konstellation ein übles Klischee. Der Zittergreis aus der rechtskonservativen Ecke wettert gegen Ausländer, ordert aber eine Thaifrau aus dem Katalog. Gute Einwanderer, schlechte Einwanderer, du bist schon in Ordnung, im Gegensatz zu denen. Die Grenze wurde nach persönlichem Gutdünken gezogen. Hubacher war damit definitiv kein Einzelfall.

Meow schenkte mir Tee nach und hielt mir auffordernd den Teller mit dem Kuchen hin.

»Rüblikucken. Ick selber gebacken. Nehmen Sie, bitte schön!«

»Ich denke, ich sollte …«

»Essen! Bitte schön!«

Ich bediente mich und während ich vom Kuchen kostete, betrachtete ich das gerahmte Bild über dem Sofa. Meow an einem tropischen Strand, sie trug traditionelle Thaikleidung, die mich stark an den *Salwar Kamiz* der indischen Frauen erinnerte, eine rosa Orchidee steckte in ihrem langen Haar, ihr Lachen war fröhlich und vor allem natürlich. Mit einem Mal wusste ich, was mich an ihrer heutigen Aufmachung störte: Sie war nicht authentisch. Viel zu sehr bemühte sich die zukünftige Frau Hubacher, wie eine Schweizerin zu wirken. Ihre Kleidung, ihr Haarschnitt, die Gästebetreuung, die bemühte Konversation. Die eingemachten Früchte im Keller, der Rüeblikuchen. Die gutbürgerliche Einrichtung der Wohnung wirkte wie eine Kulisse zu einem Theaterstück, nur war Meow eine absolute Fehlbesetzung. Leute wie Hubacher mochten Ausländer wohl nur, wenn sie wie Einheimische aussahen und sich auch entsprechend benahmen.

»Ein hübsches Möbelstück«, bemerkte ich und meinte damit den Eichenschrank, der passgenau zwischen Wohnwand und Zimmerecke eingepfercht war. *Timotheus*, wenn ich mich richtig erinnerte.

»Woher haben Sie ihn?«

Meow nannte mir den Namen des Möbelhauses.

»Ach, dann war vielleicht ein guter Freund von mir hier? Faruq heißt er, er arbeitet für die.«

Sie überlegte. »Zwei Männer hier, aber ick nick viel gesprocken.«

»Er sieht arabisch aus, dunkles, leicht gekraustes Haar.«

»Ah ja! War hier.« Sie strahlte, machte aber gleich darauf ein bekümmertes Gesicht. »Aber er krank, Magenprobleme. Wahrscheinlick Essen nick gut.«

»Davon hat er mir nichts erzählt.« Diese Information war nicht zu viel nütze, befürchtete ich, aber ich machte mir trotzdem eine gedankliche Notiz, später Faruqs Arbeitskollegen ausfindig zu machen.

»War Ihr Mann ebenfalls anwesend?«

»Er oben in Büro gearbeitet, immer Telefon.«

»Aha?«

»Ick weiß nick, mit wem«, fügte sie ungefragt hinzu, es klang wie ein Vorwurf.

»Haben sich die Männer unterhalten?«

»Nur kurz gesprocken, wegen Schrank. Sie stellen viele Fragen!«

»Ach, ich bin bloß neugierig«, erwiderte ich mit einem zerknirschten Lächeln und Meow kicherte.

»Ick auck! Sehr neugierig! Zu Hause mein Familie sag, ick neugierig wie Katze.«

»Miau!«

Sie fauchte und fuhr mit ihren Fingernägeln durch die Luft. Jetzt wusste ich immerhin, welchem Umstand sie ihren Übernamen tatsächlich verdankte, weit daneben gelegen hatte ich nicht.

Ich nutzte die gelöste Stimmung, um rasch eine Frage hinterherzuschieben: »Dauerte es lange, bis der Schrank zusammengebaut war?«

Ein Schuss ins Blaue. Aber Hubacher und Faruq waren zur selben Zeit in diesem Haus gewesen, Hubacher und Bühler heckten gemeinsam etwas aus, Faruq war tot und Bühler verschwunden – wenn es eine Verbindung zwischen diesen Männern gab, dann musste der Knotenpunkt hier zu finden sein. Leider hatte ich keinen Schimmer, worauf ich genau aus war, und stocherte deshalb aufs Geratewohl im Trüben.

»Nick lange, beide sehr schnell. Halbe Stunde und gleick weg.«

»Ist Ihnen in letzter Zeit zufälligerweise ein schwarzer Range Rover aufgefallen?«, fragte ich beiläufig.

»Wieso?«

»Die Konkurrenz.«

Meow schüttelte den Kopf.

»Auch kein ungewöhnlicher Besuch? Manche Telekommunikationsfirmen schrecken beim Kundenfang selbst vor unlauteren Methoden nicht zurück.«

»Nein, kein Besuck, schon lange nick mehr.« Sie kaute auf ihrer Unterlippe herum. »Mein Mann sehr beschäftick und ick immer alleine.«

»Womit ist er beschäftigt?«

Sie zog eine Schnute. »Er immer oben in Büro. Türe zu, aber ick höre Telefon. Vielleick andere Frau?«

»Das glaube ich nicht.«

»Sicker?«

»Ja, da bin ich mir ganz sicher. Wieso sollte er eine andere Frau wollen, wenn er Sie hat?«

Sie strahlte erfreut und mir dämmerte, dass ich Adrian Bühler hier nicht finden würde. Hubacher war wohl doch nicht so dumm, den mutmaßlichen Mörder von Faruq al-Naser bei sich zu verstecken, während die Polizei nach ihm fahndete. Ich nahm mir vor, am nächsten Tag nochmals in den Wald zu fahren und wirklich jedes hinterletzte Blatt umzudrehen. Hubacher konnte sich unmöglich in Luft aufgelöst haben.

Die obere Etage des Hauses bestand aus drei Räumen und einem Badezimmer, im Flur lag dunkelbrauner Spannteppich, sonst überall helles Laminat. Ich blickte kurz ins Schlafzimmer und den Arbeitsraum daneben, der mit Nähmaschine und aufgeklapptem Bügelbrett ausgestattet war, ein schmales, unbequem aussehendes Gästebett war unters Fenster gerückt. Natürlich war da keiner. Am meisten interessierte mich ohnehin das Büro, das mit einem Wandschrank und billig wirkenden, weißen Möbeln eher funktional eingerichtet war. An der Schiebetür des Schrankes befand sich ein Spiegel, darüber hing ein Tarnanzug, wie er in der Schweizer Armee getragen wurde. Die drei dicken Balken auf dem Kragenabzeichen verrieten den Oberst. Über dem Arbeitsplatz waren helle Rechtecke auf der Tapete auszumachen, auf dem Schreibtisch selbst ein klobiges, aus der technoiden Steinzeit stammendes Laptop. Ich klappte es auf und drückte den Startknopf. Vielleicht fand ich auf dem Weg etwas über die große Sache heraus, die Hubacher plante. Womöglich stieß ich sogar auf einen Hinweis, was er mit Annegret Widmer vorhatte. Falls ich mit meinem Verdacht überhaupt richtig lag.

Doch meine Hoffnungen zerschlugen sich jäh: Auf dem Bildschirm erschien ein Kästchen und ein Passwort wurde verlangt. Ich gab aufs Geratewohl ein paar Worte ein, die mir als Geheimcode für einen hohen Militär plausibel erschienen, doch meine Versuche blieben alle erfolglos. Von draußen erklang das Geräusch eines vorfahrenden Wagens. Erschrocken warf ich einen Blick aus dem Fenster. Hubacher war zurück. Er ließ den Panda vor der Garage stehen, während ich den Laptop unverrichteter Dinge herunterfuhr und ihn zuklappte. Für einen eleganten Abgang war die Zeit zu knapp, ich würde mich wohl oder übel auch bei Egon Hubacher als Telekommunikationsmitarbeiter ausgeben müssen, der selbst an Feiertagen arbeitete. Auf Zehenspitzen verließ ich das Büro und trat auf den Gang. Von unten war Schlüsselklirren zu hören, die Haustür wurde zugeschlagen und Meow rief schrill: »Hoi, Schatzeli!«

Schatzeli war offenbar in Eile. Ich beugte mich übers Geländer und sah, wie Hubacher seine Frau unsanft beiseiteschob und direkt auf die Treppe zuhastete. Prophylaktisch nahm ich das Clipboard in die Hand und setzte einen geschäftigen Gesichtsausdruck auf.

»He, was is los?«, schrie sie ihm aufgebracht hinterher.

»Ich muss dringend telefonieren!«

»Jaja, sicker warte andere Frau schon auf dick!«

Hubacher entfuhr ein Stöhnen, ruckartig drehte er sich um. »Es gibt keine andere Frau, Meow. Nur dich.«

»Aber du immer telefonieren!«

»Es geht um eine wirklich wichtige Sache. Wenn die vorüber ist … wird alles besser. Dann habe ich ganz viel Zeit für dich, mein Darling.«

Instinktiv wich ich zurück ins Büro. Von welcher wichtigen Sache sprach er? Ging es am Ende doch um Annegret Widmer? Es gab nur einen Weg, das herauszufinden.

Hubacher stürzte gehetzt ins Büro herein und verriegelte die Tür, dann sank er in den Stuhl am Schreibtisch. Sein Atem ging pfeifend, Schweißperlen glitzerten auf Stirn und Schläfe. Ich bemerkte, dass seine Hände zitterten. Nervös fuhr er sich immer wieder durch das schüttere Haar, bis es völlig zerzaust war. Sobald sich seine Atmung halbwegs beruhigt hatte, griff er zum Telefon und drückte eine der Schnellwahltasten.

»Hallo, Kleines, ich bin's. – Ich weiß, dass du das siehst. Aber ich kann doch ein Gespräch nicht ohne Begrüßung beginnen, zu meiner Zeit ... – Es ist aber wichtig ...« Er klemmte den Hörer zwischen Kopf und Schulter, abwesend kritzelte er auf dem Notizblock herum, der vor ihm lag. »Nein, nein, alles ist planmäßig vorbereitet. Es ist nur ...«

Ich spitzte die Ohren. Hatte es sich vielleicht doch gelohnt, mich im Wandschrank zu verstecken? Ich hatte die Schiebetür nicht ganz zugezogen, durch den schmalen Spalt sah ich Hubacher unbehaglich auf seinem Stuhl herumrutschen.

»Hör mal ... Ich glaube, mir ist jemand gefolgt. – Nein, ich habe niemanden gesehen, es war mehr so ein Gefühl. – Nein, ich habe die Gegend nicht abgesucht, es hat doch wie aus Kübeln geregnet.«

Die Stimme am anderen Ende der Verbindung wurde so laut, dass sogar ich sie vernehmen konnte. Hubacher sprach mit einer Frau, eindeutig.

»Was hätte ich denn tun sollen? – Nein, auf gar keinen Fall! Ich bin dagegen, noch länger zu warten! – Doch, ich kann! Notfalls auch im Alleingang! Wir dürfen jetzt keine weitere Zeit mehr verlieren. Die Operation muss sofort stattfinden! – Ja, natürlich sind wir bereit! – Jederzeit! Wir müssen uns bloß noch um die Fischkutter kümmern. – Ja, sie arbeitet morgen. – Ich weiß, dass heute der Erste Mai ist und viele Leute ein verlängertes ... – Ja, ich hab's überprüft. – Okay, dann gib mir jetzt die Details.«

Er verstummte und schrieb aufmerksam lauschend mit. Von meinem Versteck aus konnte ich leider nicht genau erkennen, was er auf seinen Block kritzelte. Es sah aber ganz danach aus, als notierte er sich eine Zahlenreihe.

Nachdem Hubacher den Anruf beendet hatte, lehnte er sich zurück und starrte mit leuchtendem Blick vor sich hin.

Gedämpft war von unten Meows Stimme zu hören, der Alte zuckte zusammen, kümmerte sich aber nicht weiter drum.

Ruckartig erhob er sich. Hatte er zu Beginn der Unterhaltung unter den Zurechtweisungen seiner Gesprächspartnerin noch wie ein gescholtener Schuljunge gewirkt, war jetzt davon nichts mehr festzustellen. Die Aufgabe hatte ihn innert Sekunden wachsen lassen, gleichzeitig schien er gut zwanzig Jahre jünger geworden zu sein. Seine aufrechte Haltung strotzte vor Stolz, als er auf den Wandschrank zumarschierte.

Schlagartig zog sich mein Blut aus den Extremitäten zurück, während ich fieberhaft nach einer plausiblen Ausrede für meinen Aufenthalt dort drin suchte. Je näher er kam, desto verzweifelter klammerte ich mich an mein Clipboard. Einen halben Meter vor dem Schrank blieb Hubacher abrupt stehen und eine zärtliche Regung huschte über seine Gesichtszüge. Unvermittelt legte er seine Strickjacke ab, knöpfte das Hemd auf und streifte die Hose runter. Ein über Siebzigjähriger in Unterwäsche ist kein sonderlich erbaulicher Anblick, nur damit das auch mal festgehalten ist. Doch ich hatte schwerwiegendere Probleme. Wie lange man, ohne Atem zu holen, aufrecht stehen bleiben kann, zum Beispiel. Zu meiner Erleichterung nahm Hubacher nun den Tarnanzug vom Bügel, schlüpfte hinein und betrachtete sich anschließend ausgiebig im Spiegel. Behutsam glättete er die Falten im Stoff und zog den Gürtel an. Zum Abschluss setzte er sich ein schwarzes Béret auf, an dem eine goldene Plakette funkelte.

»Endlich«, flüsterte er. »Endlich.«

Er legte sich die ausgestreckten Finger der rechten Hand an die Schläfe und schickte seinem Spiegelbild einen zackigen Militärgruß.

»Schatzeli!«, drang Meows Stimme durch die verschlossene Tür. »Hast du diesen …?«

»Nicht jetzt, Meow!«, bellte Hubacher und setzte sich wieder hin, während sich seine zukünftige Frau schimpfend entfernte. Vier Nummern wählte er nacheinander, jedes Mal schnarrte er bloß den Zahlencode in die Sprechmuschel und legte gleich wieder auf. Ich kam mir vor wie in einem Spionagefilm. Als er fertig war, erhob er sich und stapfte aus dem Büro, kurz darauf wurde die Tür des Badezimmers geschlossen.

Das war mein Signal. Ich stürzte aus dem Schrank, fotografierte in Windeseile mit dem Handy den Zahlencode auf dem Notizblock und flüchtete die Treppe hinunter.

»Ich melde mich bei Ihnen«, verabschiedete ich mich hastig von Meow, die von meinen Schritten angelockt aus der Küche geeilt kam.

»Wo waren Sie so lange?«

»Auf dem Dachboden.«

»Estrick?«

»Genau.« Das kam davon, wenn man Deutsche im Freundeskreis hatte. Estrich, nicht Dachboden, sagte der Schweizer.

Misstrauisch kniff sie die Augen zusammen. »In diese Haus es gibt kein Estrick.«

»Egal, ich habe alles gesehen, was ich wollte. Ich schicke Ihnen die Unterlagen.«

»Mein Mann is oben …«

»Grüßen Sie ihn von mir!« Ich riss die Haustür auf und ließ eine sichtlich verwirrte Meow zurück.

0730683523247426. Entnervt massierte ich mir die Stirn und ging die Zahlen zum tausendsten Mal durch. Es brachte auch diesmal nichts, ich kam einfach nicht darauf, was sich dahinter verbarg. Ich konnte noch so lange auf die Reihe starren, ich fand keinen Anhaltspunkt, erkannte kein Muster. Ich hatte die Ziffern in umgekehrter Reihenfolge aufgeschrieben, nur jede zweite verwendet, jede dritte, und alle möglichen offiziellen Kennzahlen in Betracht gezogen: Versicherungsnummern, AHV-Nummern, Kontonummern. Nichts passte. Für eine Telefonverbindung war die Abfolge zu lang, für zwei zu kurz. Koordinatenangaben sahen anders aus und wenn ich für jede Zahl den entsprechenden Buchstaben aus dem Alphabet einsetzte, lautete das Resultat GCFHCEBCB DGDBF. Das war kein Begriff, der in meinem Wortschatz vorkam. Selbst wenn ich die Lettern auf der Suche nach einem Anagramm umstellte, kam nichts Einleuchtendes dabei heraus. Mit nur einem Vokal hätte mich das auch erstaunt. Das Ganze ergab einfach keinen Sinn. Zumindest nicht für mich.

Ich leerte mein japanisches Bier und schielte unauffällig zu dem Herrn im Anzug hinüber. Wie Miranda gesagt hatte, tat er nichts anderes als dasitzen und Nudelsuppe essen. Einzig sein Blick folgte meiner Freundin andauernd, jedes Mal wenn sie aus der Küche trat, hob er den Kopf und musterte sie eingehend.

Ich konnte nur erahnen, wie unangenehm das für sie sein musste. Dass er letzte Nacht schon wieder vor ihrem Haus gestanden hatte, obwohl sie von unserem Ausflug zu den Neonazis sehr spät zurückgekehrt war, war zusätzlich beunruhigend. Ich konnte ihr deutlich ansehen, wie sehr die Situation sie belastete und bewunderte ihre Selbstbeherrschung. Sie wusste sehr wohl, dass ein Ausraster schädlich fürs Geschäft gewesen wäre, denn den anderen Gästen fiel das seltsame Gebaren des Mannes kaum auf. Sie hätten Miranda für verrückt gehalten.

Doch das war sie keineswegs, der Mann stellte tatsächlich eine latente Bedrohung dar. So lange er nur zu Zeiten auftauchte, in denen das Lokal gut besucht war, konnte sie ihn allerdings schlecht zur Rede stellen.

Immerhin hatten wir einen Weg gefunden, damit sie wenigstens heute Nacht Ruhe vor ihm hatte und entspannt schlafen konnte. Längerfristig mussten wir uns aber etwas Effizienteres einfallen lassen.

Gespannt verfolgte ich, wie der Mann einen Schluck aus seiner Bierflasche nahm, es war die zweite und sie war beinahe leer. *Asahi*, eine japanische Marke, dieselbe trank ich auch.

Mit den Stäbchen pickte Mirandas Stalker die letzten Udonnudeln aus der Schüssel und hob diese dann an den Mund, um den Rest der Suppe zu schlürfen. Plötzlich zuckte er zusammen, verharrte sekundenlang, dann knallte er die Schale so überstürzt hin, dass die Bierflasche umkippte und sich die Gäste an den Nebentischen nach ihm umwandten. Die Hand des Mannes fuhr an seinen Bauch, er krümmte sich leicht, sprang dann auf und stieß dabei den Stuhl um. Mit hochrotem Gesicht bahnte er sich den Weg durchs Lokal und verschwand eilig auf der Toilette.

Sofort räumte Miranda die verräterische Bierflasche weg. Es würde eine ganze Weile dauern, bis der Mann vom Klo zurückkehrte. Zumindest heute würde er keinesfalls in der Lage sein, die halbe Nacht vor Mirandas Wohnblock herumzulungern. Dafür hatten wir gesorgt. Selbst wenn wir es bei der Dosierung etwas übertrieben hatten – auf Rizinusöl war grundsätzlich Verlass.

»Eine akute Magen-Darm-Infektion wahrscheinlich«, beruhigte Miranda ihre Gäste, nachdem sie den Stalker zum Taxi hinausgeleitet hatte. »Er hat sich wohl schon den ganzen Tag nicht besonders gut gefühlt. An der Suppe kann's nicht gelegen haben.«

Mitleidiges Gemurmel erklang, gleichzeitig wurden erleichterte Blicke ausgetauscht, bevor sich die Kundschaft wieder ihrem Essen widmete und die Gespräche einsetzten. Miranda zwinkerte mir verschwörerisch zu, bevor sie in der Küche verschwand.

Ich beugte mich erneut über die Zahlenreihe, doch es war aussichtslos. Solange ich den Code nicht knackte, fand ich auch nicht heraus, was Hubacher und seine Verbündeten vorhatten. Mir schwante, dass Annegret Widmer in unmittelbarer Gefahr schwebte. Nur zu gern hätte ich sie selbst gewarnt, doch ohne Unterstützung von außen würde ich nicht an sie rankommen. Ich orderte ein neues Bier und wählte Fionas Nummer.

»Fiona, versprich mir, dass du jetzt nicht ausflippst!«

Ein paar Atemzüge lang herrschte Schweigen, dann sagte sie vorsichtig: »Was hast du jetzt schon wieder ausgefressen?«

»Hat dir José von Hubacher erzählt?«

»Hat er.«

»Ich war in seiner Wohnung.«

Stille.

Ich räusperte mich. »Per Zufall hab ich dort ein Gespräch belauscht. Die planen einen Übergriff und zwar schon bald!«

»Die?«

»Hubacher hat zuerst Instruktionen von einer Frau erhalten und danach vier weitere Leute angerufen, denen er einzig einen Zahlencode durchgegeben hat.«

»Ich nehmen an, den Code, an dem José schon den ganzen Abend herumtüftelt?«

»Verdammt! Er hat mir versprochen, dass das unter uns bleibt.«

»Wir wohnen zusammen, schon vergessen?« Ein spöttischer Ton lag in ihrer Stimme. »Allerdings konnten wir ihn auch gemeinsam nicht knacken.«

»Was nun? Ich bin leider auch weit von einem Durchbruch entfernt.«

»Ich könnte ihn morgen den Kollegen ...«

»Es eilt, Fiona. Ich befürchte nämlich, Annegret Widmer könnte das Ziel dieses Anschlags sein. Vermutlich soll sie entführt werden ...« Ich dachte an die Einkäufe, die Hubacher in den Wald hinaufgetragen hatte.

»Vijay, wie du selbst sagst, sind das bloß Vermutungen, du kannst deinen Verdacht nicht einmal begründen.«

»Aber mein Gefühl ...« Ich brach ab, ehe sie eine bissige Bemerkung von sich geben konnte. »Reto Wyss, der kleine Neonazi, kennt den Hubacher ebenfalls. Er sitzt doch noch in U-Haft? Frag José nach dem Foto der beiden. Womöglich ist er eingeweiht und könnte euch einen Hinweis liefern.«

»Wenn du dich bloß selbst hören könntest. Du klingst wie ein paranoider Verschwörungstheoretiker!«

Beleidigt verstummte ich.

»Dein Gefühl allein reicht leider nicht aus, so ungut es auch sein mag«, fügte Fiona besänftigend hinzu.

»Könntest du nicht wenigstens jemanden zu Widmers Haus schicken, um aufzupassen?«

»Fiel während des Gesprächs auch nur einmal ihr Name?«

»Nein, wahrscheinlich steckt er aber im Code.«

»Wahrscheinlich, vermutlich, eventuell! Verstehst du denn wirklich nicht? Ich bin auf handfeste Fakten angewiesen, um mich gegenüber meinen Vorgesetzten zu verantworten. Gerade wenn es um Personenschutz für jemanden wie die Widmer geht. Ich leg jetzt auf. Schlaf etwas, und morgen sehen wir weiter.«

»Hubacher hat Fischkutter erwähnt!«, erinnerte ich mich gerade noch rechtzeitig und war erleichtert, ihr doch noch einen konkreten Hinweis liefern zu können.

»Fischkutter? In welchem Zusammenhang?«

»Er hat wortwörtlich gesagt, er müsse sich nur noch um die Fischkutter kümmern. Möglicherweise …«, schon wieder so eine vage Formulierung, dachte ich ertappt, »… wird die Widmer auf dem Seeweg entführt. Oder er will ihre Leiche in einem Gewässer loswerden.«

»Muss ich dich allen Ernstes darauf aufmerksam machen, wie unpräzis diese Theorie ist? Selbst wenn da was dran wäre – es gibt ein halbes Dutzend Seen rund um Zürich, dazu kommen die Flüsse Limmat, Sihl, Töss und Thur, die alle durch den Kanton fließen. Schon die Uferlänge des Zürichsees allein beträgt beinahe neunzig Kilometer und meines Wissens sind darauf etwa sechstausend Motorboote zugelassen. Und wer sagt denn, dass die Entführung tatsächlich Annegret Widmer betrifft? Was, wenn sich das Ganze in Bern abspielen soll? Womöglich mit jemand anderem? Wo also sollen wir ansetzen?«

Sie hatte leider recht.

»Du hältst mich sicher für total verrückt.«

Fiona ließ sich Zeit mit der Antwort. »Vielleicht ist tatsächlich was dran an deinem Verdacht. Aber solange du mir keine stichhaltigen Beweismittel vorlegst, werde ich nichts unternehmen.«

Bedrückt verabschiedete ich mich und nahm einen Schluck vom Bier, das mir Miranda eben hingestellt hatte.

»Das ist aber eine lange Telefonnummer«, sagte sie mit einem Seitenblick auf den Zettel mit dem Zahlencode. »Ist das die Direktwahl zu Gott?«

»Schön wär's. Dann wär ich wenigstens ein Problem los und könnte gleich nachfragen, wie die übrigen zu lösen sind.«

»Ich befürchte, da oben erreichst du eh nur den Anrufbeantworter.«

Sie legte mir kurz die Hand auf die Schulter, bevor sie den

benachbarten Tisch abräumte. Das Lokal war beinahe leer, kurz vor elf. Wie ein feiner Vorhang umhüllte der Regen das Licht der Straßenlampen, ihr Schein zerstäubte in der Dunkelheit. Mit einem Mal wusste ich, was ich zu tun hatte.

Während ich Manju informierte, dass es spät werden würde und sie nicht auf mich zu warten brauchte, fuhr ich am Bellevue vorbei stadtauswärts. Der Regen fiel wieder heftiger. Die Straße dem See entlang war um die Uhrzeit kaum befahren, angetäute Boote schaukelten auf dem von Schauern gepeitschten Wasser, am gegenüberliegenden Ufer blinkten verschwommen einzelne Lichter. Annegret Widmer wohnte standesgemäß in einer der steuergünstigen Gemeinden am Ufer des Zürichsees, am rechten selbstverständlich. Es war ein Kinderspiel gewesen, ihre Adresse herauszufinden. Wie sie selbst gesagt hatte, hatten Prominente in der Schweiz nichts zu befürchten. Mich persönlich überzeugte dieses Argument überhaupt nicht. Mit Unbehagen erinnerte ich mich an den Mord am ebenfalls rechtskonservativen Politiker Walter Graf, ein Fall, an dem ich mir vor drei Jahren beinahe die Zähne ausgebissen hatte. Obschon sich schließlich herausgestellt hatte, dass der Täter aus den eigenen Reihen stammte, hatte dieser Vorfall die Bevölkerung erschüttert. Bis dahin war hierzulande ein Mordanschlag auf eine öffentliche Person unvorstellbar gewesen.

Als ich in das verschwiegene Sträßchen einbog, das zu Annegret Widmers Villa hinaufführte, erkannte ich, dass sie doch nicht so sorglos war, wie sie sich in der Öffentlichkeit gab. Eine hohe Mauer verlief rund um das Anwesen, Warnschilder wiesen auf einen bissigen Hund und Privatgrund hin, über der Zufahrt und entlang der Mauerkrone entdeckte ich Kameras, die jede verdächtige Bewegung einfingen. Nur konsequent, dachte ich bei mir, die Widmer lebte selber so abgeschirmt, wie sie die Schweiz gern gehabt hätte. Ich fuhr dicht an den Zaun des benachbarten Grundstücks ran und lenkte meinen Käfer unter die herunterhängenden Äste einer Trauerweide. Halbwegs verborgen, hatte ich trotzdem einen prima Ausblick auf das Eingangstor. Da Fiona sich geweigert hatte, die Kollegen herzuschicken, musste ich wohl oder übel selbst auf Annegret Widmer aufpassen. Ausgerechnet ich. Im Geiste sah ich schon die Schlagzeilen vor mir: *Indischer Einwanderersohn rettet ausländerfeindliche Politikerin!* oder noch besser *Nach verhindertem Anschlag – Widmer denkt in Ausländerfrage um!*

Aber wenn keiner je einen Schritt auf den anderen zumachte, änderte sich nie etwas. Zu Hause hätte ich ohnehin kein Auge zugekriegt, der Gedanke, dass Hubacher und seine Crew bereits in dieser Nacht zuschlagen könnten, hätte mich nicht zur Ruhe kommen lassen.

Ich schob die Rückenlehne zurück und kuschelte mich ins warme Leder. Ein langer und erlebnisreicher Tag lag hinter mir, mit einem Mal überkam mich die Erschöpfung, die ich schon die ganze Zeit vor mir hergeschoben hatte. Im Radio lief *Midnight rain,* eine melancholische Softrocknummer aus den Achtzigern. Ich rauchte eine Zigarette, während ich einmal mehr den Zahlencode studierte. Leider auch diesmal ohne den dringend benötigten Geistesblitz. Dunkel und still lag das Anwesen der Widmer da. Ich schloss die Augen. Ganz kurz nur, ermahnte ich mich.

Freitag

Ich schreckte auf und starrte keuchend in die Dunkelheit. In meinem Kopf hallte ein beunruhigender Traum nach, doch ich bekam ihn nicht zu fassen. Ein Blick auf mein Handy – halb vier. Ich fühlte mich wie gerädert und stieß die Wagentür auf. Nasse Zweige schlugen mir ins Gesicht, die Luft war angenehm kühl. Ich streckte mich und gähnte herzhaft. Über die Mauer hinweg konnte ich bloß den oberen Teil der Villa sehen, dieser lag immer noch im Dunkeln. Außer dem sanften Plätschern der Regentropfen war kein Laut zu hören. Ich vertrat mir die Beine, indem ich das Sträßchen einmal rauf- und runterlief, dabei rauchte ich eine Zigarette. In dem Augenblick, als ich die Wagentür öffnete, durchfuhr es mich siedend heiß. Aus dem Nichts tauchte ein Gesicht vor mir auf, das ich während der Ermittlungen völlig außer Acht gelassen hatte, ein Gesicht, das ich nur einmal kurz aus der Ferne gesehen hatte, undeutlich, durch eine regennasse Windschutzscheibe. Und später etwas klarer auf den Fotos. Es war das Gesicht von Holger Schulze.

Meine Gedanken überschlugen sich. Der Deutsche hatte allen Grund, Faruq umzubringen und den Mord Adrian Bühler anzuhängen. Er war von Jasmin Bühler hingerissen – die Szene vor dem Fitnessklub in Altstetten war mir noch sehr präsent – und sie hatte ihn brüsk abgewiesen. Was lag also näher, als die Konkurrenz zu beseitigen? Doch noch ehe ich meine Theorie zu Ende gedacht hatte, kamen mir erste Zweifel. War es wirklich so simpel? War Schulze ein Mörder? Hatte er womöglich auch Adrian Bühler etwas angetan? Ich ärgerte mich unsäglich, dass ich diese Fußnote bis jetzt vernachlässigt hatte, ein wirklich unverzeihlicher

Fehler. Ich musste Schulze unbedingt einen Besuch abstatten. Nur konnte ich hier keinesfalls weg, unter Umständen hatte Hubacher den Zugriff für die frühen Morgenstunden geplant. Es wäre durchaus clever, Annegret Widmer auf dem Arbeitsweg aufzulauern, denn das Sicherheitssystem der Villa auszutricksen, war beinahe unmöglich. Vor allem für einen älteren Mann wie Hubacher. Zwar ging ich davon aus, dass seine Mitstreiter jünger und wendiger waren, doch auch ihnen dürfte es schwerfallen, ungesehen ins Anwesen der Widmer einzudringen.

Ungeduldig rauchte ich eine weitere Zigarette. Die Minuten zogen sich endlos hin. Allmählich wurde es heller, Vögel begannen zu zwitschern. Ein Igel überquerte gemächlich das Sträßchen und kroch ins Gebüsch des benachbarten Grundstücks. Kurz nach fünf Uhr ging das Flurlicht im obersten Stockwerk der Villa an. Annegret Widmer war, wenig überraschend, eine Frühaufsteherin. Als sie die Rollläden im Schlafzimmer hochkurbelte, erhaschte ich einen kurzen Blick auf sie. Ungeschminkt wirkte ihr Gesicht wie leer gewischt, sie hatte Lockenwickler in den Haaren und trug ein leichtes Nachthemd, unter dem sich deutlich ihre wuchtigen Brüste abzeichneten. Das spannungslose Gewebe an ihren Oberarmen schwabbelte bei jeder Umdrehung der Kurbel mit. Dieser Anblick enthüllte eine Verletzlichkeit, die sie bei öffentlichen Auftritten nie zeigte. Sie sah aus wie eine ganz normale Frau, die einen etwas anstrengenden Job hatte. Ein Foto von diesem intimen Moment im Internet und kein Mensch hätte ihr mehr die knallharte Rechtspopulistin abgenommen.

Eine Dreiviertelstunde später schwang das Tor zur Widmer'schen Festung auf und ein schwarzer Mercedes rollte aus der Auffahrt. Ich war mit dem Käfer in eine Seitengasse hineingefahren, damit die Widmer nicht gleich als Erstes meinen doch etwas auffälligen Wagen zu Gesicht bekam. Nachdem die Limousine in die Hauptstraße eingebogen war, startete ich den Motor und nahm die Verfolgung auf. Die Fahrt verlief ruhig. Schwäne auf dem See, graue Wolken am Himmel, der Regen fiel konstant, aber beiläufig. Ich fragte mich, wie lange ich die Sonne nicht mehr gesehen hatte.

Immerhin hatte sich meine düstere Ahnung nicht erfüllt und Annegret Widmer war letzte Nacht nichts zugestoßen.

Wir passierten die Stadtgrenze, kurz darauf hielt der Mercedes vor dem Pressehaus einer bekannten Boulevardzeitung im Seefeld an und die Widmer betrat zielstrebig das Gebäude. Wahrscheinlich gab sie gleich eines ihrer berüchtigten Interviews und würde wie üblich die bösen Ausländer beschuldigen, das Land systematisch in den Abgrund zu treiben, gleichzeitig würde sie ihre Partei als die einzig wahre Retterin vor allem Übel anpreisen. Wie eine abgenutzte Vinylplatte mit Sprung.

Meine Aufgabe war damit vorläufig beendet, ich lehnte mich zurück und zückte mein Handy.

»Ist dir bewusst, wie spät es ist?«, grunzte José.

»Ich wollte dir nur mitteilen, dass Annegret Widmer die Nacht überlebt hat.«

»Sobald ich richtig wach bin, werde ich jubeln und frohlocken.«

»Gibt's Neuigkeiten von der Front?«

»Muss das unbedingt jetzt sein?«

Ich schwieg vielsagend und José stöhnte auf.

»Reto Wyss wurde gestern Abend nochmals verhört.«

»Nach meinem Anruf?«

»Bild dir nicht zu viel drauf ein. Fiona wollte vermutlich nur sichergehen, dass nichts dahintersteckt, und hat die Aufgabe an die diensthabenden Kollegen weitergeleitet.«

»Und?«

Dem Rascheln nach richtete sich José gerade ziemlich umständlich im Bett auf. »Es kam nicht viel dabei heraus. Zwar verehrt Wyss Hubacher wegen seiner Tätigkeit bei der P-26 beinahe fanatisch und kannte auch dessen Deckname in der Organisation. Seinen Nazikumpels gegenüber hat er jedoch Winkelrieds, beziehungsweise Hubachers, wahre Identität nie preisgegeben. Als Begründung hat er etwas von Ehre und Vaterland gelabert, was Fionas Kollegen nicht ganz verstanden haben. Dass Hubacher hinter den rassistischen Onlinekommentaren steckt, hat Wyss geahnt. Von den Entführungsplänen weiß er hingegen nichts.«

»Und wenn doch, hätte er sein Idol kaum verraten.«

»Davon muss man ausgehen. Weshalb bist du eigentlich schon wach? Das ist doch sonst so gar nicht deine Tageszeit.«

Ich setzte gerade zu einem Bericht über die vergangene Nacht an, als am anderen Ende der Verbindung vorwurfsvolles Babygeplärr erklang.

»Man verlangt nach mir, du hörst es selber. Fiona ist leider bereits auf der Arbeit. Ich ruf dich später an, wenn der kleine Sonnenschein frisch gewickelt und verpflegt ist.« Ohne meine Antwort abzuwarten, beendete er den Anruf.

Bange dachte ich an das Versprechen, das ich José gegeben hatte, und fragte mich, ob eine Möglichkeit existierte, es rückgängig zu machen.

Altstetten lag von hier aus gesehen am anderen Ende von Zürich. Es war noch nicht einmal halb sieben und wenn ich Glück hatte, erwischte ich Holger Schulze zu Hause. Mit dem Daumen klickte ich die Karte auf meinem Handy weg und kurvte aus der Parklücke. Ich verließ die Dufourstrasse, bog nach kurzer Fahrt durch ein schmales Quergässchen in die Seefeldstrasse ein und steuerte auf das Bellevue zu. Dank dem verlängerten Wochenende, das sich viele gönnten, war das Verkehrsaufkommen gering und ich kam zügig voran. Schon bald hatte ich die Innenstadt hinter mir gelassen. In der Nähe des Albisriederplatzes legte ich einen kurzen Stopp ein, um mir etwas zu essen und einen Kaffee zu besorgen. Nach der wenig erholsamen Nacht war ich dringend auf Aufmunterndes angewiesen. Trotz der frühen Stunde hatte sich bereits ein aufdringlicher Pulk Politiker vor dem Supermarkt zusammengerottet, sie verteilten schleimig lächelnd Wahlprospekte und versuchten, die Passanten in ein Gespräch zu verwickeln, indem sie sich ihnen dreist in den Weg stellten. Eine Situation, in der eine dunkle Hautfarbe durchaus ein Vorteil sein konnte. Ich brauchte bloß ein bisschen schlecht integriert zu gucken, damit die Volksvertreter schlagartig das Interesse an mir verloren und ich unbehelligt in den Laden gelangte.

Holger Schulze wohnte direkt an der Tramlinie in einem unauffälligen, blassgelb gestrichenen Wohnblock mit winzigen Balkonen. Der Eingang lag zwischen einem verstaubten Geschäft für Autozubehör und einem türkischen Lokal, das mit einem Aufkleber auf der Frontscheibe abendliche Livemusik ankündigte. Eine junge Frau mit Rucksack trat gerade aus dem Haus, als ich aus dem Wagen stieg, und ich rannte die letzten paar Schritte, um die Tür am Zufallen zu hindern. Das Treppenhaus wirkte sauber, es war erfüllt von den morgendlichen Geräuschen aus den Wohnungen. Geschirr klapperte und Besteck klirrte, irgendwo ging eine Toilettenspülung, ein Kind lachte. Lauschend blieb ich vor Schulzes Tür stehen. Eine Männerstimme war zu hören, entspannter Plauderton, leise Musik im Hintergrund. Mir fiel ein, dass ich besser jemanden über meinen Besuch bei Holger Schulze informiert hätte, im selben Atemzug ärgerte ich mich über mich selbst. Ich war es gewohnt, selbstständig zu ermitteln, der Job als Detektiv verlangte nicht selten nach spontanen, intuitiven Entscheidungen. Fiona über jeden meiner Schritte Rückmeldung zu erstatten, fiel mir daher schwer. Dennoch hätte ich es diesmal wohl tun sollen, räumte ich insgeheim ein, schließlich war ich drauf und dran, einem möglichen Todesschützen meine Aufwartung zu machen.

Aber dazu war es jetzt zu spät. Ich drückte auf die Klingel und bis auf die Musik verstummten die Geräusche. Gedämpfte Schritte näherten sich und der Spion verdunkelte sich kurz. Derjenige am Eingang zischte etwas, daraufhin wurde ein Stuhl bewegt, jemand durchquerte hastig die Wohnung, eine Tür fiel ins Schloss. Holger Schulze war eindeutig nicht allein.

Er musterte mich misstrauisch, als er öffnete. Schlank, großgewachsen, blondes Haar, etwas Ungestümes haftete ihm an. Er war barfuß und trug eine graue Jogginghose zu einem weißen T-Shirt.

»Holger Schulze?«

»Wie er leibt und lebt.«

»Wo waren Sie am Montagmorgen zwischen halb acht und acht?« Ich hatte mich entschieden, auf das Vorspiel zu verzichten und gleich in medias res vorzustoßen.

»Wieso wollen Sie das wissen?«

»Ich arbeite für Jasmin Bühler.«

»Oh.« Seine Haltung straffte sich, doch er blieb abwartend in der Tür stehen.

»Es ist wichtig«, betonte ich, als er nicht die geringsten Anstalten machte, mich hereinzubitten.

Widerwillig ließ er mich in seine Bleibe und ging durch die Diele voraus in ein übersichtliches Wohnzimmer. Kaffeeduft erfüllte den Raum und überlagerte einen vertrauten, herberen Geruch, den ich nicht zuordnen konnte. Zwei Tassen, zwei Teller, eine angebissene Brotscheibe, dick mit Erdbeerkonfitüre bestrichen, ein Löffel steckte im Joghurtbecher.

»Störe ich?«

Schulzes Blick schweifte kurz über den Frühstückstisch. »Nun … ja.«

Die Küchentür stand offen, zwei weitere Türen waren geschlossen. Bad und Schlafzimmer. Das Apartment war nicht besonders groß und karg eingerichtet wie eine Studentenwohnung: Flachbildschirm an der Wand, gegenüber ein zerknautschtes Bettsofa, auf dem niedrigen Tisch davor Bierdosen und ein Aschenbecher.

»Je zügiger Sie meine Fragen beantworten, desto schneller kann Ihre Freundin zu ihrem Marmeladenschnittchen zurückkehren.«

»Meine Freundin …?« Verwirrt wandte sich Schulze zur Schlafzimmertür um.

»Wo waren Sie am Montagmorgen?«

»Was geht Sie das an?«

»Jasmin Bühlers Liebhaber wurde zu dem Zeitpunkt erschossen. Also?«

Seine Gesichtszüge entgleisten, entgeistert starrte er mich an. »Halten Sie etwa *mich* für den Täter? Ich wusste ja gar nicht, dass sie …«

»Beantworten Sie meine Frage.«

»Im Triemlispital. Frührapport, der dauert von halb acht bis acht.«

»Zeugen?«

»Alle, die an dem Tag Dienst hatten. Also beinahe die gesamte onkologische Abteilung. Weshalb?«

Kalt, ganz kalt. Holger Schulze kam unmöglich als Faruqs Mörder infrage. Doch ich wollte ganz sichergehen.

»Und Sie waren die ganze Zeit dort?«, bohrte ich weiter.

»Von Anfang bis Ende. Ich habe im Anschluss noch mit

einem Kollegen Kaffee getrunken. Das wird er Ihnen gern bezeugen.«

»Welche Automarke fahren Sie?«

»ZVV. Zürcher Verkehrsverein. Jahreskarte. Ich hab nicht einmal einen Führerschein.«

Vom Triemli bis nach Altstetten brauchte man mit den öffentlichen Verkehrsmitteln ungefähr zwanzig Minuten. Rechnete ich die Zeit für den Mord und die Rückfahrt dazu, schied Schulze endgültig als Verdächtiger aus.

»Sie sehen enttäuscht aus«, bemerkte er.

»Eine milde Umschreibung. Was lief eigentlich zwischen Ihnen und Jasmin Bühler?«

»Nichts!«, flüsterte er hastig und trat ans Fenster. Ich konnte mich des Eindrucks nicht erwehren, dass er möglichst viel Abstand zwischen sich und die Schlafzimmertür bringen wollte. »Eine tolle Frau, aber leider war sie nicht interessiert.«

»Sie haben sie angemacht, ich hab's selbst gesehen!«

»Wie bitte?«

»Und nicht besonders subtil, wenn ich das anmerken darf.«

»Was fällt Ihnen ein?«

Ich lieferte ihm die Details, ehe er wirklich wütend wurde.

»Mann, das müssen Sie verstehen!«, zischte er. »Sie hatte Probleme mit ihrem Mann und da hab ich gedacht …«

»Sie könnten ein wenig den Tröster spielen?«

Kühl sah er mich an.

»Adrian Bühler sagt, Sie seien mal befreundet gewesen.«

»Flüchtig.«

»Und da baggern Sie seine Frau an?«

»War das alles?«

»Wissen Sie, wo er steckt?«

»Wir haben seit Längerem keinen Kontakt mehr.«

Mein Blick wanderte durchs Wohnzimmer und blieb am Aschenbecher hängen. Einer der Stummel weckte mein Interesse und ich fischte ihn mit spitzen Fingern aus dem Kippenhaufen. *Villiger Premium Vanilla Cigarillos.* Jetzt wusste ich, woher die herbe Note in der Luft stammte.

Holger Schulze machte einen ertappten Eindruck. Ich wirbelte auf dem Absatz herum und steuerte auf die Schlafzimmertür zu.

Die junge Frau, die im Schneidersitz auf dem Bett hockte, war nur mit Unterwäsche bekleidet und löste erschrocken den Blick von ihrem Handy, als ich reinplatzte. »Hallo?«

»Entschuldigung, ich dachte, Sie wären jemand anders.«

»Das wünschte ich manchmal auch.«

Ich setzte mich in meinen Käfer und wartete ab, bis die Schamesröte abklang. Ein mehr als peinlicher Auftritt, nach dem ich Holger Schulzes Wohnung grußlos und auf dem schnellsten Weg verlassen hatte. Doch als ich den Zigarillostummel entdeckt hatte, war ich überzeugt gewesen, Adrian Bühler endlich aufgespürt zu haben. So konnte man sich irren.

Grübelnd starrte ich vor mich hin, doch der Schlafmangel verhinderte geistige Höhenflüge. Hätte nicht der eisgekühlte Milchkaffee aus dem Supermarkt nachgewirkt, wäre ich auf der Stelle eingenickt. Glücklicherweise hatte ich gleich mehrere Becher davon gekauft. Ich griff nach einem *Caffè Latte Espresso* und leerte ihn in wenigen Zügen, als mir ein Blinken im Schaufenster des Autozubehörladens auffiel. Aus der Distanz tippte ich auf ein Navigationsgerät. Die diversen Anzeigen auf seinem Bildschirm weckten meine Neugier, deshalb stieg ich aus und besah mir die Auslage von Nahem. Das Gerät zeigte nicht nur Uhrzeit und momentane Höhe über Meer an, sondern auch die Geschwindigkeit – die natürlich null betrug – und die genaue Position. Ich beugte mich vor und stellte erstaunt fest, dass es dafür offenbar zwei Messsysteme gab. Was ich nicht gewusst hatte. Normalerweise war mir mein punktgenauer Aufenthaltsort auch ziemlich egal. Meist war der ohnehin an der Bar und später üblicherweise darunter. Mit den hohlen Händen schirmte ich die Scheibe gegen das Morgenlicht ab, um die Angaben besser entziffern zu können. Die eine Messung war die übliche, mit N und O bezeichnet, die Werte wurden in Längen- und Breitengraden angegeben. Die andere, die ich hier zum ersten Mal sah, nannte sich CH1903 und war in Y und X unterteilt, hinter jedem Buchstaben fand sich eine sechsstellige Zahl. Ein Fall für Wikipedia, eindeutig.

Kurz darauf hatte ich in Erfahrung gebracht, dass es sich hierbei um ein exklusiv schweizerisches Koordinatensystem handelte, die Bezeichnung führte auf die Landesvermessung von 1903 zurück, 1995 hatte man nachgemessen und war überraschenderweise zu einem ähnlichen Resultat gelangt. Bemerkenswert fand ich, dass die Schweiz selbst in diesem Bereich einen Sonderzug fuhr. Den Fundamentalpunkt – was auch immer das sein mochte – dieser Koordinaten bildete angeblich die ehemalige Sternwarte in Bern, an deren Stelle heute ein Universitätsgebäude stand. Doch das interessierte mich alles nicht wirklich. Dass dieses Messsystem auch ›Swiss Grid‹ oder ›Militärkoordinaten‹ genannt wurde, fand ich schon prickelnder. Ich fragte mich, ob Hubachers Zahlencode mit diesem System geknackt werden konnte. Im Internet wurden freundlicherweise Umrechnungstabellen angeboten, damit sich auch Ausländer zurechtfanden, es gab zudem eine App, die ich zur Unterstützung auf mein Smartphone lud.

0730683523247426 – vier Zahlen zu viel. Ich halbierte die Abfolge trotzdem und tippte die eine Hälfte hinter dem X ein, die anderen nach dem Y. Wie erwartet, spuckte der Rechner kein Resultat aus. Es war mittlerweile sieben Uhr dreizehn. Wie gebannt starrte ich auf den Bildschirm. 07:13. Vier Zahlen. Ich ließ die ersten vier Ziffern weg und gab den Code erneut ein. Sofort bekam ich die Umrechnung in herkömmliche Koordinaten, transferierte diese in einen Kartensuchdienst und ta-tah: Schon hatte ich den Ort gefunden, nach dem ich suchte. Kinkerlitzchen für einen indischstämmigen Detektiv. 07:14. Wenn ich richtiglag, blieben mir genau sechzehn Minuten, um dorthin zu gelangen.

Der besagte Punkt befand sich an der schmalsten Stelle einer malerischen Gasse mit Kopfsteinpflaster, die an kleinen Geschäften und Lokalen vorbei zum Neumarkt führte. Zu meiner Linken befand sich eine Starbucksfiliale, direkt hinter mir das ausgediente Sexkino Stüssihof. Ich hatte meinen Wagen auf dem Platz neben dem ehemaligen Pornofilmpalast stehen gelassen und war die wenigen Meter zu Fuß gegangen. Um diese Zeit wirkte das Niederdorf in der Zürcher Altstadt wie ausgestorben. Einst war das *Dörfli*, wie es im Volksmund genannt wurde, die verruchteste Meile der Schweiz gewesen, die Wiege des heutigen Nachtlebens sozusagen, bevölkert von zwielichtigem Gesindel und leichten Mädchen. Doch der besondere Charme des Quartiers hatte größtenteils globalen Bekleidungsketten und Touristenrestaurants weichen müssen, die Ecken, wo der verblichene Glanz noch sichtbar war, wurden immer weniger. Als Einheimischer hielt man sich hier sowieso nur im äußersten Notfall auf. Denn mittlerweile reisten chinesische und indische Reisegruppen zum Sightseeing an und an den Wochenenden wälzte sich eine Flut von vergnügungswütigen Agglomerationsbewohnern durch die engen Sträßchen. Am unerträglichsten fand ich persönlich jedoch diese lärmigen

Junggesellentrüppchen, die jeden Samstagabend wie eine Plage über das Niederdorf hereinbrachen, um mit krampfhafter Lustigkeit Polterabend zu feiern. Ansatzweise konnte ich das nachvollziehen: Auch ich würde mich bis zur Besinnungslosigkeit betrinken, falls ich plötzlich doch heiraten müsste. Ganz sicher ließe ich mich dazu aber nicht in ein Spidermankostüm stecken, so viel Würde sollte man selbst in widrigsten Lebenssituationen bewahren.

Als ich in die Gasse einbog, zeigte mein Handy 07:27 Uhr an. Weit und breit war kein Mensch zu sehen. Die Kleiderläden waren noch geschlossen, der skurrile Friseurladen zu meiner Linken stand seit dem Tod seines Besitzers leer. Der Code hatte kein Datum beinhaltet, fiel mir ein, vielleicht hatte ich den falschen Tag getroffen. Andererseits schien die Angelegenheit nach Hubachers gestrigem Verhalten am Telefon äußerst dringlich zu sein. Was es aber mit den erwähnten Fischkuttern auf sich hatte, erschloss sich mir nicht. Die Limmat war etwa hundert Meter entfernt und nur durch enge, steil abfallende Gässchen zu erreichen. Nicht gerade die ideale Ausgangslage für eine Entführung per Boot. Oder was auch immer Hubacher und seine Mitstreiter planten. Auf jeden Fall musste es bald geschehen.

07:28 Uhr. Ein weißer Lieferwagen der Delikatesskette Bianchi näherte sich ruckelnd vom Neumarkt her. In Zürich ein vertrauter Anblick, der Feinkostlieferant unter italienischer Familienführung war seit der Eröffnung seines Geschäfts 1881 nicht mehr aus der Stadt wegzudenken. Das typische Signet prangte auf Motorhaube und Seitenflächen: ein roter Krebs in einem Kreis, darunter stand in ebenfalls roten Lettern *Bianchi*. Der Wagen kam vor dem *Oliver Twist* zu stehen. Zwei Männer mit weißen Schürzen, weißen Schirmmützen und ebensolchen Gummihandschuhen stiegen aus, öffneten die Hecktüren und trugen eine schwer wirkende Styroporbox in den schmalen Durchgang neben dem Pub, wo sich der Hintereingang des Lokals befand. Stand wohl wieder mal Fish 'n' Chips auf der Karte. Der Fahrer blieb derweil hinter dem Steuer sitzen und steckte sich eine Zigarette an.

07:30 Uhr. Mein Telefon vibrierte und nach kurzem Abwägen nahm ich den Anruf entgegen.

»Wo warst du die ganze Nacht?« Manju klang zu meiner Erleichterung nicht vorwurfsvoll, sondern bloß besorgt.

»Bei Annegret Widmer.«

»Bei der Politikerin? Willst du darüber reden?«

»Ich erkläre es dir später.«

»Ich habe momentan ohnehin andere Probleme. Könntest du für mich einkaufen gehen? Der Bianchi hat mich gerade angerufen. In der Nacht wurde im Hauptsitz in Zufikon eingebrochen, dabei wurden fünf Camions geklaut. Die Auslieferung der Fische verzögert sich daher auf unbestimmte Zeit und ich wollte doch heute dieses südindische Fischcurry mit Kokosraspeln auf die Karte setzen. Die Gäste sind ganz verrückt danach ...«

Ich ließ das Telefon sinken. Der Fahrer hatte die Schirmmütze tief in die Stirn gezogen, in seinem Mundwinkel qualmte die Fluppe, er selbst schien zu dösen. Vorsichtig ging ich auf den Lieferwagen zu. Selbst wenn er mittlerweile die Delikatessen nur noch auslieferte und sich im früheren Ladenlokal ein sogenannter Flagship-Store für sündhaft teure Sportartikel eingenistet hatte, war Bianchi vor allem für eines bekannt: Fische.

Hatte Hubacher mit den Fischkuttern möglicherweise gar kein Boot, sondern einen dieser Lieferwagen gemeint? Er hatte eindeutig den Plural benutzt, auch Manju hatte von fünf geklauten Fahrzeugen gesprochen. Hier stand jedoch nur eines. Was hatte das zu bedeuten?

Mittlerweile war es bereits 07:32 Uhr und es hatte sich immer noch nichts getan. Ich hatte den Kleintransporter beinahe erreicht, als unvermittelt ein älterer Mann mit einer Einkaufstasche aus einem der Hauseingänge trat und mir den Weg abschnitt. Ich ließ ihn passieren und er bedankte sich im Vorbeigehen freundlich. Der Fahrer hatte sich nicht geregt. Rasselnd wurden die Blechjalousien vor dem Schaufenster eines Schuhladens hochgezogen und an der Wegbiegung gleich vor dem Theater am Neumarkt tauchte eine Fahrradfahrerin auf. Zum Schutz gegen den Regen trug sie eine transparente Plastikpelerine über dem zartgrünen Hosenanzug, an ihrer Schulter baumelte eine Tasche. Sie strampelte die leicht ansteigende Gasse hoch, doch erst als sie sich auf Rufweite genähert hatte, erkannte ich, wer sie war: Caroline Rauch. Die Stadtpräsidentin.

»Scheiße!«, entfuhr es mir, weil es das erste Wort war, das mir durch den Kopf schoss. Überrascht blickte die Rauch auf und verzog amüsiert die Mundwinkel. Dann geschah alles gleichzeitig: Die beiden Männer stürzten aus dem Durchgang und zerrten Caroline Rauch vom Fahrrad. Ich setzte mich in Bewegung, um ihr zu Hilfe zu eilen, doch unerwartet schwang die Beifahrertür auf und knallte grob gegen meine Brust. Ich prallte zurück und verlor das Gleichgewicht. Im Fallen sah ich noch, wie die Entführer die wild strampelnde Präsidentin in den Laderaum verfrachteten. Dann wurden die Türen zugeschlagen und der Fahrer gab Gas, die Reifen verfehlten mich nur um Haaresbreite. Ich rappelte mich hastig auf und rannte dem Lieferwagen ein paar Schritte hinterher, doch es war natürlich zwecklos. Mit röhrendem Motor verschwand der Camion um die Ecke. Adrenalin jagte durch meinen Körper und mein Herzschlag hämmerte so laut, dass ich kaum einen klaren Gedanken fassen konnte. Die Stadtpräsidentin war entführt worden!

Vor meinen Augen! Und ich hatte nichts dagegen getan … Ich bemerkte, dass ich immer noch das Handy umklammert hielt, und während ich zu meinem Wagen zurückhetzte, wählte ich Fionas Nummer.

Die Entführer waren die Marktgasse hinuntergerast. Als ich es ihnen gleichtat und mit quietschenden Reifen in den Limmatquai einbog, entdeckte ich den Kleintransporter etwa dreihundert Meter vor mir, er brauste gerade am Helmhaus vorbei Richtung See. Ganz in der Nähe heulte eine Polizeisirene auf, gleich darauf war vom anderen Limmatufer her eine zweite zu hören. Erleichtert drückte ich das Gaspedal durch. Obschon ich zwangsläufig sehr kurz angebunden gewesen war, hatte Fiona meine Nachricht ernst genommen. Hoffentlich hatte sie nicht nur die Streife aufgeboten, sondern gleich den gesamten Polizeiapparat in Bewegung gesetzt.

Während ich über den Quai schoss und sukzessive den Abstand zwischen mir und den Kidnappern verringerte, sah ich im Rückspiegel Blaulicht aufflackern. Mit Leichtigkeit flitzte der Polizeiwagen auf der doppelspurigen Fahrbahn an mir vorbei. Der Transporter war vor dem Bellevue nach rechts geschwenkt und beabsichtigte offenbar, seine Flucht über die Quaibrücke fortzusetzen. Keine besonders clevere Entscheidung, dachte ich, auf der anderen Limmatseite gelangte man direkt auf den General-Guisan-Quai, der schnurgerade dem Seeufer entlang verlief. Ein Kinderspiel für die Bullen, Hubachers Gehilfen auf dieser Strecke zu stellen.

Die Ampel an der Kreuzung sprang auf Rot, doch der Camion beschleunigte und raste am Lichtsignal vorbei auf die Brücke zu. In der beinahe rechtwinkligen Straßenkrümmung kam er gefährlich ins Schlingern und ein paar bange

Sekunden lang sah es aus, als hätte der Fahrer die Kontrolle über das Fahrzeug verloren. Doch dann setzten die beiden Räder rechts wieder auf dem Asphalt auf, schwarzer Rauch quoll unter dem Wagen hervor, während er rasch das Tempo steigerte. Kurz darauf schlitterte auch der Streifenwagen über die Kreuzung, gleichzeitig bemerkte ich einen zweiten weißen Kleintransporter, der uns von der gegenüberliegenden Seite der Kreuzung entgegenkam. Das rote Bianchi-Signet war nicht zu übersehen, vom Fahrer konnte ich nicht viel mehr erkennen als eine tief ins Gesicht gezogene Schirmmütze. Erst befürchtete ich, er wolle mich frontal rammen, doch dann kriegte er gerade noch die Kurve und überquerte die Brücke gleichauf mit den Polizisten. Glücklicherweise herrschte kaum Verkehr an diesem frühen Freitagmorgen.

Kaum hatten sie das andere Brückenende erreicht, preschte von rechts aus dem Stadthausquai ein weiteres Lieferauto hervor, das auch zur Bianchi-Flotte gehörte. Zu dritt jagten sie am Bürkliplatz vorbei und über die nächste Kreuzung, wo gerade zwei weitere Fahrzeuge mit dem roten Krebs in die Fahrbahn einbogen und die Polizisten richtiggehend einkeilten. Jetzt begannen die Transporter, in rascher Abfolge die Spur zu wechseln und sich gegenseitig zu überholen. Ein gefährliches Manöver, die Bullen sahen sich gezwungen, die Geschwindigkeit zu drosseln und sich etwas zurückfallen zu lassen. Ich bemühte mich dennoch, nah dranzubleiben, um das Fahrzeug mit der Stadtpräsidentin nicht aus den Augen zu verlieren.

Jetzt erst fiel mir auf, dass die Entführer die Autokennzeichen entfernt hatten, die fünf Camions sahen absolut identisch aus. Es war wie bei diesem Trickspiel, wo man raten musste, unter welchem Hütchen sich die Münze gerade befand. Ich war noch jedes Mal daran gescheitert und auch hier erging es mir nicht anders: Als wir uns in rasendem Tempo der Rentenanstalt näherten, hatte ich längst die Übersicht verloren und konnte nicht einmal mehr annähernd sagen, mit welchem Wagen Caroline Rauch gerade verschleppt wurde. An der Ampel teilten sich die Bianchi-Wagen unvermittelt auf, zwei von ihnen bogen links in den Mythenquai ab und fuhren stadtauswärts, die anderen drei steuerten rechts auf den Bahnhof Enge zu. Da die Polizei, ohne zu zögern, dem See entlangsauste, entschied ich mich für die andere Richtung. Im Rückspiegel tauchte jetzt in einiger Entfernung der zweite Streifenwagen auf, gefolgt von weiteren Polizeifahrzeugen, sie hatten eben die Brücke überquert und lagen weit zurück. Ich sauste an einem aschgrau gestrichenen Stadthaus entlang, doch bereits bei der nächsten Kreuzung trennten sich die Camions erneut, der erste bog in die Zufahrtsstraße zum Ulmbergtunnel ein, die beiden anderen steuerten weiterhin Richtung Enge. Ich entschied mich für den Tunnel, der nach Wiedikon führte. Die Chance, dass ich am echten Entführungsauto dran war, stand noch bei eins zu fünf.

Angesichts des geraden Straßenabschnitts drückte der Fahrer jetzt noch mehr auf die Tube als zuvor. Pfeilschnell fegte er unter einer Unterführung durch und dann in den Tunnel hinein, überfuhr am anderen Ende ein weiteres Lichtsignal und wäre beinahe mit einem von rechts einbiegenden Wohnmobil kollidiert. Nur durch ein haarsträubendes Ausweichmanöver konnte er einen Unfall verhindern. Mit einem Ruck kam der Camper mitten auf der Fahrbahn zum Stehen und ich trat reflexartig auf die Bremse. Der Käfer holperte über den Straßenbelag und ich wurde in meinem Sitz unsanft nach vorn katapultiert, glücklicherweise hatte ich mich angeschnallt. Sofort roch es nach verbranntem Gummi.

Mit schreckgeweiteten Augen starrte mich der Fahrer des Wohnmobils an, alles Blut war aus seinem Gesicht gewichen. Ich lächelte ihm entschuldigend zu, umkurvte das Hindernis und als ich die folgende Straßenbiegung erreichte, sah ich den Bianchi-Lieferwagen gerade in die Weststrasse einbiegen. Ich raste die zweihundert Meter bis zur Einfahrt, das Einbahnstraßenschild fiel mir jedoch viel zu spät auf. Den frontalen Zusammenprall mit einem silbernen Opel konnte ich nur verhindern, indem ich mich und meinen Käfer mit einem reaktionsschnellen Ausweichmanöver aufs Trottoir rettete. Der Opelfahrer zeigte mir den Vogel und ich hielt kurz inne, um tief durchzuatmen und abzuwarten, bis das Zittern in meinen Händen nachließ.

Vom Camion keine Spur.

Ich blieb auf dem Bürgersteig und fuhr im Schritttempo ins Wohnquartier hinein. In falscher Fahrtrichtung konnte der Entführer auf der vierspurigen Straße nicht weit gekommen sein. Ich versuchte, einer jüdischen Familie auszuweichen, was auf dem schmalen Fußweg beinahe unmöglich war. Der Vater mit traditionellen Locken und langem Bart, schwarzem Mantel und Hut schüttelte vorwurfsvoll den Kopf, die Kinder – blass, als hätten sie ein paar Runden zu viel in der Achterbahn gedreht – schielten durch die dicken Brillengläser verwundert zu mir herein. Nach etwa siebzig Metern entdeckte ich den Lieferwagen in einer Einfahrt zwischen zwei verlotterten Wohnhäusern.

Die Fahrerkabine war verwaist, der Laderaum leer. Die Typen mussten hier den Fluchtwagen gewechselt haben, womöglich waren sie sogar an mir vorbeigefahren. Oder aber sie versteckten sich in einem der umliegenden Wohnblöcke. Selbst wenn ich Unterstützung gehabt hätte, wäre es beinahe unmöglich gewesen, sie ausfindig zu machen. Vermutlich hatte ich ohnehin den falschen Lastwagen verfolgt.

Ich ging nicht davon aus, dass Hubachers Männer die Stadtpräsidentin mitten durch eine belebte Wohngegend geschleppt hatten. Selbst beim Umladen des Opfers von einem Fahrzeug ins andere war das Risiko zu groß, entdeckt zu werden.

Missmutig rauchte ich erst mal eine Zigarette, dann wählte ich erneut Fionas Nummer.

»Ich hab einen der Transporter gefunden, ist aber keiner mehr drin.« Ich gab ihr die Adresse durch.

»In deiner unmittelbaren Nähe befindet sich gerade kein Streifenwagen, aber die Kollegen kommen sobald wie möglich da hin«, erklärte sie nach einer kurzen Pause. Im Hintergrund waren angespannte Stimmen zu hören, jemand gab in knappem Ton Anweisungen. »Man gibt mir gerade zu verstehen, dass das einen Moment dauern wird. Rühr dich solange nicht vom Fleck.«

Wie es schien, war ich der Einzige, der diesem Fahrzeug gefolgt war.

»Habt ihr die Entführer erwischt?«

»Negativ.«

»Aber der eine Polizeiwagen war doch ganz dicht dran ...«

»Der wurde in einer verkehrsberuhigten Quartierstraße in Wollishofen abgehängt. Ein Seniorenausflug hat dabei eine entscheidende Rolle gespielt. Die Kollegen haben den einen Camion gerade eben sichergestellt, allerdings konnten sowohl der Fahrer als auch sein Begleiter ungesehen entkommen. Von der Rauch keine Spur. Damit haben wir bislang drei Camions gefunden, deinen mitgezählt. Alle waren leer. Vier weitere wurden angehalten, doch das waren reguläre Auslieferungen. Die Beamten stießen in den Laderäumen bloß auf zentnerweise Fisch und Krustentiere. Heute ist Freitag, Fischtag, und wegen der fünf gestohlenen Transporter müssen die übrigen ausgedehntere Touren fahren. In der ganzen Stadt wimmelt es zurzeit nur so von Bianchi-Lastwagen. Für uns ist das der blanke Horror!«

Es hatte sich seit Beginn abgezeichnet: Die Entführung der Stadtpräsidentin war bis ins letzte Detail durchgeplant und so gerissen eingefädelt, wie ich es dem klapprigen Hubacher eigentlich nicht zugetraut hätte. Die Jahre in der Geheimorganisation P-26 schienen sich endlich auszuzahlen.

»Was ist mit den fehlenden beiden Fahrzeugen?«, erkundigte ich mich.

»Die befinden sich noch immer auf der Flucht …« Sie brach ab, das Zischen von Funkgeräten und eine verrauschte Durchsage waren zu hören.

Zwanzig Minuten waren seit der Entführung vergangen und niemand hatte auch nur annähernd eine Ahnung, wo sich Caroline Rauch gerade befand. Das Timing der Entführer war einfach perfekt.

»Soeben wurde ein weiterer Camion entdeckt«, meldete Fiona resigniert. »Steht im Parkhaus des Einkaufszentrums *Sihlcity* … leider ebenfalls verlassen. Die Spurensicherung wird darauf angesetzt – sobald die Truppe geweckt und zusammengetrommelt ist. Wieso warst du eigentlich am Ort der Entführung?«

Ich erläuterte, wie ich schlussendlich doch den Code geknackt hatte und gerade rechtzeitig am angegebenen Ort eingetroffen war.

»Hast du die Kidnapper gesehen? Kannst du sie beschreiben?«

Ich kam Fionas Wunsch nach und versuchte, mich so kurz wie möglich zu fassen. »Die Typen hatten sich die Schirmmützen tief in die Stirn gezogen, sodass ich keine Gesichter erkennen konnte.

»War dieser Hubacher auch dabei?«

»Meines Erachtens nicht. Nach den Bewegungen und dem

Körperbau zu urteilen, waren die Männer alle jünger als er. Wahrscheinlich zieht er die Strippen im Hintergrund.«

»Hast du eigentlich eine Vermutung, mit wem Hubacher telefoniert haben könnte?«

Annegret Widmer? Der Gedanke kam mir ganz spontan. Anders als von mir erwartet, hatte sich der Anschlag nicht gegen sie gerichtet – sondern gegen eine ihrer politischen Gegnerinnen. Die Zürcher Stadtpräsidentin war traditionellerweise eine Linke. Dieses Land brauche Taten und keine leeren Worte, hatte die Widmer im gestrigen Interview gesagt, und wie es schien, hatte Egon Hubacher die Weisung gewissenhaft umgesetzt. Was, wenn die beleidigenden Onlinekommentare und die Sticheleien in der Presse zwischen Hubacher und Widmer nur Show gewesen waren, um eine Verbindung zwischen dem Oberst und der Politikerin von vornherein auszuschließen? Die beiden kannten sich seit Jahrzehnten. Bei genauer Betrachtung standen sie sich auch politisch gesehen nahe und verfolgten ähnliche Ziele.

Obschon es sich um bloße Spekulation handelte, teilte ich Fiona meine Überlegungen mit.

»Das ist an den Haaren herbeigezerrt!«, erwiderte sie sofort. »Zudem hast du ja die Widmer eben noch gesehen.«

»Das ist doch das beste Alibi überhaupt! Ein Interviewtermin mit der Boulevardpresse, während die Entführung stattfindet. Niemand wird sie je damit in Verbindung bringen. Zumindest nicht, solange Hubacher den Mund hält.«

»Dieses Argument überzeugt mich wenig. Aber wir werden Hubacher sicher einen Besuch abstatten. Und du musst deine Aussage den ermittelnden Kollegen gegenüber wiederholen, wenn …« Erneut lauschte Fiona dem Knacken und Knistern eines Funkgeräts, bevor sie sich zurückmeldete: »Unser Problem ist, dass hier gerade alles drunter und drüber geht und wir auf die Schnelle nicht genügend Leute zusammenbringen. Die Lieferwagen wurden zwar innert kürzester Zeit, aber relativ weit voneinander entfernt entdeckt. Ohne Spurensicherung finden wir nicht heraus, mit welchem Auto die Stadtpräsidentin gekidnappt wurde, und ohne Hunde nützt den Suchtrupps jede noch so deutliche Fährte nichts. Die Entführer könnten überall sein.«

Mit anderen Worten: Die Polizei war am Anschlag. Bis mich jemand zu dem Felsbrocken im Wald begleitete, konnten Stunden vergehen. So lange konnte ich unmöglich warten. Nur zum puren Vergnügen hatte Hubacher kaum Konservendosen dort hinaufgetragen.

Sirenengeheul war zu vernehmen, es näherte sich rasch.

»Ist der Streifenwagen schon bei dir?«, hörte ich Fiona fragen, doch da lag das Handy bereits auf dem Beifahrersitz meines Käfers und ich startete gerade den Motor.

Der steile Aufstieg hatte mich auch diesmal ins Schwitzen gebracht. Auf der Lichtung war zwar kein Auto zu entdecken gewesen, doch es konnte durchaus sein, dass der Fahrer bloß seine kostbare Fracht abgeladen und sich dann unverzüglich aus dem Staub gemacht hatte. Ich hatte meinen Käfer wie beim letzten Mal gut im Dickicht versteckt und war anschließend vom Sträßchen aus hochgerannt. Als ich nun am Rand des Abhangs hinter einer Rottanne innehielt, bekam ich kaum noch Luft, ein unangenehmes Stechen in der Flanke zwang mich in eine gebeugte Haltung. Ich stützte die Hände auf die Knie und während ich darauf wartete, dass sich meine Atmung normalisierte, äugte ich zum Felsen hinüber. Nichts regte sich, es war auch kein Geräusch zu hören außer dem Rascheln des unablässig ins Bodenlaub tropfenden Regens. Wohin war Hubacher gestern bloß verschwunden? War das Gesteinsmassiv womöglich eine Attrappe, die sich auf Knopfdruck hob und den Zugang zu einem unterirdischen Gewölbe freigab? In Gedanken hörte ich Manju auflachen, sie machte sich gerne über meine Vorliebe für alte James-Bond-Filme lustig. Nichts gegen Daniel Craig, aber Sean und Roger waren einfach einmalig. Geduckt rannte ich auf das Ungetüm zu und befühlte es, doch der Stein war echt. Dann ging ich wachsam um den Brocken herum. Die heruntergefallenen Blätter bildeten einen dichten Teppich, dennoch schien es mir, als zeichneten sich hier und da leichte Schleifspuren ab. Stellen, an denen der Erdboden sichtbar wurde. Aber vielleicht irrte ich mich auch und es war bloß ein Reh gewesen, das nach zart sprießenden Pflänzchen gescharrt hatte.

Ich gelangte unter den Felsvorsprung, der sich wie ein Dach über mir wölbte. In der Hoffnung, vielleicht doch den Zugang zu einem Versteck zu entdecken, schob ich mit der Schuhspitze eine besonders dicke Laubschicht zur Seite – und erstarrte. Fest in den schlammigen Boden eingetreten, lag da ein halbes Dutzend Zigarettenstummel. Ich war mir ziemlich sicher, dass die gestern noch nicht da gewesen waren. So gut erhalten, wie sie aussahen, mussten sie erst kürzlich geraucht worden sein. Aufmerksam suchte ich weiter, fand jedoch nichts Verräterisches mehr. Schließlich drehte ich mich um und begann, die Felswand zu mustern, Zentimeter um Zentimeter arbeitete ich mich von oben nach unten. Da war nichts. Erst als ich näher trat und den Stein mit meinen Fingern abtastete, entdeckte ich den feinen, beinahe unsichtbaren Riss. Er verlief vom Boden bis auf Kopfhöhe und brach dann abrupt ab. Als ich darüberfuhr, stellte ich einen leichten Absatz fest. Rechts vom Spalt schien die Wand aus normaler Gesteinsmasse zu bestehen. Links hingegen klang es hohl, als ich mit den Knöcheln dagegenklopfte. Ich kratzte etwas von dem bröseligen Material ab. Unter der grauen Oberfläche kam eine weiße Schicht zum Vorschein. Vorsichtig roch ich daran. Eindeutig Kalk, vermutlich mit Dispersion gegen die Feuchtigkeit behandelt und danach mit steingrauer Farbe bemalt. Noch faszinierender fand ich aber das feinmaschige Drahtgeflecht, das unter der freigelegten Stelle sichtbar geworden war. Mit dieser Technik hatte man im Zweiten Weltkrieg Bunker getarnt. Ich zückte mein Handy und bemerkte dadurch das hastige Rascheln in meinem Rücken einen Sekundenbruchteil zu spät. Etwas Hartes knallte gegen meinen Hinterkopf und umgehend wurde es dunkel um mich herum.

»Bravo! Das haben Sie ja toll hingekriegt!«

Die Stimme drang von weither in mein Bewusstsein. Ich blinzelte gegen das grelle Neonlicht an und stützte mich ächzend auf den Ellbogen ab. Im selben Moment explodierte ein unsäglicher Schmerz in meinem Kopf, sodass mir beinahe erneut schwarz vor Augen wurden. Nach ein paar Atemzügen hatte ich mich immerhin so weit an das dumpfe Pochen in meinem Schädel gewöhnt, dass ich die Lider wieder millimeterweit aufbrachte. Ein leerer Raum ohne Fenster, die kahlen Wände in einer hellen, matt schimmernden Farbe gestrichen. In einer Ecke ein Waschbecken, die massive Tür daneben von der Sorte, wie sie beim Bau von Luftschutzkellern verwendet wurde. Wenig überrascht registrierte ich, dass sie geschlossen war.

»Sie sind echt ein Held!«

Vorsichtig drehte ich den Kopf. Die zierliche Frau saß im Schneidersitz auf einem Feldbett an der gegenüberliegenden Wand, die hellbraunen Lederstiefel hatte sie ausgezogen und ordentlich ans Fußende der Pritsche gestellt. Sie trug einen zartgrünen Hosenanzug und machte einen eher verärgerten als ängstlichen Eindruck.

»Caroline Rauch?«

Sie machte eine unwirsche Handbewegung. »Die Frage ist vielmehr: Wer sind Sie?«

Behutsam schwang ich die Beine über den Rand meiner Liege und setzte mich aufrecht hin. Mein Gehirn fühlte sich seltsam roh an, mit jeder unbedachten Bewegung prallte es unsanft gegen die Schädeldecke. Ich biss die Zähne zusammen, während ich Auskunft gab.

»Ein Privatdetektiv?« Verständnislos legte die Rauch ihre Stirn in präsidiale Runzeln.

»Genau.«

»War dieser Auftritt als Rettungsaktion gedacht gewesen?«

»Ursprünglich schon.«

»Das ist alles? Da wird die Stadtpräsidentin am helllichten Tag entführt und der Einzige, den man auf sie ansetzt, ist ein lausiger Privatdetektiv? Allzu große Sorgen scheint man sich ja um mich nicht zu machen.«

Besänftigend erklärte ich ihr, wie ich hierhergelangt war und dass mit einem riesigen Polizeiaufgebot nach ihr gesucht wurde.

»Und die sind darüber informiert, wo Sie gerade sind?«

»Nicht exakt«, druckste ich herum.

»Was bedeutet das?«

»Eigentlich weiß niemand, wo ich bin.« Ich hatte weder Fiona noch José gegenüber genaue Angaben gemacht, wohin ich Hubacher gefolgt war. Und clever, wie ich war, hatte ich darüber hinaus meinen Käfer im Unterholz versteckt.

»Großartig! Wie lange, haben Sie gesagt, sind Sie schon im Geschäft?« Caroline Rauch schlüpfte in ihre Stiefel und begann, aufgebracht in der Zelle herumzutigern.

Ich kramte nach meinem Handy, doch ich fand es nicht. Beunruhigt klopfte ich alle Hosentaschen und die Jacke ab, es war verschwunden. Jäh fiel mir ein, dass ich es in der Hand gehalten hatte, als man mich niedergeschlagen hatte.

»Ihr Smartphone hat man Ihnen abgenommen. Viel nützen würde es Ihnen ohnehin nicht, es ist ziemlich unwahrscheinlich, dass es hier drin Empfang gibt.«

»Haben Ihnen die Entführer schon gesagt, was sie mit Ihnen vorhaben?«

»Bislang nicht. Doch ich hoffe, dass wir gerettet werden, bevor die irgendwelche Forderungen stellen. Man hat mir lediglich gesagt, dass ich auf den Knopf drücken soll, wenn ich etwas brauche oder zur Toilette muss.«

Mein Blick wanderte zu der simplen Installation neben dem Eingang. Sie war leicht schräg mit Klebeband an die Wand gepappt und sah aus, als hätte ein ungeschicktes Kind sie zusammengebastelt. Locker gespannte Drähte führten an der Tür entlang nach oben und verschwanden dort im Rahmen.

»Waren Sie schon draußen?«

»Nein.«

»Dann drücken Sie mal!«

Caroline Rauch tat, was ich von ihr verlangt hatte. Es dauerte eine ganze Weile, bis die Pforte entriegelt wurde, dann betrat ein bulliger Kerl das Verlies. Er war mit einem Gewehr bewaffnet und steckte in einer Militäruniform in Tarnfarben, sein Gesicht war unter einer schwarzen Sturmhaube verborgen. Dieselbe oder zumindest eine ähnliche hatte auch der Mörder von Franziska Strittmatter getragen.

»Was gibt's?«, fuhr er Caroline Rauch ruppig an, gleichzeitig gab er mir mit einem knappen Schwenk des Gewehrlaufs zu verstehen, dass ich mich nicht rühren sollte.

»Ich muss dringend zur Toilette«, gab sich diese unbeeindruckt. »Und Herr Kumar braucht etwas zu trinken und Tabletten gegen Kopfschmerzen.«

»Und um welche Zeit wünschen Madame zu dinieren? Damit wir den Hummer und seine Beilagen rechtzeitig vorbereiten können.«

»Was wollen Sie überhaupt von mir?«

Anstelle einer Antwort stapfte der Typ wieder hinaus und zog die Tür hinter sich zu.

»Und jetzt?«, schrie die Rauch und hämmerte wütend gegen den Stahl.

Ich wusste, dass es zwecklos war. Niemand würde sie hören. Als die Tür eben offen gestanden hatte, war deutlich geworden, wie massiv diese tatsächlich konstruiert war. Hinter dem Mann hatte ich einen schwach beleuchteten Korridor erkennen können, der zu einer weiteren Schleuse führte. Die abgestandene Luft, der typisch muffige Geruch, die feuchte Kälte – diese Art von Unterkunft kannte ich aus meiner wenig ruhmvollen Zeit als Soldat der Schweizer Armee. Dort hatte man uns phasenweise ebenfalls unterirdisch stationiert. Die Entführer hielten uns in genau so einer Militäranlage fest, wahrscheinlich war sie bereits vor Jahren stillgelegt worden. Ich hatte erst kürzlich gelesen, dass in der Schweiz angeblich über dreihunderttausend Bunker existierten. Die meisten stammten aus der Zeit des Zweiten Weltkriegs und mittlerweile hatte das Verteidigungsdepartement viele dieser Anlagen an Private verkauft. Etliche waren jedoch nirgendwo registriert und vermutlich in den Wirren der Nachkriegszeit vergessen worden.

Ich vergrub mein Gesicht in den Händen. So raffiniert, wie der Eingang getarnt gewesen war, und ohne den geringsten Hinweis auf meinen Aufenthaltsort, würde es für die Polizei enorm schwierig werden, uns zu finden – wenn nicht sogar unmöglich. Diesmal hatte ich richtig Scheiße gebaut.

»Ich werde uns hier rausbringen!«, gab ich mich kämpferischer, als mir zumute war, doch Caroline Rauch lachte nur spöttisch.

»Wie denn? Beamen?«

»Ich …«

Knarzend wurde der Schließmechanismus der Tür in Bewegung gesetzt, mit einem dumpfen Klopfen zogen sich die Bolzen aus der Wand zurück. Gleich darauf betrat erneut eine vermummte Gestalt unser Gefängnis, der Statur nach handelte es sich diesmal um eine untersetzte Frau. Sie war unbewaffnet, wie mir auffiel. Wortlos hielt sie ein Paar Handschellen hoch, worauf die Stadtpräsidentin nach kurzem Abwägen die auf dem Feldbett liegende Tasche holte und anschließend der Wache die Arme entgegenstreckte. Mit einem metallenen Klicken schlossen sich die Fesseln. Jetzt erst deponierte die Frau eine Plastikflasche auf dem Boden und legte eine Packung Aspirin dazu. Nachdem sie mit der Rauch im Gang verschwunden war und die Pforte wieder verriegelt hatte, spülte ich zwei Tabletten mit einem großen Schluck Wasser hinunter. Halbherzig rüttelte ich am Türgriff, natürlich rührte er sich keinen Millimeter. Danach inspizierte ich die Zelle und entdeckte dabei einen verrosteten Abfluss unter der Pritsche der Stadtpräsidentin. Doch mit einem Durchmesser von knapp einer Handspanne taugte das Rohr nicht zum Fluchtweg. Ebenfalls viel zu schmal war der Schacht für die Zuluft, den ich hinter einer Stahlgitterabdeckung über der Tür ausmachte. Der einzige Weg hier raus führte durch den regulären Eingang.

Entmutigt ließ ich mich auf mein Lager fallen und lehnte mich an die empfindlich kühle Wand. Die dünne Unterlage war mit einer grauen, verstaubt riechenden Militärdecke bezogen, der Gitterrost darunter deutlich zu spüren. Der Schmerz pulsierte unablässig in meinem Schädel und ich bezweifelte, dass die Pillen viel nützen würden. Während ich auf die Rückkehr meiner Zellengenossin wartete, durchsuchte ich erneut meine Kleidung – in der Hoffnung, etwas Verwendbares für einen möglichen Fluchtversuch zu finden. Schlüssel, Gürtel und Schnürsenkel hatten uns die Entführer abgenommen, vermutlich um zu verhindern, dass wir uns etwas antaten oder die Gegenstände zu unserer Verteidigung einsetzten.

Weshalb Frau Rauch ihre Tasche hatte behalten dürfen, entzog sich meiner Kenntnis. Alles, was ich ertastete, war ein Feuerzeug. Damit würden wir nicht weit kommen.

Nach einer Weile wurde die Panzertür geöffnet, die Wache nahm der Rauch die Handschellen wieder ab und verschwand grußlos.

»Der Bunker ist nicht besonders groß«, berichtete Caroline Rauch und rieb sich die Handgelenke. »Nach der nächsten Schleuse gelangt man in eine Art Kommandoraum, von dort führt ein Gang zu den Toiletten. Ich glaube, das war's schon.«

»Wie groß ist der Raum?«

Abschätzend ließ sie ihren Blick über die Zellenwände schweifen. »Doppelt so groß wie der hier.«

»Und die Mannschaft?«

»Ich habe sechs Leute gezählt, inklusive meiner charmanten Begleitung, alle maskiert und in Militäruniform. Sie stehen via Funk mit der Außenwelt in Verbindung.«

»Was tun sie?«

»Sie sitzen an einem Tisch und spielen Karten. Ich hatte den Eindruck, sie warten auf weitere Befehle. Die Stimmung ist angespannt, einige wirkten nervös.«

»Haben die mit Ihnen geredet?«

»Kein Wort, auch die Wache, die mich zum Klo begleitet hat, blieb die ganze Zeit über stumm. Allerdings habe ich unsere Handys entdeckt. Sie liegen gut sichtbar auf dem Tisch. Dumm nur, dass sie in unserer Situation wertlos sind.«

Mir fielen die Zigaretten ein, die ich vor dem Bunker entdeckt hatte. »Man versucht garantiert, ihr Mobiltelefon zu lokalisieren …«

»Davon gehe ich aus. Aber, wie gesagt, wir haben vermutlich keinen Empfang hier drin.«

»Hier nicht, aber wenn man das Telefon ins Freie bringen würde schon.«

»Ja, klar! Warum bin ich da nicht selber drauf gekommen? Vielleicht sollten wir unsere Entführer freundlich darum bitten?«

Ich ignorierte ihren sarkastischen Kommentar, eilte zum Eingang und presste den Knopf. »Welche Marke?«

»Samsung Galaxy«, erwiderte sie verwundert.

»Sperrcode?«

Sie nannte mir eine Zahlenfolge, die sich nach ihrem Geburtsdatum anhörte. »Was haben Sie vor?«

Ich gab keine Antwort. Nach einer gefühlten Ewigkeit öffnete sich die Tür. Vermutlich war der Typ, der mich ziemlich gereizt anfuhr, was denn jetzt schon wieder los sei, derselbe wie beim ersten Mal. Aber ganz sicher war ich mir nicht. Ich gab meine drückende Blase als Grund für mein Klingeln an. Grummelnd zückte er die Handschellen und ließ sie zuschnappen, dann wies er mich mit einer barschen Kinnbewegung an, vor ihm herzugehen. Ich tat vorsichtig ein paar Schritte und stolperte dabei, fing mich aber gleich wieder.

»Mir ist etwas schwindlig, wahrscheinlich vom Hieb vorhin«, erklärte ich und taumelte unbeholfen weiter.

Meine Begleitung schien nicht sonderlich beeindruckt.

Als wir die zweite Schleuse erreichten, hieß mich der Typ zur Seite treten und zwängte sich dicht an mir vorbei. Verstohlen schnupperte ich an seiner Uniform und stellte mit Befriedigung fest, dass er nach Zigarettenrauch roch. Als die Panzertür knarrend aufschwang, verschaffte ich mir blitzschnell einen Überblick. Vier Gestalten mit Skimützen waren um besagten Tisch versammelt und drehten sich nach mir um. Eine weitere Person war gerade im Begriff, sich zu setzen, in der Hand hielt sie eine geöffnete Dose Ravioli in Tomatensoße. Ich fragte mich, welcher von ihnen Hubacher sein mochte. Ob er überhaupt anwesend war. Die Handys lagen, wie von der Stadtpräsidentin beschrieben, mitten auf der Tischplatte, zusammen mit zerfledderten Gratiszeitungen, Jasskarten, Zigarettenpackungen und ein paar Wasserflaschen. In einer Halterung neben dem Haupteingang hingen Sturmgewehre, daneben Funkgeräte, eine große Karte der näheren Umgebung war an die Wand getackert. In einer Ecke entdeckte ich die Einkaufstüten mit den Konserven.

»Bitte! Lassen Sie mich gehen!«, bettelte ich mit weinerlicher Stimme und schwankte auf die Vermummten zu. »Ich verspreche auch, dass ich niemandem etwas verrate!«

Die Kidnapper tauschten alarmierte Blicke aus. Mein Aufpasser packte mich grob an der Schulter und hielt mich zurück, doch ich drängte weiter vorwärts, streckte flehend die gefesselten Hände aus und heulte: »Ich bitte Sie inständig, lassen Sie mich frei! Ich habe mit alldem überhaupt nichts zu tun!«

Als der Typ erneut nach mir griff, warf ich mich mit Schwung nach vorn und krachte äußerst unsanft auf die Tischkante. Die Konserve machte einen überraschten Hüpfer, bevor sie kippte, Tomatensoße spritzte über Zeitungen und Spielkarten, Plastikflaschen rollten mir entgegen. Glücklicherweise schlitterten auch die Telefone in meine Richtung. Ich nutzte die allgemeine Aufregung und schnappte mir das Samsung Galaxy, bevor ich an der Kante abrutschte und hart auf den Boden knallte. Ich wälzte mich stöhnend auf den Rücken und ließ bei dieser Gelegenheit das Handy in meinem Hosenbund verschwinden. Gerade noch rechtzeitig, denn schon beugte sich mein Begleiter über mich und zerrte mich ungehalten hoch.

Kaum war ich auf der Toilette, zog ich das Handy hervor, startete das Teil und tippte den Code ein. Nachdem ich mich erleichtert hatte, trat ich hinaus. Mein Aufpasser hatte sich nicht von der Stelle gerührt.

»Mir ist immer noch etwas ...«, murmelte ich und torkelte ihm, einen weiteren Schwächeanfall vortäuschend, entgegen. Sofort ließ er das umgehängte Gewehr los und versuchte, mich auf den Beinen zu halten. Matt lehnte ich mich an ihn und während er mich vor Anstrengung keuchend stützte, ließ ich das Handy der Stadtpräsidentin unauffällig in seine Jackentasche gleiten.

Als ich in unser Verlies zurückkehrte, fand ich die Stadtpräsidentin völlig aufgelöst auf ihrer Pritsche sitzend vor. Ich ließ mir die Handschellen abnehmen, setzte mich neben sie und legte ihr tröstend den Arm um die Schultern.

»Ich habe Ihr Handy einem der Entführer in die Jackentasche geschmuggelt«, flüsterte ich ihr ins Ohr, sobald sich die Türbolzen hörbar in die Wand gerammt hatten. »Jetzt müssen wir bloß abwarten. Ich hoffe, der Akku war voll.«

Caroline Rauch nickte und wischte sich die Tränen aus dem Gesicht. »Wissen Sie, dass die Polizei normalerweise nicht mit Terroristen verhandelt?«

»Das bedeutet?«

»Nichts Gutes.«

»Aber bislang haben sie noch nichts gefordert.«

»Wer weiß das schon? Wir bekommen doch hier drin überhaupt nichts mit.«

»Sie werden uns finden, ganz bestimmt«, gab ich mich optimistisch. »Sobald der Typ zum Rauchen rausgeht, beginnt das Handy, Signale auszusenden.«

Die Rauch sah wenig überzeugt aus. Nach kurzem Überlegen griff sie nach ihrer Tasche und förderte eine Blockflöte und ein Notenbuch zutage. »Musik tröstet mich«, erklärte sie, »deswegen durfte ich auch die Tasche behalten.«

Obschon es mir kalt den Rücken hinunterlief, lächelte ich ihr aufmunternd zu. Das machte den wahren Profi aus.

Sie schlug das Heft an einer markierten Stelle auf und legte es sich auf die Knie. Danach setzte sie sich kerzengerade hin und holte tief Atem. *Rondeau*, entzifferte ich den Titel des Stücks, der Komponist war mir unbekannt.

Eine gedehnte Weise erklang, der Flötenton hallte verloren von den Zellenwänden wider und machte mir unsere desolte Lage erst so richtig bewusst. Caroline Rauch bewegte sich im Takt der elegischen Komposition, immer wieder schloss sie ergriffen die Augen, sie schien das Stück streckenweise auswendig zu kennen. Die Melodie irrte unmotiviert die Tonleiter rauf und runter, was bei mir vor allem Langeweile und eine gewisse Betretenheit auslöste. Erinnerungen an Schulweihnachten kamen hoch und ich sah wieder das gequälte Lächeln der Eltern in der ersten Sitzreihe vor mir. Als ich schon erleichtert aufatmen wollte, weil das Stück sich seinem Ende näherte, begann sie gnadenlos von vorn, obschon da eindeutig kein Wiederholungszeichen stand. So viel verstand sogar ich vom Notenlesen.

Zunehmend gereizt beobachtete ich, wie sie sich selbstvergessen wiegte, während sich der spröde Klang des Instruments unbarmherzig durch mein Trommelfell ätzte. Im Gegensatz hierzu war Waterboarding pure Wellness. Am liebsten hätte ich ihr das Ding weggerissen und es zerbrochen – aber hey, sie war die Stadtpräsidentin. Das hätten mir ihre Wähler sicher übel genommen. Zudem waren wir aufeinander angewiesen.

Ein ungestümes Rumpeln ließ uns zusammenschrecken. Mein Bewacher von vorhin stürmte herein, er blieb mitten im Raum stehen und richtete den Gewehrlauf seiner SIG

550 auf mich. Meine Atmung versagte und ich wagte mich nicht zu rühren. Eine halbe Ewigkeit verstrich, bevor sich die Mündung der Waffe langsam senkte. Mit einem ungehaltenen Laut schmetterte der Vermummte etwas auf den Betonboden. Ich erkannte gerade noch das Handy der Stadtpräsidentin, bevor er begann, darauf herumzutrampeln. Kunststoff knirschte unter seinen Armeestiefeln, irgendetwas splitterte und ein winziges Bruchstück aus hartem Plastik wurde unter mein Feldbett geschleudert. Als er fertig war, blickte uns der Typ drohend an, dann stampfte er wortlos hinaus. Krachend schloss sich die Tür hinter ihm.

Beklommen sahen Caroline Rauch und ich uns an. Soeben war unsere einzige Hoffnung zunichtegemacht worden.

»Wir müssen raus hier!«, sagte ich zum wiederholten Mal. Längst hatte ich das Gefühl für Zeit verloren, ich hätte nicht mehr sagen können, seit wie vielen Stunden wir im Bunker gefangen gehalten wurden. Drei, neun, vierundzwanzig, alles war möglich. Die Rauch war seit der Zerstörung ihres Handys in sich zusammengesunken und reagierte nur mit Verzögerung auf meine Ansprechversuche.

»Es muss einen Weg geben«, machte ich mir selbst Mut, obschon die Fakten das Gegenteil belegten.

Bei meinem letzten begleiteten Toilettengang war mir aufgefallen, dass der Korridor an unserem Verlies vorbeiführte. Ich vermutete an seinem Ende einen Notausgang oder zumindest einen Lüftungsschacht, doch sicher war ich mir nicht.

Als wäre sie eine mechanische Puppe, erhob sich die Rauch unvermittelt und blieb wie erstarrt vor ihrer Pritsche stehen.

»Was ist?«, fragte ich, doch anstelle einer Antwort entfuhr ihr nur ein hohes Wimmern. Unvermittelt begann sie, am

Bettgestell zu rütteln, schließlich hob sie das Fußende an und knallte es wütend auf den Boden zurück. Verdutzt bat ich sie, damit aufzuhören, doch in ihrem Universum war kein Platz mehr für mich. Immer wieder lüpfte sie das Feldbett und ließ es runterkrachen, das federnde Geräusch des Rosts vermischte sich mit dem grellen Kreischen von über Beton schleifendem Metall zu einer ohrenbetäubenden Kakofonie.

Ich musste die Frau dringend hier rauschaffen, bevor entweder sie oder ich oder gar wir beide komplett durchdrehten. Mein Blick wanderte zu der Blockflöte, die bei jedem Aufprall auf der dünnen Matratze herumhüpfte. Die Idee war mir schon vor einiger Zeit gekommen, doch da hatte ich sie noch als zu riskant abgetan. Mittlerweile hatte mich die Warterei in dem fensterlosen Verlies derart zermürbt, dass mich Gefahr kaum noch schreckte.

Ich trat an die Stadtpräsidentin heran und legte ihr sanft die Hand auf die Schulter. Nach einer Weile drang die Berührung zu ihr durch, sie hielt in ihrer Toberei inne und schaute mich fragend an, als wäre sie eben aus einem üblen Traum erwacht. Ich lächelte Caroline Rauch aufmunternd an und spürte, wie sie sich etwas entspannte. Mit einem tiefen Seufzer löste sie endlich den verkrampften Griff um das Bettgestell. Tränen liefen ihr jetzt übers Gesicht und rasch reichte ich ihr eine Packung Papiertaschentücher aus ihrer Umhängetasche.

»Ich habe einen Plan«, eröffnete ich ihr, sobald sie wieder einen halbwegs aufnahmefähigen Eindruck machte.

Nachdem ich ihr mein Vorhaben erklärt hatte, nickte sie zwar zustimmend, doch ich war nicht überzeugt davon, dass sie wirklich jedes Detail mitbekommen hatte. Aber auch das war mir egal. Ich wollte nur noch raus aus diesem stickigen Loch.

Die Vorbereitungen waren im Nu abgeschlossen. Wie besprochen, drückte Caroline Rauch auf den Klingelknopf und wartete mit bangem Gesichtsausdruck ab. Zu Beginn waren die Entführer relativ rasch zur Stelle gewesen, wenn wir nach ihnen verlangt hatten, doch jetzt dauerte es ewig, bis einer von ihnen erschien.

»Klo«, sagte die Rauch, als sich die Tür endlich öffnete und der Typ mit dem Sturmgewehr den Raum betrat. Er schnaubte missbilligend und machte auf dem Absatz kehrt. Ich umklammerte die Blockflöte und hielt mich bereit. Als kurz darauf die untersetzte Frau erschien, um Caroline Rauch abzuholen, streckte diese wieder kooperativ die Arme aus.

Doch in dem Moment, als die Kidnapperin die Handschellen hervorholte, wankte die Rauch ein paar Schritte zurück und stützte sich benommen an der Wand ab.

»Mein Blutzucker!«, wisperte sie noch, dann sackte sie zusammen.

Die Uniformierte versicherte sich rasch, dass ich immer noch auf dem Bett saß, bevor sie sich über die Rauch beugte. Das war der Augenblick, auf den ich gelauert hatte. Ich sprang auf und sprintete zu den beiden Frauen hinüber. Alarmiert hob die Entführerin den Kopf, doch da hatte ich ihr schon die Blockflöte unters Kinn geschoben und riss ihren Hals ruckartig nach hinten. Ein abgewürgter Laut entfuhr ihr und ihre Hände tasteten blindlings nach meinem Gesicht. Sofort verstärkte ich den Druck auf die Flöte. Ich kannte diese Taktik nur aus Filmen und dort sah das immer ganz einfach aus. Doch die Realität stimmte selten mit Hollywood überein. Die Frau strampelte verzweifelt mit den Beinen und ihre Fingernägel zerkratzen meine Handrücken. Um zu verhindern, dass sie Fuß fassen konnte, schleifte ich sie rückwärts durch den Raum. Sie grunzte und wand sich unter meinem Griff wie ein Fisch auf dem Trockenen, doch ich ließ nicht locker. Meine Kräfte waren beinahe aufgezehrt, als ihr Körper endlich erschlaffte.

»Ich glaube, die ist hinüber«, bemerkte die Stadtpräsidentin trocken und griff nach ihrer Tasche. Erschrocken ließ ich die Frau zu Boden gleiten und tastete nach ihrem Puls, er war zu meiner Erleichterung gut fühlbar. Keinesfalls hatte ich sie umbringen wollen, sie sollte bloß kurzfristig außer Gefecht gesetzt werden.

Ich reichte Caroline Rauch die Blockflöte, die bis auf ein paar verräterische Speichelflecken unversehrt geblieben war, dann schleppte ich die bewusstlose Frau zum Eingang der Zelle und kettete ihre Fußgelenke mit den Handschellen an den Türgriff. Eine bequeme Lage mit hochgelagerten Beinen, wie ich fand, die bei Krampfadern Wunder wirkte. Zudem war es aus dieser Position schlicht unmöglich, den Klingelknopf zu erreichen.

»Wir dürfen keine Zeit verlieren!« Ich schob die Stadtpräsidentin vor mir her auf den Gang hinaus.

Gemeinsam zerrten wir die Tür mit der daran angeketteten Soldatin in den Rahmen und drehten die kreuzförmige Schließvorrichtung, bis die Bolzen einrasteten.

»Hier lang!« Es gab nur eine Richtung, die sich zur Flucht anbot, und ich hoffte inständig, dass sich die Theorie mit dem Belüftungsschacht bewahrheitete. Durch den Korridor gelangten wir immer tiefer in das Gesteinsmassiv hinein. Flackernde Leuchtröhren jagten gespenstische Schatten vor uns her. Die Wände waren in einem hellen Grün gehalten, dunkle Holzkisten stapelten sich auf der rechten Seite. Wir schritten schnell und ohne ein Wort zu wechseln voran. Bald schon gelangten wir zu einer rechtwinkligen Biegung, wo uns ein loser Bretterverschlag den Weg versperrte. Die Latten ließen sich aber mühelos entfernen, sie waren ziemlich morsch und hatten sich mehrheitlich bereits von alleine gelöst. Dahinter verschmälerte sich der Gang und führte direkt in die Finsternis. Ich hielt Ausschau nach einem Lichtschalter, entdeckte aber keinen. Vorsichtig tastete ich mich in den Tunnel hinein und stellte fest, dass hier der Verputz fehlte, die Felswand war rau, eiskalt und feucht. Doch der leichte Luftzug, der mir entgegenwehte, erfüllte mich mit Zuversicht.

»Achtung, der Boden ist uneben!«, warnte ich Caroline Rauch, nachdem ich im Stockdunkeln beinahe über einen Felsbrocken gestolpert war.

Ich erinnerte mich an mein Feuerzeug und kramte es hervor. Doch der Windhauch löschte die Flamme gleich wieder aus. Wenigstens reichte dieses kurze Aufleuchten, um mir immer wieder einen Überblick über das Gelände direkt vor uns zu verschaffen. Wir kamen nur langsam voran, Schritt für Schritt lotste ich Caroline Rauch durch die Dunkelheit und gab Acht, dass sie nicht stürzte. Pfützen hatten sich an den tiefsten Punkten gebildet, von der Decke tropfte es unablässig. Wahrscheinlich hatte das Ende des Krieges die Erbauer überrascht und die Arbeiten am Stollen waren nie fertiggestellt worden.

Dass sich vor mir eine Wand erhob, bemerkte ich erst, als ich mich ihr auf Armlänge genähert hatte. Ich bedeutete der Rauch anzuhalten und betätigte meinen kleinen Lichtspender. Es bestand kein Zweifel: Wir hatten das Ende des Schachts erreicht.

Ich wandte mich zur Stadtpräsidentin um, doch ihrem bestürzten Seufzen nach schätzte sie unsere Lage korrekt ein.

»Hören Sie das?«

Ich lauschte und da vernahm ich den entfernten Hall von Stimmen auch. Die Entführer hatten unser Verschwinden bemerkt. Es würde nicht lange dauern, bis sie hierherfanden.

»Irgendwo muss die Luft aber hereinströmen«, murmelte ich und ließ das Feuerzeug erneut aufflammen.

Doch da war nichts, kein Durchgang, den ich übersehen hatte, keine Abzweigung. Hastig schob ich mich an der Rauch vorbei und ging ein paar Schritte zurück, dabei tastete ich jeden Zentimeter des Schachts ab. Ohne Ergebnis. Wir waren in eine Sackgasse geraten und konnten nichts anderes tun, als darauf zu warten, dass uns die Kidnapper abholten.

»Von oben«, bemerkte Caroline Rauch aufgeregt. »Die Luft kommt von oben!«

Ich klickte mit dem Anzünder und legte den Kopf in den Nacken. Das Loch in der Decke hatte einen Durchmesser von ungefähr einem Meter und als ich mich darunterstellte, wehte mir nicht nur ein kühler Luftzug entgegen, ich entdeckte auch die rostigen Metallsprossen, die in den Fels eingelassen waren. Wir hatten den Notausgang gefunden.

Ich verschränkte meine Finger und die Rauch trat vorsichtig mit einem Fuß darauf, während sie sich in den Schachteingang streckte.

Die Stimmen kamen näher. Am Eingang des Stollens blitzte der Lichtkegel einer Taschenlampe auf.

»Beeilen Sie sich!«, spornte ich die Präsidentin an.

»Ich bin zu klein!«, klagte sie.

Ich biss die Zähne zusammen, ignorierte den zerrenden Schmerz in meinen Armen und hob meine Hände an.

»Noch ein paar Zentimeter!«

»Liebend gern!«, stieß ich hervor und hievte sie weiter nach oben. Ich konnte mich glücklich schätzen, dass sich die Entführer nicht einen dieser korpulenten Sesselkleber aus dem Nationalrat als Opfer ausgesucht hatten.

»Fast!«

Ächzend unternahm ich eine letzte Anstrengung.

»Geschafft!«, rief die Rauch, der Druck auf meine Handflächen ließ jäh nach und aufatmend schüttelte ich meine schmerzenden Arme aus.

»Klettern Sie rauf, ich komm gleich nach!«

Im Dunkeln sah ich die Silhouetten ihrer Beine schlaff aus dem Schacht baumeln und ich befürchtete schon, die Rauch sei zu erschöpft, um sich aus eigener Kraft raufzuziehen. Doch dann war ein gepresster Laut zu hören, die Beine begannen, hin und her zu pendeln, und verschwanden dann ruckartig in der Decke.

Ein Stein kollerte eine abschüssige Stelle hinunter und schürfende Laute drangen an mein Ohr. Ich fuhr herum und sah ein halbes Dutzend Lichter heranrücken, ihr Schein glitt fahrig über die Felswände. Obschon die Verfolger wussten, dass wir im Tunnel gefangen waren, hatten sie uns bislang nicht entdeckt. Noch schützte uns die Finsternis und verschaffte uns einen winzigen Vorsprung. Ich blickte nach oben und ahnte, dass die unterste Sprosse mit einem Sprung nicht zu erreichen war. Da ich mich nicht mit der Flamme des Feuerzeugs verraten wollte, tastete ich gebückt nach einem größeren Felsstück, doch in unmittelbarer Nähe konnte ich keines ausmachen. Ich richtete mich wieder auf und studierte fieberhaft an einer Lösung herum, als sich Caroline Rauch von oben meldete.

»Halten Sie sich fest!«

Etwas Unförmiges rutschte aus dem Loch und blieb schlackernd hängen. Im fahlen Schein der herannahenden Lampen, konnte ich die Umrisse ihrer Tasche ausmachen.

»Ich hoffe, die Griffe halten.«

Ich auch, dachte ich, ging in die Knie und federte hoch. Beim ersten Versuch verfehlte ich die Tasche knapp, doch schon beim zweiten kriegte ich sie zu fassen. Ein Ratschen war zu hören und ich sackte wenige Zentimeter ab, doch die Griffe hielten. Es zahlte sich also doch aus, beim Einkaufen auf Papiertüten zu verzichten. Blitzschnell hangelte ich mich hoch und klammerte mich an die unterste Sprosse.

Sobald ich mich ganz in den Schacht hinaufgezogen hatte, löste ich die verknoteten Taschengriffe vom Metalltritt, hängte mir den lädierten Beutel um und stieg so geräuschlos wie möglich Caroline Rauch hinterher.

Eilige Schritte waren jetzt von unten zu vernehmen, gedämpftes Stimmengewirr setzte ein und Lichtstrahlen schweiften suchend herum, bis ein erstaunter Ausruf alle zum Verstummen brachte. Im nächsten Moment leuchtete jemand in den Schacht hinein.

»Schneller!«, spornte ich die Rauch an und verbissen kraxelten wir im engen Rohr aufwärts. Ein hässliches Knirschen ließ mich den Kopf heben, im nächsten Augenblick brach einer der rostzerfressenen Tritte ab. Das Metallteil traf mich an der Schulter und blieb dort hängen, der gleich danach heruntersausende Fuß der Stadtpräsidentin verfehlte meine Nase nur um Haaresbreite. Ich hörte sie aufstöhnen, als ihre Knie hart gegen die Sprossen knallten.

»Alles okay?«, rief ich, doch anstelle einer Antwort tastete sie mit der Schuhspitze nach Halt und kletterte ungerührt weiter.

Ein kurzer Blick zurück bestätigte mir, was die Geräusche längst angekündigt hatten: Wir waren nicht mehr allein unterwegs. Ich lehnte mich an die Schachtwand, langte nach der abgebrochenen Sprosse und schmiss sie mit Wucht hinunter. Ein empörter Schmerzensschrei erklang, das war aber auch alles.

Ich mühte mich ab, Frau Rauch einzuholen. Der Luftzug wurde zunehmend stärker, plötzlich war durch schmale Luken Licht auszumachen. Wir hatten den Ausstieg erreicht, der wie eine Art Kamin über den Waldboden hinausragte. Abrupt hielt die Stadtpräsidentin inne.

»Ich krieg den Deckel nicht auf!«, keuchte sie.

Das hatte ich insgeheim befürchtet. Der Notausgang war allem Anschein nach seit Jahren nicht mehr verwendet worden. Womöglich waren die Scharniere ebenfalls verrostet oder schlimmer noch: Der Zugang war von außen abgesperrt. Wenn wir Pech hatten, scheiterte unser Fluchtversuch genau hier.

»Lassen Sie mich ran«, forderte ich Caroline Rauch auf und sie rückte an den äußersten Rand der Sprosse und presste sich gegen die Wand der Röhre, während ich mich an ihr vorbeizwängte. Unter Volksnähe hatte sich die Politikerin wohl etwas anderes vorgestellt.

Wie bei der Zellentür gab es auch hier einen kreuzartigen Verschluss. Als ich ihn anfasste, bröselte korrodiertes Material auf mich herunter. Ich lehnte mich zurück und stemmte mich mit den Knien gegen den Beton, damit ich besseren Halt hatte, packte die Griffe und drehte beherzt daran. Die Luke saß bombenfest. Ich ruckelte heftiger, bis ich spürte, wie etwas millimeterweise nachgab.

»Wie lange dauert das ungefähr noch?«, wollte die Rauch wissen, die ein paar Tritte hinuntergestiegen war, um mich bei den Befreiungsversuchen nicht zu behindern.

Ich guckte an ihr vorbei und sah, dass der maskierte Verfolger bis auf wenige Meter herangerückt war.

»Verschaffen Sie mir Zeit!«, wies ich die Präsidentin an und kümmerte mich wieder um den verklemmten Verschluss.

Dem angestrengten Keuchen nach, trat sie erst mal nach dem Entführer, doch längerfristig würde sie ihn so kaum aufhalten können. Erneut riss ich am Hebel und schaffte es, dass er sich um Fingerbreite verschob. Ich griff gerade nach, als mich der Aufschrei der Rauch zusammenfahren ließ. Als ich nach unten schaute, hatte sich der Typ ihr Bein gekrallt und versuchte, sie runterzureißen. Ohne lange zu überlegen, langte ich nach der Tasche, die immer noch über meiner Schulter baumelte, und wühlte darin herum, bis ich auf eine Spraydose stieß. Von Miranda hatte ich gelernt, dass sich in jeder Handtasche Waffen verbargen – mochten sie auf den ersten Blick noch so harmlos aussehen.

»Hier!« Ich entfernte die Schutzkappe und reichte den Behälter an die Rauch weiter.

»Aber das ist ...«

»Egal, benutzen Sie es!«

Widerwillig kniff sie die Lippen zusammen, schüttelte die Dose aber dennoch und zielte mit der Düse auf ihren Widersacher. Zischend entlud sich der Inhalt und dem Kidnapper entfuhr ein markerschütternder Schrei. Er versuchte, mit einer Hand seine Augen zu schützen, dabei glitt er mit der anderen ab. Beim Fall riss er mehrere Sprossen mit sich und ein schleifendes Geräusch erfüllte den Schacht. Weiter unten gelang es ihm offenbar, sich nochmals festhalten, doch unter der Wucht seines Gewichts brachen auch dort Tritte ab. Mit einem dumpfen Knirschen prallte er auf den Tunnelboden und rührte sich nicht mehr.

Von unten erfasste uns ein Lichtstrahl und erschrocken stellte ich fest, wie viele Sprossen nun fehlten. Zwar kam so keiner mehr zu uns hoch, wir aber auch nicht mehr hinunter. Ich überschlug, wie lange die Entführer brauchen würden, um aus dem Bunker zu stürmen und uns den Weg abzuschneiden. Das Resultat war wenig ermutigend. Selbst wenn wir den Schachtdeckel aufbekamen, würde die Zeit kaum reichen, unbehelligt zum Käfer zu gelangen. Einen Versuch war es aber allemal wert, denn einen Plan B gab es nicht.

»Haben Sie eine Ahnung, wie teuer so ein Spray ist?« Mit vorwurfsvoller Miene reichte mir Caroline Rauch die Dose und bevor ich sie wieder in der Tasche verstaute, warf ich einen Blick auf die Etikette. *Satintim*, entzifferte ich, ein biodynamisches Erzeugnis aus *naturbelassenen, gut verträglichen Rohstoffen für ein ganzheitliches Wohlbefinden*. Diese Ansicht hätte der Kidnapper wohl nur bedingt geteilt.

Ich packte das Kreuz erneut und stemmte mich mit aller Kraft dagegen. Dabei entstand ein Geräusch, als würden kleinste Steinchen zu Staub zermahlen, Sand rieselte auf mich herunter, dann gab der Verschluss mit einem Ruck nach. Ich drückte mit dem Schultergürtel gegen den Deckel, bis er sich mit einem heulenden Ton öffnete. Die plötzliche Helligkeit ließ mich die Augen zusammenkneifen, halb blind krabbelte ich ins Freie. Wir befanden uns auf einem spärlich mit Laubbäumen bewachsenen Plateau, hinter uns stieg das bewaldete Gelände steil an. Der Eingang des Bunkers musste sich demnach am Fuß des Abhangs vor uns befinden. Sanfter Regen fiel und irgendwo in der Nähe zwitscherte ein Vogel, den Lichtverhältnissen nach war es später Nachmittag. Wir waren gerade mal sieben oder acht Stunden festgehalten worden, doch mir kam es vor wie Tage. Ich atmete tief ein und reichte Caroline Rauch die Hand. Mit einem erleichterten Aufseufzen stieg sie aus dem Schacht.

»Wir sind noch längst nicht in Sicherheit«, gab ich zu bedenken, im selben Moment riss die Stadtpräsidentin entsetzt die Augen auf.

»Das sehe ich genauso«, bestätigte eine knarzende Männerstimme hinter mir.

Ich fuhr herum. Die vermummte Gestalt stand gut zwanzig Meter von uns entfernt, das Sturmgewehr im Anschlag. So perfekt organisiert, wie die Entführer bislang vorgegangen waren, hätte ich eigentlich damit rechnen müssen, dass der Notausgang bewacht wurde.

»Strecken Sie die Hände in die Höhe, damit ich sie sehen kann!«

Widerstandslos folgten wir seiner Anweisung, derweil der Mann langsam näher kam. Sein Gesicht war zwar unter einer Sturmhaube verborgen, die drei dicken Balken auf dem Kragen seiner Militäruniform wiesen ihn jedoch deutlich als Oberst aus. Auch ohne diesen wenig subtilen Hinweis hätte ich Egon Hubacher, wenn nicht an der Stimme, so ganz sicher an seinen Bewegungen erkannt, es waren die eines alten Mannes.

»Netter Versuch mit dem Handy. Dummerweise hat es sich mit endlosem Summen und Surren verraten.«

»Man kann nicht immer gewinnen«, erwiderte ich gleichmütig, während ich innerlich frohlockte.

Das Vibrieren des Geräts wies darauf hin, dass der Soldat sich außerhalb des Bunkers befunden haben musste, als er das Telefon in seiner Jackentasche bemerkt hatte. Dieses hatte sich sofort in ein Netz eingewählt und kurz darauf SMS, verpasste Anrufe sowie Combox-Mitteilungen vermeldet. Ich konnte nur hoffen, dass die Fahnder auf das plötzliche Auftauchen des Signals aufmerksam geworden waren, ehe der Typ das Handy zerstört hatte.

»Wir werden jetzt gemeinsam in den Bunker zurückkehren …«

Caroline Rauch stieß einen unmutigen Laut aus und ehe ich sie daran hindern konnte, marschierte sie unerschrocken auf den Oberst zu. »Sie! Was wollen Sie überhaupt von mir?«

»Zurück!« Hubacher richtete den Gewehrlauf auf die Präsidentin. »Bleiben Sie, wo Sie sind, Madame!«

»Nein, ich will jetzt auf der Stelle wissen …«

Der ohrenbetäubende Knall zerriss mir beinahe das Trommelfell, gleichzeitig sah ich die Rauch stürzen. Hubacher hatte tatsächlich abgedrückt! Ich ignorierte sein bedauerndes Gestammel und hastete zur Präsidentin. Erleichtert stellte ich fest, dass sie sich bloß reaktionsschnell auf den Boden geworfen hatte. Sie rieb sich den Knöchel und durchbohrte den deutlich aufgewühlten Hubacher mit einem eisigen Blick. Seine Hände zitterten, er zielte auch nicht mehr direkt auf uns. War das eben ein Unfall gewesen und der Alte hatte womöglich gar nicht abdrücken wollen? Ich reichte Caroline Rauch die Hand und half ihr auf.

»Sie halten uns nun schon seit Stunden fest!«, wandte sie sich in vorwurfsvollem Ton an den immer noch verdatterten Oberst. »Ich habe ein Anrecht darauf zu wissen, was Sie mit mir vorhaben.« Sie verschränkte die Arme und baute sich furchtlos vor ihm auf. Diese Frau ließ einfach nicht locker. Eine Eigenschaft, die sie auch als Politikerin auszeichnete und ihre Stellung erst kürzlich für eine zweite Amtsperiode gesichert hatte.

»Zudem habe ich zu tun. Um mit Ihnen Cowboy und Indianer zu spielen, fehlt mir schlicht die Zeit!«

Hubacher schnappte empört nach Luft. Die Haltung des alten Mannes straffte sich, wie nach dem Anruf gestern Nachmittag wuchs er überraschend über sich hinaus.

»Treten Sie zurück!«, brüllte er die Rauch an, die Schusswaffe lag jetzt wieder fest in seinen Händen. Das Zurückerlangen der Befehlsgewalt verlieh ihm offensichtlich Sicherheit. »Hände in die Höhe!«

Wir streckten unsere Arme hoch und rührten uns nicht.

»Ziel der Entführung ist, die unverzügliche Aufhebung des Zentrums für beschleunigte Asylverfahren in Altstetten zu erwirken«, schnarrte er im umständlichen Militärjargon.

»Sie sind verrückt!«, entfuhr es der Stadtpräsidentin. »Sie können doch nicht einfach …«

»Jemand muss ein Zeichen setzen.«

»Wir leben in einer Demokratie! Wir haben Grundwerte, die ein friedliches Nebeneinander verschiedenster Nationalitäten und Kulturen ermöglichen. Nicht zuletzt deshalb gehört unser Land zu denjenigen mit der höchsten Lebensqualität weltweit. Und Sie treten diese Errungenschaften mit Ihren verdammten Militärstiefeln!«

»Ein Großteil der Bürger vertraut der Politik nicht mehr. Es ist an der Zeit, dass jemand ein Zeichen setzt.«

»Nach persönlichem Gutdünken? Leute wie Sie katapultieren uns ins Mittelalter zurück! Die Zeiten des Faustrechts sind längst vorbei!«

»Wir müssen ein Zeichen setzen«, wiederholte Hubacher roboterhaft.

»Und öffnen damit die Tür für Chaos und Willkür!«

Der Rauch gingen die Argumente aber auch nie aus.

»Sie wissen genauso gut wie ich, dass Sie mit Ihrer Forderung nicht den Hauch einer Chance haben. Die Schweiz lässt sich nicht terrorisieren!«

Ausdruckslos blickte der Oberst die Stadtpräsidentin an.

In dem Moment nahm ich aus dem Augenwinkel eine Bewegung wahr und wandte den Kopf. Hubachers Komplizen kamen den Hang heraufgestapft, allesamt waren sie bis zu den Zähnen bewaffnet. Ich kam mir vor wie am Filmset von *Rambo V*.

»Eine hübsche kleine Armee haben Sie da rekrutiert«, bemerkte ich.

Momentan erachtete ich es für klüger, Hubacher nicht zu verraten, dass ich seine Identität kannte. Noch wurde ich wie eine zusätzliche Geisel behandelt, um deren Wohlergehen man zumindest ansatzweise besorgt war. Das konnte sich schlagartig ändern, sobald ich mein Wissen preisgab.

»Irgendeiner von denen wird schon reden, wenn die ganze Sache vorbei ist«, stichelte ich weiter. »Man wird Sie zur Rechenschaft ziehen.«

»Keineswegs.« Triumph lag in Hubachers Stimme. »Meine

Geheimarmee besteht aus winzigen Zellen, jede zu zwei bis vier Personen. Die Mitglieder sind alle handverlesen und hoch qualifiziert, wenn ich das bemerken darf. Sie kennen sich untereinander nicht, wir operieren ausnahmslos mit Masken.«

»Die Camionfahrer trugen keine.«

»Eine Ausnahme, mit Sturmhauben wären die Männer mitten in der Stadt zu sehr aufgefallen. Um die Anonymität zu gewährleisten, wurden sie ausschließlich für die Entführung eingesetzt. Die Bewachung der Geisel übernahmen dann andere Einheiten. Nach erfüllter Mission löst sich die Organisation übrigens wieder auf und ruht bis zum nächsten Einsatz.«

»Wie damals in der P-26.«

Caroline Rauch sog erstaunt die Luft ein, während Oberst Hubacher knapp nickte.

»Genau wie damals.«

»Adrian Bühler hat mir davon erzählt«, bluffte ich. »Er sagte, dass jemand die Geheimorganisation wieder zum Leben erweckt hätte.«

Hubachers Soldaten hatten mittlerweile das Plateau erreicht und schnitten uns den Fluchtweg ab, indem sie einen Halbkreis hinter uns bildeten.

»Adrian Bühler ist ein Schwätzer. Er hat keine Ahnung, was wir hier tun. Welche Bedeutung das für unser Land hat.«

»Auf mich wirkte er ziemlich umfassend informiert.«

»Herr Kumar, Sie wissen so gut wie ich, dass er ernsthafte psychische Probleme hat.«

Kalt erwischt. Selbstverständlich hatten mich die Entführer überprüft, nachdem sie mich niedergeschlagen hatten. Was nicht besonders schwierig war, mein Ausweis steckte in meiner Hosentasche. Unauffällig tastete ich danach.

»Sie bekommen Ihre Habseligkeiten zurück, sobald wir

das hier zu Ende gebracht haben«, informierte mich Hubacher, als er meine Bewegung bemerkte. Im selben Moment heulten in der Ferne Polizeisirenen auf und er tauschte einen alarmierten Blick mit einem der Männer aus. Unruhe machte sich breit, hinter mir murrten ein paar Typen, ein anderer fluchte lautstark. »Dieses verdammte Handy!«

Rotorengeräusch schwoll an, über den Wipfeln zeichneten sich die Umrisse eines Helikopters ab. Mit einem Mal kam Leben in den Oberst.

»Los! Los!«, schrie er und machte dazu eine fahrige Handbewegung. »Zurück in den Bunker!«

»Aber dann sitzen wir in der Falle!«, wandte jemand ein.

»Sind wir da sicher?«, wollte ein anderer wissen.

»Was ist mit den Geiseln?«

»Von einem Polizeieinsatz war nie die Rede!«

Das Stimmengewirr wurde immer aufgeregter und Hubacher wirkte heillos überfordert. Seine Hände zitterten wieder, die eben noch stramme Haltung sackte zusehends zusammen. Er trat ein paar Schritte von uns weg und verzog sich hinter einen Baumstamm, wo er unverzüglich sein Funkgerät aus dem Holster riss. Nach einem kurzen, aber heftigen Wortwechsel kehrte er zurück.

»Frauen und Männer!«, brüllte er mit lauter Stimme, sodass die Truppe unverzüglich verstummte.

Dann nickte er zuversichtlich. Ein nur väterlich zu nennender Stolz leuchtete in seinen Augen, als er reihum Blickkontakt mit jedem einzelnen seiner Soldaten aufnahm. Fehlte noch der pathetisch anschwellende Klangteppich des Orchesters. Der Typ hatte sich eindeutig zu viele amerikanische Kriegsfilme angeguckt.

»Wir haben es beinahe geschafft. Das Ziel ist in greifbare Nähe gerückt. Ein langer Weg liegt hinter uns, ein harter Weg.«

Das Jaulen der Martinshörner rückte näher, doch Oberst Hubacher war noch nicht fertig mit seiner schwülstigen Rede. Ich beobachtete, wie die Rauch unauffällig die Augen verdrehte. Mir wurde klar, dass ich sie auch ein drittes Mal wählen würde.

»Ich habe euch ausgesucht, weil ihr so denkt wie ich. Weil ihr aus demselben Holz geschnitzt seid. Ihr nehmt nicht alles hin. Ihr wehrt euch für eure Rechte, für eure Freiheiten. Ihr markiert Widerstand, wenn euch etwas nicht passt. Gegen das Fremde, gegen das Böse. Ihr setzt Zeichen.«

Hubacher ballte die Faust und hämmerte auf ein unsichtbares Rednerpult. »Gemeinsam werden wir diese Aktion zum Erfolg führen, gegen alle Widrigkeiten. Dank unserem Einsatz wird den Schweizerinnen und Schweizern bewusst werden, dass es sich lohnt, sich zu wehren, dass man sich nicht alles gefallen lassen muss. Denn der Kampfgeist lodert immer noch in unserem Land und wir werden dafür sorgen, dass dieses Feuer niemals ausgeht. Männer und Frauen wie ihr machen dieses Land aus. Weil ihr nicht nur die Schweiz im Herzen tragt, ihr seid das Herz der Schweiz.«

»Bravo!«, riefen ein paar Soldaten, der Rest applaudierte begeistert.

Hubacher hob den Arm, bis wieder Stille herrschte. »Wie ihr bemerkt habt, drängt die Zeit. Deshalb zieht ihr euch jetzt auf der Stelle mit Geisel Nummer eins in den Bunker zurück und wartet dort auf weitere Instruktionen. Ich bleibe mit Geisel Nummer zwei hier draußen und verhandle mit der Polizei.«

Erleichtert, endlich einen klaren Befehl zu erhalten, trabte die Mannschaft den Abhang hinunter. Zwei Vermummte nahmen die Stadtpräsidentin in ihre Mitte und eilten den anderen hinterher. Einer blieb jedoch zurück. Er trat auf mich zu, bog mir die Arme auf den Rücken und legte mir

Handschellen an. »Sicher ist sicher«, brummte er und ich erkannte den Mann am Zigarettengeruch wieder.

»Danke, dass Sie das Handy an die frische Luft getragen haben.«

Er schnaubte herablassend und verzog sich dann ebenfalls.

»Hübsche Rede. Stammt die Strategie von Annegret Widmer?«, erkundigte ich mich bei Hubacher, als wir allein waren. »Hatten Sie eben Funkkontakt mit ihr?«

»Wie kommen Sie darauf?«, fuhr mich Hubacher gereizt an. Angespannt verfolgte er den Kurs des Helikopters, der immer noch über den Baumwipfeln kreiste. Die Sirenen waren verstummt, was wohl bedeutete, dass die Polizisten bereits in der Nähe waren.

»Ich weiß, dass Sie sich kennen! Die Widmer hat zwar damals verhindert, dass Sie in der Partei aufgenommen wurden. Aber womöglich haben Sie sich ja versöhnt und kämpfen nun an unterschiedlichen Fronten für dieselbe Sache? Hinter dieser ganzen Aktion muss ein organisatorisches Genie stecken. Sie allein hätten doch nie im Leben eine derart ausgefeilte Planung hingekriegt.«

»Passen Sie auf, was Sie sagen!«

»Wo ist Adrian Bühler?«

Wachsam blickte er zum Rand des Plateaus.

»Herr Hubacher?«

Bei der Erwähnung seines Namens zuckte er zusammen. »Woher ...?«

»Ich bin Privatdetektiv, das wissen Sie eigentlich bereits. Wo steckt er?«

»Abgetaucht«, erwiderte der Oberst nach einer Weile.

»Weshalb?«

»Wie bereits erwähnt, hatte er schwerwiegende Probleme.«

»Aber er hat mit Ihnen zusammengearbeitet.«

»Ganz am Anfang, ja. Das ist allerdings mehrere Monate

her. Wir haben dann schnell gemerkt, dass er dem Druck nicht gewachsen war, und haben ihn … nun ja, freigestellt.«

»Wir?«

»Meine Organisation und ich.«

»Hat Ihre Organisation auch Faruq al-Naser auf dem Gewissen?«

Aufhorchend reckte Hubacher den Hals, als hätte er ein verdächtiges Geräusch vernommen. Ich jedoch hörte nur das knatternde Motorengeräusch des Helikopters, das durch den Wald dröhnte.

»Weshalb musste ausgerechnet er sterben?«

Der ehemalige Offizier wandte sich mir wie in Trance zu, sein Blick war leer und er schien mit den Gedanken völlig woanders zu sein. Die Schultern waren herabgesunken, seine Haltung windschief und kraftlos. Es dauerte ein paar Sekunden, bis er sich gefasst und zu einer Antwort durchgerungen hatte: »Er hat mich erpresst.«

»Was?« Vor Überraschung hätte ich mich beinahe verschluckt. Damit hatte ich nun wirklich nicht gerechnet. »Womit denn?«

»Das ist der Dank, wenn man sich dieses Asylantenpack ins Haus holt!«, ereiferte sich der Oberst plötzlich, das alte Feuer flackerte noch einmal auf. »Er hat sich als Möbelmonteur ausgegeben. In einem günstigen Moment ist er in mein Büro eingedrungen und hat kompromittierende Notizen zur geplanten Entführung der Stadtpräsidentin fotografiert.«

»Günstiger Moment? Sie waren doch die ganze Zeit über im Haus.«

Nervös fuhr er sich mit der Zunge über die Lippen, Schweißtropfen glitzerten auf der blau geäderten Haut unter seinen Augen. »Woher haben Sie diese Information?«

»Es ist mein Job, solche Dinge zu wissen.«

Misstrauisch musterte er mich, bevor er weitersprach:

»Ich half den beiden Männern nach beendeter Montage, den schweren Schrank aufzurichten und an den vorgesehenen Platz zu rücken. Danach habe ich mich ein wenig mit dem einen Typ unterhalten, ein Jugo, aber erstaunlich anständig. Dieser Faruq suchte in der Zwischenzeit das Klo auf. Offenbar hatte er sich schon zuvor über Magenprobleme beklagt, berichtete mir meine Frau später, und war bereits auf der Toilette im oberen Stock gewesen. Bei der Gelegenheit muss er in mein Büro geschlichen sein. Ich hätte die Tür abschließen sollen. Aber da ich kein Wort mit dem Burschen gewechselt hatte, konnte ich ja auch nicht ahnen, dass er perfekt Deutsch sprach und deshalb meine Notizen entziffern konnte.«

In deiner beschränkten Weltanschauung ist das wohl ein Privileg hellhäutiger Menschen, dachte ich bei mir. »Und später hat er Sie erpresst.«

»Er hat mehrere Tausend Franken verlangt, sonst würde er die Unterlagen der Polizei übergeben.«

»Und Sie haben bezahlt?«

»Ich hielt es für die beste Lösung.«

»Wieso ist er dann jetzt tot?«

»Weil er den Hals nicht voll genug kriegen konnte!«, polterte Hubacher. »So sind diese Asylschmarotzer, unverschämt und gierig. Gibt man ihnen den kleinen Finger, schnappen sie sich gleich die ganze Hand. Er wollte mehr Geld, vermutlich um damit seine gesamte verlauste Sippe ins Land zu schleusen.«

»Da haben Sie sich kurzerhand in den Range Rover von Adrian Bühler gesetzt, sich eine Sturmhaube übergestülpt und ihn vor dem Asylzentrum umgelegt.«

Er zögerte, doch dann bestätigte er zu meinem Erstaunen meine Theorie: »Genau so war es.«

Hubacher war also der Todesschütze, jetzt war es raus.

Seltsamerweise verspürte ich nicht den geringsten Hauch von Euphorie.

»Wieso hatten Sie die Schlüssel?«, hakte ich nach.

»Bühler hat den Wagen in meiner Garage stehen gelassen, als er Hals über Kopf abgehauen ist.«

»Erst hat er noch seine Frau verprügelt.«

Hubacher atmete schwer. »Davon weiß ich nichts, aber zutrauen würde ich es diesem Hurensohn.«

»Sie wollten ihm den Mord an Faruq anhängen.«

»Das hat sich angeboten.«

»Er war unschuldig!«

»Das glauben auch nur Sie!«

»Und was ist mit Franziska Strittmatter?«

»Was soll mit ihr sein?«

»Sie wurde ebenfalls aus Bühlers Wagen heraus erschossen.«

»Ja …«, machte er gedehnt und wirkte einen Augenblick lang ratlos. »Die Zeugin, nicht? Sie hat mich erkannt, deshalb musste ich sie ebenfalls …« Er brach ab und horchte konzentriert.

Jetzt vernahm ich das Rascheln ebenfalls. Die Spezialeinheit rückte an.

»Marsch!« Hubacher bedeutete mir mit einer knappen Bewegung des Gewehrlaufs vorauszugehen.

»Das Spiel ist aus«, sagte ich ruhig. »Das wissen Sie haargenau.«

Anstelle einer Entgegnung hörte ich bloß sein angestrengtes Schnaufen hinter mir. Eisiger Regen rann mir übers Gesicht und tropfte aus meinen Haaren in den Nacken. Während wir uns dem Rand der Ebene näherten, achtete ich weiterhin auf ungewöhnliche Geräusche, doch mit einem Mal hatte sich eine angespannte Stille über die Umgebung gesenkt. Als hielte der Wald den Atem an. Selbst der Helikopter war verstummt, vermutlich war er irgendwo in der Nähe gelandet.

Endlich hatte ich den Mörder von Faruq al-Naser und Franziska Strittmatter gefunden, dank Hubachers freimütigem Geständnis sogar vor der Polizei. Doch die Genugtuung wollte sich einfach nicht einstellen. Stattdessen machte sich eine unsägliche Leere in mir breit. Dieser Fall hatte mich über alle Maßen gefordert und ich fühlte mich so erschöpft, dass ich kaum einen klaren Gedanken fassen konnte. Auch fehlte mir das allerletzte Puzzleteilchen: Adrian Bühler war nach wie vor verschwunden und selbst Hubacher hatte mir keinen Hinweis auf seinen Aufenthaltsort geben können. Oder hatte er ihn womöglich ebenfalls auf dem Gewissen? Ich stolperte über einen Stein, der sich unter dem Laub verborgen hatte, konnte mich aber gerade noch auffangen.

»Weiter! Nicht anhalten!«, schnarrte Hubacher und bohrte mir den Gewehrlauf in den Rücken.

Sobald wir den Rand des Plateaus erreicht hatten, blieb ich wie festgefroren stehen. Was in erster Linie an den gut zwei Dutzend Sturmgewehren lag, die auf uns gerichtet waren. Eine Heerschar von Polizisten hatte den Abhang unter uns in Beschlag genommen. Dunkelblaue Uniformen, schwarze Schusswesten und ebensolche Stiefel, Helme mit heruntergeklappten Visieren: Bei Geiselnahmen und Entführungen wurde die Interventionseinheit *Skorpion* der Stadtpolizei eingesetzt. Ein Bubentraum, so was bekam man – wenn überhaupt – nur in Actionfilmen zu sehen. Hätte ich mich nicht in einer ziemlich heiklen Situation befunden, ich wäre vor Begeisterung auf- und abgehüpft und hätte dazu in die Hände geklatscht.

»Zurück!«, rief Hubacher den Hang hinab. »Ich habe eine Geisel in meiner Gewalt. Wir kommen jetzt runter!«

Er drückte mir die Gewehrmündung in die Seite und bedeutete mir, die Halde hinunterzumarschieren. Dabei hielt er sich dicht hinter mir und benutzte mich als Schutzschild. Ich fühlte mich kein bisschen gebauchpinselt.

Mit stoischer Miene steuerte ich am Felsen vorbei auf den getarnten Eingang des Bunkers zu, derweil die Polizisten schrittweise zurückwichen, die Gewehre im Anschlag, und uns nicht aus den Augen ließen. Es schien mir fragwürdig, ob Hubacher und seine kleine Geheimarmee eine Belagerung überstehen würden. Selbst mit zwei Geiseln sah es nicht gut aus für sie: Wasser und Lebensmittel waren knapp, die Moral angegriffen. Nicht zu vergessen die Blockflöte, mit der Caroline Rauch ihre Entführer innert kürzester Zeit zermürben konnte. Hubacher mochte seine Mannen gut ausgebildet haben, gegen die durchtrainierten Grenadiere der Interventionseinheit konnten sie, wenn es hart auf hart kam, dennoch wenig ausrichten. Indem er sich jetzt in den Bunker zurückzog, schindete der Oberst höchstens etwas Zeit. Denn die Entführung war in dem Moment gescheitert, als Caroline Rauchs Handy das entscheidende Signal abgesetzt hatte.

Am Fuß des Abhangs bog ich in den schmalen Pfad ein, der den Kamm entlangführte, ein kurzes Wegstück trennte uns vom Bunker. Dabei schmatzte der aufgeweichte Boden unter meinen Schritten, Schlamm drang in meine Turnschuhe, da immer noch die Schnürsenkel fehlten. Hubacher wich mir nicht von der Seite, die ganze Zeit über bedrohte er mich mit der Armeewaffe. Kaum hatten wir den geschützten Platz unter dem Felsvorsprung erreicht, umzingelte uns auch schon die Spezialeinheit und rückte bis auf wenige Meter heran. Wir standen wortwörtlich mit dem Rücken zur Wand.

»Es ist vorbei«, flüsterte ich Hubacher zu, doch ich ahnte, dass er das längst begriffen hatte. Aus der Traum vom modernen Volkshelden.

»Legen Sie die Waffe nieder!«, forderte ihn der Kommandant der Interventionseinheit auf.

Hubacher nestelte an seinem Funkgerät herum, bis dem Apparat ein scharfes Rauschen entwich.

»Was läuft da draußen ab?«, erkundigte sich eine gehetzt klingende Stimme.

»Haltet euch bereit und wartet auf mein Zeichen!«

»Verstanden!«

»Ducken Sie sich!«, zischte er mir zu und zerrte sich die Sturmhaube vom Kopf.

Da lag eine fatale Entschlossenheit in seiner Miene und ehe ich begriff, was er vorhatte, riss er in einer jähen Bewegung das Gewehr hoch und feuerte eine Salve ab. Mit einem Aufschrei, der wenig menschlich klang und aus seinem tiefsten Inneren hervorzubrechen schien, stürzte er sich den Polizisten entgegen, zum Äußersten entschlossen wie vermutlich damals Arnold Winkelried in der Schlacht von Sempach.

Die erste Kugel traf ihn in die Schulter, Blut spritzte auf. Die Wucht des Geschosses schleuderte Hubachers linke Körperseite nach hinten, wie in Zeitlupe wirbelte er um die eigene Achse, sein Gesicht zu einer grotesken Grimasse verzerrt. Die Luft war plötzlich erfüllt von einem unbarmherzigen Rattern, ein Schuss pfiff nah an meinem Ohr vorbei. Jemand schrie mir etwas zu, Worte, die ich nicht verstand, bis die blitzende Mündung von Hubachers Sturmgewehr mit Verzögerung in meine Richtung schwenkte. Sein Finger krampfte sich um den Abzug und sorgte so für ein Dauerfeuer. Wie paralysiert starrte ich hin, es war mir unmöglich, mich zu rühren. Zwar nahm ich wahr, wie mein Jackenärmel zerfetzt wurde, doch selbst als mir das Blut warm und klebrig den Arm hinunterlief, empfand ich nichts als dumpfe Gleichgültigkeit. Eine halbe Ewigkeit schaute ich in die weit aufgerissenen Augen des Oberst, sah, wie er fiel, mein Herz schlug laut und hart dazu. Dann explodierte ein glühender Schmerz in meinem Oberkörper, ich wurde rückwärts gegen die Felswand katapultiert und die Welt um mich herum versank in Dunkelheit.

Ich wartete und wartete – vergebens. Da startete kein musikalisch untermalter Rückblick auf die bewegendsten Momente meines Lebens. Kein Engelsgesang, keine längst verstorbenen Verwandten, die mich lächelnd empfingen, kein weißes Licht. Nur die schwärzeste Nacht, die ich je erlebt hatte. Ein wenig spektakulärer hatte ich mir den Tod schon vorgestellt.

Samstag

»Aber wenn ich dir sage, dass da Zähne und Haare waren! Voll krass! Wie so ein winziger Mensch, verstehst du – zumindest Teile davon. – Was? Ein Bausatz für Einsteiger? Hahaha! – Ja, aus'm Hintern, war voll eitrig und hat abartig wehgetan. Die haben erst gedacht, es ist ein Abszess, doch dann stellte sich raus, dass das so ein Sakraldings war. – Nein, nichts Heiliges, hahaha, leider nicht, Mann!«

Sakraldermoid, dachte ich gereizt, die Schwester hatte dem jungen Mann im Bett neben mir den Begriff mehrmals erklärt. Ich stieß einen demonstrativen Schnarcher aus und drehte mich mit einem verschlafenen Murmeln auf meine unversehrte Seite, doch in Torge Peterssons Universum war so etwas wie Rücksicht nicht vorgesehen.

»Genau, mein Zwilling war im Arsch, hahaha!«, blökte er mit unverwandt lauter Stimme in sein Telefon.

Da geißelte die halbe Welt die Lauschangriffe der NSA, dabei war das eigentliche Ärgernis nicht das Abgehörtwerden, sondern das unfreiwillige Zuhören. Der Mithörskandal sozusagen, der unbescholtene Bürger in Lebenslagen ohne sofortige Fluchtmöglichkeit überraschend und gnadenlos ereilen konnte. In der Warteschlange vor der Supermarktkasse, zum Beispiel. Oder im Zug, dem Klassiker schlechthin. Da erfuhr man von A wie außereheliche Aktivitäten, über L wie Lernhilfen für Legastheniker, bis zu S wie Sex trotz Scheidenpilz und Z wie Zubereitung von Zürcher Geschnetzeltem einfach alles – ob man wollte oder nicht. Genauso in der Straßenbahn, wo gerne der Stehbereich ganz hinten im Waggon benutzt wurde, um wie von einem Rednerpult aus über die Köpfe der Fahrgäste hinweg erschreckend Banales ins Telefon zu krähen. Im Kino, wenn direkt neben einem lautstark ein Babysitter zur Wärmdauer des Fläschchens instruiert wurde, oder dann eben wehrlos im Spital liegend, wobei es sich da aufgrund der oftmals delikaten Informationen um eine zusätzlich verschärfte Situation handelte.

Seit sich Torge Pettersson beinahe ununterbrochen und in äußerst appetithemmender Explizität über seine Krankengeschichte ausließ – die ich mittlerweile auswendig auf Deutsch, Englisch und Schwedisch hätte wiedergeben können –, vermied ich es jedenfalls, die gemeinsame Toilette direkt nach ihm zu benutzen.

Der Arzt hatte angeordnet, dass ich sicherheitshalber noch ein oder zwei Tage zur Beobachtung im Spital bleiben sollte. Der erste Schuss hatte mich am Oberarm gestreift, der zweite die Schulter in Mitleidenschaft gezogen, beides relativ harmlose Verletzungen, die mit wenigen Stichen genäht werden konnten. Ich hatte echt Glück gehabt. Der Grund, weshalb ich dennoch nicht nach Hause durfte, war die mittelschwere Gehirnerschütterung, die ich mir zugezogen hatte, als ich rückwärts gegen die Felswand geprallt war. Seit ich aus meiner Ohmacht erwacht war, verspürte ich Schwindelgefühle und Übelkeit, wenn ich mich erhob.

Auf meinem Nachttisch stand nebst dem obligaten Glas Pfefferminztee eine Flasche *Amrut*, die mir Fiona und José mitgebracht hatten. Von Tante Asha waren die Pralinen, während mir meine Mutter mehrere Plastikbehälter mit frisch zubereiteten indischen Kleinigkeiten aufgedrängt hatte, da sie die Spitalverpflegung qualitativ und vor allem mengenmäßig für unzureichend hielt. Dem Dankesschreiben der Stadtpräsidentin hatte ich einen Ehrenplatz eingeräumt und die von Hand verfasste Einladung ins Stadthaus gut sichtbar an die Whiskyflasche gelehnt. Meine Mutter wäre vor Stolz beinahe geplatzt, als sie darauf aufmerksam geworden war. Zu meiner Erleichterung hatte sie es aber bleiben lassen.

»*Hai rabba!* Mein Sohn hat eine Privataudienz bei der Stadtpräsidentin!«, quiekte sie stattdessen aufgeregt, als handelte es sich dabei um die höchste Ehre, die einem Einwanderersohn zuteil werden konnte. »Wie werden sie in Indien Augen machen!«

»Ist sie verheiratet?«, wollte Tante Asha mit argwöhnisch geschürzter Lippe wissen, doch ich winkte grinsend ab.

»Dein Vater ist übrigens sehr angetan davon, dass du die Präsidentin gerettet hast. Er lässt sie herzlich grüßen und du sollst ihr sagen, dass er ein großer Fan von ihr ist.«

Verwundert schaute ich meine Mutter an. Dass mein Vater ein Anhänger der Stadtpräsidentin sein sollte, war mir neu. Zum letzten Mal hatte ich ihn nach dem gewaltsamen Tod Indira Gandhis ehrfurchtsvoll von einer Politikerin reden hören. Meine Mutter druckste denn auch herum.

»Was?«

»Er sagte auch, dass er ihre Auftritte im *Teleboy* immer sehr lustig fände und ihre Schlagfertigkeit bewunderte. Er könne beinahe alle ihre Lieder auswendig, wenigstens der Melodie nach. Nur der Typ mit dem Schnauz nerve ihn unsäglich, ob sie den nicht endlich loswerden wolle.«

Ich musste mich beherrschen, um nicht loszuprusten. Doch ein Lachanfall hätte nur erneut Schmerzwellen durch mein lädiertes Gehirn gejagt. Die Grüße meines Vaters – der einmal mehr auf fatale Weise die Dinge verwechselte – richteten sich eindeutig nicht an Caroline, die Stadtpräsidentin, sondern an Caroline, die vorwitzige Eselspuppe im grünen Kleid. Zusammen mit dem Bauchredner Urs Kliby gehörte sie als Cabaretduo *Kliby und Caroline* zu den Helden meiner Kindheit.

Ich lächelte beim Gedanken daran, doch in meiner Brust zog sich etwas, das eben noch federleicht gewesen war, bedrückt zusammen. Die Krankheit meines Vaters schritt unaufhaltsam voran. Noch waren es nur zeitliche Ereignisse und vernachlässigbare Details, die er nicht mehr richtig einordnen konnte. Doch sein Zustand würde sich weiter verschlechtern, er würde noch vergesslicher werden und zunehmend die Kontrolle über seine Bewegungen verlieren, ein schleichender Zerfall von Körper und Geist. Und eines Tages in absehbarer Zukunft würde es so weit sein: Mein Vater würde mich nicht mehr erkennen. Zwar waren wir uns seit seiner Rückkehr aus Indien nähergekommen, vermutlich näher als wir uns je gewesen waren. Das Wissen um die Endlichkeit der uns gegönnten Zeit hatte uns offener gegenüber dem anderen werden lassen, versöhnlicher auch. Ich erinnerte mich an unbeschwerte Situationen, in denen wir laut gelacht und für einen kurzen Moment das drohende Ticken der Uhr übertönt hatten, Augenblicke voller Licht, ein kurzes Aufleuchten von Normalität. Doch meist waren unsere Treffen von einer allgegenwärtigen Melancholie geprägt gewesen, es war ein Abschied in Etappen und uns beiden war das sehr wohl bewusst.

Per Knopfdruck richtete ich das Kopfteil des Krankenbettes auf und trank einen Schluck Pfefferminztee. Pettersson laberte immer noch in sein Handy.

»Ja, genau, ein Sakralspermozid oder so ...«, hörte ich ihn sagen.

»Sakraldermoid!«, fauchte ich hinüber, worauf er mich irritiert anguckte und sich durch die blonde Surfermähne fuhr.

Nachdem sich Egon Hubacher alias Winkelried auf so dramatische wie sinnlose Weise im Kugelregen geopfert hatte, war es der Sondereinheit *Skorpion* und ihrem Kommandanten nicht schwergefallen, die Entführer im Bunker zur Kapitulation zu überreden. Hubachers Geheimarmee hatte sich widerstandslos festnehmen lassen und Caroline Rauch konnte samt ihrer Blockflöte unbeschadet geborgen werden, wie mir Fiona während ihres kurzen, aber informativen Besuchs verraten hatte. Kurz, weil nach der missglückten Entführung unzählige Nachbesprechungen anstanden und die Medien ganz wild nach Bildmaterial und Informationen aus erster Hand waren. José, der sie begleitet hatte, war länger geblieben, und während Miguel Antonio unverzüglich losgekrochen war, um die Zimmerecken mittels Strampelanzug zu entstauben, hatte sich mein bester Freund einen *Amrut* eingeschenkt und naserümpfend am Glas genippt.

»Hubacher hat für seine Operation eine richtige Elitetruppe rekrutiert«, stellte er nicht ohne Bewunderung fest. »Das waren alles ehemalige Armeemitglieder, meist Kaderleute, dazu kamen ausgewiesene Bergsteiger, Feuerwehrmänner und eine Krankenschwester. Die Organisation des Übergriffs war höchst professionell geplant, da ist nichts schiefgelaufen und beinahe wären sie damit sogar durchgekommen.«

»Wenn der geniale Schachzug mit dem Handy nicht gewesen wäre!«

»Ruh dich ja nicht zu lange auf deinen Lorbeeren aus!«

»Selbst wenn ich wollte, würde es mir wahrscheinlich nicht gelingen. Denn nach meiner Erfahrung steht garantiert jemand auf der Matte und bettelt verzweifelt um Hilfe, kaum hat man es sich mit einem klitzekleinen Whisky gemütlich gemacht. Für einen indischstämmigen Detektiv gibt es immer einen nächsten Fall.« Aber eine Verschnaufpause würde ich mir nach diesem Auftrag dennoch gönnen, dachte ich.

»Na dann, auf indischstämmige Detektive!« José hob das Zahnputzglas mit dem Whisky.

Für einmal verspürte ich nicht die geringste Lust auf Alkohol, was mit meinem Unfall zu tun haben musste. Anders konnte ich mir das nicht erklären. Ich nippte an meinem Tee und beobachtete Miguel Antonio, der gerade fröhlich blabbernd die Fußleiste entlangscheuerte.

Die maue Auflösung des Falles ließ mir keine Ruhe. »Ich frage mich, welche Motivation diese Männer angetrieben hat. Vermutlich kann man ihnen keinen Bezug zur rechtsradikalen Szene nachweisen. Hubacher selbst hat sich ja deutlich davon distanziert.«

»Zu den Nazis gibt es keine erkennbaren Verbindungen, das weiß ich von Fiona. Und über die Motivation kann man nur spekulieren, solange es keine offiziellen Aussagen gibt. Ich denke, es ging in erster Linie um einen Denkzettel für die da oben. Widerstand markieren und der Regierung deutlich machen, dass sie sich nicht alles erlauben kann.«

»Fast müsste man ein Fünkchen Sympathie für Hubacher und seine Armee empfinden.« Es gab offenbar Menschen, die blieben ihr Leben lang Rebellen. Selbst wenn ab einem gewissen Alter die Gefahr enorm hoch war, sich mit dieser Einstellung lächerlich zu machen.

»Wenn die Aktion nicht zwei Menschen das Leben gekostet hätte.«

»Das hatte ich ganz kurz ausgeblendet«, gab ich zerknirscht zu.

Hubacher hatte sowohl Faruq al-Naser als auch Franziska Strittmatter auf dem Gewissen. Der eine hatte ihn erpresst, die andere war unfreiwillig Zeugin seiner Tat geworden. Ich hätte nicht genau benennen können, was es war, aber sein Geständnis hatte einen schalen Nachgeschmack hinterlassen. Ich wurde den Verdacht einfach nicht los, dass er etwas Wichtiges ausgelassen hatte.

»Irgendwie finde ich es trotzdem seltsam, dass dieser alte

Mann alles ganz allein geplant haben soll. Auf mich hat er einen ziemlich tatterigen Eindruck gemacht. Als er die Rauch und mich in seiner Gewalt hatte, wurde dies überdeutlich. Zeitweise hatte er nicht einmal sein Gewehr unter Kontrolle.«

»Du meinst, es gibt Hintermänner, von denen wir nichts wissen?«

»Oder Hinterfrauen. Hast du Annegret Widmer überprüft?«

José bejahte leicht genervt. »Da ist nichts, akzeptier das endlich. Die Frau ist keinesfalls so bekloppt und steht im direkten Kontakt zu einem Terroristen.«

»Aber die beiden kannten sich!«

»Das mag sein. Aber wenn sie entgegen aller Wahrscheinlichkeit doch etwas mit der Entführung zu tun haben sollte, dann hat sie sich hundertzehnprozentig abgesichert, dass keine noch so vage Spur zu ihr führt.«

Damit hatte José zweifelsohne recht. Es war, als würde ich mir geradezu *wünschen*, dass Annegret Widmer mit Hubacher unter einer Decke steckte. Nur zu gern hätte ich die Landesmutter von ihrem selbst erbauten Thron gestürzt. Sich emotional derart mitreißen zu lassen, war natürlich im höchsten Maße unprofessionell, das war mir bewusst. Nur konnte ich mich manchmal nicht dagegen wehren.

»Hast du ihre Finanzen angeguckt?«

»Vijay! Lass gut sein!«

»Fragst du dich denn überhaupt nicht, womit sich Hubachers Privatarmee finanziert hat? Das hat doch alles gekostet, der Bunker, die Ausrüstung, das ganze Material …«

»So viel Material war da gar nicht. Die Waffen hatte freundlicherweise die Schweizer Armee zur Verfügung gestellt und baufällige Bunker kriegt man heutzutage zum Schleuderpreis.«

Störrisch schüttelte ich den Kopf, dabei schlackerte mein Gehirn mehrmals gegen die Schädelwand. Unverzüglich wurde mir wieder übel.

»Alles okay?«, erkundigte sich José angesichts meiner gequälten Miene.

Ich hielt mir die Hand präventiv vor den Mund. »Überprüf die Konten!«, stieß ich hervor.

»Du gibst echt nie auf, was?«, gab er sich mit einem ungehaltenen Seufzer geschlagen.

Ich starrte an die Decke und hörte dabei zwangsläufig Torge Petterssons kindlichem Singsang zu, der typisch war für die schwedische Sprachmelodie. Kein Wunder, dass in dem Land so erfolgreiche Popsongs geschrieben wurden, tagein tagaus auf diese Weise zu kommunizieren, hätte mich hingegen längerfristig in den Wahnsinn getrieben.

Nachdem José gegangen war, war ich auf der Stelle wieder eingedöst. Der Arzt hatte mir prophezeit, dass ich in nächster Zeit viel Schlaf brauchen würde. Das sei durchaus normal nach Gehirnerschütterungen. Immerhin hatte sich dank dem Nickerchen die Übelkeit gelegt.

Während ich die Unebenheiten im Verputz musterte, kreisten meine Gedanken rastlos um den eigentlich gelösten Fall. Auf den ersten Blick sah es aus, als wäre das Puzzle fertig zusammengesetzt, der Mörder war gefunden, die Ordnung wiederhergestellt. Alles jubelte. Doch ich wurde den Verdacht nicht los, dass es sich dabei um ein Trugbild handelte. Erst bei näherer Betrachtung würde sich herausstellen, dass jemand die Einzelteile mit Gewalt zusammengemurkst hatte.

Auch hatte ich noch immer keinen Hinweis auf Adrian Bühlers Verbleib gefunden und war mir nicht sicher, ob er überhaupt noch lebte. Der Mann war so spurlos verschwunden, dass eine Ermordung nicht völlig von der Hand zu weisen war. Hatte ihn Hubacher beseitigt, nachdem er bemerkt hatte, wie angeschlagen Bühler wirklich war? Hatte der alte Oberst befürchtet, er könnte seinen Entführungsplan in Gefahr bringen? Ans Bett gefesselt, sah ich keine Möglichkeit, dieser Vermutung nachzugehen.

Wenigstens wusste ich nun, woher Faruq das Geld gehabt hatte, um seiner Familie zur Flucht aus Syrien zu verhelfen. Zwar erstaunte mich diese Kaltblütigkeit, doch wer wusste schon, zu welchen Handlungen einen Verzweiflung und die Angst um die Liebsten treiben konnten? Ob Jasmin Bühler davon gewusst hatte? Längst hätte ich mich bei ihr melden sollen, doch ich zögerte den Anruf absichtlich hinaus. Ich hatte ihren Mann trotz meiner Anstrengungen nicht ausfindig machen können. Zwar wäre ich ohne die Suche nach Bühler niemals auf Oberst Hubacher und seine Machenschaften aufmerksam geworden und hätte entsprechend auch die Entführung der Stadtpräsidentin nicht vereiteln können, doch beim eigentlichen Auftrag hatte ich komplett versagt – und es behagte mir überhaupt nicht, das zugeben zu müssen.

Gebannt folgte ich den Regentropfen, die wie winzige Schnecken über die Fensterscheibe krochen und durchscheinende Spuren auf dem Glas hinterließen. Angeblich hatte man von hier aus einen spektakulären Blick über die Stadt, doch ich war noch immer ziemlich wackelig in den Knien und verließ das Krankenbett nur in äußersten Notfällen.

Ich hätte nicht mehr sagen können, wie oft ich den Ablauf der Ereignisse in den letzten Stunden durchgegangen war. Es musste einen Fehler im System geben und je länger ich daran herumkaute, desto überzeugter war ich, dass ich ein Detail übersehen hatte. Erneut hakte ich Punkt für Punkt ab. Erst meine Suche nach Bühler, dann den Ausflug zu den

Neonazis, schließlich das Aufspüren Hubachers. Danach ging ich die Geschehnisse durch, die vor oder parallel zu meinen Ermittlungen abgelaufen waren, und versuchte, sie chronologisch zu ordnen, um einen besseren Überblick zu bekommen. Hubacher war wegen Annegret Widmers Intervention nicht in der Volkspartei aufgenommen worden und hatte in der Folge die Geheimarmee ins Leben gerufen, mit dem Ziel, ein ›Zeichen zu setzen‹, wie er selbst immer wieder betont hatte. Er hatte die Stadtpräsidentin entführt, um damit die Aufhebung des Asylzentrums in Altstetten zu erzwingen.

Kurz davor war Faruq al-Naser von Hubacher erschossen worden, weil der Asylbewerber ihn erpresst hatte. Auf das verräterische Material war er bei Hubacher gestoßen, als er zufälligerweise auf Montage in dessen Haus gewesen war.

Wie schon bei den Malen davor stutzte ich an dieser Stelle. Lag da der Hund begraben? War das nicht ein bisschen zu glatt abgelaufen? Egal was Esoteriker und an höhere Mächte glaubende Menschen sagen mochten, aus meiner Erfahrung als Detektiv wusste ich, dass solche Zufälle äußerst selten waren. Selbst wenn es auf den ersten Blick danach aussehen mochte, steckte meist Absicht und eine ausgeklügelte Planung dahinter. War Faruq absichtlich zu Hubacher geschickt worden, um die Entführungspläne auszuspionieren? Das würde bedeuten, dass jemand davon gewusst hatte. Ich beleuchtete die Idee von allen Seiten und verwarf sie gleich wieder. Auf diese Weise an das Material zu kommen, wäre von zu vielen Faktoren abhängig gewesen: Faruqs Aushilfsjob beim Möbelhaus, der Auftrag ausgerechnet bei Hubacher, der im richtigen Moment eingeschaltete Computer mit den Plänen – alles viel zu unberechenbar.

Aber weshalb war der Asylbewerber dann auf die Unterlagen aufmerksam geworden? Hubacher hatte gesagt, Faruq hätte sie fotografiert, als er im oberen Stock die Toilette aufgesucht hatte. Ich war selbst in Hubachers Büro gewesen und erinnerte mich genau, dass der Schreibtisch zum Eingang hin ausgerichtet war. Faruq hätte also in den Raum hinein- und um den Tisch herumgehen müssen, um einen Blick auf den Laptop zu erhaschen. Um dann auf der Stelle zu merken, dass er gerade einen Plan für die Entführung der Stadtpräsidentin vor sich hatte. Das schien mir ziemlich unwahrscheinlich. Zudem stand er unter Zeitdruck, Hubacher hätte jeden Moment wieder raufkommen können. Ich hegte außerdem Zweifel daran, dass der Alte so doof gewesen war, die streng geheimen Dokumente nicht zu schließen, bevor er sich in den unteren Stock begeben hatte. Bei näherer Betrachtung ergab das alles überhaupt keinen Sinn.

Nachdenklich schaute ich in den verregneten Nachmittag hinaus. Mir wurde bewusst, dass ich schon länger keine Nachrichten mehr gehört hatte. Wahrscheinlich waren in der Zwischenzeit ganze Landstriche versunken und Berge abgetragen worden. Die Schweiz würde nie mehr so sein wie zuvor. Petterssons Stimme plätscherte als konstantes Störgeräusch im Hintergrund. Gerade gab er damit an, erst kürzlich eine ›Superpuppe‹ im *Mascotte* aufgegabelt zu haben, die ihm später ein Foto ihrer Titten aufs Handy gesendet hatte.

»Ey Mann, ich sag dir, das waren Möpse! Ich wollte sie als Bildschirmschoner für mein Handy, aber da war zu wenig Platz, hahaha!«

Ich fuhr herum und starrte ihn an. Mein Puls war jäh in die Höhe geschnellt – was nicht ansatzweise mit dem sicherlich hochfotogenen Busen der Dame zu tun hatte – und bei jedem Herzschlag durchzuckte ein dumpfer Schmerz meinen Kopf. Doch das war mir egal. Torge Petterssons Gequassel hatte soeben eine Erinnerung geweckt. An ein flüchtiges Detail, dem ich bislang keine Aufmerksamkeit geschenkt hatte. Aber ich wusste, wer mir weiterhelfen konnte. Hastig griff ich zum Telefon.

Zehn Minuten später beendete ich das Gespräch mit der völlig aufgelösten Meow und brauchte selbst einen Moment, bis ich mich wieder gefasst hatte. Sie war im Begriff gewesen, die Koffer zu packen, und ihre Stimme hatte vom Weinen ganz rau geklungen. Laut schniefend hatte sie mir Auskunft gegeben und ich hatte mich anstrengen müssen, überhaupt etwas zu verstehen. Hubacher hatte im Testament nur seine Familie berücksichtigt, Meow ging leer aus und war mit einem Mal wieder ganz auf sich alleine gestellt. Sie würde niemals Frau Hubacher werden, obschon sie sich bei unserem Treffen derart zuversichtlich gegeben hatte. Zurück auf Feld eins, zurück in den Katalog, wenn es wirklich übel lief. Doch es war weniger ihr Schicksal, das mich erschütterte, als die Informationen, die sie mir bezüglich der Einrichtung von Hubachers Büro gegeben hatte. Schlagartig ergab alles Sinn, selbst wenn mir noch einige Details zur Auflösung fehlten.

Um mich abzusichern, rief ich José an, der mir nach kurzem Nachforschen die Bestätigung für Meows Hinweis lieferte. Zudem hatte er von Fiona Angaben zu Hubachers Kontobewegungen erhalten. Damit war die Sache klar. Nur würde ich es in meinem Zustand nicht schaffen, den Fall alleine zu Ende zu bringen. Ich war auf Hilfe angewiesen. Während ich erneut zum Handy griff, wanderte mein Blick zu meinem dauertelefonierenden Bettnachbarn. Er war blond, das war schon mal ein Vorteil. Ich war mir auch sicher, dass er nichts gegen ein bisschen Abwechslung einzuwenden hatte. Es klickte in der Leitung und eine vertraute Stimme meldete sich. Mit einem Lächeln verkündete ich die frohe Nachricht.

Ich hatte die Toilettentür nicht ganz geschlossen und spähte durch den schmalen Spalt ins Zimmer hinaus. Das Abendessen war wie immer mitten am Nachmittag serviert worden, danach wurden wir in der Regel in Ruhe gelassen. Torge Pettersson lag in seinem Bett und gab vor zu schlafen, die Decke hatte er sich über den Kopf gezogen, sodass von ihm nichts als ein blondes Haarbüschel zu sehen war. Ich versuchte, meine Schwindelanfälle zu ignorieren. Sie überkamen mich in regelmäßigen Abständen, meist wenn ich das Gewicht zu abrupt von einem Fuß auf den anderen verlagerte oder eine schnelle Bewegung machte. Das war natürlich keine optimale Ausgangslage für mein Vorhaben, aber ehe ich mich vor Fiona und der gesamten Polizei lächerlich machte, wollte ich sichergehen, dass ich mit meinem ungeheuren Verdacht richtiglag.

»Dauert das noch lange?«, quengelte Torge.

»Halt die Klappe und rühr dich nicht«, erwiderte ich scharf.

Er schlug die Decke zurück und guckte vorwurfsvoll zu mir herüber. Mittlerweile zweifelte ich ernsthaft daran, ob es wirklich so eine brillante Idee gewesen war, ihn zur Durchführung meines Plans zu verpflichten. Der Typ hatte eine Aufmerksamkeitsspanne, die kürzer war als jeder Werbespot. Dazu hatte sein Telefon bereits vier Mal vibriert, seit wir auf der Lauer lagen, und es hatte mein ganzes pädagogisches Geschick erfordert, ihn vom reflexartigen Griff zum Handy abzuhalten.

»Leg dich hin und zieh die Decke über den Kopf!«, zischte ich und stützte mich keuchend am Türrahmen ab. Mein Gehirn fuhr Karussell und der Körper konnte sich nicht entscheiden, ob er den Mageninhalt von sich geben oder ohnmächtig werden wollte. Es dauerte tatsächlich länger als ich erwartet hatte, mittlerweile hatte die Dämmerung eingesetzt und im Zimmer war es düster geworden. Vermutlich wollte unser Gast sichergehen, dass die Besuchszeiten vorbei waren, bevor er uns aufsuchte. Ich lehnte mich neben der Tür an die Wand, um tief Luft zu holen. Kopf und Magen beruhigten sich etwas, der Schwindel ließ nach. Dafür klopfte der Schmerz jetzt in den frisch genähten Wunden. Mein Oberteil war bereits völlig durchgeschwitzt, es klebte an meinem Torso, als würde ich gleich in einem Wet-T-Shirt-Wettbewerb auftreten. Ein leises Knarren ließ mich zusammenfahren. Als ich mich umwandte, fiel ein Lichtstreifen auf den Boden, er wurde breiter, ein Schatten erschien im Türrahmen, dann wurde es wieder dunkel. Leise Schritte näherten sich. Ich umfasste die Wasserpistole, die mir Torge zuvor in der spitalinternen Kinderabteilung besorgt hatte. Ich hoffte, damit durchzukommen, denn auf die Schnelle war mir keine andere Art der Verteidigung eingefallen. Und mich meinem Gegner gänzlich unbewaffnet zu stellen, war keine Option gewesen, dafür schätzte ich ihn als viel zu gefährlich ein.

Die Gestalt hatte Torges Bett erreicht und beugte sich über ihn. Sie schien zu zögern und ich hielt den Atem an. Das war der kritischste Punkt meines Plans. Der Stoff ihrer Jacke raschelte, als die Person ihr Handy hervorholte. Ganz kurz leuchtete sie damit auf Torges blonden Haarschopf und wandte sich dann ab. Enttäuscht ließ ich die Luft entweichen. Es hatte nicht geklappt.

Im nächsten Augenblick drehte sie sich wieder um, in der Hand hielt sie jetzt ein Kopfkissen, das sie sich von meinem Bett geschnappt hatte. Ehe ich reagieren konnte, hatte sie Torge die Decke weggerissen und ihm den Pfulmen aufs Gesicht gedrückt. Der Junge bäumte sich auf und stieß unterdrückte Hilferufe aus, doch der Angreifer ließ nicht locker. Ich hob die Pistole wahrscheinlich zu rapide an, denn ehe ich die Badezimmertür ganz aufreißen konnte, erfasste mich ein heftiger Schwindelanfall. Keuchend lehnte ich mich an die Wand, vor meinen Augen tanzten vorwitzige Lichtpunkte. Der Eindringling stützte sich jetzt mit seinem ganzen Gewicht auf Torge, während dessen Hände verzweifelt versuchten, ihn wegzudrängen. Schon hatte ich den Eindruck, seine Bewegungen würden allmählich erlahmen. Ich durfte keine Zeit verlieren, Schwindel hin oder her.

»Treten Sie zurück!«, rief ich und knipste das Licht im Bad an. So lag die Waffe in meinem Schatten und man würde sie nicht gleich als lächerliche Attrappe erkennen. Hoffte ich zumindest.

Mehr erstaunt als erschrocken blickte sich die Frau nach mir um, dabei verringerte sie den Druck auf Torges Gesicht nur unwesentlich.

»Lassen Sie das Kissen fallen oder ich schieße!«, drohte ich und fuchtelte mit der Wasserpistole herum.

Keine abrupten Bewegungen!, ermahnte ich mich, als mir die Magensäure bis zur Kehle hochschwappte.

Die Frau hielt inne, ohne aber Torge freizugeben. Sie war wie immer elegant gekleidet und trug ein dunkelgrünes Tweedkleid zu kniehohen Schnürstiefeln.

»Es ist nicht Ihr Mann!«

Entgeistert starrte mich Jasmin Bühler an, bevor sie das Kissen endlich hochhob. Ich hörte Torge panisch nach Luft schnappen. Der schwache Schein der Badezimmerbeleuchtung reichte vermutlich aus, damit die Bühler ihren Irrtum erkannte.

»Sie haben mich reingelegt!«, fauchte sie wütend.

»Und Sie haben mich angelogen!«

»Ich habe gehofft, Sie würden meinen Mann finden.«

»Um ihn umzubringen, bevor die Polizei mit ihm reden kann!«

Verächtlich verzog die Bühler ihre Mundwinkel, warf einen Blick auf Torge und wandte sich zum Gehen.

»Sie schulden mir noch ein paar Antworten.«

»Ich schulde Ihnen allenfalls ein Honorar. Aber Ihre Leistung war mehr als enttäuschend. Ich hatte Sie für einen fähigeren Mann gehalten, Herr Kumar. Leben Sie wohl.«

Ich gab Torge das verabredete Zeichen, doch der rang immer noch keuchend nach Luft und war entsprechend zu nichts zu gebrauchen. Mir blieb nichts anderes übrig, als zu improvisieren.

»Glauben Sie wirklich, Sie kommen damit durch?«

Die Bühler blieb stehen und musterte mich abschätzig. »Was denn sonst? Oder haben Sie irgendeinen handfesten Beweis für Ihre an den Haaren herbeigezogene Behauptung?«

Erwischt. Ich hatte auf ein Geständnis der Bühler gehofft, wenn ich sie in flagranti bei einem Mordversuch ertappte. Doch anstatt zusammenzubrechen, zeigte sie mir die kalte Schulter. Eigentlich hätte ich das ahnen müssen.

»Na also.« Ein feines Lächeln umspielte ihre Lippen, als sie auf die Tür zutrat.

»Ihr Mann war zum Sicherheitsrisiko geworden, nicht wahr?«, bemerkte ich hastig. »Weil er bereits zu viel über die Entführung der Stadtpräsidentin wusste, als Egon Hubacher ihn aus seiner lächerlichen Hobbyarmee geworfen hat.«

Die Bühler senkte den Kopf und verharrte reglos, die Hand auf dem Türgriff. Als sie auf dem Absatz herumwirbelte, war ihr Gesicht vor Wut verzerrt. »Hobbyarmee? Sie haben ja keine Ahnung, Sie erbärmlicher Schnüffler!« Aufgebracht schritt sie auf mich zu. »Für ihn war das viel mehr als ein Hobby! Eine Berufung, ja, eine Pflicht!«

»Und Sie haben ihn dabei unterstützt, indem sie die ganze Sache minutiös geplant haben. Denn vor Ihrer Hochzeit hießen Sie Jasmin Hubacher, was leicht herauszufinden ist, wenn man erst mal auf die Idee gekommen ist. Egon Hubacher war Ihr Vater.«

»Er hat für diese Sache gelebt! Das Wohl dieses Landes lag ihm am Herzen! Durch ihn und seine Tat wäre den Schweizern endlich wieder bewusst geworden, welch kämpferisches Volk sie einst gewesen waren. Wie erfolgreich sie sich immer gegen fremde Besetzungsmächte gewehrt hatten, über Jahrhunderte hinweg. Gegen die Habsburger, die Schwaben, die Burgunder!«

»Ihr Vater war ein Terrorist!«

»Mein Vater war ein Held!«

»Er hat die Demokratie dieses Landes mit Füßen getreten und am Ende, als er den Karren gründlich an die Wand gefahren hatte, den Tod vorgezogen, anstatt für seine Taten geradezustehen!«

»Das muss ich mir nicht anhören!« Jasmin Bühler stürmte erneut davon.

»Bleiben Sie stehen!«

»Oder was?« Sie hatte die Tür aufgerissen und schaute mich herausfordernd an. »Wollen Sie mich mit Ihrer Wasserpistole erschießen?«

»So ungefähr«, erwiderte ich, zielte mit der Spielzeugwaffe auf ihr Gesicht und drückte einige Male auf den Abzug.

Mit einem Aufschrei wich sie zurück und versuchte, die Augen mit den Händen zu schützen, ihr Oberkörper krümmte sich qualvoll. Endlich sprang Torge auf und kam mir zu Hilfe geeilt. Gemeinsam zerrten wir die sich heftig wehrende Jasmin Bühler wieder ins Zimmer hinein, ehe die Nachtschwester auf uns aufmerksam wurde. Nachdem ich ihr Hände und Fußgelenke nach Mirandas Methode mit dem bereitgelegten Verbandsmaterial zusammengeschnürt hatte, drückten wir die Bühler auf einen Stuhl am Fenster. Sie lehnte sich mit einem ungehaltenen Seufzer zurück und als ich das Licht einschaltete, erkannte ich, wie erschöpft sie wirkte.

Während Torge die Polizei benachrichtigte, zog ich mir einen Stuhl heran und war froh, mich endlich Jasmin Bühler gegenüber an das kleine Tischchen setzen zu können. Die Schwindelgefühle ließen sich so besser aushalten. Die Waffe behielt ich zur Sicherheit in der Hand.

»Uns bleibt etwas Zeit für eine kleine Plauderei, bevor die Bullen eintreffen.«

Unbeeindruckt starrte die Bühler aus dem Fenster. Tränen liefen ihr über die Wangen und ihre Augen waren gerötet, was dem Desinfektionsmittel zu verdanken war, mit dem ich die Wasserpistole gefüllt hatte. Glücklicherweise war mir der Spender neben dem Waschbecken rechtzeitig aufgefallen.

Es fiel mir schwer abzuschätzen, was in ihr vorging. Sie wirkte erstaunlich gefasst, seit wir sie überwältigt hatten, und hatte bislang nicht einmal versucht, an den Fesseln zu zerren. Ich guckte ebenfalls hinaus und unsere Blicke trafen sich in der spiegelnden Fensterscheibe. Da erkannte ich, dass das Spiel längst noch nicht aus war und ich weiterhin auf der Hut sein musste.

Durch unsere Gesichter hindurch funkelten die Lichter der nächtlichen Stadt. Die Aussicht war tatsächlich umwerfend – trotz des anhaltenden Regens.

»Diese Frauenstimme hat mir keine Ruhe gelassen.«

Sie zeigte nicht die geringste Reaktion.

»Ich habe mich die ganze Zeit gefragt, wer die Frau am Telefon gewesen war. Irgendwann war mir klar geworden, dass es unmöglich Annegret Widmer gewesen sein konnte. Hubacher hatte seine Gesprächspartnerin nämlich mit ›Kleines‹ begrüßt.«

Die Bühler wandte mir den Kopf mit erwachendem Interesse zu.

»Zwar gab es eine Verbindung zwischen den beiden, doch die Beziehung war wohl nie derart intim gewesen, dass er die Widmer mit einem Kosenamen angesprochen hätte. Die Entführung konnte er aber keinesfalls allein geplant haben, dazu war er zu tatterig …«

»Hüten Sie Ihre Zunge! Sie reden hier immerhin von meinem Vater!«, fauchte sie drohend.

»Die Tatsachen zu beschönigen, bringt uns auch nicht weiter. Der Überfall und die nachfolgende Flucht, der Bunker und die gut instruierte Armee – Ihr Vater wäre eindeutig nicht mehr in der Lage gewesen, eine solch komplexe Organisation allein auf die Beine zu stellen.«

Jasmin Bühler presste ihre Lippen zusammen. »Er hatte Parkinson«, flüsterte sie und brachte mich damit aus dem Konzept. »Die Mithilfe bei der Planung hat ihn beschäftigt und davon abgehalten, dauernd über seine Krankheit nachzudenken.«

Sekundenlang war ich unfähig, etwas darauf zu erwidern. Ich war hin- und hergerissen. Einerseits verstand ich nur zu gut, wovon sie sprach, andererseits sträubte sich alles in mir dagegen, mich mit einer Verbrecherin zu solidarisieren. Völlig unerwartet war ich auf jemanden gestoßen, der etwas Ähnliches durchmachte wie ich. Die Krankheiten unserer Väter verbanden uns auf unsichtbare Weise. Wäre die Situation eine andere gewesen, ich wäre liebend gern bei diesem Thema verweilt, um Erfahrungen auszutauschen. Sie zu fragen, wie sie mit ihren Gefühlen umgehe, ob sie ihr Vater auch hin und wieder nervte. Ob es für sie auch Momente gab, in denen sie am liebsten davonlaufen und nichts mehr davon hören würde. Ob sie danach auch das schlechte Gewissen quäle.

Doch dies war keine Therapiesitzung, hier ging es um Doppelmord und Entführung.

»Die Frauenstimme ...« Ich hatte den roten Faden verloren. Dieser Fall kam mir mit einem Mal komplett verworren vor und ich hatte überhaupt keine Ahnung, wo ich mit meinen Erklärungen beginnen sollte.

»Von welchem Telefongespräch reden Sie überhaupt?«

Erleichtert ging ich auf Jasmin Bühlers Frage ein und schilderte ihr, wie ich ins Haus ihres Vaters gelangt war und im Wandschrank versteckt das Gespräch und das nachfolgende Aufgebot der Geheimarmee mitverfolgt hatte.

»Sie waren im Haus meines Vaters?«

»Ursprünglich hatte ich den vagen Verdacht, dass er etwas über den Aufenthaltsort Ihres Mannes wusste, doch mir fehlten handfeste Beweise. Dabei bin ich zu völlig anderen Informationen gekommen, als ich ursprünglich erwartet hatte. Erstens erfuhr ich so von der geplanten Entführung und konnte am Ende allein aufgrund dieser Information die Stadtpräsidentin befreien. Was jetzt deutlich reibungsloser klingt, als es gewesen ist. Den zweiten, entscheidenden Hinweis übersah ich erst, weil er gar nicht sichtbar gewesen war.«

Jasmin Bühler hatte mir mit stoischer Miene zugehört, nun hob sie fragend das Kinn. Sie wusste genauso gut wie ich, dass ich immer noch keinen einzigen stichhaltigen Beweis für ihre Täterschaft angeführt hatte. Dass ich ihre Stimme am Telefon gehört zu haben glaubte, während ich im Wandschrank gesteckt hatte, würde eher für Spott als für ihre Verhaftung sorgen.

»Dazu muss ich etwas ausholen ...«

Torge stieß gelangweilt die Luft aus. Er hatte es sich auf meinem Bett bequem gemacht und verfolgte unsere Unterhaltung mit einem Ohr, derweil er pausenlos auf seinem Handy herumtippte.

»Zwar laufen die Fäden in diesem Fall ziemlich wirr durcheinander, trotzdem sind sie alle miteinander verknüpft«, wandte ich mich wieder an Jasmin Bühler. »Bis vor wenigen Stunden war mir der Grund für den Mord an Faruq völlig schleierhaft. Erst dachte ich, Adrian Bühler hätte ihn aus Eifersucht erschossen, dann beichtete mir Ihr Vater überraschend, der Täter zu sein. Doch sobald ich mich intensiver mit den Motiven auseinandersetzte, klafften grobe Logiklücken auf. Das eigene Fremdgehen Adrian Bühlers zum Beispiel, oder dass sich Hubacher nicht auf Anhieb an den Mord an Franziska Strittmatter erinnern konnte. Deshalb ackerte ich die Geschehnisse immer wieder durch, bis mir endlich ein kleines Detail auffiel. Torges Gelaber über ein Tittenfoto hat mich drauf gebracht.«

Empört ließ mein Zimmergenosse sein Smartphone sinken. »Hallo? Du hörst meine Gespräche mit? Schon mal was von Privatsphäre gehört?«

Ich ging nicht darauf ein. »Ihr Vater hat mir erzählt, dass sich Faruq Zugang zu seinem Büro verschafft, die Dokumente fotografiert und ihn damit erpresst hat. Deshalb hat er ihn umgebracht. Dieses Vorgehen wäre von zahlreichen zufälligen Faktoren abhängig gewesen und schien mir deswegen wenig plausibel. Er nahm kurz vor seinem Tod die Schuld auf sich, um jemand anderen zu schützen. Nämlich Sie!«

Jasmin Bühlers Kiefer mahlten angestrengt, doch sie hörte aufmerksam zu.

»Ich kam zum Schluss, dass in diesen wenigen Minuten in Hubachers Büro etwas geschehen sein musste, was Faruqs Leben ernsthaft in Gefahr brachte und es ihn schließlich auch kostete. Torges Bemerkungen lenkten mich schließlich auf die richtige Spur. Zwar waren mir in Hubachers Büro die hellen Flecken auf der Tapete aufgefallen, ich habe sie aber nicht weiter beachtet. Doch Meow, die Lebenspartnerin Ihres Vaters, hat mir heute Nachmittag verraten, was an dieser Wand bis vor Kurzem noch gehangen hatte.«

Ihr Gesichtsausdruck verriet, dass die Bühler wusste, was jetzt kam.

»Es waren gerahmte Fotografien von Ihnen, Frau Bühler. Ihr Vater hatte sie aufgehängt, wie das Väter eben so tun. Faruq muss sie durch den Türspalt entdeckt haben, als er das erste Mal die Toilette aufsuchte. Sein Augenmerk galt allein den Fotos seiner Geliebten, die Entführungspläne hätte er vom Eingang aus nicht einmal sehen können.«

»Was beweist das jetzt?«

»So erfuhr ich, dass Sie Hubachers Tochter sind. Ich habe mich aber gewundert, weshalb Hubacher die Fotorahmen abgehängt hatte. Den immer noch scharfen Umrissen nach musste das kurz vor meinem Besuch passiert sein.«

Ich sah Torge erwartungsvoll den Kopf heben. Über diesen Teil der Ereignisse, die zu Faruqs Tod und Adrian Bühlers Verschwinden geführt hatten, konnte ich nur mutmaßen. Doch ich war mir ziemlich sicher, dass ich damit richtig lag.

»Natürlich hat Ihnen Faruq davon erzählt.« Ich fasste wieder die Bühler ins Auge. »Er muss ganz aufgeregt gewesen sein, als er die Fotos im Büro entdeckt hatte. So aufgeregt, dass er Sie gleich vom Badezimmer aus angerufen hat, um Ihnen mitzuteilen, dass er Ihren Vater kennengelernt hat – wenn auch nur flüchtig und ohne dass dieser ahnte, wen er vor sich hatte. Das sind diese kleinen Launen des Schicksals, wenn Sie so wollen, Geschehnisse, wie man sie selbst in der perfektesten Planung nicht voraussehen kann. Wie hätten Sie auch wissen sollen, dass ausgerechnet der Eichenschrank *Timotheus* zum Stolperstein Ihrer Aktion werden würde? Sie hatten doch alles bis ins kleinste Detail durchdacht, Ihre Organisation der Entführung und allem drumherum war mehr als beeindruckend. Als ehemalige Bankerin wissen Sie haargenau, wie man so etwas bewerkstelligt. Nur dass Ihr Vater den neuen Eichenschrank ausgerechnet bei dem Möbelhaus bestellte, bei dem Ihr Liebhaber als Aushilfe arbeitete – das entzog sich Ihrer umfassenden Voraussicht.«

Die Bühler schnaubte und guckte wieder durch die verregnete Scheibe auf die Stadt hinunter.

»Sie haben sich in Schadensbegrenzung versucht und sich nichts anmerken lassen. Erst später haben Sie Ihren Vater angewiesen, die Bilder abzuhängen – als könnten sie so den Lauf der Dinge ändern. Doch da war es bereits zu spät. Als Faruq zum zweiten Mal die Toilette aufsuchte, weilte Hubacher gerade unten, um den neuen Schrank zu begutachten. Deshalb betrat er das Büro, um sich die Fotografien genauer anzusehen. Was hat Faruq dort gefunden? Der Computer war sicher nicht eingeschaltet gewesen, Ihr Vater war zwar schon etwas betagt, aber sicher nicht senil.«

Jasmin Bühler atmete heftig ein, ihre Nasenflügel weiteten sich dabei. »Skizzen«, stieß sie schließlich widerwillig hervor. »Faruq hat Skizzen im Abfall gefunden. Er hat sich auf dem Schreibtisch und in den Regalen nach weiteren Fotos von mir umgesehen. Dabei ist ihm der volle Papierkorb aufgefallen. Mein Vater hatte meine Entführungspläne genaustens studiert und sie anschließend für sich mit Zeichnungen veranschaulicht. Er konnte sich auf diese Weise den Ablauf besser vorstellen.«

»Da waren Namen drauf?«

»Und Orte.« Jasmin Bühler seufzte. »Dazu die gesamte Fluchtaktion mit den Lastwagen.«

»War die Organisation der Entführung nicht mit diesem Code geschützt?«

»Den habe ich einzig eingesetzt, um meinen Vater bei

Laune zu halten. So hatte er das Gefühl, an einer wirklich geheimen Operation beteiligt zu sein, bei der nur er und ich im Bilde waren, wie sie ablaufen würde. Die Männer habe selbstverständlich ich instruiert; sie wussten längst, worum es ging, als er ihnen den Code übermittelt hat. Auch während der Entführung stand ich ununterbrochen in Kontakt mit der Mannschaft, ohne dass mein Vater es ahnte. Deshalb hatte ich ihn auch als Wachposten beim Notausstieg eingeteilt. Da stand er niemandem im Weg und hatte doch eine vermeintlich verantwortungsvolle Aufgabe. Ich hatte wirklich nicht damit gerechnet, dass Ihnen die Flucht gelingen würde …« Sie verstummte. »Von da an geriet die Sache komplett außer Kontrolle.«

Einen Moment lang hegte ich so etwas wie Bewunderung für diese Frau. Was sie sich alles hatte einfallen lassen, nur um ihren Vater spüren zu lassen, dass er immer noch gebraucht wurde. Zu etwas nütze war. Sie musste ihn sehr geliebt haben.

»Als Faruq wissen wollte, was los war, gerieten Sie in Bedrängnis, nicht?«, fuhr ich mit dem Ablauf der Geschehnisse fort. »Vermutlich hat er nur ansatzweise begriffen, worum es in den Unterlagen ging, doch dann haben Sie einen weiteren Fehler begangen: Sie haben ihn belogen. Die Situation hat sie beunruhigt, Sie hatten sie nicht unter Kontrolle. Und da er nicht auf den Kopf gefallen war, hat er sofort geschnallt, dass Sie und Ihr Vater etwas Krummes vorhatten. Haben Sie ihm die Summe, um seine Familie aus Syrien nachkommen zu lassen, freiwillig gegeben? Als Schweigegeld sozusagen? Oder hat er Sie erst erpressen müssen? Von den Konten Ihres Vaters wurden nämlich in den letzten paar Wochen keine größeren Beträge abgebucht. Naheliegenderweise hat er die Kohle von Ihnen erhalten, unter welchen Vorzeichen auch immer.«

»Ich hab ihm das Geld gegeben, damit er die Klappe hält. Aber es war ihm nicht genug!«, presste Jasmin Bühler ungehalten hervor. »Nach ein paar Tagen wollte er mehr.«

»Ich nehme an, dass er weitere Familienmitglieder retten wollte. Doch dazu kam es nicht mehr, denn Sie hatten sich entschieden, ihn aus dem Weg zu räumen. Selbst mit seinem lückenhaften Wissen war er zu einem unkalkulierbaren Risiko geworden. Und so etwas mögen Sie überhaupt nicht. Ist es nicht so, Frau Bühler?«

Sie gab keine Antwort.

»Trotzdem denke ich, dass Sie mir in einem Punkt die Wahrheit gesagt haben, vermutlich das einzige Mal seit wir uns kennen. Sie waren Faruq aufrichtig zugetan, empfanden echte Gefühle für ihn. Er war aufmerksam und zärtlich und rettete Sie aus der Einsamkeit Ihrer Ehe. Wenn er an diesem verdammten Tag nicht im Haus Ihres Vaters aufgekreuzt wäre ...« Ich beendete den Satz nicht.

Jasmin Bühler wich meinem Blick aus, doch ich glaubte, ein verdächtiges Glitzern in ihren Augen wahrgenommen zu haben. Als ich aus dem Fenster schaute, fielen mir die flackernden Blaulichter auf. Die Polizeifahrzeuge raste die Birmensdorferstrasse herauf, die schnurgerade zum Spital führte. Jasmin Bühler hatte sie ebenfalls entdeckt, ihre Haltung straffte sich.

»Mit seinem Tod hatten Sie vor, zwei Fliegen mit einer Klappe zu schlagen«, fuhr ich fort. Mir blieb nicht mehr viel Zeit. »Hubacher hatte Ihren Mann aufgrund seiner psychischen Verfassung aus der Geheimarmee geworfen. Denn er war seit dem Überfall an jenem Abend eine tickende Zeitbombe, er neigte zu Wutausbrüchen, war labil und schlicht untragbar bei einer derart heiklen Mission. Allerdings wusste er bereits zu viel über die Entführung, die Sie schon seit Monaten planten. Der Rausschmiss hatte die Situation noch verschärft und Sie wussten, dass Sie etwas dagegen unternehmen mussten, ehe er wegen eines Ausrasters verhaftet wurde und Ihr Vorhaben womöglich der Polizei gegenüber verriet. Also nahmen Sie seinen Range Rover, schlüpften in seine Jacke, setzten eine Sturmhaube auf und holten das Gewehr aus dem Keller. Es sollte aussehen, als hätte Ihr Ehemann den Nebenbuhler aus Eifersucht erschossen. Beinahe wäre ich darauf reingefallen. Was hatten Sie danach vor? Ihn mit seiner eigenen Waffe abknallen und es wie Selbstmord aussehen lassen? Der reuige Mörder, der sich selbst richtet?«

Die Polizeifahrzeuge hatten das Spital beinahe erreicht. Privatwagen waren vom Sirenengeheul alarmiert aufs Trottoir ausgewichen, Fußgänger stehen geblieben, um dem Kovoi neugierig hinterherzublicken. Nicht wirklich erstaunt bemerkte ich, dass Torge eingenickt war. Das Handy schaukelte bei jedem Atemzug auf seinem Bauch.

»Ihr Mann war trotz allem besorgt um Sie, vielleicht liebte er Sie sogar noch.« Ich widmete mich wieder Jasmin Bühler. »Zwar hatte ihn ein anderer Detektiv längst über Ihre Affäre mit Faruq unterrichtet, doch entgegen meinen Befürchtungen hatte er die Angelegenheit auf sich beruhen lassen. Als er aber im Radio von dem Attentat beim Asylzentrum hörte, eilte er unverzüglich nach Hause …«

Jasmin Bühler ließ ein kurzes zustimmendes Murmeln hören. »Er kam an, kurz nachdem mich die Polizei über Faruqs Tod informiert und nach meinem Mann gefragt hatte.« Ihre Stimme klang ruhig und konzentriert, als würde sie einen Geschäftsbericht runterlesen. »Ich war gerade von der Kinderkrippe zurückgekehrt und hatte den Range Rover vorläufig in der Garage versteckt, das Gewehr lag noch auf dem Rücksitz, ebenso die rote Jacke. Es war ein Leichtes gewesen, während des Betriebs in der Krippe kurz zu verschwinden. Ich hatte Adrian am Vorabend gesagt, dass ich mit dem Rover zur Arbeit fahren würde, weil ich auf dem Heimweg einige Gartenpflanzen kaufen wollte. Dass er an jenem Morgen mit meinem Renault Clio unterwegs war, hat keiner bemerkt, nicht einmal Sie. Adrian wollte sofort wissen, was geschehen war, und ich erzählte ihm, dass Faruq von einem Unbekannten erschossen worden war. Ich wies ihn sogar darauf hin, dass der Verdacht früher oder später auf ihn fallen könnte.« Sie hielt kurz inne. »Aber er meinte nur, ich solle mir keine Gedanken machen. Er war in Eile und besorgt, dass er zu spät zur Arbeit kommen würde. Zumindest hat er mich das glauben lassen. Als er mich fragte, ob er am Nachmittag wieder den Range Rover nehmen könnte, fiel mir auf die Schnelle keine ablehnende Antwort ein. Mit wachsender Panik folgte ich ihm in die Garage, doch ehe ich etwas unternehmen konnte, hatte er Gewehr und Jacke entdeckt. Es war ihm sofort klar, was ich getan hatte. Ich hatte ihn noch nie so fassungslos gesehen. Hastig floh ich ins Haus zurück und versuchte, die Tür zu verriegeln, doch er war schneller …«

»Er hat sie tatsächlich verprügelt.«

»Er war völlig außer sich. Ich habe ihn danach überall gesucht, doch er war wie vom Erdboden verschluckt. Den Range Rover habe ich nach dem Eindunkeln in der Garage meines Vaters versteckt. Adrians Jacke war vom Hintersitz auf den Boden gerutscht. Als ich sie aufhob, fiel mir Ihre Visitenkarte in die Hände. Das ist die Lösung, dachte ich.«

»Zum Glück für Adrian Bühler habe ich ihn nicht aufgespürt, sonst hätten Sie Ihren Plan kaltblütig zu Ende gebracht.«

Die Polizeiwagen drängten durch die Einfahrt zum Triemlispital, doch Jasmin Bühler blieb erstaunlich ruhig.

»Dass Franziska Strittmatter Sie erkannte, als sie von seinem Wagen aus Faruq erschossen, gehört wohl ebenfalls in die Kategorie ›Unberechenbares‹.«

»Die Schießerei war so viel anstrengender, als ich gedacht hatte, es wurde unerträglich heiß unter der Sturmmütze. Ich musste einfach rasch Luft holen. In diesem Moment hat sie mich wohl gesehen.«

»Und ausgerechnet ich habe Sie auf die einzige Zeugin aufmerksam gemacht. Die sich standhaft geweigert hat, ihre Arbeitskollegin – also Sie – anzuschwärzen. Ehe Sie sich versahen, waren Sie zur Doppelmörderin geworden.« Ich nahm einen Schluck Pfefferminztee und stellte das Glas wieder vor mich hin. »Und dann hat Ihr Vater auch noch darauf gedrängt, die Entführung früher als geplant stattfinden zu lassen. Er wollte die nach dem Mord an Faruq aufgebrachte Stimmung in der Bevölkerung für seine Zwecke nutzen. Zudem galt es, seinem Schwiegersohn zuvorzukommen, es war ja komplett undurchsichtig, was der vorhatte.«

Die Bühler nickte. Sie sah tatsächlich völlig fertig aus. Die letzten Tage mussten sie viel Kraft gekostet haben.

»Es hat wirklich an allen Ecken und Enden gebrannt. Bewundernswert, wie Sie in diesem Chaos den Überblick behalten haben.«

»Sie selbst und vor allem Ihre andauernde Fragerei haben mir das Leben nicht unbedingt erleichtert. Immerhin war ich nicht direkt in die militärischen Aktivitäten eingebunden, sondern konnte die Operation aus der Ferne überwachen. Doch als mein Vater starb, bin ich beinahe zusammengebrochen«, gestand sie ein.

»Dabei hatten Sie sich dermaßen Mühe gegeben, wenigstens nach außen hin perfekt in die Gemeinschaft Altstettens zu passen. All ihre wohltätigen Aufgaben, das soziale Engagement und ihre ehrenamtlichen Einsätze waren nichts als

Tarnung, während sie mit Ihrem Vater einen hinterhältigen Staatsstreich planten. Und jetzt wird man Sie nicht nur als Mörderin von Faruq al-Naser und Franziska Strittmatter festnehmen, sondern auch für die Entführung der Stadtpräsidentin.«

Sie lächelte auf eine nachsichtige Art und Weise, plötzlich ging etwas Bedrohliches von ihr aus. »Meinen Sie? Haben Sie denn irgendwelche Beweise gegen mich in der Hand? Ich wage, es zu bezweifeln. Ihr Denkansatz ist zu einfach. Die Spurensicherung wird zwar meine Haare und Fingerabdrücke im Range Rover finden, aber das bedeutet noch gar nichts, schließlich bin ich Adrians Frau. Das Gewehr habe ich nur mit Handschuhen angefasst. Man wird zum Schluss kommen, dass mein Mann Faruq und Franziska erschossen hat. Er allein hatte ein Motiv, die bislang gefundenen Indizien weisen eindeutig auf ihn hin.«

»Was ist mit der Entführung?«

»Ich hatte ja keinen blassen Schimmer, was mein doch schon ziemlich verkalkter und schwer kranker Vater vorhatte. Aufgrund seiner Kommentare in den Onlineforen musste man aber fast damit rechnen, dass er irgendwann tätlich werden würde, nicht wahr?« Sie bedachte mich mit einem betont ahnungslosen Augenaufschlag. »Der E-Mail-Verkehr und die ganzen Telefonate wurden von einem unauffindbaren Gerät geführt. Der Benutzer hat sich in die Netze diverser Cafés eingeloggt, es wird unmöglich sein, ihn ausfindig zu machen.«

»Es gibt einen Haken«, gab ich zu bedenken.

»Der wäre? Ach, Adrian?«, lieferte sich Jasmin Bühler die Antwort gleich selber und schmunzelte belustigt. »Ich bin seine Frau, ich weiß, wie er tickt. Glauben Sie mir, früher oder später werde ich ihn finden.«

»Sie werden ihn umbringen.«

Sie zuckte so gleichgültig mit den Schultern, als hätte ich für morgen schlechtes Wetter prophezeit.

»Darf ich auch mal was sagen?«, mischte sich Torge ein und richtete sich schlaftrunken auf.

»Was ist?« Gereizt wandte Jasmin Bühler den Kopf.

Er gähnte ausgiebig und streckte sich. »Es ist wegen der Beweis«, sagte er dann.

»Ja?«

»Ich habe das Gespräch aufgezeichnet.« Er schwenkte sein Handy. »Ich hielt das für eine gute Idee. Da ist jede Menge Material dabei, das ich an Ihrer Stelle nicht ausgeplaudert hätte.«

Die Bühler drehte sich wieder mir zu. Ein mitleidiges Lächeln umspielte ihre Lippen. »Beinahe hätte es geklappt«, sagte sie leise.

Das Flackern in ihren Augen fiel mir einen Wimpernschlag zu spät auf. Blitzschnell hatte sie die Fesseln um ihre Handgelenke abgestreift und zerbrach beinahe gleichzeitig das Teeglas am Tischrand. Ehe ich reagieren konnte, war sie aufgesprungen, hatte mich am Ohr zu sich hingezogen und drückte mir eine messerscharfe Scherbe an die Halsschlagader. Mir wurde kurz schwarz vor Augen.

»Keiner rührt sich!« Ungelenk hüpfte sie um den Tisch herum, sodass sie nun hinter mir stand. Blut tropfte von ihrer Hand, sie musste sich geschnitten haben.

»Das Handy! Werfen Sie es herüber!«

Torge starrte sie mit verblüffter Miene an und tat, was sie verlangte. Mit einem hohlen Scheppern knallte das Telefon auf den Linoleumboden.

»Damit kommen Sie nicht durch!«, keuchte ich und registrierte besorgt, wie sie mit einer Hand die Fesseln um ihre Knöchel zu lösen versuchte. Die Glasscherbe kratzte derweil bedrohlich über meine Haut.

»Die Polizei ist gleich hier.«

Doch die Bühler hatte dringlichere Probleme. »Verdammt! Nehmen Sie mir sofort dieses dämliche Verbandsmaterial ab! Nein, warten Sie!«

Sie winkte Torge, der mit aufgerissenen Augen das Geschehen verfolgte, zu sich. Unschlüssig erhob er sich und tapste zu uns herüber. Zum ersten Mal seit wir das Zimmer teilten, hatte er kein Handy vor dem Gesicht oder am Ohr.

»Schneller! Oder ich schneide ihm die Halsschlagader auf.«

Ich spürte, wie sie den Druck mit der Scherbe verstärkte, etwas Warmes rann kitzelnd über meinen Hals.

»Und jetzt runter mit dem Zeugs!«, befahl Jasmin Bühler, sobald Torge bei uns angelangt war. Gehorsam ging er vor ihr in die Knie.

Ich schielte nach unten und stellte beschämt fest, wie sehr sich der Knoten bereits gelockert hatte. Kein Wunder hatte Jasmin Bühler ihre Hände befreien können, ohne dass ich etwas bemerkt hatte. Ich brauchte dringend Nachhilfe im Fach Bondage. Während sich Torge am Verbandsmaterial zu schaffen machte, fielen mir die Schuhe der Bühler auf. Elegante Schnürstiefel. Unauffällig deutete ich mit meiner Fußspitze darauf und hoffte, mein Zimmergenosse würde den Hinweis verstehen.

»Beeilen Sie sich!«

»Gleich.« Torge nestelte noch einen Moment lang an der Fessel herum, dann richtete er sich auf. Den losen Verband legte er auf den Tisch und tauschte dabei einen verstohlenen Blick mit mir. Er hatte begriffen.

»Zurück zum Bett!«, herrschte ihn die Bühler an, nachdem sie ihn angewiesen hatte, das Handy aufzuheben und ihr zu übergeben. Er leistete ihrem Befehl unverzüglich Folge. »Und Sie stehen auf!«

Auch ich tat, was sie verlangte. Sie war jetzt dicht hinter mir, ich konnte ihren Atem in meinem Nacken spüren.

»Abmarsch!«, zischte sie.

Ich setzte mich in Bewegung und ließ dem ersten zögerlichen Schritt rasch einen zweiten folgen.

»Nicht so schnell!«, rief Jasmin Bühler noch, bevor sie strauchelte. Ich spürte, wie der Druck der Scherbe auf meiner Haut nachließ und schlug ihre Hand weg. Sie packte mich mit der anderen am Arm, doch ich entwand mich ihrem Griff, indem ich mich blitzschnell um mich selbst drehte. Mein Magen rebellierte und die Sicht verschwamm kurzfristig. Ich hörte den Stoff meines T-Shirts reißen und als ich mich nach der Bühler umwandte, ruderten ihre Arme haltlos durch die Luft, ihre Miene war grotesk verzerrt, dann verlor sie das Gleichgewicht und stürzte unsanft zu Boden. Torge war herbeigeeilt und setzte sich sofort rittlings auf sie, während ich ihre Arme erneut fesselte, diesmal mit einem fest angezogenen Mehrfachknoten, der höchstens noch mit einer Schere zu öffnen war.

»Die Idee, ihre Schnürsenkel zu verknoten, war großartig!«, grinste Torge.

»Einfache Denkansätze werden manchmal unterschätzt.«

In dem Moment flog die Tür auf und ich blickte in den Lauf einer Waffe, gleich darauf drängte sich ein halbes Dutzend weiterer Polizisten ins Zimmer. Hinter den Uniformierten tauchte ein vertrautes Gesicht auf.

»Vijay!«, schrie Fiona.

Es klang wie ein Vorwurf.

Epilog

In der aufgebrachten Diskussion, die nach anfänglichem Zögern rasch Orkanlautstärke erreicht hatte, verstand man sein eigenes Wort nicht mehr. Alle redeten durcheinander, es wurde wild gestikuliert, und jeder hatte eine noch bessere Idee, wie mit der schwierigen Situation zu verfahren war, auf welche Art man dem Terror Einhalt gebieten könnte. Miranda war aufgesprungen und versuchte, sich Gehör zu verschaffen, indem sie mit der Faust auf den Tisch hämmerte, doch sie schaffte es selbst mithilfe ihres nicht sehr damenhaften Stimmvolumens nicht, sich durchsetzen. Erstaunlicherweise brauchte es aber bloß das feine Klingeln der Eingangstür, um uns alle auf der Stelle verstummen zu lassen. Gebannt verfolgten wir, wie der Mann das Lokal betrat, sich die Hände an der Jeans abwischte und dann mit schweren Schritten auf unseren Tisch zukam.

»Erledigt«, sagte Armin und ließ sich auf einen freien Stuhl fallen.

Wir sahen ihn erwartungsvoll an, doch er nestelte erst einmal umständlich ein Taschentuch hervor und schnäuzte sich die Nase.

»Und?«, platzte Fiona heraus.

»Na ja.«

Seit Miranda vor einem Jahr ihren Bergbauern Armin getroffen hatte, verbrachte er hin und wieder ein Wochenende in Zürich. Soweit ich wusste, war sie selbst aber seit damals nie mehr ins Berner Oberland gereist. Offiziell, weil ihr Restaurant sie dermaßen in Beschlag nahm. Das war sicher keine Lüge, aber auch nicht die reine Wahrheit. Ich ahnte, dass mehr dahintersteckte. In den Jahren, in denen sie auf der Straße gearbeitet hatte, hatte sie sich einen Panzer aus Sarkasmus und Ablehnung zugelegt, ein beinahe undurchdringliches Bollwerk, das schützend um ihr Herz aufgebaut war. Mit seinem wortkargen Naturell war es Armin jedoch gelungen, diesen Schutzwall zu durchbrechen und mit jedem Stück, das er niederriss, geriet Miranda mehr in Panik. Sie hatte schlicht Angst davor, sich zu verlieben. Indem sie ihn auf Distanz hielt, meinte sie, ihre Gefühle unter Kontrolle zu behalten. Zugegeben – sie waren ein seltsames Paar. Hier der bodenständige Bergler, da die scharfzüngige Transe. Ihre Herkunft, der Lebensstil, die Art und Weise, wie sie sich durch die Welt bewegten – sie waren viel zu verschieden, um sich auch nur annähernd zu ergänzen. In einem kitschigen Liebesroman hätte das vermutlich funktioniert, doch in der Realität sorgte genau dieser Unterschied für Reibereien und zum Teil explosive Auseinandersetzungen. Dennoch gab es eine Verbindung zwischen den beiden, die jeder in ihrer Nähe sehen und spüren konnte.

»Nun sag schon!«, fordert Miranda ihren Lover auf und setzte sich kokett auf seinen rechten Oberschenkel.

Verlegen druckste er herum und ich wusste, dass ich an Mirandas Stelle genau diese – nach ihren Worten – charmante Verstocktheit nicht ausgehalten hätte. Glücklicherweise war ich nicht Miranda.

»Der Typ war eigentlich ganz okay«, brachte er endlich heraus.

»Aaaaaber?«, hakte Fiona ungeduldig nach, nachdem wir vergebens auf eine Fortsetzung der Erläuterungen gewartet hatten.

»Arbeitslos, war früher bei einer Bank angestellt, wurde noch vor der Finanzkrise entlassen und ist seither ›schwer vermittelbar‹. Sagt angeblich seine Betreuerin auf dem Arbeitsamt.«

»Wie schön, ihr habt eure Lebensgeschichten ausgetauscht«, spöttelte José.

Armin hob seine mächtigen Schultern. »Als ich ihn gestellt hatte, wollte er nicht mehr aufhören zu reden.«

»Aber weshalb kam er jeden Abend hierher? Was wollte er von mir?« Angespannt schwenkte Miranda ihre Bierflasche.

»Der Typ wurde bezahlt.«

»Vooon?«, trieb Manju den Bericht nach ein paar Schweigesekunden voran.

Armin nannte zwei Namen. »Die haben sich ebenfalls für dieses Lokal beworben, aber den Zuschlag an Miranda verloren. Dieser Kerl war flüchtig mit ihnen bekannt. Sie wussten von seiner Situation und als sie ihm gegen Bezahlung anboten, dich, Miranda, zum Schein zu stalken, hat er sofort zugesagt. Er kannte dich ja von früher.« Armin verstummte, doch ehe jemand von uns nachbohren konnte, sprach er weiter: »In seinen Augen war das leicht verdientes Geld, nur Nudelsuppen könne er mittlerweile keine mehr sehen.«

»Aber wozu? Damit ich die Nerven verliere und das Lokal aufgebe?« Miranda runzelte die Stirn und wir nickten alle synchron.

»Ich habe so lange für dieses Restaurant gekämpft, da braucht es wesentlich mehr als einen Stalker, um mich zu vertreiben.«

»Na ja, er hat seine Sache ganz gut gemacht, das musst du ihm lassen«, warf ich ein. »Zeitweilig war dir ziemlich mulmig zumute. Als er nächtens vor deinem Haus aufgetaucht ist, zum Beispiel.«

»Ach was!« Miranda machte eine wegwerfende Handbewegung und wich meinem Blick aus. »Dank Armin ist das jetzt vorbei!«

Der wand sich verlegen und als sie ihn küsste, glühten rote Flecken auf seinen Wangen auf. Es war das kräftige, himbeerfarbene, wahnsinnig gesund wirkende Rot, wie man es nur bei Menschen aus den Bergen sieht. Keine Ahnung, wie die das hinkriegten.

Während Miranda eine weitere Runde Bier organisierte, begab ich mich mit José nach draußen, um eine Zigarette zu rauchen. Es war kurz vor zehn, die letzten Gäste brachen gerade auf.

»Eine Frage ist noch nicht geklärt«, sagte ich, nachdem er mir Feuer gegeben hatte.

»Genau genommen drei.«

»Drei?«, echote ich verdutzt.

»Später. Was war die erste Frage?«

»Wer hat diese Geheimarmee und alles drumherum wirklich finanziert? Adrian Bühler war arbeitslos, seine Frau vor allem für die Wohlfahrt tätig und der alte Hubacher bezog eine bescheidene Rente.«

José schüttelte den Kopf. »Auch wenn du es gern hättest, es wird uns nicht gelingen, Annegret Widmer etwas nachzuweisen. So weit es mir möglich war, habe ich versucht, der Spur des Geldes zu folgen. Vergebens. Keine verdächtigen Konten mit Erspartem, keine Überweisungen, nichts Derartiges. Die benötigten Summen müssen aus dem Nichts aufgetaucht sein.«

»Jasmin Bühler?«

»Weiß natürlich von nichts.«

Ich zog an meiner Fluppe und blies den Rauch in den Zürcher Nachthimmel. Ein leichter Nieselregen tröpfelte auf den Asphalt, das Geräusch hatte etwas Versöhnliches. Weit hinter den dunklen Wolkenbergen war ein kleines Stück vom Mond zu sehen, zum ersten Mal seit Wochen.

»Bargeld«, sagte ich unvermittelt. »Wenn, dann hat Annegret Widmer die Geheimarmee mit Bargeld unterstützt. Als Beweis taugt das nichts, aber die Volkspartei ist für solche

Transaktionen bekannt. Die Quelle bleibt so anonym. Das ist womöglich der Grund, weshalb die Widmer Hubacher nicht in der Partei haben wollte. Vielleicht hat sie ihn sogar selbst beauftragt, im Stillen den Widerstand aufzubauen. Sie wusste ja, dass er Erfahrung damit hatte.«

»Wir verlieren uns immer mehr in Spekulationen«, warnte José. »Dieses Rätsel werden wir nie lösen.«

»Vermutlich nicht. Was war die zweite Frage?«

»Wo ist Adrian Bühler?«

»Im Burghölzli.«

»In der psychiatrischen Klinik?«

Ich bejahte. »Er ist kurzfristig bei seinem alten Freund Holger Schulze untergekommen, weil er in seiner Verzweiflung nicht mehr wusste, an wen er sich wenden sollte. Die Polizei war hinter ihm her und suchte ihn als mutmaßlichen Mörder. Schulze hat ihn widerwillig ein paar Tage auf dem Sofa pennen lassen, bis er bemerkt hat, wie angeschlagen Bühler wirklich war. Nach einem langen Gespräch hat dieser sich selbst in die Klinik eingewiesen.«

»Was ihn als Zeugen unbrauchbar macht.«

»Die Polizei ist im Besitz von Jasmin Bühlers Beichte.«

»Wie hast du das mit Adrian Bühler rausgefunden?«

»Ich habe heute Morgen mit Schulze gesprochen. Als ich ihn während der Ermittlungen zu Hause aufgesucht habe, ist mir ein Aschenbecher aufgefallen. Darin befanden sich Zigarillostummel von der Marke, die Bühler raucht. Doch als ich in blindem Eifer die Schlafzimmertür aufgerissen habe, fand ich nur seine Freundin vor. Ein mehr als peinlicher Moment. Aber am Ende lag ich doch nicht ganz falsch. Nur war Bühler zu dem Zeitpunkt schon in der Klinik und um ihn zu schützen, hat mir Schulze dies verschwiegen.«

»Hast du Bühler nicht in der Wohnung seiner Geliebten angetroffen?«

»Das war davor. Laut Schulze hat er fest damit gerechnet, dass man über kurz oder lang seine Freundin ausfindig machen würde. Was dann ja auch zutraf. Deshalb wollte er den ziemlich verfänglichen Verlauf im Browser löschen, bevor jemand herausfand, in welchen Kreisen er verkehrt und welche Internetseiten er regelmäßig besucht hat. Das hätte ihn nicht gerade entlastet. Für einmal war ich aber schneller.«

»Hm.«

»Und er hat tatsächlich diesen anonymen Anruf getätigt, der den Anschlag der Neonazis auf das Asylzentrum vereitelt hat.«

»Wie wir gedacht haben.«

Schweigend rauchten wir. Eine ziemlich angeschickerte Prostituierte torkelte an uns vorbei und stieß schnalzende Lockrufe aus. José winkte sie abwehrend weiter.

»Und die dritte Frage?«

José trat die Zigarette aus und deutete mit einer Kinnbewegung in Mirandas Restaurant hinein. Fiona und Manju beugten sich gerade über den Kinderwagen, in dem Miguel Antonio, vom ganzen Trubel unbeeindruckt, schlief.

»Bleibt's dabei? Dein Versprechen?«

»Ein verlängertes Wochenende, nicht mehr.« Ich stöhnte innerlich, ließ mir aber José gegenüber nichts anmerken. Mir bangte schon vor dem Augenblick, in dem ich Manju einweihen musste. Vier Tage lang auf den Kleinen aufzupassen, war kein Zuckerschlecken und ich konnte ihre Reaktion nicht einmal ansatzweise abschätzen.

»Wir brauchen dringend eine Auszeit und müssen ein paar Dinge erklären.«

»Ist schon klar.« Mein Blick hing immer noch an dem Jungen, als der sich plötzlich die Augen rieb und verschlafen um sich guckte. Manju kniete sich zu ihm nieder und sofort schlang er seine Ärmchen um ihren Hals.

Sie hatte mich am Nachmittag zum Empfang im Stadthaus begleitet, wo ich eigentlich erwartet hatte, mit einer Tapferkeitsmedaille oder etwas ähnlich Pompösem ausgezeichnet zu werden. Doch in Zürich gab man sich gern pragmatisch. Es wurde lediglich lauwarmer Weißwein vom Ufer des Zürichsees serviert, dazu angetrocknete Brötchen mit Leberpaste und Radieschendekoration. Immerhin erwähnte mich die Stadtpräsidentin bei ihrer ersten offiziellen Ansprache seit dem Kidnapping, kurz zwar, aber lobend – bevor sie zur Blockflöte griff und ein indianisches Freiheitslied vortrug. Das Stück fand und fand kein Ende und als ich all die gequält lächelnden Gesichter um mich herum sah, konnte ich mir ein Grinsen nicht verkneifen.

»Ich kann also auf dich zählen?«, riss mich José aus meinen Gedanken.

In dem Moment hob Manju Miguel Antonio hoch und als sie sich mit ihm auf dem Arm umdrehte, sah ich etwas in ihren Augen aufleuchten, das mich in höchste Alarmbereitschaft versetzte.

Es gab kein Zurück mehr. »Auf jeden Fall, dazu sind Freunde da.«

Glossar

Beiz, Dorfchnelle Ländliches Restaurant, dessen Speisekarte typischerweise mit Wurstsalat und Käseschnitte mit Spiegelei aufwartet. In einer Ecke findet sich zudem stets ein Stammtisch, den man als Auswärtiger anhand der einen mürrisch anblickenden, aber schweigsamen Einheimischen erkennt.

Béret Baskenmütze, deren Bezeichnung auf Napoleon III. zurückgeht. Ursprünglich die Kopfbedeckung der pyrenäischen Schafhirten, wurde sie schon bald von Intellektuellen und Künstlern getragen, später von halb Frankreich und etlichen Armeen dieser Welt.

Harasse Gebinde für Getränkeflaschen. In solchen bunkert der Schweizer Armeechef laut eigenen Aussagen dreihundert Liter Mineralwasser für ›Notfälle‹. Wäre wenigstens die Hälfte davon *Amrut*, könnte man es immerhin ansatzweise nachvollziehen.

Ländlermusik Schweizer Volksmusik, hauptsächlich mit Handorgel, Hackbrett und Streichinstrumenten erzeugt. Der Einsatz zu Folterzwecken ist leider nur lückenhaft dokumentiert.

Logendienst Sicherheits- oder Portierdienst

Pfulmen Kissen

Schtürmigrind Schweizer Ausdruck für Nervensäge. Wird

liebevoll für rechtspopulistische Bundesräte verwendet.

Schwingerklub Schwingen ist ein Schweizer Volkssport, bei dem sich traditionellerweise junge, muskulöse Männer schwitzend und stöhnend vor Publikum im Sägemehl wälzen. Keinesfalls zu verwechseln mit Swingerklubs, zu denen auch weibliche Teilnehmer zugelassen sind.

Weibeln In einer Sache unterwegs sein, für etwas werben. Hat nichts mit Brautschau zu tun.